abc LA COLLECTION

Excellence

Le BAC brillamment
et un bon dossier pour Parcoursup

Histoire Géographie Term

Servane Marzin (coordinatrice)
Laëtitia Benbassat
Frédéric Fouletier
Adèle Gaillot
Pascal Jézéquel
Garance Ouazine
Alain Rajot
Évelyne Soumah
Cécile Vidil

Nathan

QR codes Nathan

À l'aide de votre smartphone, **flashez les QR codes** que vous voyez apparaître au fil des pages.

Ils vous donneront accès à des **ressources numériques*** (vidéos, articles, podcasts...) sélectionnées par les auteurs.

1 Flashez les QR codes

La révolution de 1917

2 Accédez aux différentes ressources numériques

* Les éditions Nathan ne sont pas garantes de la pérennité des liens.

Direction éditoriale : Raphaëlle Mourey
Coordination éditoriale : Géraldine de Saint Palais
Réalisation éditoriale : Cindy Savin
Conception graphique intérieur : Élise Launay
Couverture : Hugues Vollant, Marc Henry
Cartes et schémas : Carl Voyer
Iconographie : Juliette Barjon
Compositeur : Grafatom
Fabrication : Kévin Magar

ISBN :978-209-157143-0
Code éditeur : 157143
Dépôt légal : juillet 2023

Mode d'emploi

Un ouvrage efficace pour réviser et aller plus loin

COURS

- Un cours très complet, illustré de nombreux documents (tableaux, cartes, graphiques, schémas, photos).
- Des petits encadrés donnent des informations complémentaires, des vidéos et des explications pour mieux comprendre.

ZOOM SUR...

- Des pages pour faire le point sur une question précise ou sur une étude de cas.

REPÈRES

- Ces pages présentent :
  - les mots-clés ;
  - les biographies ;
  - les chiffres-clés ;
  - les dates-clés ;
  - les repères chronologiques ;
  - les documents majeurs.

EXERCICES

- Des exercices pour acquérir les méthodes et commencer à s'entraîner à l'épreuve du contrôle continu.

CORRIGÉS

- Les corrigés sont accompagnés de petits encadrés présentant des conseils, des remarques, des astuces pour gagner des points…

CAHIER SPÉCIAL CONTRÔLE CONTINU

- La description des épreuves et la méthodologie pour bien se préparer tout au long de l'année.
- Des sujets type corrigés pour chaque épreuve de contrôle.

COURS

ZOOM SUR...

REPÈRES

EXERCICES

CORRIGÉS

CAHIER CONTRÔLE CONTINU

SOMMAIRE

PARTIE 2 – GÉOGRAPHIE

Le Bac

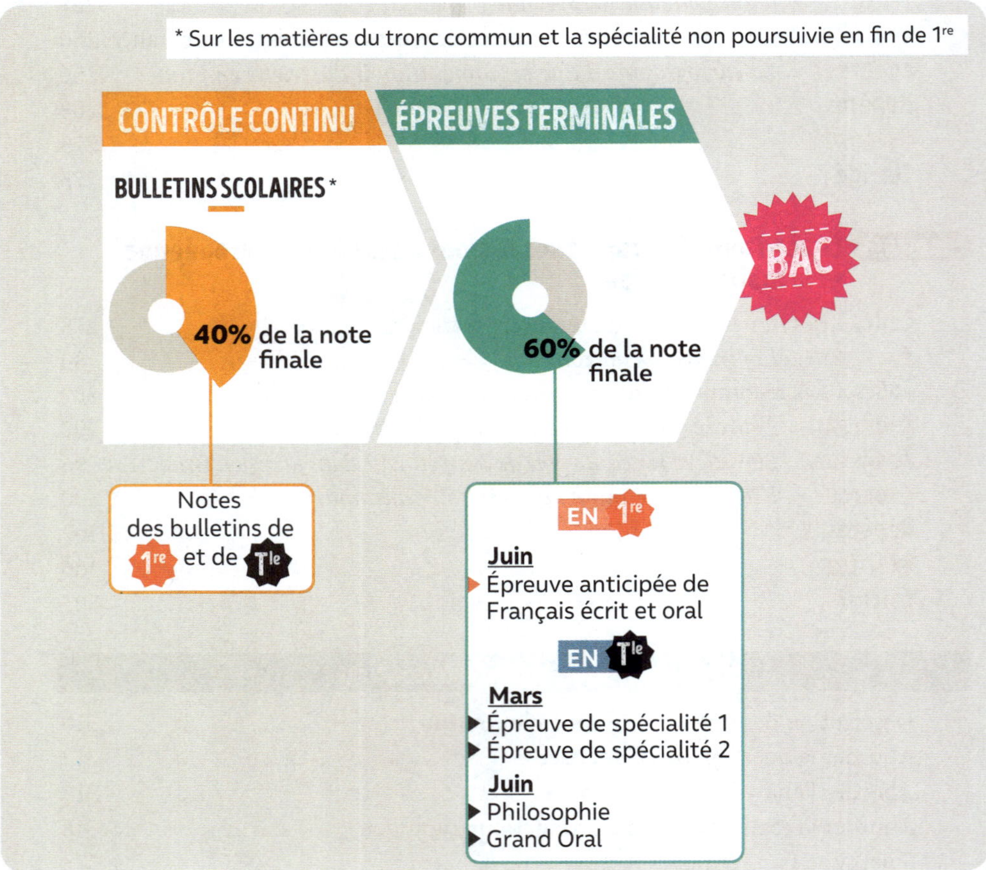
* Sur les matières du tronc commun et la spécialité non poursuivie en fin de 1re
CONTRÔLE CONTINU
ÉPREUVES TERMINALES
BULLETINS SCOLAIRES *
40% de la note finale
60% de la note finale
BAC
Notes des bulletins de 1re et de Tle
EN 1re
Juin
Épreuve anticipée de Français écrit et oral
EN Tle
Mars
Épreuve de spécialité 1
Épreuve de spécialité 2
Juin
Philosophie
Grand Oral

Les épreuves communes du contrôle en Histoire-Géographie

Deux exercices 20 PTS

2h | Coeff. 5 | 3e trimestre

- Réponse à une question problématisée
- Analyse de document(s) ou réalisation d'une production graphique

Le grand oral

- **Cette épreuve, d'une durée de 20 minutes**, se réalise devant un jury et porte sur les spécialités suivies en Terminale.
- **Elle se déroule en trois parties :** présentation orale d'une question portant sur un (ou les deux) enseignement(s) de spécialité, puis discussion avec le jury concernant l'exposé présenté et le programme des deux spécialités. S'ensuit enfin un échange à propos du projet d'orientation.

3 spécialités en Première, 2 spécialités en Terminale

- À la fin de l'année, les élèves de Première décident de ne pas poursuivre une des trois spécialités choisies en début d'année.
- La spécialité non poursuivie est évaluée en fin de Première par une épreuve commune de contrôle continu (30 % de la note finale).
- Les deux spécialités conservées en Terminale sont quant à elles évaluées par une épreuve finale. Cette épreuve se déroulera en mars.
- Par ailleurs, les notes des bulletins scolaires de l'année comptent pour 40 % de la note finale.

Les grands moments de l'année de T[le]

CALENDRIER DU BAC		CALENDRIER PARCOURSUP
	Novembre	Recherche des informations sur Parcoursup
	Janvier	Inscription sur Parcoursup
	Février	Constitution du dossier complet, saisie et confirmation des vœux
Deux épreuves écrites de spécialité	Mars	
	Avril	
	Mai	Réponse aux propositions des établissements
	Juin	
Épreuve écrite de Philosophie et Grand Oral		
	Juillet	Éventuellement, phase complémentaire
	Septembre	

PARTIE 1

Histoire

CHAPITRE 1

Fragilités des démocraties, totalitarismes et Seconde Guerre mondiale (1929-1945)

DE QUOI S'AGIT-IL ?

Le règlement territorial européen issu des traités de paix amplifie les conflits nationalistes et ethniques. Les nouvelles frontières sont contestées et alimentent un profond ressentiment dans les pays qui se sentent lésés. Nationalistes et fascistes vont exploiter dans l'entre-deux-guerres ces déceptions. Les bouleversements économiques et sociaux qui suivent la guerre et surtout les conséquences de la dépression des années 1930 créent un climat propice favorable aux totalitarismes. En effet, la période de l'entre-deux-guerres a révélé la fragilité des démocraties libérales européennes qui ne trouvent pas les moyens de faire face à la situation alors que la montée des périls est particulièrement aiguë à partir de 1937. Cette crise européenne aboutit à une nouvelle guerre, qui devient mondiale en 1941 et s'accompagne d'un déchaînement inégalé de violences et de la mise en œuvre de deux génocides dont les conséquences perdurent jusqu'à aujourd'hui.

1 L'impact de la crise de 1929 : déséquilibres économiques et sociaux

A Aux origines de la crise

1. Le krach boursier d'octobre 1929

- **Jusqu'en 1929, les économies des démocraties libérales connaissent une forte croissance économique**. C'est dans ce contexte très favorable que les marchés financiers commencent à séduire de plus en plus d'épargnants. Toutes les catégories sociales, même les classes moyennes, deviennent des acteurs potentiels et investissent dans des actions. Dans les années qui précèdent 1929, le cours des actions à la bourse de New York (le Stock Exchange) a augmenté de 89 %.
- **De nouveaux mécanismes financiers voient le jour :** on peut depuis 1926, acheter des titres à crédit, en n'en payant qu'une partie. Dès lors, la valeur boursière des actions n'a plus de rapport avec leur valeur réelle : ainsi entre 1921 et 1929, la production industrielle a augmenté de 30 % alors que celle du cours des actions a sextuplé.
- **Pendant l'été 1929**, le directeur de General Motors explique dans une interview que « si un homme économise 15 dollars par semaine, s'il les investit dans l'achat de bonnes valeurs et laisse les dividendes s'accumuler, il possédera au bout de vingt ans au moins 80 000 dollars et le revenu de ses investissements s'élèvera à 400 dollars par mois. Il sera riche ».
- **Le jeudi 24 octobre 1929,** en début de journée, une rumeur commence à circuler, prétendant que des investisseurs auraient pris massivement leurs bénéfices. Un mouvement de panique s'enclenche alors et les cours chutent jusqu'à 10 %. Les organismes de prêt s'inquiètent de la chute des cours et demandent aux emprunteurs de rembourser leurs achats d'actions à crédit. Pour pouvoir faire face à cette demande, ceux-ci vendent à perte, amplifiant alors la chute des cours. Au total, 12 millions de titres sont vendus à New York le 24 octobre. On qualifie cette journée de « jeudi noir ».

> **Sachez que...**
> Pour Roger Babson, un statisticien reconnu alors, il y a plus de gens pour emprunter et spéculer qu'à aucune autre époque de l'Histoire. Il en déduit qu'un krach risque de se produire (*New York Times* du 6 septembre 1929).

- **Le krach ébranle la bourse de Wall Street dans les jours qui suivent** jusqu'au 13 novembre 1929 : le marché boursier perd plus de la moitié de sa valeur, passant de 64 milliards de dollars à environ 30 milliards de dollars. De nombreuses banques se trouvent en difficulté et certaines sont déclarées en faillite.

2. Des facteurs multiples

- **Avant même octobre 1929, la situation économique commence à se dégrader**. Ainsi, la croissance économique ralentit alors que le taux de chômage augmente. En outre, l'économie tend à s'échauffer : on constate une surproduction industrielle et une spéculation boursière principalement appuyée sur le crédit. On assiste ainsi à l'émergence progressive d'une bulle spéculative qui éclate à l'automne 1929.

- **À partir du 24 octobre 1929, l'effet de panique aggrave la situation** : sous le coup du stress provoqué par la baisse des cours, les actionnaires s'empressent de revendre leurs titres avant qu'ils ne perdent trop de valeur. Par ce mécanisme, toute l'économie américaine sombre dans la crise. Les industries ne trouvent plus d'investisseurs et la consommation ne cesse de décroître. L'agriculture, qui connaissait des difficultés depuis plusieurs années, s'effondre en même temps que le cours des produits agricoles. Tout cela explique que les stocks ne puissent être écoulés au moment du krach.

- **Les inégalités de revenus** au sein de la population des États-Unis constituent un facteur aggravant.

B La propagation de la crise : de la crise américaine à la crise mondiale

1. Mécanisme de l'extension

- **Entre octobre et fin décembre 1929, les prix baissent** car l'offre devient supérieure à la demande et la production est ralentie, obligeant les entreprises à licencier leurs employés ou à diminuer les salaires. Ainsi, « la crise nourrit la crise ».

- **Les répercussions sociales de la crise sont très fortes**. Toutes les catégories sociales sont concernées, des agriculteurs aux « cols bleus » (ouvriers) et jusqu'aux « cols blancs » (employés et cadres). Le chômage massif fait basculer des populations nombreuses dans la misère. On compte ainsi en mars 1933, 12,8 millions de chômeurs, soit 24,9 % de la population active américaine.

- **L'extension géographique de la crise au reste du monde** s'explique tout d'abord par la dépendance économique et financière de nombreux pays par rapport aux États-Unis. Elle atteint d'abord l'Europe centrale et particulièrement l'Allemagne et l'Autriche où les faillites bancaires se multiplient. Puis, elle s'étend ensuite au Royaume-Uni qui souffre à son tour du retrait des capitaux américains.

Sachez que...
Le 11 mai 1931, la Kreditanstalt Bank, principale banque autrichienne, se déclare en faillite. Celle-ci produit un effet boule de neige sur les autres banques, notamment en Allemagne.

• **La France** est quant à elle touchée plus tardivement, en 1931. Les « pays neufs » comme le Canada, l'Australie ou ceux d'Amérique latine sont aussi atteints par la baisse des prix des produits agricoles et des matières premières.

2. Les manifestations de la crise dans le monde

• **Partout, on observe le même cycle infernal qu'aux États-Unis : la baisse de la consommation entraîne l'aggravation du chômage** (30 millions de chômeurs sont recensés dans le monde) qui favorise la baisse du pouvoir d'achat et une diminution de la demande. Le commerce mondial diminue de 25 % en volume et de 60 % en valeur.

• **L'URSS,** avec sa politique socialiste indépendante, est la seule à échapper à la crise. Certains responsables politiques en font un argument politique pour accéder au pouvoir, à l'image d'Adolf Hitler en Allemagne qui promet le retour à la prospérité et au plein-emploi.

Doc. Les conséquences mondiales d'une crise transformée en dépression

a. L'effondrement de la production industrielle

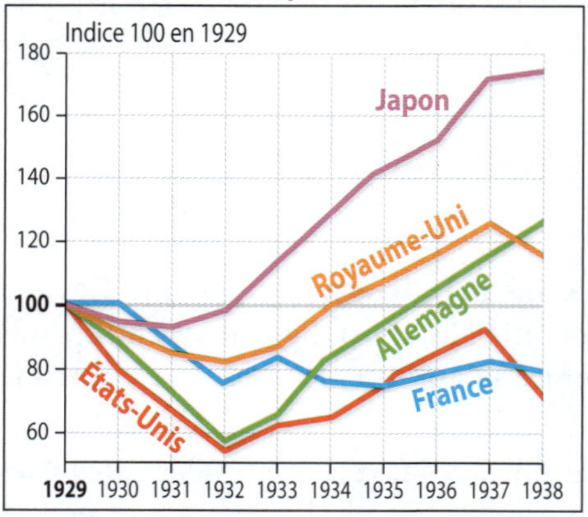

b. La montée du chômage

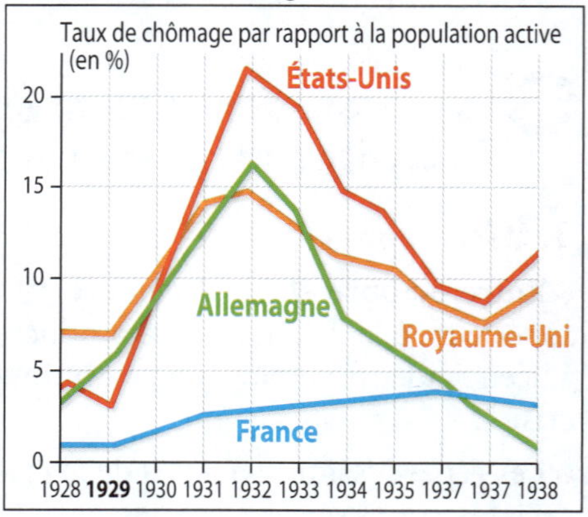

C Les remèdes et les conséquences politiques de la dépression

1. L'échec des politiques de déflation

• **La plupart des gouvernements** croient que la crise est passagère et qu'elle ne se transformera pas en dépression. Pour eux, il suffit d'attendre qu'un nouvel équilibre apparaisse avec le rétablissement spontané du marché. Ainsi, le pré-

ZOOM SUR...

Les conséquences de la crise de 1929 en Amérique latine

1 Un continent largement soumis à l'influence des États-Unis

→ **Indépendants depuis les années 1820,** les pays d'Amérique latine sont largement considérés comme « l'arrière-cour » des États-Unis.

→ **Dès lors, les grandes sociétés américaines** investissent dans tous les domaines de la vie économique. En 1929, les États-Unis absorbent 42 % des exportations brésiliennes et plus de 75 % des celles de Colombie et de Cuba.

→ **Cette mainmise est également politique** puisque les États-Unis règlent les conflits et envoient des troupes, maintenant en place des gouvernements qui défendent leurs intérêts : on parle de « diplomatie du dollar ».

2 Les effets économiques désastreux de la crise de 1929

→ **La crise frappe le continent de plein fouet**, provoquant notamment la contraction du commerce extérieur. Les exportations latino-américaines, fondement de la croissance, chutent de manière durable : en Argentine, celles-ci baissent de 35,8 % entre 1929 et 1938. Le rapatriement des capitaux américains et européens fragilise un peu plus les structures économiques du continent. La crise de la dette frappe la plupart des États.

3 Le populisme et les régimes autoritaires, une réponse à la crise ?

→ **Les régimes en place,** pour la plupart démocratiques, incapables de faire face, sont tenus pour responsables de la situation. Entre 1930 et 1933, l'Argentine, le Brésil, l'Équateur, le Guatemala, le Panama, le Pérou, le Salvador et le Venezuela sont frappés par des coups d'État.

→ **La démocratie fait désormais figure d'exception** sur le continent : en 1939, l'Amérique latine ne compte que des dictatures plus ou moins déguisées, à l'exception de quatre démocraties précaires que sont le Chili, le Mexique, le Costa Rica et la Colombie. La dépression engendre des revendications territoriales et même des conflits entre les États (la guerre du Chaco oppose entre 1932 et 1935 le Paraguay à la Bolivie).

ZOOM SUR...

Franklin D. Roosevelt et le New Deal (1933)

1 L'élection présidentielle de 1932 : la relève face à la crise

→ **La dépression économique devient un enjeu majeur** de l'élection présidentielle américaine de 1932. Malgré des mesures prises pour mieux organiser le marché de produits agricoles, pour soutenir les entreprises en difficulté et freiner le chômage, le président républicain Herbert Hoover (élu en 1928) n'a pas réussi à redresser la situation économique.

→ **Hoover est très mal considéré** par l'opinion publique qui le tient responsable de la situation. Son adversaire démocrate, Franklin Delano Roosevelt, se montre résolu à trouver des solutions pour effectuer un « New Deal » (une « nouvelle donne » pour que la situation soit évaluée sur des bases plus justes) qui séduit les électeurs. Il est élu en novembre 1932.

2 Le New Deal en action

→ **Le New Deal est un ensemble de mesures indépendantes** destinées à sortir les États-Unis de la dépression. Deux grandes idées prédominent : faire augmenter le pouvoir d'achat pour favoriser une reprise de la consommation et donc de la demande qui doit à son tour relancer la production ou l'offre ; favoriser l'intervention de l'État fédéral pour susciter la reprise avec en particulier l'outil de la politique monétaire.

→ **Trois préoccupations** guident les mesures adoptées :
- soutenir les banques avec un délai de sursis accordé pour régler leurs dettes et des crédits exceptionnels ;
- relancer l'économie grâce à la dévaluation du dollar et au programme de grands travaux destinés à donner du travail aux chômeurs ;
- aider les chômeurs avec le « Social Security Act » (loi sur la « sécurité sociale »).

3 Le bilan du New Deal

→ **Sur le plan économique** les résultats sont nuancés, car le produit national brut ne retrouve son niveau de 1929 qu'en 1937. Mais le New Deal permet de remettre en route les mécanismes économiques que la dépression avait bloqués.

→ **Sur le plan politique,** le New Deal se heurte aux oppositions des milieux d'affaires et des républicains. Mais Roosevelt réussit à constituer une coalition de soutiens qui lui permettent d'être réélu en 1936, 1940 et 1944.

sident Hoover n'hésite pas à proclamer, peu de temps après le krach, que « la prospérité est au coin de la rue »…

- **Certains pensent également que la crise s'explique par un abus du crédit qu'il faut combattre par des politiques de déflation** : un équilibre strict du budget avec la suppression d'une partie des dépenses (notamment un gel ou une baisse des traitements des fonctionnaires) permettrait de réduire la ponction de l'État sur le marché financier. Tous les pays adoptent à un moment donné ce type de politique mais partout cela conduit à des échecs et les gouvernements vont expérimenter d'autres politiques.

2. Les réponses à la crise

- **Certains économistes sont favorables à une intervention de l'État** qui devient patron et entrepreneur. Ce dernier peut jouer sur la valeur de la monnaie (dévaluations), prendre des mesures sociales pour améliorer le sort des chômeurs et des plus démunis.
- **En 1936, l'économiste John Maynard Keynes** publie un ouvrage intitulé *Théorie générale de l'emploi, de l'intérêt et de la monnaie* dans lequel il explique qu'en favorisant la consommation et les investissements des entreprises, on peut retrouver le plein-emploi. Mais pour cela, il est nécessaire que l'État intervienne dans l'économie pour stimuler la demande. On parle de « politique de relance ».
- **En Italie, le dictateur Mussolini lance une politique d'autarcie**. Il souhaite assurer l'autosuffisance de la péninsule en matière d'énergie, de matières premières, de produits alimentaires, en lançant une politique destinée à permettre à l'Italie de réduire au strict minimum ses achats à l'étranger.

3. Les conséquences politiques de la dépression

- **Dans un premier temps, les démocraties à tradition libérale** se contentent de mesures limitées comme la réduction des dépenses publiques. Mais, dans l'ensemble, elles semblent peu efficaces et discréditant les gouvernements qui les ont initiées.
- **Les pays qui possèdent des colonies,** comme le Royaume-Uni et la France, intensifient leurs liens avec elles, se repliant sur les domaines coloniaux où les marchés sont réservés.
- **Cette impuissance à résoudre la crise économique** entraîne une remise en cause des démocraties libérales. On observe ainsi une montée de l'antiparlementarisme.
- **Les régimes autoritaires et totalitaires semblent renforcés** par la crise avec un essor en Europe pendant les années 1930 : sur 28 États européens en 1938, on ne compte plus que 13 démocraties.

• **Si une reprise est visible dans certains pays à partir de 1934,** l'activité économique retombe en 1938. Il apparaît dans certains pays que seule la préparation de la guerre est en mesure de combattre la crise : les dépenses militaires augmentent partout et stimulent artificiellement l'économie.

Doc. Queue de chômeurs devant un bureau d'embauche à Hanovre vers 1930

Sur le mur, on peut lire : « Votez Adolf Hitler »

Walter Ballhause, vers 1930, DHM, Berlin.

L'ESSENTIEL

L'impact de la crise économique de 1929

- La crise qui éclate aux États-Unis en octobre 1929 se prolonge en dépression économique qui se propage à toute la planète.
- Si ses causes s'expliquent par une bulle spéculative et un phénomène de surproduction, les remèdes s'avèrent difficiles à trouver. Les États, désorientés, alternent différentes politiques sans véritablement faire émerger une reprise économique.
- Les démocraties libérales sont particulièrement fragilisées au profit des régimes autoritaires et totalitaires qui proposent des politiques menaçantes pour la paix.

ZOOM SUR...

Le Front populaire (1936)

1 La victoire du Front populaire et les grèves de 1936

→ **La dépression économique frappe la France** à partir de septembre 1931. Les gouvernements successifs appliquent des solutions libérales, et en particulier une politique de déflation, qui n'apportent pas les résultats escomptés.

→ **En mai 1936, la victoire du « Front populaire »** (alliance du parti communiste, de la SFIO et du parti radical) aux élections législatives permet à Léon Blum de constituer un gouvernement où figurent des ministres socialistes et radicaux.

→ **Mais ce gouvernement est très vite confronté à un mouvement de grèves** sans précédent. Apparues dans la métallurgie dès le 10 mai 1936, les grèves s'étendent à tous les secteurs (on compte 2 millions de grévistes en juin). En effet, l'impatience grandit et les ouvriers réclament des réformes immédiates.

2 Des interlocuteurs décidés à agir

→ **Inquiet de la situation, le patronat** informe le président du Conseil qu'il est prêt à négocier avec la CGT (Confédération générale du travail fondée en 1895). Léon Blum décide les réunir à l'Hôtel Matignon (siège du gouvernement depuis 1935).

→ **La rencontre a lieu les 6 et le 7 juin 1936.** Le gouvernement joue le rôle d'arbitre dans des négociations qui sont difficiles. Ces discussions débouchent sur des accords qui vont servir de cadre aux débats du Parlement

→ **Le 7 juin 1936, les accords de Matignon** sont signés entre la CGT et la Confédération générale de la production française (CGPF) qui représente le patronat : Les salaires sont augmentés de 7 à 15 % en moyenne. La liberté d'exercice du droit syndical est réaffirmée.

3 L'été 1936 et la mythologie du Front populaire

→ **Ces accords permettent d'importantes avancées sociales :** un ensemble de lois sociales, votées dans la foulée, complète les avantages acquis lors des accords Matignon. Elles concernent notamment l'institution de congés payés obligatoires de 15 jours par an et la limitation à 40 heures de la durée hebdomadaire du travail.

→ **Sur le plan économique,** le gouvernement du Front populaire va élaborer un plan de grands travaux, réformer le statut de la Banque de France, nationaliser l'industrie de guerre et les chemins de fer.

2 Les régimes totalitaires

A Aux origines des totalitarismes : facteurs et processus d'émergence des différents régimes

1. Une réponse aux bouleversements politiques et sociaux des sociétés européennes

- **La marche vers la démocratie** est récente en Italie (le suffrage universel n'y fut établi qu'en 1912), inachevée en Allemagne (où l'exécutif impérial conservait des pouvoirs importants) et absente de Russie où régnait l'autocratie.
- **Les régimes totalitaires fasciste (Italie), nazi (Allemagne) et stalinien (URSS)** sont les produits directs de la Première Guerre mondiale. La « brutalisation » des sociétés européennes, issue de la guerre, aurait donc banalisé l'usage de la violence tout en renforçant l'empreinte de la guerre sur le continent.
- **Pour la philosophe Hannah Arendt,** qui rédige *Les Origines du totalitarisme* en 1951, les régimes totalitaires proposent une réponse aux bouleversements nés de l'industrialisation et ont donc des racines intellectuelles communes.

Doc. Hannah Arendt définit la terreur comme expression des régimes totalitaires

> « Si la légalité définit l'essence du gouvernement constitutionnel, c'est la terreur qui définit celle du gouvernement totalitaire […]. Certains groupes, indépendamment de leurs opinions, de leurs actions, de leurs comportements, se trouvent désignés comme les ennemis naturels de l'humanité […]. »
>
> H. Arendt, *Les Origines du totalitarisme*, 1951.

2. En Italie, une conquête légale du pouvoir dans un contexte particulier

- **Le régime fasciste** naît des frustrations du nationalisme italien, accumulées après 1918. La crise sociale, accompagnée d'une agitation ouvrière et paysanne, se traduit par des occupations d'usines et des grèves. Les possédants et les milieux conservateurs s'inquiètent de cette situation qui leur semble prérévolutionnaire.
- **Mussolini (1883-1945) fonde en 1919 les « Faisceaux italiens de combat »** qui se transforment en novembre 1921 en parti national fasciste. Les « chemises noires » mènent des attaques punitives contre les syndicats et partis de gauche.

- **Le 28 octobre 1922, Mussolini, profitant d'une crise de gouvernement,** menace de marcher sur Rome et de s'emparer du pouvoir par la force. Le 29 octobre 1922, le roi Victor-Emmanuel III cède et propose à Mussolini de devenir chef du gouvernement.

Sachez que...
C'est devant la Chambre des députés en 1927 que Mussolini définit l'État totalitaire en déclarant : « Tout dans l'État, rien contre l'État, rien en dehors de l'État. »

- **Le 10 juin 1924, les « chemises noires » enlèvent et assassinent** le chef du parti socialiste à la Chambre des députés, Giacomo Matteotti, principal opposant déclaré à Mussolini. Le 3 janvier 1925, Mussolini revendique la responsabilité de l'enlèvement et annonce la mise en place d'une dictature.

- **Entre 1925 et 1926, les « lois fascistissimes »** instaurent la dictature : les administrations sont épurées, les opposants arrêtés et la presse réglementée. Le parti national fasciste (PNF) devient parti unique et le Parlement perd son droit d'initiative. La dictature fasciste s'est établie de manière légale.

3. En Russie, un régime issu de la révolution de 1917

La révolution de 1917

- **Le régime soviétique est directement issu de la révolution bolchevique de 1917.** En octobre 1917, les bolcheviques, organisés en soviets, s'emparent du pouvoir lors d'une deuxième révolution. Lénine, qui dirige le parti, institue la « dictature du prolétariat » qui a pour objectif de mettre en pratique les théories de Marx en faveur d'une société égalitaire où l'État contrôle l'économie, dernier stade avant d'atteindre le rêve d'une société communiste sans classes et sans État.

- **Pour l'emporter, Lénine met en place une dictature avec un parti unique** (le parti communiste) et une police politique (« Tchéka » et « Guépéou »). En 1922 est créée l'URSS (Union des Républiques socialistes soviétiques) qui regroupe la Russie et la plupart des anciens territoires de l'Empire des tsars.

- **Quand Lénine meurt en 1924,** c'est le secrétaire général du parti, Staline (1878-1953), qui lui succède. Ce dernier élimine successivement ses concurrents au sein du parti entre 1924 et 1929.

4. En Allemagne, la montée en puissance du Parti nazi

- **Comme le fascisme et le stalinisme,** le régime nazi est issu de la guerre et de la défaite.

- **Né en Autriche, Adolf Hitler (1889-1945)** s'est engagé après la guerre dans un groupuscule qui prend le nom de NSDAP en 1920 et dont il prend le contrôle l'année suivante. Les nazis disposent d'une milice créée en 1921, les SA, auxquels s'ajoutent en 1925 les SS.

• **Après un putsch raté en 1923 à Munich,** Hitler est emprisonné et rédige *Mein Kampf* (1924-1925). Cet ouvrage est un produit de ses lectures, pas toujours bien assimilées, et de ses contacts avec les milieux pangermanistes. Hitler considère que l'État national-socialiste doit « purifier la race allemande » et confier le pouvoir à un chef incontesté, le Führer (c'est le « *Führerprinzip* » ou « principe du chef »).

• **C'est la crise sociale qui accompagne la dépression économique** des années 1930, qui donne au parti nazi la possibilité d'accéder au pouvoir. Fort du succès de son parti aux élections législatives, Hitler est appelé par le président Hindenburg à former le gouvernement en tant que chancelier, le 30 janvier 1933. Hitler cherche à rassurer le monde politique en formant un cabinet de coalition, dans lequel les nazis n'occupent que deux ministères. Le 27 février 1933, le Reichstag, symbole de la démocratie allemande, est incendié. Hitler se saisit de ce prétexte pour suspendre les libertés publiques. Les communistes étant rendus responsables, leur parti est interdit.

• **Le 23 mars 1933, Hitler obtient les pleins pouvoirs,** avec le soutien de la droite et du centre. Il est désormais en mesure de rédiger seul les lois et même celles qui vont à l'encontre de la constitution de Weimar. Le 14 juillet 1933, le Parti nazi devient le parti unique. À la mort du président Hindenburg en août 1934, Hitler se fait proclamer « Reichsführer », cumulant les fonctions de chancelier et de président. Hitler a désormais tous les pouvoirs en mains.

B Les objectifs des régimes totalitaires et leur pratique

1. Des objectifs communs, mais surtout spécifiques

• **Le fascisme, le nazisme et le communisme stalinien semblent avoir des points communs,** mais l'historiographie actuelle est davantage centrée sur leurs différences, tout en distinguant la théorie de la pratique politique de ces régimes.

• **Le fascisme italien** repose sur une idéologie dont le principe essentiel est la supériorité de l'État qui est conçu comme autoritaire avec des pouvoirs concentrés entre les mains du « Duce ».

Sachez que...

Cinecittà (la cité du cinéma) a été inaugurée à Rome en 1937 par Mussolini qui souhaitait concurrencer Hollywood, mais aussi y produire des films de propagande. Il aurait même dit : « Le cinéma est l'arme la plus forte. »

• **En URSS, Staline confirme l'instauration d'un totalitarisme de classe.** Le régime soviétique s'appuie sur l'idéologie marxiste qui voit dans l'inégalité sociale la cause de tous les dysfonctionnements des sociétés. Staline souhaite confier à l'État, appuyé sur le Parti communiste unique, la charge de restructurer la société soviétique par la planification.

- **En 1929, Staline lance la collectivisation des campagnes :** la propriété privée et de nombreuses terres sont regroupées autoritairement en kolkhozes et sovkhozes. Son objectif est de faire de l'URSS une puissance industrielle. Mais cette politique aboutit à un échec, puisqu'elle désorganise la production agricole qui s'effondre et provoque des famines (5 à 6 millions de morts en 1932-1933, en particulier en Ukraine).
- **En Allemagne, le culte de la race est central.** En effet, l'antisémitisme est une des matrices de l'idéologie nazie. Dès le 15 septembre 1935, les lois dites de Nuremberg excluent les Juifs de la société allemande. Le mariage et toute relation entre Juifs et « citoyens de sang allemand ou apparentés » de « moins de quarante-cinq ans » sont interdits au nom de la préservation de la race et de la « protection du sang allemand ». Ils sont également privés du droit de vote et exclus de l'exercice de certaines professions.

2. La pratique des régimes totalitaires

- **Les régimes totalitaires fonctionnent de manière très centralisée.** Pour atteindre ce but, un contrôle étroit des fonctionnaires est établi. Ainsi dès l'accession au pouvoir de Hitler, l'administration est soumise à une véritable épuration : les Juifs ou les communistes en sont exclus. Il faut ainsi être membre du Parti nazi pour exercer une fonction publique puisque l'État et le parti sont liés bien que distincts officiellement. Le nombre d'adhérents au parti nazi passe de 4 millions en 1933 à 9 millions en 1939.
- **Si les anciennes institutions sont conservées** en Allemagne et en Italie, elles sont en pratique vidées de leur contenu.
- **En 1936, l'URSS adopte une Constitution** où les principes démocratiques sont affirmés, mais le rôle dirigeant du parti communiste est rappelé et les institutions soviétiques sont maintenues.
- **Les trois régimes utilisent la propagande** pour mettre en avant le chef et son idéologie par le « culte de la personnalité ». Pour cela différents supports sont exploités et donc contrôlés : la presse en premier lieu, mais également la radio, l'art et le sport qui sont mis au service des objectifs idéologiques. Cette propagande est également un moyen d'encadrer la population pour créer cet « homme nouveau ».
- **Les systèmes totalitaires éprouvent la nécessité de surveiller la population** dans ses faits, ses gestes et ses pensées. Pour atteindre cet objectif, un effort d'encadrement permanent de tous les âges est entrepris : les jeunes comme les adultes sont enrôlés dans des groupes aux objectifs divers (sportifs, culturels, paramilitaires…). On retrouve ainsi en Italie, les jeunes de 4 à 18 ans incorporés

Sachez que…
En Allemagne nazie, les programmes enseignent la croyance en l'inégalité des races et en la supériorité de la race dite « aryenne ».

COURS

ZOOM SUR...

La Nuit de Cristal (9-10 novembre 1938)

1 Les origines du pogrom

→ **Le 7 novembre 1938,** un Juif polonais qui habite Paris et veut protester contre l'expulsion récente des Juifs polonais vivant en Allemagne, blesse mortellement le secrétaire de l'ambassade d'Allemagne. Cet attentat est le prétexte que recherchent les nazis pour s'en prendre à la communauté juive allemande. La presse se déchaîne en dénonçant un prétendu « complot juif » et profère des menaces à peine voilées.

→ **Au soir du 9 novembre 1938 à Munich**, Goebbels, ministre de la Propagande du Reich, prononce un discours aux accents violents où il annonce qu'une chasse aux Juifs a commencé dans certaines villes du Reich. C'est une véritable incitation à agir. Le pogrom peut commencer.

2 Une poussée de violence inédite

→ **Les 9 et 10 novembre 1938, l'émeute se propage** de manière foudroyante et vise tous les symboles du judaïsme. Des synagogues sont incendiées mais le pogrom s'étend également aux biens privés, appartements, maisons et commerces tenus par les Juifs. On donne au pogrom le nom de « Nuit de Cristal » en référence aux nombreuses vitrines brisées qui jonchaient le sol après l'émeute. Himmler, chef des SS, ordonne à ses troupes d'intervenir pour empêcher un pillage généralisé et fait interner 30 000 juifs.

→ Les Juifs sont tenus responsables et condamnés à verser une « amende » (intitulée « réparation ») pour les dommages causés et pour avoir provoqué « la juste colère du peuple allemand » !

3 Les conséquences de l'événement

→ **Ce pogrom signifie qu'une nouvelle étape a été franchie** dans la politique antisémite nazie. Le processus génocidaire est donc en marche et il s'est même étendu à l'Autriche, récemment annexée (mars 1938).

→ **Cette poussée de violence n'est pas une émeute spontanée** et reste le fait d'une minorité de la population.

→ **Le pogrom va accélérer l'émigration des juifs allemands :** 525 000 vivaient en Allemagne en 1933 et ils ne seront plus que 275 000 en 1939.

dans « l'Œuvre nationale Balilla », une organisation où ils reçoivent un enseignement idéologique. En URSS, c'est le rôle du « Komsomol » et en Allemagne des « Jeunesses hitlériennes ».

- **Toute opposition étant interdite, ces régimes pratiquent la terreur de masse.** Dans le cas de l'URSS, il s'agit des « ennemis de classe », mais le champ d'application de cette catégorie est très étendu, comme lors des purges. En Allemagne nazie, les opposants politiques et « raciaux » sont persécutés. Pour mener la répression des oppositions, une terreur d'État est organisée à grande échelle : les polices politiques (NKVD en URSS, OVRA en Italie et Gestapo en Allemagne) sont chargées de pourchasser, torturer et condamner tous ceux qui s'opposent à l'État.

Doc. **Les procès de Moscou (1936-1938) condamnent d'anciens cadres du parti pour des crimes imaginaires**

- **Des lieux de détention spécifiques sont créés** avec l'ouverture des camps de concentration en Allemagne dès 1933, de lieux de relégation dans les îles méditerranéennes en Italie et du Goulag en URSS. On estime qu'entre 1932 et 1940 on passe en URSS de 300 000 à 2 millions de détenus.

- **Enfin, malgré la répression très forte, des formes de résistance**, même très minoritaires, se développent contre les projets totalitaires.

COURS

3. Des régimes alliés qui menacent la paix

• **Même s'ils sont très différents, ces régimes** ont en commun de vouloir étendre leur territoire pour accaparer des matières premières et renforcer leur puissance. En Allemagne, le régime met en avant la nécessité d'obtenir un « espace vital » (ou *Lebensraum*) destiné à assurer la survie et l'expansion de la « race aryenne ».

• **Avec l'Anschluss,** en rattachant l'Autriche au Reich en violation du traité de Versailles, Hitler s'approche ainsi de son objectif de rattacher tous les peuples de langue germanique à l'Allemagne nazie.

• **En septembre 1938, Hitler souhaite démembrer la Tchécoslovaquie** pour rattacher au Reich la région des Sudètes, où vivent plus de 3 millions d'habitants de langue allemande. Pour éviter la guerre, une conférence est organisée à Munich les 29 et 30 septembre 1938 et donne satisfaction à l'Allemagne nazie, discréditant les démocraties libérales.

• **Face à l'incapacité des démocraties à assurer la paix en Europe**, Staline décide de s'allier avec l'Allemagne nazie en signant le pacte de non-agression germano-soviétique, le 23 août 1939.

De la Nuit de Cristal à l'invasion de la Pologne

Doc. Carte postale diffusée dans l'ensemble du nouveau Reich, 1938

Traduction : 13 mars 1938 (Anschluss) « Un peuple, un État, un guide »

L'ESSENTIEL

Les régimes totalitaires

- Les régimes totalitaires fasciste, nazi et soviétique sont issus des conséquences de la Première Guerre mondiale et de l'insuffisance des pratiques démocratiques dans leurs pays d'origine.
- Ils ont des points communs : l'usage de la violence, le contrôle des populations et le renforcement de l'État central. Ils sont placés sous l'autorité d'un chef qui institue un culte de la personnalité. Enfin, ils souhaitent créer un « homme nouveau » qui corresponde à leur idéologie.
- Mais ces régimes comportent également d'importantes différences dans les objectifs recherchés qui sont basés sur l'État en Italie fasciste, sur la race en Allemagne nazie et sur la notion de classe en URSS stalinienne.

ZOOM SUR…

La Grande Terreur en URSS (1937-1938)

1 Une répression progressive

→ **Les procès de Moscou** sont une série de procès spectaculaires truqués, organisés par Joseph Staline pour éliminer politiquement et physiquement les vétérans bolcheviques de la révolution russe, qui avaient mené à bien la création de l'Union soviétique en compagnie de Lénine.

→ **L'assassinat, le 4 décembre 1934, de Kirov,** dirigeant très populaire du parti, est le point de départ de la Grande Terreur. Une vaste campagne d'épuration est alors engagée au sein du parti. Mais aux exclusions succède bientôt l'organisation de procès des dirigeants qui se sont déjà opposés à Staline.

2 L'organisation des procès de Moscou

→ **En premier lieu, les persécutions** touchent les bolcheviques historiques, ceux qui jouissent d'une forte popularité au sein de la population. Pour éliminer ces concurrents réels ou supposés, Staline ne se contente pas de les déporter ou de les exécuter. Il souhaite les décrédibiliser aux yeux de la population. C'est dans cet objectif que des dossiers d'accusation sont montés de toutes pièces par le NKVD.

→ **Les procès se déroulent en l'absence d'avocats** et souvent les aveux des accusés sont obtenus après l'usage de la torture et des menaces sur leurs familles. Les actes d'accusation évoquent des faits de terrorisme, la participation à une conjuration anticommuniste, le sabotage, la préparation d'assassinat de plusieurs hauts responsables du parti…

3 Les conséquences de la Grande Terreur

→ **Entre 1936 et 1938, quatre grandes séries de procès** sont organisées par le procureur général Andreï Vichinsky. Les « aveux » publics de ces anciens dirigeants frappent l'opinion internationale qui ignore tout de la réalité des procédures qui ne respectent pas le droit des accusés et des fausses accusations.

→ **On estime enfin qu'un tiers des officiers de l'Armée rouge** sont arrêtés puis exécutés. Cela aura des grandes conséquences lors de l'attaque allemande contre l'URSS en juin 1941. La Grande Terreur stalinienne est donc révélatrice de la pratique de la violence par les régimes totalitaires.

ZOOM SUR...

La guerre d'Espagne (1936-1939)

1 L'insurrection nationaliste

→ **En Espagne, la République a été proclamée en 1931**. Le nouveau régime, doté d'une Constitution démocratique, se heurte cependant à de fortes oppositions : celle du clergé catholique, des autonomistes basques ou catalans, de l'aristocratie terrienne et enfin de certains membres de l'armée.

→ **La victoire en février 1936 du « Frente Popular »,** une coalition de gauche réunissant socialistes, communistes, radicaux et anarchistes, suscite un soulèvement militaire le 17 juillet 1936. L'insurrection se propage très vite à l'ensemble du pays. C'est le début d'une guerre civile qui oppose les nationalistes, dirigés par Francisco Franco, aux républicains du gouvernement légal.

2 Un conflit qui s'internationalise

→ **L'Allemagne nazie et l'Italie fasciste** apportent leur soutien à Franco avec la livraison d'avions qui participent au transport des troupes nationalistes dans la péninsule. Le 26 avril 1937, la légion Condor participe au bombardement du village basque de Guernica : 70 % de la ville fut détruite avec environ un millier de victimes.

→ **Le soutien matériel de l'URSS en faveur des républicains** est très important, alors que les « Brigades internationales » constituent une aide originale avec 60 000 volontaires issus de 70 nationalités. Du côté des démocraties, c'est la non-intervention qui prévaut.

3 La victoire franquiste et ses conséquences

→ **Sur le plan stratégique,** la guerre d'Espagne est une répétition militaire de ce que sera la Seconde Guerre mondiale : la combinaison de l'aviation et des forces terrestres y fait ses preuves. L'Espagne devient également le symbole de la lutte entre la démocratie et les régimes totalitaires.

→ **La défaite des républicains** et le triomphe des nationalistes de Franco en mars 1939 résonne comme un signal pour Hitler et Mussolini : ces derniers, renforcés dans leur détermination expansionniste, multiplient les coups d'audace, les annexions, et s'acheminent lentement vers un nouveau conflit.

3 La Seconde Guerre mondiale : un conflit inédit (1937-1945)

A Le succès des Japonais et de l'Axe (1937-1942)

1. Le conflit sino-japonais préfigure le second conflit mondial

- **À partir de 1930**, le Japon mène une politique expansionniste en Asie : en 1931, il prétexte le sabotage d'une ligne de chemin de fer en Mandchourie pour envahir ce territoire.
- **Le Japon quitte la SDN en mars 1933 et attaque la Chine en juillet 1937**. La prise de Nankin en décembre se traduit par des massacres (100 000 personnes sont tuées dont 40 000 civils) et le viol de 20 000 femmes. Cette violence contre des civils est une des caractéristiques de la Seconde Guerre mondiale.

2. En Europe : des choix stratégiques différents

- **Le 1er septembre 1939, les troupes allemandes envahissent la Pologne**, utilisant la tactique que l'on qualifiera plus tard de Blitzkrieg. Le Royaume-Uni et la France réagissent en déclarant la guerre à l'Allemagne, le 3 septembre. Le 17 septembre, conformément au pacte germano-soviétique, les troupes de l'Armée rouge attaquent à leur tour. La Pologne est contrainte de capituler le 27 septembre, sans que les alliés franco-britanniques ne soient intervenus.
- **Si, potentiellement, les Franco-Britanniques disposent d'une supériorité économique et numérique,** la stratégie adoptée par les deux camps diffère et va peser sur le début du conflit. Hitler, conscient des faiblesses de l'Allemagne en matières premières, veut une guerre courte et adopte une tactique offensive. À l'inverse, la France et le Royaume-Uni, soucieux de ménager leur opinion publique et désireux de se renforcer en mobilisant les ressources de leurs empires coloniaux, adoptent une stratégie défensive.

3. Les victoires allemandes et l'isolement britannique

- **Le 10 mai 1940, Hitler lance l'offensive à l'ouest contre le Luxembourg, la Belgique et les Pays-Bas**. L'armée allemande perce le front français à l'ouest de la ligne Maginot et, par un mouvement tournant, encercle les armées alliées qui se sont avancées en Belgique. La supériorité allemande est écrasante sur le plan tactique et stratégique. L'attaque italienne contre la France, le 10 juin, contraint le gouvernement français à demander l'armistice, qui est signé le 22 juin 1940.

Doc. Les victoires de l'Axe (1939-1942)

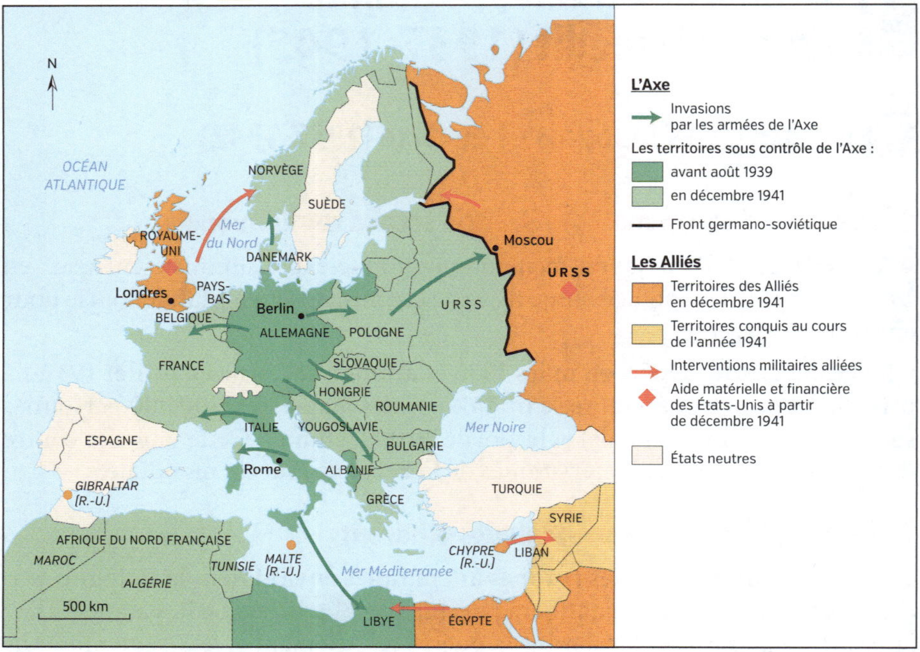

● **Le Royaume-Uni est désormais seul dans la lutte**. Son nouveau Premier ministre Winston Churchill fait preuve de détermination et le pays fait face au bombardement des grandes villes britanniques par l'aviation allemande (la Luftwaffe).

● **L'attaque allemande dans les Balkans et en Méditerranée** est nécessitée par les difficultés rencontrées par les troupes italiennes face à la Grèce : la Yougoslavie est écrasée et la Grèce capitule en avril 1941.

Sachez que...

Dans un discours à la Chambre des communes, le 13 mai 1940, Churchill ne cache pas les difficultés auxquelles le Royaume-Uni devra faire face en précisant : « Je n'ai rien à offrir que du sang et des larmes. »

● **En janvier 1941, les Allemands envoient en Libye l'« Afrika Korps »**, commandée par Rommel, pour soutenir les Italiens face aux Anglais et couper la route de Suez.

4. L'extension mondiale du conflit et la « Grande Alliance » (1941-1942)

● **Depuis 1933, Hitler est convaincu que la guerre contre l'URSS est nécessaire.** La Wehrmacht, appuyée par des contingents de pays européens satellites, attaque l'URSS le 22 juin 1941. L'effet de surprise est total et l'armée rouge doit battre en retraite. Mais l'URSS mène une contre-offensive à la fin de 1941 : l'hiver 1941-1942 est très difficile pour les troupes allemandes, transformant l'offensive en guerre d'usure.

Sachez que...
L'Armée rouge a été affaiblie par les purges et les procès de Moscou qui l'ont privée d'une partie de ses cadres.

Doc. Une mondialisation progressive du conflit (1937-1945)

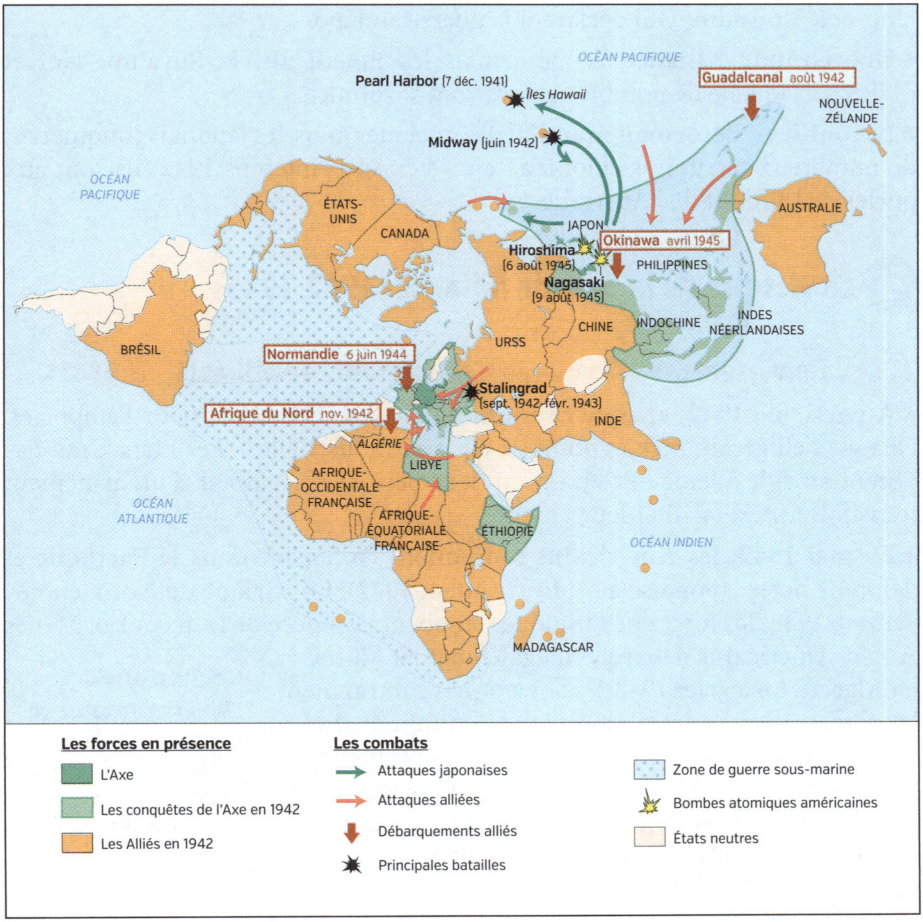

- **Progressivement, les États-Unis mettent fin à leur neutralité** : en mars 1941, la « loi prêt-bail » permet aux Américains de prêter le matériel militaire aux pays alliés qui en auraient besoin. Le Royaume-Uni et l'URSS vont pouvoir en pratique puiser dans les ressources américaines. En août 1941, Churchill et Roosevelt élaborent la Charte de l'Atlantique qui fixe les grands principes de l'après-guerre.
- **Depuis le début du conflit, les États-Unis ont instauré un embargo contre le Japon**, le privant notamment de l'indispensable approvisionnement en pétrole. Le 7 décembre 1941, l'attaque japonaise surprise sur la base de Pearl Harbor a pour but d'affaiblir la flotte américaine dans le Pacifique afin de permettre la poursuite de l'expansion en Asie-Pacifique. Le 8 décembre, les États-Unis et le Royaume-Uni déclarent la guerre au Japon.
- **Une Grande Alliance** lie désormais les États-Unis, le Royaume-Uni et l'URSS, à laquelle de nombreux pays vont se joindre.
- **Le conflit est désormais mondial**. En quelques mois, les Japonais conquièrent de nombreux territoires coloniaux en Asie. Au printemps 1942, ils sont aux portes de l'Inde et de l'Australie.

B La victoire de la Grande Alliance (1942-1945)

1. Le « renversement de la marée » et les atouts des Alliés (1942-1943)

- **À partir de 1942, chaque camp mobilise ses ressources** pour l'emporter. Chaque belligérant met au point sa « guerre industrielle ». Les États-Unis élaborent ainsi le Victory Program qui leur permet de se doter d'un armement massif destiné à faciliter leur victoire.
- **En mai 1942, les Américains reprennent l'offensive dans le Pacifique** et défont la flotte japonaise à Midway (juillet 1942). En Afrique du Nord, en novembre 1942, les forces britanniques stoppent l'avancée de l'Afrika Korps. Les Anglo-Américains débarquent également au Maroc et en Algérie. En février 1943, les Soviétiques contraignent les forces allemandes à capituler à Stalingrad. Entre mai et juillet 1943, les Alliés qui contraignent les troupes de l'Axe (Allemagne et Italie, associées au Japon) à capituler en Tunisie, débarquent en Sicile, puis sur la botte italienne. Désormais la dynamique a changé de camp.

Sachez que...
L'Allemagne réorganise son économie en janvier 1942 et mobilise plus de 12 millions d'Européens qui sont contraints d'aller travailler en Allemagne (STO).

2. Les victoires alliées en Europe (1943-1945)

- **En Italie,** Mussolini est affaibli par le débarquement allié : le 25 juillet 1943, il est destitué et les Italiens capitulent le 8 septembre.
- **Les débarquements alliés du 6 juin 1944 en Normandie et celui de Provence, le 15 août,** permettent de libérer une majeure partie de la France.

3. La capitulation japonaise et la fin du conflit

- **Sur le front du Pacifique, les Américains** remportent en juin 1944, la bataille décisive des îles Mariannes. Ils poursuivent ensuite leur reconquête du Pacifique, tandis que les Britanniques attaquent par l'Inde. Cependant, les militaires japonais refusent de capituler et utilisent les kamikazes pour détruire les navires américains et ralentir l'avance alliée.
- **Après les bombardements nucléaires américains** des 6 et 9 août sur les villes de Nagasaki et Hiroshima, la capitulation japonaise est officiellement signée le 2 septembre 1945 sur le pont de l'USS Missouri dans la baie de Tokyo. C'est la fin d'un conflit qui aura fait plus de 50 millions de morts, avec des civils autant frappés voire plus que les militaires dans certains pays.

Doc. Le bilan humain de la Seconde Guerre mondiale

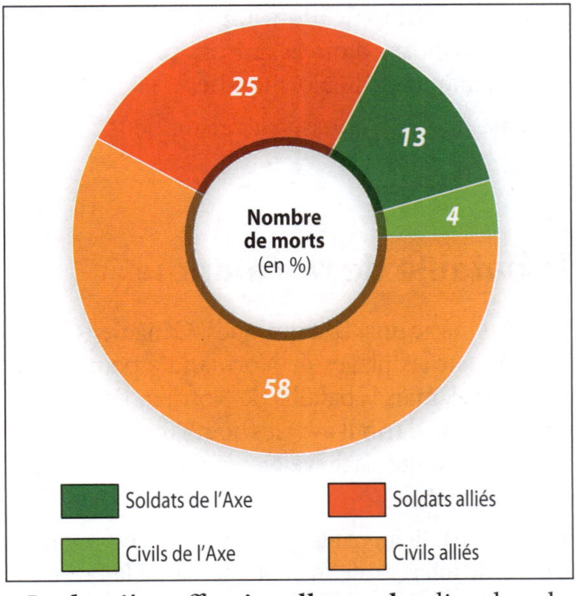

- **La dernière offensive allemande** a lieu dans les Ardennes en décembre 1944, mais elle échoue. Désormais, les Alliés, appuyés par les armées françaises, reprennent l'initiative et pénètrent en Allemagne : le Rhin est franchi en mars 1945.
- **Hitler se suicide le 30 avril 1945** pendant la bataille de Berlin. L'Allemagne signe alors sa capitulation sans conditions, le 7 mai à Reims et le 8 mai à Berlin.

ZOOM SUR...

Le débarquement en Normandie et l'opération Bagration (1944)

1 L'opération Overlord

→ **C'est à la conférence de Téhéran (28 novembre-1er décembre 1943)** que Roosevelt, Churchill et Staline décident de lancer une opération de débarquement en Europe de l'Ouest, pour soulager les Soviétiques à l'Est.

→ **Le général Eisenhower**, nommé commandant en chef des forces alliées, est chargé de mener à bien ce débarquement à haut risque.

→ **L'objectif est de forcer le mur de l'Atlantique** et ses défenses. Les Alliés font également appel à l'aide de la Résistance française pour affiner leur connaissance du terrain.

→ **Pour convaincre Hitler que le débarquement aura lieu dans le Pas-de-Calais,** les Alliés montent une opération d'intoxication, appelée « Fortitude » : de faux navires, chars et avions sont disposés dans le sud-est de l'Angleterre, face à Calais, pour détourner les Allemands de la Normandie.

→ **Initialement prévu le 5 juin,** l'assaut est repoussé en raison de la tempête qui souffle en Manche.

2 Le 6 juin 1944 et la bataille de Normandie

→ **Le 6 juin à l'aube,** plus de 150 000 Américains, Britanniques, Canadiens et des supplétifs d'autres nations, débarquent sur les plages de Normandie pour établir cinq têtes de pont. Les Alliés ont débarqué, mais la bataille de Normandie va durer encore 100 jours : les civils paient un très lourd tribut avec les bombardements et les exactions de soldats. La bataille de Normandie s'achève en août 1944, ouvrant la route de Paris qui est libérée à la fin août 1944.

→ **Un deuxième débarquement,** auquel participent les Français libres, est organisé le 15 août 1944 en Provence. Il permet de libérer une majeure partie de la France.

Doc. Le débarquement du 6 juin 1944 à Omaha Beach (Normandie)

3 L'opération Bagration

→ **À Téhéran,** Staline annonce qu'une offensive stratégique majeure sur le front Est sera organisée au printemps 1944 : il s'agit de l'opération Bagration, en référence au général russe Pierre de Bagration, mort à la bataille de la Moskova, contre Napoléon Ier en 1812.

→ **L'offensive, menée entre juin et août 1944,** permet à l'Armée rouge d'occuper successivement les pays baltes, la Roumanie la Bulgarie et la Hongrie. Le 6 septembre, en Yougoslavie, elle fait la jonction avec les partisans de Tito.

→ **Cette libération de l'Europe de l'Est** par les Soviétiques aura de lourdes conséquences.

C Un conflit d'une violence inouïe et la mise en œuvre d'un processus génocidaire

1. Une guerre totale qui produit une violence de masse

- **Constituées de régimes totalitaires et autoritaires, les puissances de l'Axe** asservissent les individus et les peuples au nom de leur idéologie.
- **Les Alliés, de leur côté** constituent le camp des démocraties qui combattent en faveur des droits de l'Homme affirmés dans la « Charte de l'Atlantique ».
- **La lutte entre fascismes et démocraties,** encouragée par une intense propagande, se décline à différentes échelles, des États jusqu'aux populations. L'opposition entre résistants et collaborateurs crée des situations de guerres civiles.
- **Dans la logique de la guerre totale,** les États pratiquent une guerre technologique qui se caractérise par un grand effort de recherche et d'innovations. L'aviation devient un outil essentiel de la guerre avec la mise en œuvre de bombardements stratégiques qui effacent la distinction entre militaires et civils.
- **Le déchaînement de violences s'accroît** avec la multiplication des crimes de guerre et des violences de masse. La guerre d'anéantissement à l'Est qui oppose l'Allemagne nazie à l'URSS de Staline dépasse la simple campagne militaire pour devenir une entreprise idéologique de destruction de l'adversaire.

Sachez que...

Dans un discours pour le 10e anniversaire de l'accession au pouvoir de Hitler le 30 janvier 1943, Goebbels, ministre de la Propagande du Reich, affirme : « Après cette guerre, il n'y aura plus ni vainqueurs ni vaincus, seulement des survivants et des anéantis. »

Doc. Le fantasme d'un complot juif mis en scène par les nazis (1942)

Un autre regard sur la propagande avec NOTA BENE

ZOOM SUR...

Hiroshima et Nagasaki (août 1945)

1 Le projet Manhattan

→ **Dès août 1939, Albert Einstein** adresse une lettre au président Roosevelt dans laquelle il explique que la fission d'un noyau d'uranium peut produire une énergie extraordinaire pouvant servir de support à une bombe à la puissance exceptionnelle.

→ **En décembre 1941, après Pearl Harbor, le projet Manhattan** est lancé à l'échelle du territoire états-unien, employant plus de 40 000 personnes dans le plus grand secret. Le centre principal se trouve à Los Alamos, dans le désert du Nouveau Mexique. La bombe est prête en juillet 1945.

2 Les bombardements nucléaires des 6 et 9 août 1945

→ **Truman qui a succédé à Roosevelt** en avril 1945, prend la décision d'utiliser cette arme surpuissante. Le 6 août 1945 à 8 heures 15, la bombe atomique explose à 600 mètres au-dessus d'Hiroshima. C'est une boule de feu atteignant plusieurs millions degrés qui tue et irradie entre 80 000 et 140 000 personnes. L'onde de choc se propage à une vitesse de 1 000 kilomètres/heure, détruisant tout sur son passage.

→ **Trois jours après ce bombardement, une nouvelle bombe** est prête à son tour. Elle est de composition différente, au plutonium, et porte le nom de « Fat Man ». Larguée sur Nagasaki, le 9 août, elle aurait tué entre 35 000 et 70 000 habitants.

3 La portée des bombardements atomiques

→ **Après le largage de deux bombes,** le président Truman exige une reddition immédiate des forces japonaises. L'empereur Hiro-Hito prend alors la décision d'annoncer aux chefs militaires la capitulation.

→ **La thèse classique explique la décision de Truman** par sa volonté d'épargner les combattants américains qu'il aurait fallu sacrifier pour conquérir l'archipel japonais. Une thèse dite « révisionniste » prétend cependant que Truman a ainsi souhaité pratiquer une « diplomatie atomique » face à l'URSS, affirmant la supériorité militaire des États-Unis.

COURS

2. La mise en œuvre du processus génocidaire : de l'exclusion aux agressions légalisées

- **L'idéologie nazie prétend à l'existence d'une « race » supérieure (aryenne)**, seule apte à dominer le monde. Les autres peuples doivent la servir et les « *Untermenschen* » (« sous-hommes » : Juifs, Tsiganes, Slaves) sont des esclaves voués à disparaître.

- **Dans les zones occupées par les nazis et dans certains États satellites**, les Juifs ne peuvent plus exercer des professions libérales et administratives. Les commerçants subissent des boycotts, alors que les spoliations dépossèdent les propriétaires de leurs biens.

- **Dans certaines villes, ils sont regroupés dans des ghettos** : celui de Varsovie accueille le tiers de la population sur 2,4 % de la superficie de la ville. Les habitants des ghettos sont ainsi isolés du reste de la population et vivent dans des conditions épouvantables.

- **Les nazis imposent sur certains territoires le port de l'étoile jaune** et tentent de recenser la population juive en vue de la déporter.

> **Sachez que...**
> Le premier ghetto est créé à Lodz en Pologne dès avril 1940, puis suivent Cracovie, Lublin et Varsovie en octobre. Le ghetto de Varsovie a compté jusqu'à 500 000 personnes.

- **Avec l'opération Barbarossa,** un nouveau cap est franchi puisque les *einsatzgruppen*, détachements SS, s'emploient à exterminer méthodiquement par fusillades les Juifs des territoires conquis (2 millions de morts).

- **Une dernière étape est amorcée avec la déportation et la « mise à mort »** planifiées à partir de 1941. Lors de la conférence de Wannsee le 20 janvier 1942, dirigée par Heydrich, les responsables nazis organisent l'extermination. Ils aménagent un vaste maillage ferroviaire en Europe, drainant dans des convois les populations juives qu'ils veulent exterminer à travers un ensemble complexe de camps et de centres. Les six centres de mise à mort – dont Maidanek, Auschwitz et Treblinka plus trois qui ne comprennent pas de camp de travail (Chelmno, Belzec, Sobibor) – sont aménagés à échelle industrielle en véritables « usines » de mort pour les populations juives d'Europe.

- **On caractérise le génocide juif par les nazis sous le nom de « Shoah »**, terme hébreu signifiant catastrophe. Aujourd'hui, les historiens estiment que le bilan de la Shoah s'établit entre 5 et 6 millions de morts. Entre 200 000 et 500 000 Tsiganes ont également été exterminés, mais le génocide ne semblait viser que ceux qui étaient originaires du Reich. Dans les autres pays, ils ont été internés dans des conditions très difficiles. On parle de « *Samudaripen* ».

ZOOM SUR...

Le front de l'Est et la guerre d'anéantissement

1 L'opération Barbarossa et ses objectifs

→ **Dès 1940, Hitler a envisagé de rompre le pacte germano-soviétique** de non-agression, signé en août 1939. Il souhaite mener une guerre d'anéantissement avec comme objectif de s'approprier de vastes territoires à l'Est. Il a également un but idéologique en voulant détruire le communisme. Dans sa représentation raciale de la hiérarchie des races, les Slaves ont vocation à être placés au service des Aryens.

→ **Le 22 juin 1941, la Wehrmacht,** appuyée par les forces d'États alliés et vassaux, envahit l'URSS. La surprise est totale et l'Armée rouge recule. Les Allemands contrôlent de grands centres industriels ainsi que les vastes terres à blé d'Ukraine.

2 Une guerre qui transgresse les normes de la civilisation

→ **Cette guerre est d'une violence inouïe :** les victimes se comptent par millions sur les champs de bataille, mais également à l'arrière où des commandos (*Einsatzgruppen*) fusillent les Juifs et les supposés commissaires politiques du parti communiste d'URSS. Des milliers de villages sont incendiés et leur population est massacrée.

→ **Pourtant, l'Armée Rouge résiste,** libérant l'étau autour de Moscou fin 1941 et remportant la bataille de Stalingrad (août 1942-février 1943). Au total cette guerre fait 26,2 millions de victimes, soit 16 % de la population de l'URSS en 1940.

→ **Avec l'opération Barbarossa,** plusieurs millions de Juifs tombent sous la domination nazie. Dans ce contexte, le régime hitlérien décide de mettre en œuvre la destruction des Juifs d'Europe que l'on qualifie aujourd'hui de « Shoah ».

Doc. **Déportation, système concentrationnaire et centres de mise à mort dans l'Europe nazie**

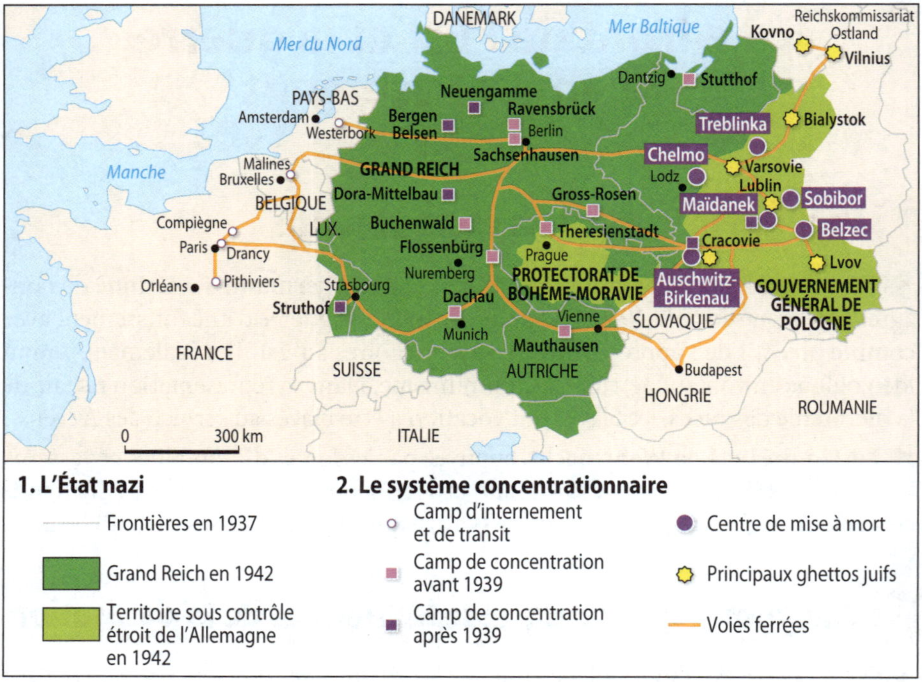

D La France dans la guerre (1940-1944)

1. Une France défaite et occupée

• **Le 3 septembre 1939, la France et le Royaume-Uni** déclarent la guerre à l'Allemagne. Pourtant la stratégie adoptée repousse les débuts du combat : c'est la « drôle de guerre ».

• **Avec l'offensive allemande du 10 mai 1940** et la manœuvre de contournement effectuée par l'armée allemande, les troupes franco-britanniques se trouvent en difficulté. La panique gagne les civils : 8 millions de Français fuient l'avancée allemande dans l'« exode ». En cinq semaines l'armée française est battue : le 14 juin, Paris est occupée.

• **La défaite est un choc pour les Français.** Le 16 juin, Reynaud démissionne et est remplacé par Pétain, héros de Verdun (1916), qui refuse de poursuivre les combats depuis l'outre-mer.

Sachez que...
La victoire allemande n'avait rien d'inéluctable. Elle résulte surtout de la désobéissance des généraux Guderian et Rommel, qui, dans la percée décisive, ont poussé l'avantage quand le haut commandement leur ordonnait d'attendre les soutiens.

• **Un armistice est signé le 22 juin 1940 à Rethondes.** Ses conditions sont très dures : la France est partagée en sept zones (dont une non occupée), obligée de livrer les citoyens allemands présents sur son sol, et doit se contenter d'une armée réduite à 100 000 hommes. Elle est contrainte de payer les frais d'occupation exorbitants de 400 millions de francs par jour.

• **Mais l'armistice est un véritable piège :** l'administration française doit collaborer avec l'occupant dans les territoires occupés, alors que 1,8 million de prisonniers gagnent des camps (stalags) en Allemagne. La France est coupée en deux par une « ligne de démarcation » que les occupants ferment à leur guise, lorsqu'ils veulent faire pression sur le gouvernement français. Enfin, l'Alsace-Moselle est annexée de fait au Reich. La France est donc vassalisée.

Doc. Une France éclatée

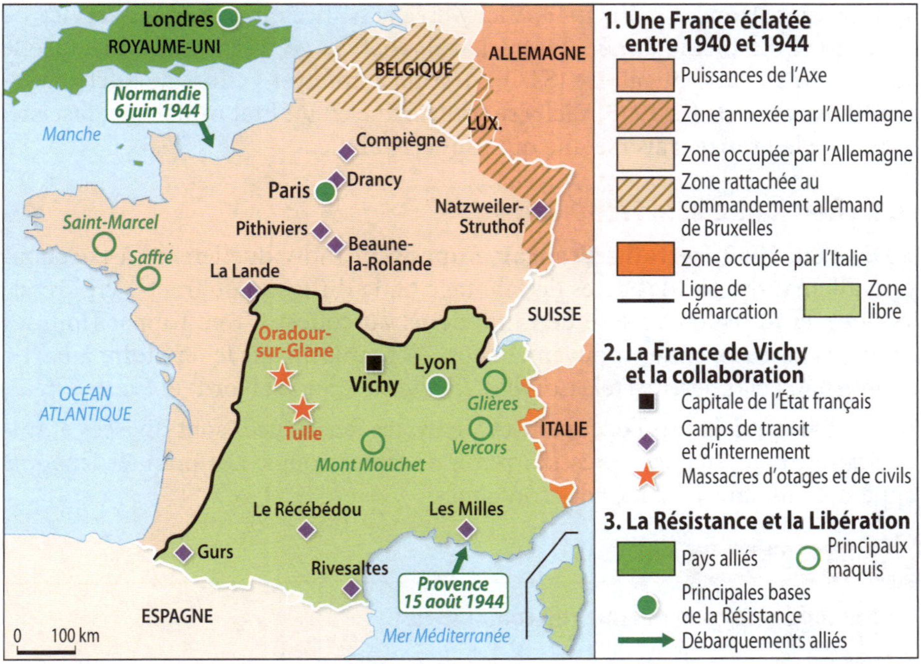

2. Le régime de Vichy et la collaboration

• **Le gouvernement s'installe à Vichy** et convoque le Parlement. Le 10 juillet 1940, celui-ci accorde les pleins pouvoirs au maréchal Pétain : c'est la fin de la forme républicaine du gouvernement. Dès le lendemain, Pétain, qui s'intitule « Chef de l'État français », met en place un régime autoritaire, antisémite, xénophobe et charismatique (fondé sur le culte du chef).

● **Le maréchal Pétain et son gouvernement,** expliquent la défaite par les erreurs commises par la République. Il propose une « Révolution nationale » basée sur de nouvelles valeurs, opposées à celles de la République.

● **La nouvelle devise de la France** devient « Travail, Famille, Patrie » et le Parlement n'est plus réuni, alors que les partis et les syndicats sont interdits, la presse et la radio censurées.

● **Ce régime antisémite exclut les Juifs de la nation française** en adoptant les Statuts des Juifs en 1940 et 1941. Après la rencontre à Montoire entre le maréchal Pétain et Hitler le 24 octobre 1940, Vichy engage la France dans la voie de la collaboration avec l'Allemagne nazie. Des policiers français participent aux arrestations de Juifs (« rafle du Vel d'Hiv » en juillet 1942).

● **L'occupation de la « zone libre » en novembre 1942** réduit à néant la souveraineté française. En 1943, Vichy crée la Milice qui se met au service de l'occupant. La même année, Pierre Laval, chef du gouvernement, instaure le service du travail obligatoire (STO), destiné à appuyer l'effort de guerre allemand. À partir de fin 1943, Vichy se transforme en un État milicien et fasciste, alors que la France traverse une quasi-guerre civile.

3. La Résistance et la France libre

● **Dès l'été 1940, certains Français s'opposent** individuellement à l'occupation allemande, par des actes de sabotage ou la diffusion de tracts. Progressivement, la Résistance passe de l'individuel au collectif avec l'apparition des premiers réseaux et des mouvements qui s'organisent sur le territoire à partir de journaux clandestins, tels *Combat*, *Libération* (Sud et Nord) et *Franc-Tireur*.

● **Combattant à la fois l'occupant et Vichy,** les Résistances sont divisées et minoritaires, alors que la répression porte de rudes coups. Les premiers maquis apparaissent dans les zones de montagnes.

L'ESSENTIEL

La Seconde Guerre mondiale : un conflit inédit

- La Seconde Guerre mondiale (1937-1945) représente un conflit exceptionnel de par sa durée et son extension géographique. Il est également caractérisé par un déchaînement exceptionnel de violences qui atteignent leur paroxysme avec le processus conduisant au génocide des Juifs et des Tsiganes.
- La France, défaite et occupée est écartelée entre deux visions de l'avenir : celle de Pétain et du gouvernement de Vichy assume la défaite et se lance dans la collaboration, alors que de Gaulle et les Résistances souhaitent poursuivre le combat.
- À partir de 1943, le CNR porte le projet d'une refondation républicaine destinée à instaurer une « République sociale » en France.

ZOOM SUR...

Juin 1940 en France : continuer ou arrêter la guerre ?

1 Pétain est persuadé qu'il faut arrêter la guerre

→ **Pétain est convaincu que la guerre est perdue** face à une Allemagne qui vient de démontrer sa puissance. Depuis Bordeaux, où le gouvernement s'est réfugié, il refuse de poursuivre la lutte depuis l'empire colonial qui est intact. Il pense que la défaite s'explique par un effondrement moral de la France qu'il attribue très largement à la République.

→ **Aussi, comme il l'annonce dans son discours du 17 juin,** l'armistice lui apparaît comme un moyen de favoriser une « renaissance française ». Cette vision le conduit également sur la voie de la collaboration, lorsqu'il rencontre Hitler à Montoire-sur-le-Loir, le 24 octobre 1940.

Doc. **Discours radiodiffusé du maréchal Pétain le 17 juin 1940**

« Français ! À l'appel de Monsieur le président de la République, j'assume à partir d'aujourd'hui la direction du gouvernement de la France. Sûr de l'affection de notre admirable armée, qui lutte avec un héroïsme digne de ses longues traditions militaires contre un ennemi supérieur en nombre et en armes, sûr que par sa magnifique résistance elle a rempli son devoir vis-à-vis de nos alliés, sûr de l'appui des anciens combattants que j'ai eu la fierté de commander, sûr de la confiance du peuple tout entier, je fais à la France le don de ma personne pour atténuer son malheur. [...] C'est le cœur serré que je vous dis aujourd'hui qu'il faut cesser le combat. Je me suis adressé cette nuit à l'adversaire pour lui demander s'il est prêt à rechercher avec nous, entre soldats, après la lutte et dans l'honneur, les moyens de mettre un terme aux hostilités.

Discours radiodiffusé du maréchal Pétain le 17 juin 1940.

2 De Gaulle refuse la défaite et fait le choix de la Résistance

→ **Le 16 juin 1940, le général de Gaulle refuse l'armistice et se réfugie à Londres.** Le 18 juin, il lance un appel depuis la BBC pour poursuivre le combat aux côtés du Royaume-Uni. Pour lui, la défaite française n'est que temporaire, alors que cette guerre se déroule à une échelle mondiale.

→ **Il invite les Français à résister.** À cette date, le général semble isolé, mais il est reconnu le 27 juin 1940 par Winston Churchill, comme « chef des Français libres ». À Londres, de Gaulle crée les Forces françaises libres (FFL), embryon d'une armée française qui poursuit le combat. À partir de l'automne 1940, de Gaulle entend incarner l'État républicain et démocratique.

ZOOM SUR...

De Gaulle et la France libre

1 Poursuivre le combat

→ **L'appel du 18 juin a rencontré peu d'écho** et de Gaulle ne dispose fin juillet 1940 que de 7 000 hommes. Cependant, la France libre bénéficie du ralliement de plusieurs colonies françaises, en particulier en Afrique équatoriale. Les FFL participent à différents combats (tel celui de Bir-Hakeim en Libye en 1942) aux côtés des Alliés, renforçant la légitimité de la France libre. Le terme « France libre » apparaît pour la première fois le 22 juin dans une allocution du général de Gaulle : « Vive la France libre dans l'honneur et dans l'indépendance ».

→ **De Gaulle cherche à coordonner son action** avec celle de la Résistance intérieure.

2 Préparer la refondation républicaine

→ **De Gaulle souhaite unifier les Résistances intérieures** et son représentant Jean Moulin est chargé de fédérer les différents mouvements : le 27 mai 1943 est créé officiellement le CNR.

→ **En juin 1944, de Gaulle institue** le Gouvernement provisoire de la République française (GPRF) qui regroupe différentes tendances politiques et syndicales et prépare avec l'Assemblée consultative la mise en place d'une nouvelle République.

→ **Progressivement, le général de Gaulle est reconnu** par les Français qui voient en lui un recours face à la politique de collaboration de Vichy.

→ **Après les débarquements alliés de Normandie et de Provence** (dans lequel sont impliquées les FFL)et grâce à l'action des FFI, la majeure partie du territoire est libérée. Le 25 août 1944, après le soulèvement de Paris, le général de Gaulle fait une entrée triomphale dans la capitale. Il entend restaurer et refonder la République dans un sens social, tout en rétablissant l'ordre étatique.

Mots-clés

■ **Anschluss** : terme désignant l'annexion de l'Autriche par l'Allemagne nazie en 1938.

■ **Autarcie** : système économique vivant sur ses propres ressources, sans échanges avec l'extérieur.

■ **Axe** : nom donné à l'alliance entre l'Allemagne nazie et l'Italie fasciste, bientôt rejointe au début de la guerre par le Japon (axe Rome-Berlin-Tokyo).

■ **Blitzkrieg** : « guerre éclair » ; stratégie théorisée après 1945 pour qualifier l'usage combiné de divisions blindées assistées et de l'aviation.

■ **Blocus** : stratégie destinée à isoler un territoire en coupant ses communications extérieures.

■ **Bulle spéculative** : hausse démesurée du cours d'une action, d'un indice ou d'un secteur économique, et qui finit, bien souvent, par éclater de manière brutale avec une chute des valeurs.

■ **Chemises noires** : groupe paramilitaire fasciste constitué d'anciens soldats démobilisés, de chômeurs et de jeunes bourgeois.

■ **CNR** : Conseil national de la Résistance où sont rassemblés les mouvements de résistance, les partis politiques et les syndicats.

■ **Collaboration** : politique d'entente engagée entre l'Allemagne nazie et le gouvernement de Vichy.

■ **Collectivisation** : appropriation par l'État des moyens de production.

■ **Crimes de guerre** : assassinat, mauvais traitements ou déportation des populations civiles ou des prisonniers et dévastations que ne justifient pas les exigences militaires.

■ **Culte de la personnalité** : pratique politique des régimes autoritaires ou totalitaires, rendant hommage à la personne et à l'image du chef.

■ **Déflation** : politique de baisse générale des prix.

■ **Dépression** : ralentissement important et durable de l'activité économique.

■ **Einsatzgruppen (« unités mobiles de tuerie »)** : groupes armés nazis chargés de rafler et d'exécuter les populations juives à l'arrière du front soviétique à partir de 1941.

■ **FFL** : Forces françaises libres formées au cours de l'été 1940 ; ralliées à la France libre sous l'égide du général de Gaulle.

■ **FFI** : Forces françaises de l'Intérieur nées de la fusion des différents mouvements de la Résistance intérieure (février 1944).

■ **Génocide** : extermination intentionnelle de toute ou partie d'une population du seul fait de son identité (race, ethnie ou religion).

■ **Gestapo** : police politique du régime nazi créée en 1933.

■ **Ghetto** : quartiers des villes de l'Europe de l'Est dans lequel les nazis ont regroupé les populations juives pour les affamer et mieux les contrôler.

■ **Goulag :** système des camps de travail forcé en URSS.

■ **Kamikaze :** en 1944-1945, pilote japonais volontaire pour écraser son avion chargé d'explosifs sur un navire ennemi.

■ **Kolkhozes :** exploitations agricoles collectives dans le système soviétique.

■ **Komsomol :** organisation de masse chargée d'encadrer la jeunesse soviétique.

■ **Ligne Maginot :** ensemble de fortifications militaires construit dès 1929 afin de protéger la France d'une invasion allemande. Un modèle semblable est construit sur les Alpes face à l'Italie fasciste.

■ **Maquis :** regroupement dans des régions difficiles d'accès de combattants clandestins qui s'organisent pour mener des combats de « guérilla » contre l'occupant et le gouvernement de Vichy.

■ **Mur de l'Atlantique :** succession de blockhaus (batteries de canons avec postes de commandement et de surveillance), d'obstacles, construits à partir de 1942 pour repousser un débarquement allié sur les côtes atlantiques de l'Europe occupée.

■ **NKVD :** commissariat du peuple aux Affaires intérieures de l'URSS.

■ **NSDAP :** *Nationalsozialistische Deutsche Arbeitenpartei*/parti national-socialiste ou parti nazi.

■ **OVRA :** organisme de vigilance et de répression de l'antifascisme, police politique du régime fasciste créée en 1926.

■ **Planification obligatoire :** organisation de l'économie soviétique par l'État prévue pour un délai de cinq ans (quinquennal).

■ **Pogrom :** mot russe qui signifie « dévaster/démolir » et qui désigne les attaques violentes contre les communautés juives dans l'Empire russe. Le mot a été utilisé ensuite dans de nombreux pays.

■ **Processus génocidaire :** suite d'actions qui mènent à l'extermination en suivant les étapes de la discrimination, de l'arrestation, de l'internement, de la déportation.

■ **Purges :** exclusions du parti communiste d'URSS pratiquées entre 1936 et 1938 sous le prétexte d'activités anticommunistes.

■ **Récession :** phénomène de ralentissement du rythme de la croissance économique.

■ **SA :** sections d'assaut, organisation paramilitaire nazie crée à Munich par Hitler en 1921.

■ **SS :** escadrons de protection crées en 1925 par Hitler pour assurer sa protection ; ils deviendront une des principales organisations du parti nazi.

■ **SDN :** Société des Nations, créée par le traité de Versailles en 1919, chargée d'assurer la sécurité collective en favorisant la paix par l'arbitrage et la négociation entre États.

■ **Soviets :** conseils d'ouvriers et de soldats, formés pendant la révolution russe de 1917.

■ **Sovkhoze :** fermes d'État créées en 1928 par Staline.

Repères chronologiques

- **24 octobre 1922 :** Mussolini prononce un discours à Naples où il annonce : « Ou ils nous donnent le gouvernement, ou nous le prenons en allant à Rome ! »
- **24 octobre 1929 :** Krach de Wall Street et début de la grande dépression.
- **30 janvier 1933 :** Hitler devient chancelier.
- **1936-1938 :** Grands procès de Moscou organisés par Staline pour éliminer ses opposants.
- **Juillet 1937 :** Le Japon envahit la Chine.
- **9 novembre 1938 :** Pogrom de la Nuit de Cristal.
- **1er septembre 1939 :** L'Allemagne nazie envahit la Pologne. Début du conflit en Europe.
- **10 mai 1940 :** Attaque allemande à l'ouest qui entraîne l'occupation de nombreux pays d'Europe de l'Ouest.
- **18 juin 1940 :** De Gaulle lance son appel à la résistance depuis Londres à la BBC.
- **22 juin 1940 :** Armistice entre la France et l'Allemagne.
- **10 juillet 1940 :** Le Parlement confie au maréchal Pétain les pleins pouvoirs : la France devient un régime autoritaire.
- **22 juin 1941 :** Opération Barbarossa ; l'Allemagne nazie envahit l'URSS.
- **14 août 1941 :** Signature de la charte de l'Atlantique.
- **7 décembre 1941 :** Attaque japonaise contre la base américaine de Pearl Harbor.
- **6 juin 1944 :** Débarquement en Normandie.
- **8 mai 1945 :** Capitulation allemande.
- **6 et 9 août 1945 :** Bombardements atomiques sur Hiroshima et Nagasaki
- **2 septembre 1945 :** Capitulation japonaise.

Biographies

Winston Churchill (1874-1965)

D'origine aristocratique, il assume différentes fonctions ministérielles avant devenir Premier ministre du Royaume-Uni en mai 1940. Il fait face avec son pays à la menace nazie lors du « Blitz » et réussit à mettre peu à peu fin à la neutralité des États-Unis dans le second conflit mondial. Ayant reconnu de Gaulle dès juin 1940, il est un soutien essentiel de la France libre.

Charles de Gaulle (1890-1970)

Ayant participé à la Première Guerre mondiale, cet officier rédige plusieurs ouvrages militaires entre 1918 et 1939, dans lesquels il encourage l'armée française à se moderniser. Devenu général, il est nommé sous-secrétaire d'État à la Guerre en mai 1940. Opposé à l'armistice, il part à Londres d'où il organise la poursuite de la guerre. Entre 1940 et 1944, il unifie la Résistance et s'efforce de faire reconnaître la France libre auprès des Alliés.

Adolf Hitler (1889-1945)

D'origine autrichienne, il rejoint en 1919 le parti ouvrier allemand qu'il transforme en NSDAP et en instrument de conquête du pouvoir. Appelé à la chancellerie en janvier 1933, il installe une dictature totalitaire. Sa politique expansionniste est à l'origine de la Seconde Guerre mondiale. Il se suicide à Berlin le 30 avril 1945.

Benito Mussolini (1883-1945)

Cet instituteur socialiste avant la Première Guerre mondiale fonde, en 1919, les « Faisceaux italiens de combat » qu'il transforme en Parti national fasciste en 1921. Il accède au pouvoir en octobre 1922 et met en place le régime totalitaire fasciste. En 1940, il fait entrer l'Italie dans la guerre. Il est fusillé en 1945.

Philippe Pétain (1856-1951)

Considéré comme le vainqueur de Verdun, il dirige le gouvernement à partir du 16 juin 1940. Après avoir demandé l'armistice à l'Allemagne, il obtient du Parlement les pleins pouvoirs à Vichy le 10 juillet. Devenu chef de l'État français, il dirige la France jusqu'en 1944. En 1945, il est jugé et condamné pour collaboration.

Franklin Roosevelt (1882-1945)

Issu d'une famille bourgeoise, il devient président démocrate des États-Unis en 1932. Il entreprend de nombreuses réformes pour faire face à la Grande Dépression commencée en 1929 dans le cadre du New Deal. Il acquiert une popularité exceptionnelle et il est réélu trois fois en 1936, 1940 et 1944. Engagé dans la Seconde Guerre mondiale en décembre 1941, il est le leader incontesté de la Grande Alliance, dirigeant l'effort de guerre états-unien et entreprenant la fabrication de la bombe atomique.

Joseph Staline (1879-1953)

D'origine géorgienne, il fait la connaissance de Lénine en 1905. Il devient secrétaire général du Parti communiste d'URSS en 1922. Il engage son pays dans la collectivisation en 1929 et établit une dictature totalitaire. Surpris par l'attaque allemande en 1941, il mobilise les Soviétiques dans la « grande guerre patriotique » et se rapproche des alliés occidentaux dans la Grande Alliance. Il met en place un culte de la personnalité qui ne cesse qu'à sa mort en 1953.

Documents majeurs

Doc. 1 Extrait du protocole de la conférence de Wannsee (Berlin), 20 janvier 1942

Le chef de la police de sécurité [...] fit part en ouverture de la mission qui lui était confiée [...] en vue de la préparation de la solution finale de la question juive en Europe. [...] Désormais, à la place de l'émigration, la nouvelle solution avec l'aval préalable du Führer, est l'évacuation[1] des Juifs vers l'est. [...] Au cours de la solution finale de la question juive en Europe, seront à prendre en considération environ 11 millions de Juifs [...] Au cours de la solution finale, les Juifs de l'Est devront être mobilisés pour le travail avec l'encadrement voulu. En grandes colonnes de travailleurs, séparés par sexe, les Juifs aptes au travail seront amenés à construire des routes dans ces territoires, ce qui sans doute permettra une diminution naturelle substantielle de leur nombre.

Pour finir, il faudra appliquer un traitement approprié à la totalité de ceux qui resteront car il s'agira évidemment des éléments les plus résistants, puisqu'issus d'une sélection naturelle, et qui seraient susceptibles d'être le germe d'une nouvelle souche juive, pour peu qu'on les laisse en liberté [...] Au cours de l'exécution pratique de la solution finale, l'Europe sera passée au peigne fin d'Ouest en Est. [...] Les Juifs évacués passeront d'abord, convoi par convoi, par des ghettos de transit, et de là seront transportés plus à loin à l'Est.

[1] Les nazis pour dissimuler leur crime emploient des euphémismes : l'évacuation signifie la déportation.

Doc. 2 L'univers concentrationnaire d'Auschwitz décrit par Primo Levi[1]

L'empire concentrationnaire d'Auschwitz comprenait non pas un, mais une quarantaine de Lager[2] ; le camp d'Auschwitz proprement dit, édifié à la périphérie de la petite ville du même nom, pouvait contenir environ 20 000 prisonniers et constituait en quelque sorte la capitale administrative de cette agglomération ; venait ensuite le Lager de Birkenau, qui alla jusqu'à contenir 60 000 prisonniers, dont 40 000 femmes, et où étaient installés les fours crématoires et les chambres à gaz ; et enfin un nombre toujours variable de camps de travail, situés parfois à des centaines de kilomètres de la « capitale ». [...] C'est dans la pratique routinière des camps d'extermination que la haine et le mépris instillés par la propagande nazie trouvent leur plein accomplissement. Là en effet, il ne s'agit plus seulement de mort, mais d'une foule de détails maniaques et symboliques, visant tous à prouver que les Juifs, les Tziganes et les Slaves ne sont que bétail, boue et ordure. Qu'on pense à l'opération de tatouage d'Auschwitz, par laquelle on marquait les hommes comme des bœufs, au voyage dans des wagons à bestiaux qu'on n'ouvrait jamais afin d'obliger les déportés (hommes, femmes, enfants !) à rester des jours entiers au milieu de leurs propres excréments, au numéro matricule à la place du nom, au fait qu'on ne distribuait pas de cuillère [...], les prisonniers étant censés laper leur soupe comme des chiens ; qu'on pense enfin à l'exploitation infâme des cadavres, traités comme une quelconque matière première propre à fournir l'or des dents, les cheveux pour en faire du tissu, les cendres pour servir d'engrais, aux hommes et aux femmes ravalés au rang de cobayes sur lesquels on expérimentait des médicaments avant de les supprimer. [...]

Primo Levi, *Si c'est un homme*, éd. Pocket, 1988.

[1] Primo Levi, ingénieur italien juif, fut déporté à Auschwitz début 1944.

[2] Camp en allemand.

Doc. 3 Extrait de la Charte de l'Atlantique, une base juridique pour la Grande Alliance (1941)

Le président des États-Unis et le Premier ministre, M. Churchill, représentant le gouvernement du Royaume-Uni, se sont rencontrés et ont estimé devoir énoncer certains principes communs qui sous-tendent les politiques nationales de leurs pays et sur lesquels ils fondent leurs espoirs d'un avenir meilleur pour le monde entier.

1. Leurs pays ne recherchent pas d'expansion territoriale ou autre.

2. Ils ne veulent pas de modifications territoriales qui ne répondraient pas aux vœux populaires librement exprimés.

3. Ils respectent le droit de chaque peuple à choisir la forme de son gouvernement et espèrent que les droits souverains et l'autonomie de gouverner seront restitués à ceux qui en ont été privés par la force.

4. Ils s'efforceront, en respectant les obligations qui leur incombent, de favoriser l'accès de tous les États, grands ou petits, victorieux ou vaincus, et dans des conditions d'égalité, aux marchés mondiaux et aux matières premières qui sont nécessaires à leur prospérité économique.

5. Ils souhaitent que tous les pays parviennent à une collaboration totale dans le domaine économique, dans le but d'assurer de meilleures conditions de travail, le progrès économique et la sécurité sociale.

6. Après l'anéantissement final de la tyrannie nazie, ils espèrent voir s'instaurer une paix qui permettra à tous les pays de se développer en sécurité à l'intérieur de leurs frontières, et qui garantira que, dans tous les pays, les hommes pourront vivre sans crainte et sans pauvreté.

EXERCICE

Question problématisée

Quelles sont les conséquences de la défaite de mai-juin 1940 pour la France (1940-1944) ?

CONSIGNE

Rédigez le plan et la problématique du sujet suivant : « Quelles sont les conséquences de la défaite de mai-juin 1940 pour la France (1940-1944) ? »

POINT MÉTHODE

Rédiger un plan et une problématique

1 Comprendre et délimiter le sujet pour établir la problématique et le plan

• **Définir** les mots-clés et les limites spatiales et chronologiques du sujet :

Il s'agit de définir les implications de la défaite et de l'armistice, ainsi que les choix qui sont faits par les différents acteurs.

Entre le 10 mai 1940 et le 22 juin (date de l'armistice), l'armée française est défaite par la Wehrmacht.

Les conséquences de la défaite de mai-juin 1940 pour la France (1940-44)

Le sujet est centré sur la France mais il ne faut pas oublier le rôle joué par l'empire colonial.

Le sujet invite à étudier les conséquences de la défaite jusqu'en 1944, date de la libération de la majeure partie du territoire

• **Repérer** les « liants » qui mettent en perspective les différents termes du sujet : ici il s'agit du « de », qui articule conséquences et défaite.

2 Interroger le sujet et mobiliser les connaissances

• **Reformuler** le sujet sous une forme interrogative pour mieux saisir ses enjeux :

« Quelles sont les conséquences de la défaite française de 1940 sur la situation de la France jusqu'en 1944 ? »

• **Mettre en relation** les notions et les repères venus du cours pour répondre à la question : identifiez à quel thème ou chapitre de l'année le sujet se rattache. Puis, listez au brouillon les connaissances et les idées à mobiliser. Pensez surtout aux repères et notions nécessaires pour répondre au sujet (sans oublier l'apport des « Points de passages et d'ouverture ») :

** La défaite entraîne la mise en place du régime de l'État français dit « de Vichy » le 10 juillet 1940. Un État autoritaire, xénophobe et antisémite (lois antijuives d'octobre 1940 et juin 1941) est légalement mis en place par l'octroi des « pleins pouvoirs » à Pétain par le Parlement de la IIIe République.*

** Avec la signature de l'armistice, la France est placée sous domination nazie. L'occupation se traduit par un pillage des ressources françaises et des conditions de vie très difficiles pour la population.*

** Pétain fait le choix de la collaboration car il est persuadé d'une victoire allemande dans la guerre. Pour cela, il engage la France (entrevue de Montoire le 24 octobre 1940) dans une collaboration économique, militaire et même idéologique.*

** De Gaulle refuse l'armistice et lance, depuis Londres, un appel le 18 juin 1940 à poursuivre le combat. Il fonde la France Libre qui est soutenue par les Britanniques.*

** En France occupée, des groupes de résistance se structurent peu à peu. De Gaulle souhaite unifier les résistances intérieures et extérieures afin d'être plus légitimes face aux alliés de la « Grande Alliance » : Jean Moulin crée le CNR en mai 1943. Grâce au soutien de nombreuses colonies, la France Libre peut participer à différentes batailles et asseoir sa légitimité internationale.*

** À la Libération, de Gaulle fonde le GPRF et mets en place les conditions d'une refondation républicaine.*

3 Choisir une problématique et un plan

• Pour élaborer l'architecture de votre devoir et la problématique, vous devez sélectionner les arguments parmi ceux qui ont été listés au brouillon. Puis, faites des regroupements. Vous vérifierez que chaque étape répond bien à la problématique adoptée.

• La problématique, qui constituera le fil directeur de tout le devoir et à laquelle il conviendra de répondre en conclusion, doit cerner le problème historique suscité par le sujet.

• Le plan adopté peut être chronologie ou thématique, mais il est également possible de mêler les deux dans un plan chrono-thématique.

• L'enchaînement des idées doit être cohérent, et le devoir doit se structurer autour de plusieurs paragraphes qui s'enchaînent. Chaque paragraphe doit correspondre à une grande idée.

PROPOSITION DE CORRIGÉ

[Problématique proposée]

Pour ce sujet, la problématique adoptée doit bien distinguer différentes conséquences (pour ne rien oublier), tout en incluant l'évolution et le destin de la France entre 1940 et 1944 :
« Quelles sont les différentes conséquences de la défaite française et de l'occupation du territoire sur l'évolution politique et militaire de la France entre 1940 à 1944 ? »

[Plan adopté]

I. La défaite de 1940 entraîne la fin de la forme républicaine de gouvernement

A. L'armistice soumet la France à l'ordre nazi

B. Deux choix face à la Défaite : continuer ou arrêter la guerre ?

C. La naissance du régime de Vichy et la fondation de la France Libre

> **L'astuce du prof**
> Il est important de démontrer que l'armistice induit indirectement la collaboration de l'administration française avec l'occupant. C'est également ici que l'on peut évoquer les restrictions qui détériorent les conditions de vie des Français.

II. Une France occupée : entre collaboration et Résistances (1940-1943)

A. Le choix de la collaboration pour Vichy

B. Les premiers combats des Résistances

C. La France Libre et le choix de la République

> **L'astuce du prof**
> Dans cette partie, il est important d'exploiter les apports du PPO « De Gaulle et la France libre ».

III. Vers la Libération et la refondation républicaine (1943-1944)

A. La transformation progressive de Vichy en État milicien et fasciste

B. L'unification des Résistances fait émerger « une » Résistance

C. Refonder la République dans un sens social : un objectif essentiel

> **L'astuce du prof**
> La création du CNR par Jean Moulin permet l'articulation de la France libre avec les résistances intérieures mais définit également un projet pour la Libération.

CHAPITRE 2

Multiplication des acteurs internationaux dans un monde bipolaire (1945-années 1970)

DE QUOI S'AGIT-IL ?

La Seconde Guerre mondiale fut un conflit particulièrement meurtrier et dévastateur. À la sortie de la guerre, les vainqueurs veulent établir un ordre mondial garantissant une paix durable. Mais les relations entre les deux principales superpuissances, États-Unis et URSS, font peser sur le monde une menace permanente et suscitent des conflits. L'accès à l'indépendance des peuples d'Asie et d'Afrique contribue à complexifier des relations internationales qui semblaient devenir bipolaires et permet l'émergence de nouveaux pôles mais aussi de nouvelles zones de conflits. La France, affaiblie par la guerre, la décolonisation et la guerre froide, essaye de se construire une place dans ces nouvelles relations internationales.

1 La fin de la Seconde Guerre mondiale et les débuts d'un nouvel ordre mondial

A Reconstruire le monde

1. Le bilan matériel, humain et moral du conflit

● **Le bilan de la Seconde Guerre mondiale surpasse celui de la Première qui avait déjà traumatisé les sociétés belligérantes.** Outre les moyens militaires considérables mis en jeu, la dimension idéologique de cette guerre en a fait aussi une guerre contre les civils, parfois cibles directes des opérations et non victimes collatérales : bombardements, déportations, massacres, génocides.

● **Il y aurait eu 70 millions de morts, plus de la moitié étant des civils.** L'estimation de ce nombre ne cesse d'enfler depuis les dernières recherches historiques qui essayent d'écarter le flou sur les statistiques en particulier soviétiques et chinoises. L'URSS paye le plus lourd tribut (28 millions), mais en proportion c'est la Pologne avec 19 % de sa population. Le génocide juif fait quant à lui plus de 5 millions de morts.

Doc. Tableau statistique des morts de la guerre

Pays	Nombre de morts (en millions)	Pourcentage de la population	Pays	Nombre de morts (en millions)	Pourcentage de la population
URSS	28	15 %	Japon	3,3	5 %
Chine	15	3 %	Royaume-Uni (dont empire)	0,3 (2,5)	0,8 % (0,5 %)
Allemagne	8,6	11 %	France (dont Indochine)	0,5 (1,5)	1,3 % (6 %)
Pologne	6,5	19 %	États-Unis	0,4	0,3 %

● **Le bilan matériel est tout aussi effarant.** Des villes entières ont été rasées (1 700 villes soviétiques, près de 70 % des villes allemandes, Hiroshima et Nagasaki anéanties par les bombes atomiques, etc.). Les économies européennes sont ravagées : on estime que la production de la France en 1945 atteint à peine la moitié de ce qu'elle était en 1939.

● **Enfin, le bilan moral fait de la Seconde Guerre mondiale un point de bascule dans l'histoire contemporaine.** Le continent européen, qui se targuait d'être le continent des Lumières et du progrès et où la démocratie et les principes des droits de l'Homme semblaient avoir triomphé en 1919, a été le continent d'Auschwitz et des pires exactions. La « mission civilisatrice » – justifiant la colonisation – laisse place à une crise morale, doublée des angoisses de destruction que la bombe atomique a renforcées.

2. Les bases d'un nouvel ordre international

- **Après la guerre, les vainqueurs souhaitent assurer une paix durable.** En 1919, et en application des principes tirés des 14 points du président Wilson, une organisation diplomatique internationale voit le jour pour maintenir la paix : la Société des nations (SDN). Toutefois, celle-ci ne parvient pas à empêcher la montée des tensions et l'éclatement des conflits. Si elle maintient formellement son existence jusqu'en 1946, les Alliés discutent durant la guerre d'une réorganisation de cette institution pour la rendre plus efficace.

- **Du 25 avril au 26 juin 1945 se tient à San Francisco une conférence qui réunit les 51 États de l'alliance des Nations unies** qui vainc l'Allemagne début mai et lutte encore contre le Japon. L'alliance, par la Charte de San Francisco, décide de prolonger son existence afin de garantir la paix dans le nouvel ordre mondial qui se dessine. L'Organisation des Nations unies (ONU) est donc d'abord destinée à maintenir l'union entre les vainqueurs de la guerre.

- **Forte de l'expérience de la SDN, l'ONU essaye d'améliorer les mécanismes de coopération internationale pour se rendre plus efficace.** Une Assemblée générale réunit tous les membres, chaque État ayant une voix. Dans des cas de conflit, le Conseil de sécurité peut être convoqué. Sa composition reflète l'architecture du nouvel ordre mondial. Réduit à onze (aujourd'hui quinze) États pour réagir dans l'urgence, il offre la possibilité à tous les États membres d'y participer (six, aujourd'hui dix, États sont changés tous les deux ans) mais cinq, les principaux vainqueurs de la guerre, y siègent en permanence : États-Unis, URSS, Royaume-Uni, Chine (qui a lutté contre le Japon dès 1937) et France. Chacun des cinq possède un droit de veto sur les décisions. Le Conseil de sécurité peut recommander et organiser l'usage de la force armée contre un État accusé de susciter un conflit. Un secrétaire général élu par l'Assemblée la préside et coordonne le travail de l'ONU.

> **Sachez que...**
> Le général de Gaulle a réussi à placer la France dans le camp des vainqueurs en se faisant reconnaître par les Alliés, après le Débarquement, comme le chef légitime et légal du pays.

- **Enfin, les vainqueurs veulent juger les responsables des pays vaincus, jetant les bases d'une justice internationale fondée sur le respect des droits de l'Homme** (une Déclaration universelle des droits de l'Homme est votée par l'ONU en 1948). Le procès de Nuremberg contre les principaux dirigeants nazis se déroule du 20 novembre 1945 au 1er octobre 1946, et celui de Tokyo contre les dirigeants japonais du 3 mai 1946 au 12 novembre 1948. À chaque fois, une vingtaine de hauts dignitaires sont jugés par des juges de plusieurs pays vainqueurs. Ils sont accusés de crimes contre la paix (déclenchement de la guerre), de crimes de guerre et, nouveauté juridique, de crimes contre l'humanité pour juger les massacres de masse commis sur les civils, en particulier les génocides. La peine de mort par pendaison est prononcée pour nombre d'entre eux.

Sachez que…
Si Hitler s'est suicidé à l'arrivée des Soviétiques dans Berlin le 30 avril 1945, l'empereur japonais Hiro Hito échappe au procès, les Américains ayant besoin de le conserver à la tête de l'État, en lui ôtant ses pouvoirs, dans une nouvelle Constitution démocratique instaurant une monarchie parlementaire.

- **Par ailleurs, les vainqueurs sont convaincus de l'importance d'agir dans les domaines économiques et sociaux pour préserver la paix.** Plusieurs agences directement contrôlées par l'ONU, ou en relation avec elle, sont mises en place (FAO, OMS, Unesco, Unicef…) dont le HCR (Haut-Commissariat aux réfugiés) qui est très actif avec la fin de la guerre et le déplacement de millions de personnes (Allemands chassés de l'est de l'Europe…), sans compter les déportés à rapatrier des camps.

3. Un nouvel ordre économique ?

- **Parmi les grandes conférences interalliées se tient en 1944 celle de Bretton Woods.** La crise de 1929 et l'incapacité des États à s'organiser pour y faire face sont considérés comme un des facteurs de la guerre. Deux économistes influencent cette conférence, le Britannique John Maynard Keynes et l'Américain Harry Dexter White. Ils proposent d'organiser l'économie mondiale à partir d'organisations internationales. Ainsi, la BIRD (Banque internationale pour la reconstruction et le développement, devenue la Banque mondiale) doit servir à financer la relance de l'économie. Le FMI (Fonds monétaire international) doit quant à lui stabiliser les monnaies en les indexant sur le dollar, lui-même fixé sur une quantité d'or, et ce dans le but de stabiliser les échanges et accroître le commerce mondial. Sur ce point, une Organisation internationale du commerce (l'OIC) était aussi prévue mais elle ne verra finalement pas le jour.

Sachez que…
L'OIC n'a pu se concrétiser qu'avec l'actuelle OMC (Organisation mondiale du commerce) en 1994 !

- **Keynes est aussi, avec son compatriote Beveridge, le promoteur des principes de l'État-providence qui sont adoptés essentiellement en Europe occidentale.** Entre le libéralisme américain et l'étatisme total soviétique, ils proposent que l'État s'implique dans l'économie par le contrôle de certains secteurs (énergie, banques) qui permettent de soutenir l'activité mais aussi par la mise en place d'une protection sociale qui garantisse aux individus un revenu et permette de maintenir ainsi une demande satisfaite par la production.

ZOOM SUR...

Le programme du CNR (15 mars 1944)

1 Une synthèse des courants de la Résistance

→ **La Résistance avait fait son unité en 1943** grâce à Jean Moulin, dans le cadre du Conseil national de la résistance (CNR) qui reconnaissait comme chef le général de Gaulle. L'enjeu était de parvenir à faire cohabiter des mouvements très différents (communistes, patriotiques, etc.) ainsi que des partis politiques et des syndicats interdits par le régime de Vichy – même si globalement la tendance politique du CNR est plutôt à gauche.

→ **Le CNR essaye toutefois d'établir un programme d'action** synthétisant les buts communs de toutes ces organisations. Ce programme est publié clandestinement le 15 mars 1944.

2 Finir la guerre et construire la France d'après

→ **La première partie du programme concerne les opérations militaires et de libération du territoire de l'occupant.** La seconde partie aborde les actions de reconstruction nécessaires après la guerre. La reconstruction sera d'abord politique et morale, avec le retour à la République.

→ **Mais le programme prévoit aussi une reconstruction économique et sociale** nécessitant l'intervention de l'État pour garantir aux Français, à côté des droits politiques classiques, des droits sociaux, prolongeant ainsi l'expérience entamée avec le Front populaire en 1936.

Doc. **Extraits du programme du CNR**

Mesures à appliquer après la Libération du Territoire [...]

Afin d'assurer : la pleine liberté de pensée, de conscience et d'expression, la liberté de la presse, son honneur et son indépendance à l'égard de l'État, des puissances d'argent et des influences étrangères, la liberté d'association, de réunion et de manifestation, le respect de la personne humaine.
Afin de promouvoir les réformes indispensables :

a) Sur le plan économique : l'instauration d'une véritable démocratie économique et sociale [...], le retour à la Nation des grands moyens de production monopolisés, [...]

b) Sur le plan social : le droit au travail et le droit au repos, notamment par le rétablissement et l'amélioration du régime contractuel du travail ; un rajustement important des salaires [...] ; la garantie du pouvoir d'achat national par une politique tendant à la stabilité de la monnaie ; la reconstitution, dans ses libertés traditionnelles, d'un syndicalisme indépendant, doté de larges pouvoirs dans l'organisation de la vie économique et sociale ; un plan complet de sécurité sociale, visant à assurer à tous les citoyens des moyens d'existence, dans tous les cas où ils sont incapables de se les procurer par le travail [...] ; une retraite permettant aux vieux travailleurs de finir dignement leurs jours. [...]

B Les nouvelles tensions

1. La rupture entre les deux Grands

• **Si l'ONU est censée définir le nouvel ordre mondial, deux pays dominent largement les relations internationales après 1945 : les États-Unis et l'URSS** (les « deux Grands »). Cette place dominante s'explique par l'ampleur de leur engagement dans la guerre et par le niveau de puissance atteint qui les classe comme seules superpuissances de la planète – les Européens conservent encore leurs empires mais ceux-ci connaissent les premiers craquements conduisant à leur effondrement.

Sachez que...
Le terme de superpuissance s'applique quand un pays est capable d'influencer la planète dans tous les domaines (politique, économique, culturel...).

• **Or, les relations directes entre les deux Grands se tendent rapidement après la guerre.** Déjà, dans un courrier du 12 mai 1945 au président américain Truman, le Premier ministre britannique Churchill parlait d'un « rideau de fer » – expression qu'il popularisera à partir de 1946 –, empêchant d'obtenir des informations sur les actions des Soviétiques dans la partie orientale de l'Europe qu'ils ont la charge de reconstruire aux termes des accords de Yalta.

• **Les Américains, avec leurs alliés occidentaux, s'inquiètent de la façon dont Staline parvient à imposer en Europe de l'Est, entre 1946 et 1948, des « démocraties populaires »** calquées sur le modèle soviétique. Ce processus se fait par une prise de contrôle graduelle du pouvoir par les partis communistes qui, dans les faits, n'ont qu'un faible soutien populaire : élections truquées, élimination des adversaires politiques, pressions de l'Armée rouge, etc.

• **De leur côté, les Soviétiques s'inquiètent du déséquilibre des forces face aux États-Unis, seuls possesseurs de la bombe atomique**. Ils essuient le refus américain de placer cette arme sous le contrôle de l'ONU, mais ils rétablissent l'équilibre en annonçant en 1949 la mise au point de leur propre bombe.

• **La crise entre les deux Grands éclate en 1947.** En mars, Truman annonce son intention d'apporter une aide financière pour la reconstruction des pays européens et pour lutter contre la menace que font encore peser sur la démocratie les totalitarismes – sans nommer explicitement l'URSS. Cette aide est matérialisée en juin par le plan Marshall. Staline réplique en septembre par la voix de Jdanov, secrétaire à la propagande, qui, dans une conférence des partis communistes en Pologne, propose un front uni du communisme contre le capitalisme allié au colonialisme, désignant plus clairement les États-Unis comme leur ennemi. Dans les deux cas, chacun se présente comme le défenseur de la paix et de la liberté (individuelle ou des peuples) et offre une vision d'un monde ayant à choisir entre deux camps.

ZOOM SUR...

Le « coup de Prague » (25 février 1948)

1 La Tchécoslovaquie, une singularité

→ **En Tchécoslovaquie, le Parti communiste (PC) est un des seuls, dans la zone soviétique, à avoir un réel soutien populaire** (près de 40 % des voix en 1946). Le communiste Klement Gottwald dirige un gouvernement d'union nationale qui comprend des ministres de différents partis, le social-démocrate Edvard Beneš rentré de Londres reprenant la présidence de la République.

→ **Le PC annonce son intention de respecter le fonctionnement de la République parlementaire.** Il envisage même d'accepter l'aide américaine du plan Marshall en 1947 mais Staline impose à Gottwald de le refuser.

2 La stalinisation de la Tchécoslovaquie

→ **Au début de l'année 1948, les tensions montent au sein du gouvernement.** La nomination de commissaires de police communistes à Prague sert de prétexte aux ministres non-communistes pour faire changer le gouvernement en présentant leur démission le 20 février au président. La veille, le PC avait répondu par la mobilisation de ses milices ouvrières qui défilent en armes dans Prague. Le 24 commence une grève générale.

→ **Le 25 février, sous pression des Soviétiques craignant la guerre civile, Beneš accepte la démission des non-communistes mais maintient Gottwald à la tête du gouvernement.** Celui-ci ne comprend plus qu'un non-communiste : Jan Masaryk, fils du premier président et fondateur de la Tchécoslovaquie, mais celui-ci meurt le 10 mars dans des circonstances mystérieuses (suicide, assassinat ?).

→ **Les élections qui se font en juin sur liste unique gouvernementale donnent la victoire au PC.** Beneš démissionne (puis meurt en septembre), Gottwald prend sa place et stalinise progressivement le pays. Dans la guerre froide naissante (le même mois débute le blocus de Berlin), Staline a imposé au PC de suivre son modèle au nom de l'unité du bloc.

ZOOM SUR...

La naissance de l'État d'Israël (1948)

1 Un territoire sous mandat britannique

→ **Après 1918, le Royaume-Uni et la France avaient dépecé l'empire ottoman** et s'étaient fait reconnaître par la SDN des mandats sur des territoires arabes. Sur la côte orientale de la Méditerranée, la Palestine, comprenant la ville de Jérusalem, était passée sous mandat britannique.

→ **Le territoire est alors peuplé d'Arabes, essentiellement paysans et éleveurs, ainsi que d'une communauté juive, en partie héritée de l'Antiquité mais augmentant avec l'immigration sioniste**. Le sionisme, forme de nationalisme juif, prône depuis la fin du XIXe siècle le « retour sur la Terre Promise » en réponse aux persécutions qui continuaient à toucher les juifs d'Europe malgré la démocratisation, l'Affaire Dreyfus ayant joué un rôle de catalyseur.

2 Une question liée à la décolonisation

→ **Les Britanniques font face à une double contestation.** Le nationalisme arabe se manifeste tout d'abord par des soulèvements demandant leur départ. Mais il s'inquiète aussi de la présence grandissante des juifs (un tiers de la population en 1939) qui, de leur côté, attendent des Britanniques la réalisation d'un « foyer national juif » promis par lord Balfour en 1917 : ils se lancent eux aussi dans l'action violente (attentats) après 1945.

→ **Les Britanniques, n'arrivant pas à trouver un compromis pour négocier leur départ, confient la question à la toute jeune ONU.** Celle-ci propose en novembre 1947 un plan de partage du territoire entre juifs et Arabes, chacun obtenant des portions du littoral, des terres et des sources ainsi que du désert.

3 La proclamation de l'indépendance

→ **Les nationalistes arabes refusent le partage et veulent l'indépendance de l'intégralité de la Palestine, le sort des résidents juifs étant à discuter.** De leur côté, les sionistes, après l'expérience de la Shoah, ne veulent pas se retrouver de nouveau en minorité dans un nouvel État. Sans attendre l'accord arabe, ils proclament le 14 mai 1948 l'indépendance d'Israël, sur la base du territoire proposé par l'ONU.

→ **Cette déclaration provoque immédiatement une déclaration de guerre.** Une alliance arabe (Palestiniens, Égypte, Jordanie, Irak, Syrie, Liban…) lance une attaque qu'Israël repousse au point d'étendre même ses frontières lorsque la guerre s'arrête en 1949. Des centaines de milliers de Palestiniens se réfugient dans les pays voisins. Si l'État d'Israël voit le jour, il n'y a pas d'État pour les Palestiniens, leurs voisins annexant les territoires restants.

La création de l'État d'Israël face à l'État de Palestine

Doc. Le partage de l'ONU de 1947

2. Anciennes et nouvelles zones de conflits

- **La capitulation de l'Allemagne le 8 mai 1945 ne se traduit pas par une paix totale sur le continent européen.** À la Libération, des guerres civiles éclatent, courte en Yougoslavie où elle est remportée par les communistes contre les royalistes, plus longue en Grèce avec les mêmes protagonistes. À l'autre bout du monde, la guerre civile se réveille aussi en Chine en mettant aux prises communistes et nationalistes. La question irlandaise ne débouche sur l'indépendance complète de l'Eire qu'en 1948 mais passe par la partition de l'île avec une Irlande du Nord qui reste rattachée au Royaume-Uni. Des questions frontalières restent en suspens, y compris celle de la frontière germano-polonaise repoussée plus à l'ouest, en compensation des gains territoriaux soviétiques. Quant à l'Allemagne, son sort n'est pas réglé et elle attend un accord des quatre alliés qui l'occupent : France, Royaume-Uni et surtout États-Unis et URSS en rupture. Enfin, restées neutres pendant la guerre, des dictatures fascistes prolongent leur existence, au Portugal et en Espagne.

- **Le Moyen-Orient, sous contrôle de l'empire ottoman, avait été réorganisé en 1919 au profit des vainqueurs**, Français et Britanniques étendant leur protectorat sur ces espaces tout en soutenant la création de l'Arabie saoudite – remplissant à moitié leur promesse d'un grand État arabe. Les territoires sous protectorat (Syrie, Irak…) réclament leur indépendance et l'obtiennent après la guerre. Toutefois, la question de la Palestine se révèle plus complexe et fait naître les germes d'un conflit encore non résolu aujourd'hui. La question de la décolonisation ne se limite évidemment pas à cette région et crée de nouvelles tensions.

Sachez que…

La question du pétrole, stratégique durant la Seconde Guerre mondiale, fondamental dans les échanges internationaux et abondant dans la région, est une des clés de ces conflictualités.

L'ESSENTIEL

La fin de la Seconde Guerre mondiale et les débuts d'un nouvel ordre mondial

- Le bilan de la Seconde Guerre mondiale est particulièrement lourd, en pertes humaines comme en dégâts matériels. Les vainqueurs veulent construire une paix durable, fondée sur le respect des droits de l'Homme et symbolisée par la création de l'ONU mais aussi les procès de Nuremberg et de Tokyo.
- Ils estiment aussi indispensable de mener des actions dans les domaines économique et social, ce qui se traduit par exemple par l'adoption du système de l'État-providence.
- Toutefois, les tensions rapides entre les deux Grands, États-Unis et URSS, conduisent à la rupture en 1947 et à la montée de nouvelles tensions, qui touchent l'ensemble de la planète.

2 Une nouvelle donne géopolitique : bipolarisation et émergence du Tiers monde

A Les modèles des deux superpuissances et la bipolarisation

1. Un monde divisé en blocs

• **À partir de la rupture de 1947, chacun des deux Grands essaye de rassembler des alliés pour préparer un éventuel conflit, formant ainsi deux blocs opposés.** L'URSS parvient à sécuriser ses frontières en contrôlant de nombreux pays voisins où se mettent en place des régimes de type soviétique : en Europe de l'Est mais aussi en Asie (Corée du Nord, Chine après la victoire des communistes en 1949). Toutefois, les États-Unis encerclent le bloc soviétique en multipliant les pactes et alliances (Organisation des États américains en 1948, OTAN avec l'Europe occidentale en 1949, pacte de Bagdad au Moyen-Orient en 1955…). En réponse à l'OTAN, l'URSS crée une alliance militaire : le pacte de Varsovie (1955).

Doc. Le monde pendant la guerre froide

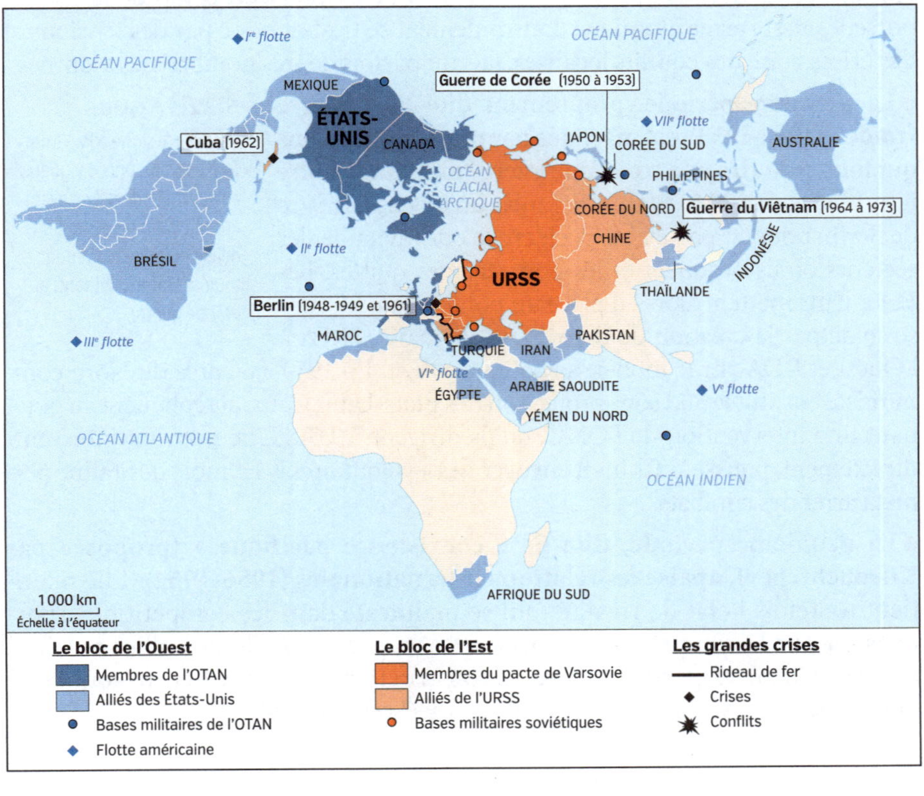

COURS

● **L'affrontement prend dès le départ une dimension idéologique.** Il s'agit aussi d'une opposition de modèles politiques, économiques et sociaux, confrontant d'un côté le communisme, fondé sur l'égalité sociale (au détriment des libertés individuelles), et de l'autre le libéralisme, qui se traduit par la démocratie sur le plan politique et le capitalisme sur le plan économique (ce qui ne va pas sans inégalités sociales).

● **Les critiques réciproques que se font les deux superpuissances les obligent aussi à faire évoluer leurs modèles.** Après la mort de Staline (1953), les prisonniers sont libérés des goulags. Son successeur à la tête du Parti, Khrouchtchev, lance la déstalinisation (1956) et une libéralisation limitée du régime. Dans les années 1960, les présidents américains démocrates, Kennedy puis Johnson, s'attaquent quant à eux à la question des inégalités, en particulier de la ségrégation qui frappe les noirs et entache la démocratie.

Sachez que...
Si Lincoln a pu imposer l'abolition de l'esclavage en 1865, au prix d'une guerre civile (guerre de Sécession), les États du Sud, vaincus, ont mis en place des législations séparant les noirs des blancs.

2. Un affrontement qui se manifeste par des crises

● **Il n'y a pas d'affrontement direct, d'où l'expression de « guerre froide ».** Chacun des deux Grands veut se présenter comme le leader du camp de la paix et possède aussi l'arme atomique. L'affrontement se traduit donc par des tensions et des crises voire des conflits localisés, faisant parfois de très nombreuses victimes.

● **La première période, proprement dite la « guerre froide » (1947-1953), est marquée par plusieurs tensions qui font craindre une troisième guerre mondiale.** Entre juin 1948 et mai 1949, Staline organise un blocus terrestre de Berlin pour empêcher les Occidentaux de ravitailler les secteurs qu'ils occupent et les pousser à les quitter. Les États-Unis mettent alors en place un pont aérien. La crise se solde par la création de deux États allemands, RFA à l'Ouest et RDA sur le modèle soviétique à l'Est. En 1950, la Corée du Nord communiste envahit le Sud sous protection des États-Unis. Ceux-ci répliquent en obtenant une intervention de l'ONU, qu'ils dirigent. L'URSS, ne pouvant intervenir directement, pousse la Chine à envoyer des « volontaires ». La mort de Staline permet l'arrêt des combats.

Sachez que...
L'armistice signé à Pan Mun Jom est toujours en vigueur, aucun traité de paix n'ayant été signé depuis entre les deux Corées qui sont donc toujours, officiellement, en état de guerre.

● **La deuxième période, dite de « coexistence pacifique » (proposée par Khrouchtchev), apaise les relations internationales (1956-1962).** Elle maintient toutefois l'état de rivalité (qui se manifeste dans les compétitions sportives ou par la conquête de l'espace) et n'empêche pas de nouvelles tensions (crise de Cuba), en particulier avec la construction du mur de Berlin (août 1961) pour bloquer l'exode des Allemands de l'Est vers l'Ouest.

ZOOM SUR...

La crise des missiles de Cuba (1962)

1 Cuba, un point stratégique dans l'affrontement Est/Ouest

• **Après le départ des Espagnols en 1898, l'île de Cuba, devenue indépendante, était placée sous la protection des États-Unis.** Or, en 1959, une guérilla menée par Fidel Castro renverse la dictature.

• **Ne parvenant pas à renégocier les relations de son pays avec les États-Unis,** Castro, sous l'influence d'une partie de ses compagnons communistes (comme Che Guevara), décide de se tourner vers l'URSS qui lui accorde son soutien politique et financier. Pour la première fois, un pays du continent américain se trouve placé dans le bloc soviétique, au large des côtes états-uniennes.

2 La crainte d'une guerre nucléaire

• **Khrouchtchev obtient, en échange de son soutien, l'implantation d'une base militaire sur Cuba.** Les services de renseignements américains découvrent qu'elle servira de rampe de lancement de missiles nucléaires.

• **Le 22 octobre 1962, le président Kennedy menace l'URSS dans un ultimatum**, faisant comprendre qu'il est prêt à utiliser l'arme nucléaire. Il organise un blocus autour de Cuba pour empêcher l'arrivée des missiles soviétiques. Khrouchtchev choisit l'apaisement et donne l'ordre aux cargos soviétiques de faire demi-tour. Conscients du danger qu'ils ont fait peser sur la planète, les deux Grands reprennent leurs discussions afin de désamorcer les tensions : une ligne directe (« téléphone rouge ») est installée entre Moscou et Washington.

Doc. La portée des missiles

• **À partir de 1962 commence une période dite de « Détente ».** Face aux menaces de guerre nucléaire et, surtout, à un monde qui devient plus complexe (émergence du Tiers monde, contestations de la domination des deux Grands dans leurs blocs), États-Unis et URSS reprennent les discussions pour maintenir ensemble la paix mais aussi leur hégémonie sur la planète. Ils parviennent à des accords sur certains dossiers (par exemple les accords SALT sur le désarmement) mais cela n'empêche pas d'autres crises (guerre du Vietnam par exemple).

B Les nouveaux États : des indépendances à leur affirmation sur la scène internationale

1. Différentes voies vers l'indépendance

• **Les revendications de liberté, d'autonomie voire d'indépendance ont commencé dans les empires coloniaux bien avant 1945.** L'affaiblissement général de l'Europe à la sortie de la guerre redynamise ces revendications, qui reçoivent le soutien à la fois des États-Unis et de l'URSS. Les deux Grands agissent par conviction idéologique, en respect des principes de la Charte des Nations unies mais aussi par intérêt, pour trouver de nouveaux alliés. L'attitude de la métropole détermine la nature du processus permettant d'aboutir à l'indépendance.

• **Quand le colonisateur accepte son retrait, on parle d'indépendance « pacifique » ou plutôt « négociée »**, car très souvent cela n'empêche pas des tensions voire des violences. C'est le cas par exemple de l'Inde et en général des colonies britanniques. Le Royaume-Uni négocie ainsi son départ des Indes mais les divisions entre le parti du Congrès de Ganhdi et Nehru et la Ligue musulmane d'Ali Jinnah conduisent à l'indépendance de deux États, Inde et Pakistan, le 15 août 1947. Celle-ci est suivie de violences entre hindous et musulmans et d'échanges de populations (entre 0,5 et 1 million de morts).

• **Quand le colonisateur essaye de garder sa colonie, le processus passe par une guerre d'indépendance.** Plusieurs pays ont dû en passer par là : l'Indonésie contre les Pays-Bas entre 1945 et 1949, l'Indochine (1946-1954) puis l'Algérie (1954-1962) face à la France, mais aussi les colonies portugaises entre 1961 et 1975. Les mouvements indépendantistes reçoivent souvent, dans ce cadre, le soutien de l'URSS, y compris en armes.

• **Dans une première phase allant jusqu'à la fin des années 1950**, c'est surtout l'Asie qui se libère avant d'être suivie, du milieu des années 1950 à 1975, par l'Afrique.

2. Faire entendre la voix du Tiers monde

• **Une fois décolonisés, les nouveaux États indépendants constatent leur faiblesse à la fois politique et économique.** Ils craignent en effet de tomber sous de nouvelles dépendances, soit des anciennes métropoles qui parviennent parfois à maintenir des liens, notamment dans les indépendances négociées, soit des deux Grands dans le contexte de la guerre froide.

Doc. Décolonisation et émergence du Tiers monde

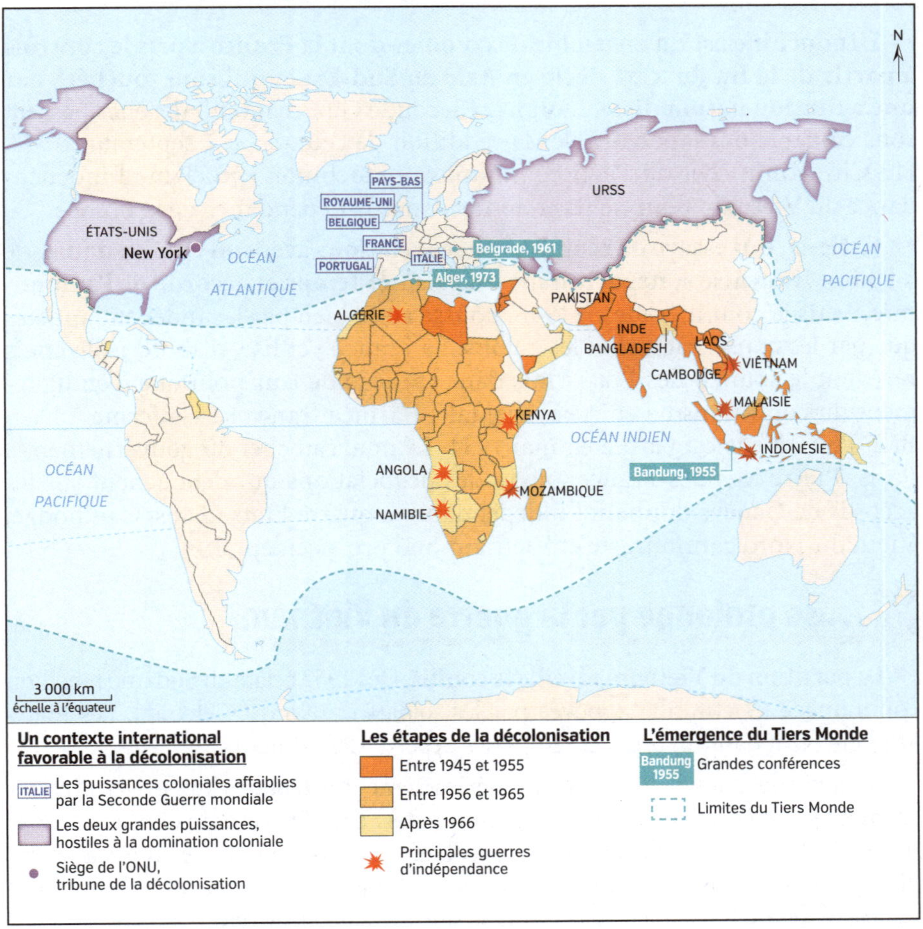

• **Les pays décolonisés essayent de s'organiser et de tisser des liens de solidarité pour renforcer leur place dans les relations internationales.** En 1955, le président indonésien Sukarno, avec le soutien du Premier ministre indien Nehru, organise à Bandung une conférence de la neutralité. C'est la naissance

ZOOM SUR...

Les guerres d'Indochine (1946-1954) et du Vietnam (1955-1975)

1 La guerre d'Indochine...

→ **L'Indochine est un ensemble de colonies dont la France a pris le contrôle à partir de la fin du XIXe siècle en Asie du Sud-Est et qui sont touchées par une agitation nationaliste.** Durant la Seconde Guerre mondiale, elles passent sous contrôle des Japonais. Dès la reddition de ceux-ci, le 2 septembre 1945, Ho Chi Minh, chef du Parti communiste indochinois, proclame l'indépendance du Vietnam pour ne pas retomber sous la dépendance de la France.

→ **Celle-ci, qui essaye de réorganiser ses relations avec son empire dans une « Union française », négocie dans un premier temps et accorde de l'autonomie.** Mais le conflit éclate en 1946, poussé aussi bien par les indépendantistes que par les conservateurs et les colons. La France s'enlise, d'abord isolée puis recevant le soutien des États-Unis dans le cadre de leur politique d'endiguement du communisme en Asie orientale. L'armée française s'enferme à Dien Bien Phu où elle est battue en mai 1954. Le nouveau chef du gouvernement à Paris, Pierre Mendès-France, ouvre des négociations qui débouchent sur les accords de Genève donnant l'indépendance à quatre États : Laos, Cambodge, Vietnam-Nord communiste et Vietnam-Sud pro-occidental.

2 ... se prolonge par la guerre du Vietnam

→ **La partition du Vietnam réveille le conflit.** Dès 1957 éclate au Sud une rébellion communiste (Vietminh), appuyée par les soldats du Nord (Vietcong). Les États-Unis envoient dans un premier temps des experts, des aviateurs.

→ **À partir de 1964, l'engagement américain met ses troupes aux prises directement au sol avec les combattants communistes.** L'URSS, comme dans toute crise de guerre froide, se garde d'envoyer ses soldats. L'opinion publique américaine devient de plus en plus hostile à cet engagement, choquée par les images de la guerre et les méthodes de son armée ou le traumatisme des soldats de retour au pays.

→ **Finalement, une fois élu (1970), le président Nixon engage un processus de retrait, totalement effectif en 1973.** Le Vietnam-Sud succombe et est submergé par l'invasion communiste qui s'achève par la prise de Saïgon. Le pays est réunifié en 1975 et se place dans le bloc soviétique. Les États-Unis sortent affaiblis de cet échec militaire et politique.

du Tiers monde, réunissant les pays décolonisés et en retard de développement. En 1961, à la conférence de Belgrade, le mouvement prend le nom de « non-alignement », refusant de choisir entre les blocs (ni pour, ni contre). À la conférence d'Alger en 1974, il propose une vision du monde non pas Est/Ouest mais plutôt divisé entre Nord riche et Sud en retard, demandant un nouvel ordre économique mondial plus juste. L'ONU, à laquelle ils adhèrent après leurs indépendances, leur sert aussi de tribune et celle-ci se penche sur les questions de développement.

- **Toutefois, le mouvement connaît aussi des limites.** Des divisions apparaissent rapidement et la guerre froide rattrape ces pays, plus ou moins proches d'un bloc plutôt que d'un autre, selon le modèle de développement qu'ils choisissent ou parfois les aides qu'ils sollicitent auprès des puissances.

Sachez que...

Proposée par le démographe Alfred Sauvy, dans un contexte de monde bipolaire, l'expression Tiers monde est forgée à partir de « tiers état », en référence aux classes non-privilégiées du XVIIIe siècle qui souhaitaient, par la Révolution, jouer un rôle politique. Elle permet de faire un parallèle entre la pauvreté d'une partie de ces classes et celle des pays décolonisés.

C La Chine de Mao : l'affirmation d'un nouvel acteur international

1. La Chine, dans l'orbite soviétique

- **Dès sa prise du pouvoir en octobre 1949, le Parti communiste chinois place le pays dans le bloc soviétique et adopte le modèle stalinien.** La nouvelle République populaire de Chine (RPC) répond ainsi à l'appel soviétique en soutenant la Corée du Nord dans la guerre de 1950-1953. Elle essaye surtout de s'affirmer dans le contrôle de ce qu'elle considère comme son territoire propre (protectorat sur le Tibet, annexé en 1959 ; reprise du Xinjiang ouïgour), même si cela passe aussi par des litiges frontaliers non résolus… y compris avec l'URSS.

- **L'obstacle majeur reste les relations avec l'île de Taïwan,** qui accueille le gouvernement nationaliste battu en 1949 et reçoit la protection américaine. Taïwan reste reconnue internationalement (hors bloc soviétique) comme la seule Chine légale… et reste donc au Conseil de Sécurité de l'ONU au titre du siège chinois obtenu en 1945.

2. Vers un modèle chinois

- **Mao rejette la déstalinisation et choisit de construire un modèle communiste original.** Les politiques du Grand Bond en avant (1958) puis de la Révolution culturelle (fin des années 1960), destinées à radicalement transformer la société chinoise sur la base d'un modèle paysan, se révèlent catastrophiques et meurtrières. Le Parti édite le *Petit Livre Rouge*, recueil des pensées et directives de Mao qui met en avant une révolution générationnelle valorisant les jeunes, mieux à même de mener la révolution communiste.

- **Le modèle maoïste inspire une partie de la jeunesse occidentale révoltée des années 1960** et surtout des mouvements révolutionnaires, notamment dans les pays moins développés ou cherchant à se décoloniser (Amérique latine, Afrique). La Chine soutient leurs luttes, accueille des étudiants étrangers, envoie à son tour des experts, ouvre son marché aux produits des pays décolonisés.

Doc. Entrevue des présidents chinois (Zhou Enlai), indonésien (Soekarno) et égyptien (Nasser) au sujet du coup d'État en Algérie en 1965

3. La Chine, un acteur majeur de la scène internationale

- **La Chine parvient à se positionner comme un des leaders du Tiers monde.** Elle est présente dès la conférence de Bandung. En 1974, Mao propose sa théorie des « Trois Mondes » : le premier monde réunit les hégémonies états-unienne et soviétique, le deuxième est leur espace d'influence directe et soumis (Europe, Canada, Japon…) et le troisième, le Tiers monde, dominé et en retard de développement, ne demande lui qu'à s'émanciper – la Chine proposant un modèle…

● **La politique étrangère chinoise change d'axe après la rupture avec l'URSS.** Elle renforce une politique asiatique autonome dans sa traditionnelle zone d'influence, soutenant le Vietnam communiste ou les Khmers rouges maoïstes au Cambodge – mais avec des échecs.

● **Enfin, la République populaire de Chine (RPC) parvient à se faire reconnaître comme seule représentante de la Chine à l'échelle internationale au détriment de Taïwan.** De plus en plus de pays l'ont reconnu (la France en 1964 par exemple), mais c'est la reconnaissance par les États-Unis en 1971 qui précipite son adoubement : la RPC récupère la même année le siège permanent au Conseil de Sécurité de l'ONU, et l'année suivante le président américain Nixon y effectue même un voyage officiel. L'ONU devient une tribune pour la politique étrangère chinoise.

D Les conflits du Proche et du Moyen-Orient

1. La place du Moyen-Orient dans les relations internationales

● **Le Moyen-Orient est lui aussi rattrapé par la guerre froide, surtout en tant qu'espace d'affrontements de puissance.** En effet, la région se trouve en contact direct avec les frontières méridionales de l'URSS et les États-Unis veulent prendre le relais des Britanniques et des Français qui y exerçaient leur influence avant 1945. Par le pacte de Bagdad (1955), ils montrent leur influence sur la région, la Turquie étant intégrée à l'OTAN dès 1951. Dans les conflits, les deux Grands vont prendre parti pour un camp ou un autre.

> **Sachez que…**
> Le Proche-Orient désigne spécifiquement la fenêtre méditerranéenne de l'Asie (Turquie, Syrie, Liban, Palestine…). Le Moyen-Orient s'étend quant à lui jusqu'en Iran et dans la péninsule Arabique, et on y inclut souvent, par facilité, le Proche-Orient.

● **Mais l'affrontement idéologique ne concerne pas vraiment le Moyen-Orient.** Le communisme ne réussit pas à s'implanter dans la région – même si certains régimes se réclament du socialisme – et les conflits ne sont pas de même nature que les guerres de Corée et du Vietnam ou que les tensions interallemandes, symboliques de l'opposition des modèles.

● **En revanche, le Moyen-Orient est concerné par les questions de décolonisation et d'émergence du Tiers monde.** Si, dès 1945, Français et Britanniques sont chassés de certains territoires (Syrie, Palestine…), le Royaume-Uni reste présent jusqu'en 1971 (indépendances du Qatar, des Émirats arabes unis, etc.). Nasser, qui prend le pouvoir en Égypte dans les années 1950, est un des leaders du Tiers monde. Il se place à la tête d'un mouvement politique à tendance socialiste, le panarabisme, qui vise à unir tous les peuples arabes et à faire entendre leur voix dans les relations internationales.

ZOOM SUR...

L'année 1968 dans le monde

1 Un monde occidental en ébullition

→ **L'année 1968 vue de France se résume souvent aux événements de mai.** Ceux-ci s'inscrivent dans une agitation sociale et politique plus générale de cette fin des années 1960, qui se traduit par une contestation générationnelle et une revendication de plus de libertés individuelles. Aux États-Unis, cette agitation est liée au rejet de l'intervention au Vietnam, qui connaît une poussée après l'offensive communiste du Têt (Nouvel An) de fin janvier 1968. Si elle est un échec militaire, elle bouleverse les opinions publiques. Les manifestations étudiantes gagnent l'Italie, l'Allemagne, le Japon, le Sénégal…

→ **En France, l'agitation étudiante bloque les universités parisiennes** et la répression de la manifestation du 6 mai dans le Quartier latin débouche sur une grève de solidarité le 13 qui dégénère en grève générale impliquant la moitié de la population active. Le gouvernement semble paralysé, les accords de Grenelle entre patronat et syndicats ne permettant pas une reprise du travail. Le général de Gaulle, qui préside alors la Ve République, sort de la crise par la démocratie : il dissout l'Assemblée nationale et les élections de juin donnent une écrasante victoire aux gaullistes, l'opinion publique s'étant retourné et s'inquiétant des risques d'une prise de pouvoir communiste et des blocages économiques.

→ **Aux États-Unis, l'année 1968 est marquée par l'assassinat de deux personnalités progressistes** ayant contribué à l'amélioration du modèle américain par la fin de la ségrégation raciale, Martin Luther King le 4 avril et Robert Kennedy le 5 juin, frère du président assassiné en 1963 et candidat à l'investiture démocrate pour l'élection présidentielle. À Mexico, les Jeux olympiques sont troublés par la répression sanglante des étudiants (au moins 20 morts) avant l'ouverture des Jeux et par le signe de protestation d'athlètes afro-américains.

Doc. Aux JO de Mexico, signe de soutien aux Black Panthers par les athlètes Tommie Smith et John Carlos en 1968

2 Un bloc soviétique ébranlé

→ **À l'Est, l'agitation gagne aussi le bloc soviétique**, qui n'a pas totalement tourné la page du stalinisme. Sa fragilité s'aggrave avec la scission avec la Chine de Mao, alors en pleine « révolution culturelle ». La Pologne entre dans une phase d'instabilité : aux manifestations étudiantes répond le renouvellement de l'appareil du Parti, qui renforce le rôle de l'armée et durcit la répression en utilisant l'antisémitisme.

→ **Le mouvement est plus spectaculaire en Tchécoslovaquie avec le « Printemps de Prague »**. Après vingt années de stalinisation, le Slovaque Alexander Dubcek prend en janvier 1968 la tête du Parti et annonce des réformes qui commencent par la suspension de la censure dès février. Débats, réunions et manifestations animent la vie sociale et politique d'un pays qui se lance sur la voie d'un « socialisme à visage humain », tentant de marier communisme et démocratie.

Le Printemps de Prague

→ **Mais au nom de l'unité du bloc, l'intervention militaire soviétique, avec l'aide du pacte de Varsovie, dans la nuit du 20 au 21 août, met un terme à cette utopie.** La « normalisation » néostalinienne s'impose : en janvier 1969, les étudiants Jan Palach et Jan Zajic s'immolent par le feu en signe de protestation, et Dubcek doit quitter la tête du Parti en avril, tandis que les réformes qu'il avait initiées sont abandonnées.

Doc. Char soviétique lors du Printemps de Prague

2. Des conflits locaux où s'implique la communauté internationale

- **Les États du Moyen-Orient connaissent une certaine instabilité.** Celle-ci se traduit par des tensions liées au tracé des frontières (contestations de l'indépendance du Liban par la Syrie), des guerres civiles (Yemen des années 1960), ou conduit à de fréquents coups d'État. En 1953, les États-Unis soutiennent le coup d'État contre le Premier ministre Mossadegh en Iran qui menaçait de nationaliser le pétrole et s'éloignait de l'alliance américaine.

- **Le conflit israléo-arabe renaît à plusieurs reprises.** En octobre 1956, alors que Nasser a nationalisé le canal de Suez, les Français et les Britanniques poussent à une reprise du conflit entre Israël et l'Égypte, leur donnant un prétexte pour intervenir et débarquer dans la zone du canal. Ils sont condamnés à l'ONU, États-Unis et URSS se mettant d'accord sur ce dossier.

- **En juin 1967, craignant une attaque égyptienne, Israël déclenche une attaque préventive contre ses voisins arabes** (guerre des Six Jours) et étend son contrôle territorial (prise du Sinaï égyptien, des derniers territoires palestiniens, du plateau du Golan syrien, riche en sources d'eau). Ces conquêtes sont condamnées par la résolution 242 du Conseil de sécurité de l'ONU. Les États-Unis se rapprochent toutefois d'Israël quand l'URSS soutient plutôt les États arabes.

- **En octobre 1973, les États arabes, Égypte en tête, attaquent Israël** (guerre du Kippour). Israël, après avoir reculé, rétablit ses positions mais comprend qu'elle ne gagnera peut-être pas toujours, mettant son existence en danger. Un processus de paix s'engage alors avec l'Égypte, sous l'égide des États-Unis.

L'ESSENTIEL

Une nouvelle donne géopolitique : bipolarisation et émergence du Tiers monde

- La guerre froide domine les relations internationales et crée tensions voire conflits sur l'ensemble de la planète, fragilisant la paix de 1945. Au classique affrontement de puissance s'ajoute un affrontement idéologique.
- Toutefois, les relations internationales se complexifient avec l'émergence du Tiers monde qui suit la décolonisation, plus ou moins violente, de l'Asie et de l'Afrique, mais aussi l'émergence de nouveaux pôles comme la Chine de Mao ainsi que de nouvelles zones de conflits, en particulier au Moyen-Orient.

3 La France, une nouvelle place dans le monde

A La reconstruction de la France sous la IVe République

1. La reconstruction politique, sociale et économique

- **Officiellement, pour le GPRF du général de Gaulle qui prend le pouvoir à l'été 1944, le régime de Vichy est « nul et non avenu ».** Lors des élections législatives d'octobre 1945, les Français se prononcent pour un changement de régime plutôt qu'une restauration de la IIIe République. La nouvelle Assemblée élue est donc chargée de rédiger une Constitution. Dominée par l'alliance de trois partis (Parti communiste, SFIO-Parti socialiste et MRP, Mouvement républicain populaire, de centre-gauche), ses travaux s'orientent vite vers une République parlementaire après l'expérience autoritaire du maréchal Pétain.

- **L'adoption de la IVe République est difficile.** Ne parvenant pas à imposer ses propositions, le général de Gaulle démissionne du gouvernement en janvier 1946 et forme un parti d'opposition, le RPF. Un premier référendum en mars 1946 rejette le projet de l'Assemblée jugé trop similaire à la IIIe République. Un second projet, à peine retouché, est adopté par lassitude – un tiers des électeurs s'abstenant, un gros tiers votant pour, un dernier tiers votant contre.

- **La Constitution d'octobre 1946 respecte les principes posés par le programme du CNR.** Elle garantit le retour aux libertés politiques et rétablit la démocratie avec un pouvoir législatif qui contrôle l'exécutif : il élit toujours le président et, si celui-ci nomme le président du Conseil, chef du gouvernement, ce dernier doit obtenir l'investiture de l'Assemblée, donc y obtenir une majorité politique.

- **Les critiques réciproques que se font les deux superpuissances les obligent aussi à faire évoluer leurs modèles.** Après la mort de Staline (1953), les prisonniers sont libérés des goulags. Son successeur à la tête du Parti, Khrouchtchev, lance la déstalinisation (1956) et une libéralisation limitée du régime. Dans les années 1960, les présidents américains démocrates, Kennedy puis Johnson, s'attaquent quant à eux à la question des inégalités, en particulier de la ségrégation qui frappe les noirs et entache la démocratie.

- **Enfin, des droits sociaux sont reconnus et l'État-providence se met en place.** Dès 1945, le GPRF avait réalisé la réforme de la Sécurité sociale donnant droit à des allocations familiales, à la santé gratuite, à l'extension des régimes de retraite à tous les travailleurs. En 1945, pour la première fois, les femmes peuvent exercer le droit de vote obtenu par décret l'année précédente.

Sur le plan économique, l'État s'implique. De nombreuses entreprises sont nationalisées (les banques, les mines, Renault, création d'EdF...). Un Commissariat au Plan est établi pour définir les priorités dans le cadre de la reconstruction et orienter les actions et investissements de l'État.

2. De nouveaux cadres internationaux

Sur la scène internationale, la France semble affaiblie. Grâce au GPRF, elle est comptée dans le camp des vainqueurs, obtient un siège permanent au Conseil de Sécurité de l'ONU avec droit de veto et même une zone d'occupation en Allemagne. Mais cette dernière a été concédée grâce au soutien de Churchill et la France paraît nettement en retrait face aux États-Unis et à l'URSS.

Par ailleurs, pour faire face au délitement de son empire colonial, la France essaye de le restructurer. À la fois consciente des contestations mais aussi de l'apport décisif de son empire dans la Libération, la France essaye d'en garder le contrôle en modifiant les relations entre métropole et colonies. Les plus vieilles colonies (Antilles, Réunion) obtiennent la départementalisation, déjà en œuvre en Algérie. Pour les autres, le cadre de l'Union française est proposé, qui leur permet notamment d'avoir une représentation à l'Assemblée et une certaine autonomie locale, Paris gardant le contrôle de la défense, la monnaie et la représentation à l'étranger.

Elle doit toutefois faire face à de graves conflits de décolonisation. Ceux-ci commencent en Asie avec la guerre d'Indochine, se poursuivent en Afrique, au Cameroun par exemple mais surtout en Algérie.

Perdant sa dimension mondiale avec son empire, la France de la IVe République se recentre dans le cadre européen. Elle adhère au Conseil de l'Europe et à l'OTAN en 1949, projets pour la plupart motivés par la formation d'un bloc occidental face à la menace soviétique et donc sous influence américaine.

Dans les années 1950, elle prend l'initiative de projets plus autonomes, qui sont à l'origine de l'actuelle Union européenne. Jean Monnet, qui préside le Commissariat au Plan, soumet au gouvernement un projet de coopération avec l'Allemagne occidentale dans les domaines alors fondamentaux de l'économie et de la reconstruction : le charbon (source d'énergie) et l'acier (matériau indispensable de l'industrie). Le projet est annoncé publiquement par le ministre des Affaires étrangères Robert Schuman, le 9 mai 1950, au lendemain de la commémoration de la fin de la guerre.

• **Plusieurs institutions naissent alors.** La Communauté européenne du charbon et de l'acier (CECA) est fondée en 1951 – Italie, Belgique, Pays-Bas et Luxembourg rejoignant France et RFA – et rassemble vainqueurs et vaincus de 1945. Le gouvernement français propose même en 1952 une CED (Communauté européenne de défense). Elle est cependant abandonnée devant l'hostilité d'une majorité des députés estimant la protection de l'OTAN suffisante, mais surtout conscients d'une forte hostilité de l'opinion publique française à l'idée d'une coopération militaire franco-allemande aussi peu de temps après la fin de la guerre et de l'occupation. Belges et Italiens relancent la dynamique européenne en soumettant le projet d'une coopération économique plus large donnant naissance le 25 mars 1957, par les traités de Rome, à la CEE (Communauté économique européenne) et à l'Euratom (coopération sur le nucléaire civil).

Sachez que...
Le 9 mai a depuis été adopté comme fête de l'Europe.

B La guerre d'Algérie et la naissance de la Ve République

1. L'Algérie, crise coloniale et politique

• **L'Algérie a une position ambiguë dans la République.** Son territoire, départementalisé, est fortement intégré et considéré comme une province, non comme une colonie. Mais les inégalités sociales, économiques et politiques sont fortes entre le million de Pieds-Noirs, descendants des colons français et européens, et les sept millions de « Musulmans », terme officiel désignant les populations arabo-berbères présentes avant la colonisation.

Sachez que...
CECA et Euratom seront fusionnées avec la CEE dans les années 1970.

• **Après des décennies d'attente de réformes pour plus d'égalité voire d'autonomie, le conflit éclate en 1954.** Déjà, le 8 mai 1945, des émeutes avaient éclaté au moment de la victoire, réprimées dans le sang. Alors que l'Indochine vient d'obtenir son indépendance à l'issue d'une guerre, le Front de libération nationale (FLN) nouvellement créé lance à la Toussaint 1954 une campagne d'attentats.

• **Le gouvernement réagit par la répression pour garder le contrôle de ce qu'il estime être un territoire de la République.** Celle-ci est menée contre les militants du FLN, qualifiés de terroristes, d'abord par la police, suppléée ainsi par l'armée qui prend vite le contrôle des opérations (« nettoyage » d'Alger début 1957 par exemple) et n'hésite pas à utiliser la torture. Le climat de violence qui secoue l'Algérie est dénoncé à l'ONU et par les pays du Tiers-monde.

ZOOM SUR...

De Gaulle, Mendès-France : deux conceptions de la République

1 Une conception bonapartiste du pouvoir

➜ **Militaire de carrière**, s'illustrant dans la Première Guerre mondiale avant de diriger la Résistance durant la Seconde, le général de Gaulle (1890-1970), après un bref passage au gouvernement à l'été 1940, le préside à la Libération en 1944. Il quitte le pouvoir en 1946 puis la vie politique avant de revenir en mai 1958, comme président du Conseil puis président de la nouvelle Ve République, pour deux mandats jusqu'à sa démission en 1969.

➜ **De Gaulle présente une vision du pouvoir qualifiée de bonapartiste**, donnant à un homme à la tête de l'État les moyens de diriger le pays et mener sa politique. Pour autant, à la différence de l'autoritarisme d'un Pétain, il accepte le fonctionnement démocratique d'une République parlementaire. Il souhaite un équilibre entre pouvoir législatif et exécutif et, pour légitimer celui-ci, propose l'élection du président au suffrage universel direct comme pour l'Assemblée nationale.

2 Une conception parlementaire du pouvoir

➜ **Pierre Mendès-France** (1907-1982), fruit de la méritocratie républicaine, s'engage politiquement dès seize ans au Parti radical, devient le plus jeune avocat de France à 21 ans et député dès 1932. Influencé par Keynes, il s'intéresse aux questions économiques et financières, militant pour une implication de l'État. Il entre au gouvernement dès 1938, qu'il retrouve, résistant depuis Londres, en 1944. Il fait une carrière dans les institutions internationales (BIRD, FMI, ONU) et préside le gouvernement entre 1954 et 1955 en se positionnant pour les indépendances (Indochine, Tunisie).

➜ **Sa conception du pouvoir est fondamentalement parlementariste**, estimant que le pouvoir législatif, issu de l'élection populaire, doit contrôler le travail de l'exécutif. En tant que président du Conseil, il s'adresse aux Français chaque semaine à la radio pour rendre des comptes de sa politique. Il s'oppose jusqu'à sa mort au fonctionnement trop présidentialiste de la Ve République.

2. Le passage de la IVe à la Ve République

Sachez que...
Les mouvements qui contestent la colonisation en Algérie sont anciens (résistance d'Abd-el-Kader dans les années 1840) mais espéraient, en vain, pouvoir négocier une autonomie de l'Algérie dans la République.

- **La guerre d'Algérie révèle les limites du fonctionnement de la IVe République.** Si les changements réguliers de gouvernements ne posent pas de problème sur le plan des questions économiques et sociales, un certain consensus régnant entre les partis, les questions coloniales divisent : la droite est globalement attachée à la conservation de l'empire et en particulier de l'Algérie peuplée des Pieds-Noirs ; à gauche on est prêt à négocier, le Parti socialiste envisageant l'autonomie – le PCF demande l'indépendance. Or les changements de gouvernement amènent à des changements de position et d'action sur la question algérienne, empêchant sa résolution.

- **La crise politique culmine en mai 1958.** Le nouveau gouvernement alors en formation envisage de négocier avec le FLN, déclenchant l'inquiétude et la colère des Pieds-Noirs qui manifestent à Alger le 13, avec le soutien de l'armée. Pour dénouer la crise et éviter le risque d'une guerre civile, le président René Coty appelle à la tête du gouvernement le général de Gaulle.

- **Le général de Gaulle accepte de reprendre la direction du gouvernement sous la condition de modifier la Constitution.** Analysant la prolongation de la crise algérienne comme une conséquence de ce qu'il appelle le « régime des partis », faisant et défaisant les majorités, il ne veut pas en être victime et obtient les pleins pouvoirs pour six mois afin d'apporter des solutions à la crise algérienne ainsi qu'une révision de la Constitution. Il réussit à constituer un gouvernement réunissant des personnalités de droite comme de gauche mais rencontre aussi une certaine opposition des défenseurs de la IVe République.

- **Le général de Gaulle s'installe au pouvoir avec la Ve République.** Une fois la nouvelle Constitution adoptée, de Gaulle est élu à la présidence de la République en décembre 1958, les élections législatives lui donnent la majorité au Parlement.

ZOOM SUR...

La guerre d'Algérie et ses mémoires

1 En Algérie, l'enjeu d'une mémoire nationale

→ **Pour l'Algérie, la guerre est d'abord une guerre de libération nationale qui a conduit à son indépendance.** Le FLN, qui se maintient continuellement au pouvoir depuis 1962, en fait un argument de propagande pour justifier son pouvoir et rassembler la nation algérienne. Elle a aussi un usage diplomatique destiné à tenir la France à l'écart de la politique algérienne et refuser tout commentaire ou critique, traité comme une ingérence néo-coloniale, venant de sa part.

→ **Les historiens algériens ont tardivement pu nuancer la présentation politique et nationaliste de la guerre.** La guerre interne livrée par le FLN contre les autres mouvements nationalistes a longtemps été tue.

2 En France, la lente levée des silences

→ **En France, la guerre d'Algérie a été longtemps entourée de tabous, d'autant qu'elle signe une défaite et une forme de déclin.** Le terme de « guerre d'Algérie » n'a été reconnu officiellement que par une loi de 1998, le discours politique persistant à parler des « événements d'Algérie ». Les recherches historiques sur les questions de la torture, pourtant révélée dès les années de guerre, ou des disparitions de militants pro-indépendance, comme Maurice Audin, restent compliquées.

→ **La place de certains groupes pose question.** Les harkis (supplétifs algériens de l'armée française) ont longtemps été ignorés. Les Pieds-Noirs, rentrés en métropole et déchirés par leur départ, entretiennent une mémoire ambivalente, contestant parfois les commémorations du 19 mars ou réussissant à obtenir dans un article de loi de 2005, finalement retiré, une reconnaissance du « rôle positif de la présence française outre-mer, notamment en Afrique du Nord ».

ZOOM SUR...

La Constitution de 1958

1 Une nouvelle Constitution pour la France

→ **Le général de Gaulle propose rapidement une nouvelle Constitution.** Ses idées et propositions sont connues depuis 1946 (discours de Bayeux). Il confie la rédaction du projet à Michel Debré, qui s'appuie sur la Constitution de la IVe République et apporte surtout des modifications. Ainsi, le Préambule de 1946 est-il conservé, mentionnant à égalité libertés politiques et droits sociaux et confirmant le rôle et les missions de l'État.

→ **Le projet est adopté par les Français.** Le général de Gaulle présente le projet lors d'un meeting sur la place de la République le 4 septembre 1958, en mettant l'accent sur son attachement à la République. À la fin du mois, et malgré les oppositions nombreuses, le texte est adopté par référendum avec 90 % de participation et 80 % de votes en faveur du projet.

2 Rechercher l'équilibre des pouvoirs

→ **Avec les amendements qui interviendront encore plus tard**, la Constitution de 1958 apporte deux changements majeurs :

– le renforcement des pouvoirs du président (dont l'art. 16 qui permet les pleins pouvoirs en cas de crise grave), élu au suffrage universel direct avec la réforme de 1962 ;

– l'élection législative au suffrage majoritaire et non plus proportionnel, éliminant les petits partis mais permettant de dégager des majorités plus claires et plus stables à l'Assemblée.

Doc. La Constitution de 1958 révisée en 1962

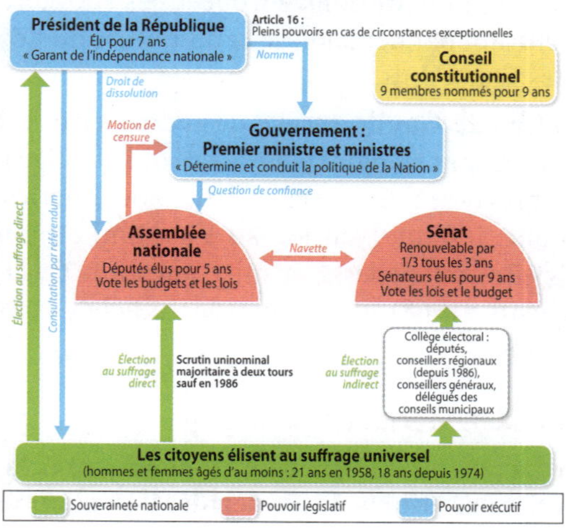

La constitution de la ve République

B La République gaullienne, le retour de la France sur la scène internationale ?

1. Une volonté d'indépendance nationale

● **De Gaulle achève le retrait colonial de la France pour lui laisser les mains libres.** Conscient de l'impasse politique de la guerre d'Algérie et de l'image négative de la France sur la scène internationale, il choisit la voie de l'indépendance par l'autodétermination, organisant des référendums sur la question à la fois en métropole et en Algérie. Les négociations secrètes avec le FLN aboutissent aux accords d'Évian (18 au 19 mars 1962) qui permettent l'indépendance le 3 juillet. La quasi-totalité des Pieds-Noirs se réfugie à l'été 1962 en métropole. Le général de Gaulle subit deux tentatives d'assassinats de la part des militants de l'OAS (Organisation Armée Secrète) composée de partisans de l'Algérie française – ce qui le pousse à accélérer sa réforme de l'élection présidentielle (octobre 1962).

● **Entre-temps, il a aussi négocié l'indépendance des colonies africaines.** Devenues des Républiques autonomes au sein de la Communauté française prévue par la Constitution de 1958, celles-ci acquièrent leur pleine souveraineté durant l'année 1960.

Sachez que…
Toutefois, des accords bilatéraux sont signés avec les anciennes colonies qui maintiennent des liens économiques et militaires étroits, certains n'hésitant pas à parler de néocolonialisme.

● **De Gaulle accentue le recentrage de la France sur la construction européenne.** Par le traité de l'Élysée (1963) signé avec le chancelier de la RFA Konrad Adenauer, il renforce le couple franco-allemand, moteur de la CEE. Toutefois, il défend les intérêts de la France en refusant la logique de vote à la majorité au sein des institutions européennes (boycott des réunions en 1964-1965) et en refusant par deux fois la candidature du Royaume-Uni, vu comme trop proche des États-Unis.

● **Car de Gaulle essaye de redonner à la France une place dans le monde.** Critiquant la logique bipolaire qui a obligé la France à se soumettre à un camp, il prend ses distances avec le bloc américain (retrait partiel de l'OTAN, critique de l'intervention au Vietnam) et noue des liens avec le bloc soviétique (visites officielles). La mise au point de la bombe atomique (1960) puis nucléaire (1968) lui permet de s'afficher comme une puissance militaire autonome.

2. La modernisation du pays

● **La période gaullienne est aussi, après la reconstruction, celle d'une poursuite des efforts de modernisation commencés par la IVe République.** Ainsi, de Gaulle ne remet pas en cause l'action de l'État et lui donne même de nouvelles missions. La DATAR (Délégation à l'aménagement du territoire et à l'action régionale) est chargée en 1963 de la politique d'aménagement destinée à corriger les déséquilibres territoriaux (construction d'autoroutes, de stations touristiques balnéaires ou de montagne, rééquilibrage des métropoles pour déconcentrer Paris…).

- **Le gouvernement lance de grands projets censés permettre à la France d'être indépendante dans certains secteurs.** Le plan d'indépendance énergétique conduit à équiper le pays de centrales nucléaires. Le plan « Calcul » veut rattraper le retard en informatique. Des projets d'envergure comme la construction du Concorde (en coopération avec les Britanniques) symbolise les capacités technologiques de la France, le projet Ariane visant à faire de la France un nouvel acteur de la conquête spatiale.

Sachez que…

Le Concorde reste l'avion supersonique civil le plus rapide au monde, reliant Paris à New York en trois heures

Doc. Le concorde, un avion supersonique

L'ESSENTIEL

La France, une nouvelle place dans le monde

- À la sortie de la guerre, la reconstruction en France n'est pas seulement matérielle, elle est aussi politique : la République est restaurée mais connaît deux Constitutions, la IVe (1946) puis la Ve (1958) République avec un renforcement du pouvoir exécutif face au législatif voulu par de Gaulle.
- La France connaît en effet une période de déclin dans les relations internationales, avec en particulier des guerres coloniales (Indochine puis Algérie), qui l'amènent à redéfinir sa politique extérieure : construction européenne, politique d'indépendance nationale gaullienne.

Mots-clés

■ **Bipolarisation** : organisation des relations internationales fondée, après 1945, sur deux pôles : États-Unis et URSS, les « deux Grands ».

■ **Constitution** : texte juridique fondamental qui précise l'organisation et le fonctionnement des institutions politiques, la répartition des pouvoirs.

■ **Construction européenne** : processus d'unification des États européens, essentiellement par le moyen de la coopération économique.

■ **Décolonisation** : disparition des empires coloniaux, le départ des colonisateurs (essentiellement européens) étant obtenu par négociation et/ou guerre d'indépendance.

■ **Détente** : période d'apaisement et de reprise du dialogue entre les deux Grands durant la guerre froide.

■ **État-providence** : forme de l'État qui, par ses interventions, notamment économiques, garantit une protection sociale à sa population.

■ **Génocide** : extermination volontaire et organisée d'une population en fonction de son identité.

■ **Guerre froide** : affrontement entre puissances se manifestant de façon indirecte, par alliés interposés ou crises diplomatiques.

■ **Non-alignement** : refus d'un certains nombre d'États de choisir (« s'aligner sur ») un des deux blocs derrière les deux Grands.

■ **Superpuissance** : politique souhaitée par de Gaulle pour extraire la France de la logique de guerre froide en lui assurant des moyens politiques, économiques, etc. pour assurer sa défense et son développement.

■ **Tiers monde** : État ayant une capacité d'influence à l'échelle planétaire dans tous les domaines (politique, militaire, économique, commercial, culturel...).

Repères chronologiques

- **15 mars 1944** : Programme du CNR
- **1er-22 juillet 1944** : Accords de Bretton Woods
- **26 juin 1945** : Création de l'ONU, charte de San Francisco
- **20 novembre 1945** : Ouverture du procès de Nuremberg
- **12 mars 1947** : Discours de Truman annonçant le plan Marshall
- **15 août 1947** : Indépendances de l'Inde et du Pakistan
- **25 février 1948** : Coup de Prague
- **14 mai 1948** : Indépendance d'Israël et début des guerres israélo-arabes
- **Juin 1948-mai 1949** : Blocus de Berlin
- **1er octobre 1949** : Proclamation de la République populaire de Chine par Mao
- **21 juillet 1954** : Accords de Genève sur l'indépendance de l'Indochine
- **18-24 avril 1955** : Conférence de Bandung
- **Octobre 1956** : Crise de Suez
- **12 août 1961** : Début de la construction du Mur de Berlin
- **Octobre 1962** : Crise de Cuba
- **5-10 juin 1967** : Guerre des Six Jours
- **1968** : Printemps de Prague, Mai 68 en France
- **25 octobre 1971** : Admission de la Chine communiste à l'ONU
- **6 au 24 octobre 1973** : Guerre du Kippour

Biographies

John Maynard Keynes (1883-1946)

Économiste britannique, il préconise une intervention de l'État face à la crise de 1929, inspirant les principes de l'État-providence, et participe à la conférence de Bretton Woods en 1944.

Jawaharlal Nehru (1889-1964)

Compagnon de Gandhi dans la lutte pour l'indépendance de l'Inde qu'il négocie avec les Britanniques, il préside le Parti du Congrès et est, de 1947 à 1964, Premier ministre de l'Inde et l'un des artisans du non-alignement.

Mao Zedong (1893-1976)

Fondateur puis chef du Parti communiste chinois, il mène la guerre civile contre les nationalistes à l'issue de laquelle il établit la République populaire de Chine dont il devient le principal dirigeant à partir de 1949.

Nikita Khrouchtchev (1894-1971)

Participant à la guerre civile russe comme à la Seconde Guerre mondiale, proche de Staline, il est secrétaire général du Parti communiste d'URSS de 1953 à 1964. Il lance la déstalinisation, propose aux États-Unis la coexistence pacifique et désamorce la crise de Cuba. Il profite des succès du programme spatial soviétique.

Yitzhak Rabin (1922-1995)

Chef du gouvernement israélien de 1974 à 1977 et à nouveau en 1992, il est à la fois perçu comme un « héros de la paix » et un « traître ». Il reçoit le Prix Nobel de la paix en 1994, avant d'être assassiné le 4 novembre 1995.

Documents majeurs

Doc. 1 La guerre froide vue des États-Unis

Au moment présent de l'histoire du monde, presque toutes les nations se trouvent placées devant le choix entre deux modes de vie. [...]. L'un de ces modes de vie est fondé sur la volonté de la majorité. Ses principaux caractères sont des institutions libres, des gouvernements représentatifs, des élections libres, des garanties données à la liberté individuelle, à la liberté de parole et du culte et à l'absence de toute oppression politique. Le second mode de vie [...] s'appuie sur la terreur et l'oppression, sur une radio et une presse contrôlées, sur des élections dirigées et sur la suppression de la liberté personnelle. Je crois que les États-Unis doivent pratiquer une politique d'aide aux peuples libres [...]. Je crois que notre aide doit se manifester en tout premier lieu sous la forme d'une assistance économique et financière [c'est le plan Marshall].

Discours du président américain Harry Truman, 12 mars 1947.

Doc. 2 La guerre froide vue de l'URSS

Un nouveau type d'État a été créé : la République populaire, où le pouvoir appartient au peuple, où la grande industrie, le transport et les banques appartiennent à l'État et où la force dirigeante est constituée par le bloc des classes travailleuses de la population, ayant à sa tête la classe ouvrière. [...] Plus nous nous éloignons de la fin de la guerre, et plus nettement apparaissent les deux principales directions de la politique internationale de l'après-guerre [...] : le camp impérialiste* et antidémocratique d'une part, et, d'autre part, le camp anti-impérialiste et démocratique. Les États-Unis sont la principale force dirigeante du camp impérialiste. L'Angleterre et la France sont unies aux États-Unis. [...] Le but principal du camp impérialiste consiste à renforcer l'impérialisme, à préparer une nouvelle guerre impérialiste, à lutter contre le socialisme et la démocratie.

Rapport d'Andreï Jdanov, l'un des dirigeants de l'URSS, septembre 1947.

* L'URSS accuse les États-Unis de vouloir construire en empire économique en Europe.

Doc. 3 Caricature sur le blocus de Berlin, 1949

Doc. 4 **Discours d'ouverture de la conférence de Bandung par Sukarno, 1955**

Mesdames et Messieurs, Chers Frères et Sœurs,

C'est pour moi un grand honneur et un privilège en ce jour historique de vous souhaiter la bienvenue en Indonésie. [...] Nos nations et nos pays ne sont plus des colonies. Nous sommes désormais libres, souverains et indépendants. Nous sommes redevenus maîtres dans nos propres murs. [...] Vous ne vous êtes pas rassemblés dans un monde de paix, d'unité et de coopération. Des gouffres béants séparent les nations et groupes de nations. [...] La peur ronge aujourd'hui la vie de l'homme et la rend plus âpre. La peur de l'avenir, la peur de la bombe à hydrogène, la peur des idéologies. [...]

On nous dit souvent « Le colonialisme est mort ». Ne nous laissons pas duper ou même apaiser par ces propos. Je vous l'affirme, le colonialisme n'est pas encore mort. Comment pouvons-nous dire qu'il est mort tant que de vastes régions d'Asie et d'Afrique ne sont pas libres ? [...]

Que pouvons-nous faire ? Les peuples d'Asie et d'Afrique n'exercent qu'un pouvoir physique infime. Même leur force économique est dispersée et ne pèse pas lourd. Nous ne pouvons pas faire de politique de pouvoir. La diplomatie pour nous ne repose pas sur un bâton que l'on peut brandir. Nos chefs d'État ne sont pas soutenus, en général, par des rangs serrés de bombardiers.

Que pouvons-nous faire ? Beaucoup de choses ! Nous pouvons faire entendre la voix de la raison dans les affaires mondiales. Nous pouvons mobiliser toutes les forces spirituelles, morales et politiques de l'Asie et de l'Afrique en faveur de la paix. Oui, nous le pouvons ! Nous, peuples d'Asie et d'Afrique, forts de 1,4 milliard d'hommes, soit bien plus de la moitié de la population mondiale, pouvons mobiliser ce que j'ai appelé la violence morale des nations en faveur de la paix. [...] Ah, mes chers frères et sœurs, faites en sorte que cette conférence remporte un grand succès ! Malgré la diversité existant parmi ses participants, faites en sorte qu'elle remporte un grand succès !

[...] Bon nombre d'entre nous, nations soi-disant « sous-développées », sont confrontés à des problèmes économiques plus ou moins similaires, de sorte que chacun peut profiter de l'expérience et de l'assistance des autres. [...]

J'espère que cette conférence ira bien au-delà de la compréhension et de la bonne volonté ; j'espère qu'elle démentira les propos d'un diplomate de l'autre bout de la planète qui affirmait : « Cette conférence afro-asiatique se sera rien de plus qu'une rencontre autour d'une tasse de thé ». J'espère qu'elle apportera la preuve que nous, dirigeants asiatiques et africains, comprenons que l'Asie et l'Afrique ne peuvent prospérer que si elles sont unies [...].

Doc. 5 Les institutions de l'ONU

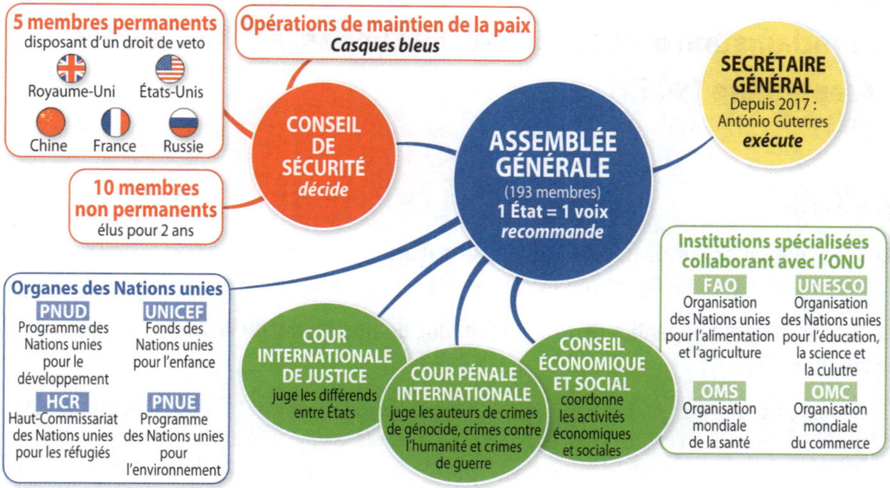

Doc. 6 Les conflits israélo-arabes

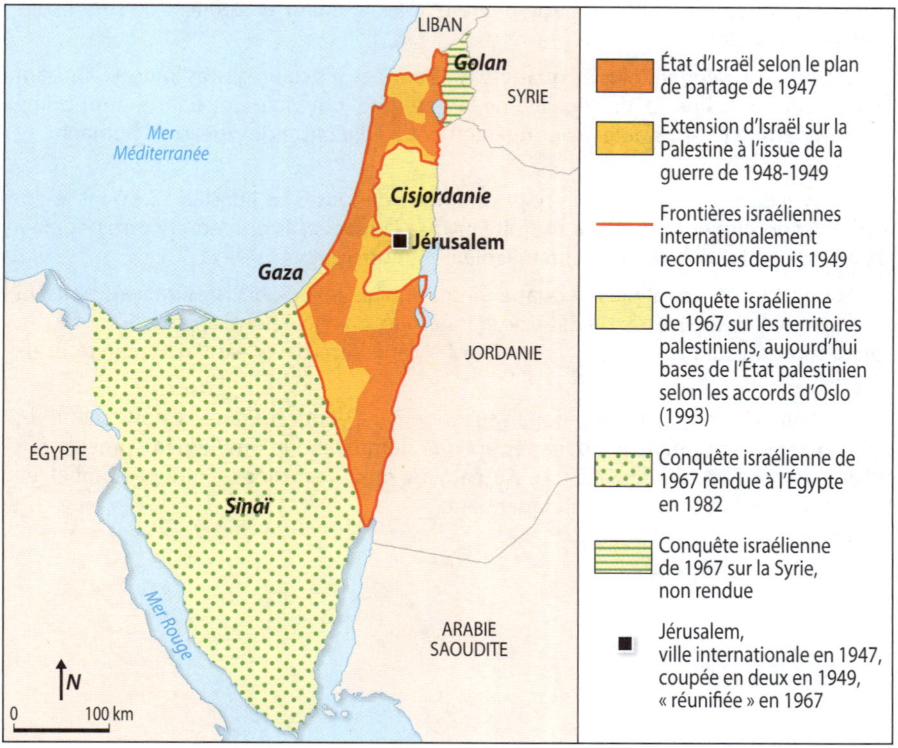

EXERCICE

Étude de document

Proclamation d'indépendance du Vietnam par Ho Chi Minh, 2 septembre 1945

CONSIGNE

Montrez que ce document, par sa date, sa nature, son contenu et son auteur, permet de comprendre que le Vietnam s'engage vers son indépendance.

Doc. Déclaration d'indépendance de la République démocratique du Vietnam, Hanoï, 2 septembre 1945

Tous les hommes naissent égaux. Le Créateur nous a donné des droits inviolables, le droit de vivre, le droit d'être libre et le droit de réaliser notre bonheur » Cette parole immortelle est tirée de la Déclaration d'indépendance des États-Unis d'Amérique en 1776. Prise dans un sens plus large, cette phrase signifie : Tous les peuples sur la terre sont nés égaux ; tous les peuples ont le droit de vivre, d'être heureux, d'être libres. La Déclaration des droits de l'homme et du citoyen de la Révolution française de 1791 proclame également « Les hommes naissent et demeurent libres et égaux en droits. » Ce sont là des vérités indéniables.

Et pourtant, pendant plus de quatre-vingts années, les colonialistes français, abusant du drapeau de la liberté, de l'égalité, de la fraternité, ont violé notre terre et opprimé nos compatriotes. Leurs actes vont directement à l'encontre des idéaux d'humanité et de justice.

Dans le domaine politique, ils nous ont privés de toutes les libertés. [...] Dans le domaine économique, ils nous ont exploité jusqu'à la moelle, ils ont réduit notre peuple à la plus noire misère et saccagé impitoyablement notre pays. [...]

Et pourtant, pendant plus de quatre-vingts années, les colonialistes français, abusant du drapeau de la liberté, de l'égalité, de la fraternité, ont violé notre terre et opprimé nos compatriotes. Leurs actes vont directement à l'encontre des idéaux d'humanité et de justice. [...]

Les Français s'enfuient, les Japonais se rendent [...]. Pour ces raisons, nous, membres du Gouvernement provisoire de la république démocratique du Vietnam, proclamons solennellement au monde entier : Le Vietnam a le droit d'être libre et indépendant et, en fait, est devenu un pays libre et indépendant.

POINT MÉTHODE

Présenter un document et exploiter son identification

Le travail de présentation d'un document en histoire est fondamental pour mieux comprendre le sens et la portée de celui-ci. Il aide à mieux interpréter les informations qu'on vous demande de relever et d'analyser.
On distingue plusieurs éléments qui permettent d'identifier un document.

1 Son auteur

Connaître son rôle historique, ses idées permet de ne pas oublier que ses propos délivrent un message, une prise de position subjective que vous devez considérer avec du recul et non comme une vérité affirmée. Cela vous aidera à commenter le document pour éviter de simplement le paraphraser.

2 Sa date

Elle est essentielle et à mettre en relation avec les événements qui se déroulent alors : la période concernée (le « contexte »). Les positions de l'auteur peuvent aussi varier dans le temps, s'expliquer par ce contexte. Cela vous sera utile pour comprendre certaines allusions, références, qui semblent évidentes pour l'auteur qui parle sur le moment mais qui le sont moins pour nous à distance des événements.

3 Sa nature

Le type de document peut aussi jouer dans sa compréhension : est-ce un discours public, un texte juridique, un témoignage, une correspondance d'ordre privé, etc. ? L'auteur ne parlera pas de la même façon selon le type de document. Il peut être utile de vérifier sa source (journal, ouvrage, etc.).

3 Son thème

Il s'agit de dégager l'idée générale du document, en somme, le message de l'auteur. Ce travail peut être fait par la simple analyse/résumé du document mais, parfois, un titre peut être ajouté qui guide votre analyse. Attention, ce titre peut aussi chercher, au-delà de l'idée générale de l'auteur, à vous orienter vers un aspect plus particulier du document et, ainsi, orientera votre analyse.

PROPOSITION DE CORRIGÉ

L'auteur, Ho Chi Minh, la nature, une proclamation d'indépendance, le lieu où elle a été prononcée, Hanoï capitale de l'Indochine française, et enfin le contexte, jour de la capitulation japonaise, permettent de comprendre ce document et la position défendue.

[Présentation du document]

Le Vietnam est une partie de l'Indochine, colonie française occupée par les Japonais à partir de 1940. Cette proclamation, qui s'appuie sur des textes fondamentaux (Déclaration d'indépendance des États-Unis, Déclaration des droits de l'homme et du citoyen), doit permettre de justifier la prise d'indépendance du pays.

Celle-ci est proclamée le 2 septembre 1945 : c'est la date à laquelle le Japon a capitulé, achevant ainsi la Seconde Guerre mondiale, d'où la phrase soulignée. Les nationalistes vietnamiens, anticipant le départ des Japonais, ne veulent pas du retour des Français.

La référence à l'indépendance américaine est aussi importante : les États-Unis ont fait plier le Japon, le Vietnam cherche à obtenir leur soutien en comparant leur situation à celle des insurgés américains de 1776.

L'astuce du prof

Ici, c'est la date qui est l'élément le plus important : le Vietnam proclame son indépendance le jour de la capitulation japonaise, démontrant ainsi son intention de pas attendre passivement que son sort soit réglé de l'extérieur.

CHAPITRE 3

Les remises en cause économiques, politiques et sociales des années 1970 à 1991

DE QUOI S'AGIT-IL ?

Les pays industriels sont confrontés, dès la fin des années 1960, aux limites de leur modèle productiviste. C'est dans ce contexte qu'éclate le premier choc pétrolier qui déclenche une véritable crise. Pour y répondre, les États industriels transforment leur rôle économique.

L'équilibre politique mondial est lui aussi renouvelé. La démocratie semble se renforcer, à la faveur de la disparition des dictatures d'Europe du Sud et du shah d'Iran et à celle de la concrétisation du projet européen autour de la CEE.

En 1974, Valéry Giscard d'Estaing est élu président de la République. Sous son mandat, la France connaît de nombreuses mutations sociales, qui sont accompagnées d'une série de réformes. En 1981, François Mitterrand est élu. Pour la première fois, un homme de gauche accède à la présidence sous la Vᵉ République : c'est un tournant.

1 Les changements économiques et leurs conséquences

A Les chocs pétroliers de 1973 et 1979 et la crise économique occidentale

1. Deux hausses brutales des prix du pétrole liées à des crises politiques au Proche-Orient

- **En octobre 1973, les prix du pétrole connaissent une hausse brutale** et importante : l'Organisation des pays producteurs de pétrole (Opep) décide de doubler les prix et de réduire de 5 % la production de brut pour protester contre l'aide des pays occidentaux à Israël dans sa guerre contre ses voisins arabes. En décembre, les prix doublent encore.
- **Ce premier « choc pétrolier » frappe de plein fouet les économies dépendantes du pétrole** du Proche-Orient. Au Japon, en RFA ou en France, les prix flambent : c'est l'inflation. Les pays du Tiers monde sont aussi touchés, comme l'Inde.
- **Un second « choc pétrolier » fait suite à la révolution iranienne en 1979** et renforce les difficultés des pays importateurs de pétrole ; les prix continuent d'augmenter.
- **Cependant, il convient de ne pas accorder une place trop importante** à ces deux fortes hausses des prix de l'énergie. Au milieu des années 1980, les cours du pétrole baissent, mais cela ne met pas un terme à la crise.

Doc. L'évolution du cours du pétrole

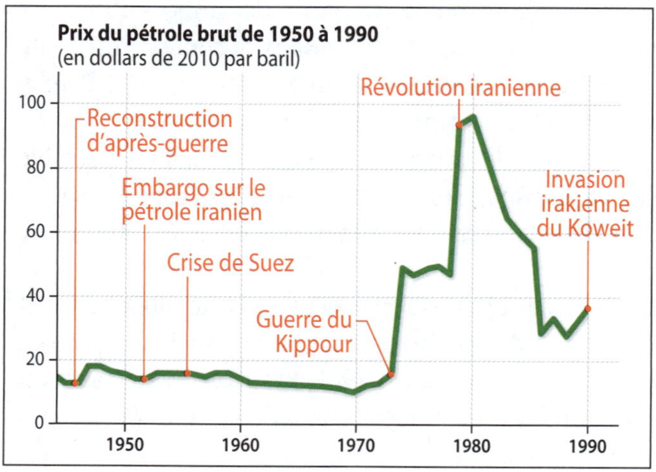

2. Une amplification de la crise économique

- **Les deux chocs pétroliers surviennent dans un contexte de fragilisation** des économies dans les pays industriels.
- **Les signes de ralentissement de la croissance se sont multipliés** depuis la fin des années 1960. Les entreprises ont emprunté pour se développer et sont donc vulnérables aux hausses des taux d'intérêt. Or les États-Unis, puis les pays d'Europe de l'Ouest, choisissent d'augmenter ces taux pour répondre à la hausse des prix : la production industrielle et les gains de productivité ralentissent, alimentant le chômage puis les faillites jusqu'au milieu des années 1980. Entre 1974 et 1975, la demande d'acier chute ainsi de près d'un tiers en Lorraine. En France, on parle même de stagflation.

Sachez que...
Stagflation est la contraction des mots stagnation et inflation. Elle correspond à une situation conjuguant croissance faible ou nulle, et hausse des prix.

- **En 1971, la décision unilatérale des États-Unis de mettre fin à la convertibilité** entre le dollar et l'or, en violation des accords de Bretton Woods, provoque un flottement général du cours des monnaies et alimente aussi la hausse des prix.
- **La crise économique emprunte cependant des rythmes et des chemins différents** selon les pays. Entre 1973 et 1976, l'inflation dépasse les 10 % aux États-Unis, et l'investissement se contracte, avant une reprise progressive. En Europe, l'inflation dépasse encore 10 % en France jusqu'au début des années 1980, alors que la RFA réussit à la contenir sous les 3 %.

Doc. Taux de croissance des prix à la consommation

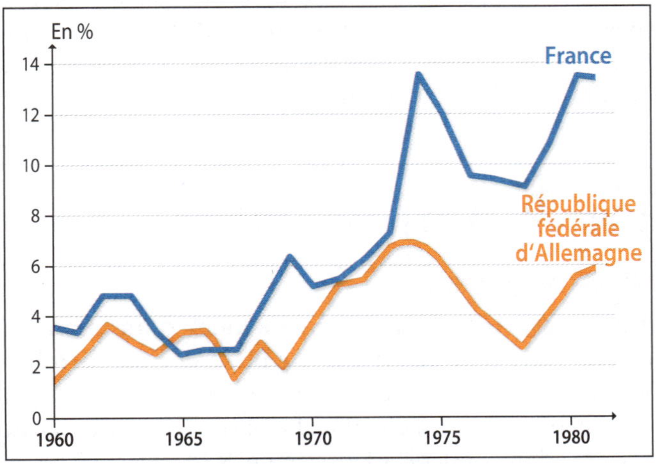

- **Sous des formes variées, la crise s'installe et s'étend au Tiers monde** dans les années 1980, touchant notamment le Mexique, puis le Brésil.

3. Deux chocs qui accélèrent la mondialisation

• **Les deux chocs pétroliers accentuent les transformations globales** qui se dessinent à partir des années 1970. La fragilité croissante des entreprises, dont plusieurs sont frappées par des faillites au cours des années 1980 – comme Manufrance –, se traduit par la multiplication des opérations de fusion-acquisition (Peugeot-Citroën-Talbot en 1979), mais aussi par des stratégies de délocalisation.

• **En parallèle, les entreprises développent leur présence internationale,** telle Michelin qui investit aux États-Unis dès la fin des années 1970, ou IBM dont la présence en France est écrasante. Les entreprises françaises ont investi 4 milliards de dollars aux États-Unis rien qu'en 1981 ; trois ans plus tard, un quart des activités localisées en France dépendent de capitaux étrangers.

• **La fin de la convertibilité du dollar,** en accélérant le flottement des monnaies, favorise l'émergence d'un système financier mondialisé. Le dollar est dévalué en 1971-1973, le franc en 1981 puis en 1982. Les investisseurs jouent désormais des différences de cours pour spéculer contre certaines monnaies, ce qui exerce une pression sur les gouvernements et oriente leur politique économique en faveur des intérêts privés. Ainsi, les gouvernements s'emploient à faire baisser les taux d'intérêt pour encourager le déplacement des investissements vers le marché des actions, ce qui favorise la financiarisation de l'économie.

Sachez que...
La financiarisation correspond à l'utilisation croissante d'outils financiers par l'ensemble des acteurs économiques, et notamment les entreprises qui, au lieu d'investir dans l'innovation ou d'augmenter les salaires, placent leur capital sur les marchés au profit des actionnaires.

• **Le krach du 19 octobre 1987** – avec une baisse de 23 % des valeurs cotées à Wall Street en une journée – révèle la dimension systémique de la finance mondiale. En quelques heures, l'ensemble des places boursières sont touchées : toutes sont interconnectées, faisant apparaître un circuit mondialisé des capitaux.

B La montée du chômage et la remise en cause de l'État-providence

1. L'apparition du chômage de masse

• **La période 1970-1990 se caractérise par l'enracinement d'un chômage structurel.** La hausse du chômage commence avant le premier choc pétrolier, à la fin des années 1960. En France, le taux de chômage franchit la barre des 2 % en 1968, atteint 6,3 % en 1980 et 8,2 % en 1982. La barre des 2 millions de chômeurs est franchie. La tendance est plus heurtée en RFA, avec 3,7 % en 1975, 3,1 % en 1980, et 5,5 % en 1982, mais partout la hausse est sensible. Il y a plus de 10 % de chômeurs aux États-Unis en 1983.

Doc. Chômage : l'exemple de la Grande-Bretagne

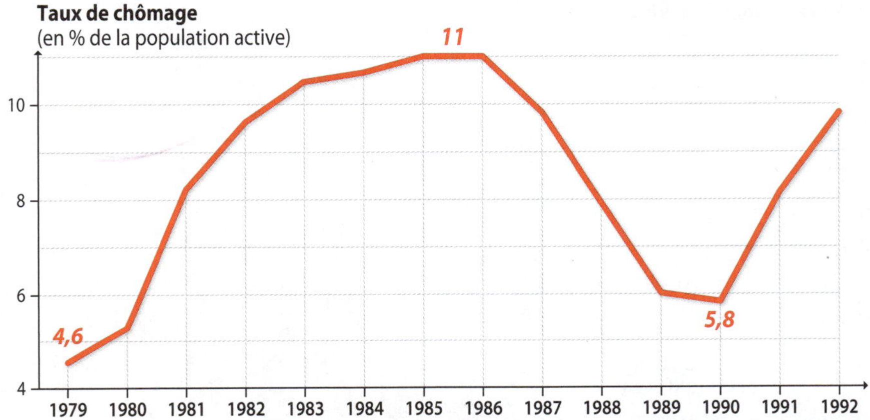

Source : P. de Beer, « Les 18 ans qui ont changé l'Angleterre », *Le Monde*, 15 avril 1997.

- **Cette hausse prononcée et durable** s'explique par la baisse brutale de la rentabilité des entreprises qui licencient alors massivement. La destruction des emplois touche essentiellement le secteur industriel. À son apogée, au cours des années 1970, il ne cesse ensuite de se réduire : la désindustrialisation s'amorce. En Italie, Fiat se sépare de 23 000 salariés en une année, en 1980 ! En Lorraine, le nombre d'ouvriers passe de 78 000 en 1975 à 12 000 en 1990.

2. Des réponses qui sapent les fondements de l'État-providence

- **Pour faire face à la montée massive du chômage, les politiques publiques** adoptent d'abord des solutions de relance. En France, en 1975, le gouvernement de Jacques Chirac injecte 32 milliards de francs (soit 2 % du PIB) dans l'économie pour relancer l'activité. La croissance repart et dépasse les 4 % en 1976, mais elle n'enraye ni l'inflation ni le chômage. Au Royaume-Uni, la politique des travaillistes – augmenter les dépenses publiques pour créer de l'emploi – ne renverse pas non plus la hausse du chômage. Arrivés au pouvoir en 1981, les socialistes français cherchent d'abord à soutenir l'économie par la dépense publique, avant de renoncer face à l'intense spéculation contre le franc, qui vide les réserves de change de la Banque de France entre 1981 et 1983 : l'internationalisation des capitaux contraint les politiques publiques.

- **Ainsi, progressivement, les gouvernements occidentaux basculent vers une politique d'austérité en réduisant le rôle social de l'État.** En Grande-Bretagne, le système de protection sociale est démantelé, avec notamment la vente de 600 000 logements sociaux. Margaret Thatcher, Premier ministre, brise l'influence des syndicats à la faveur des grèves des mineurs en 1984-1985, utilisant la désinformation, les violences policières et la répression contre les leaders syndicaux.

Doc. Les privatisations au Royaume-Uni (1979-1991)

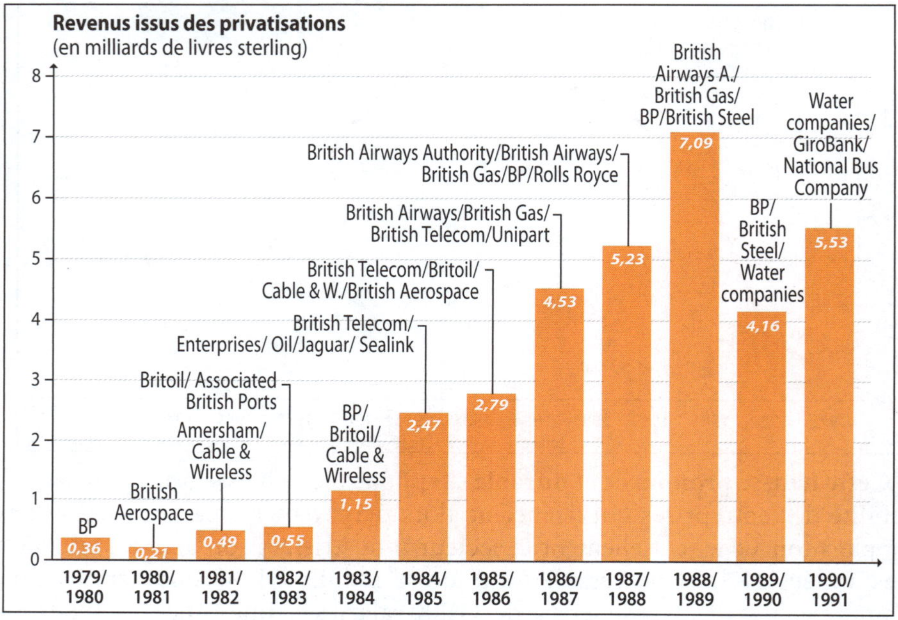

- **Cette politique s'accompagne d'un soutien affirmé aux détenteurs de capitaux.** Londres supprime ainsi le contrôle des changes pour que les capitaux britanniques soient investis partout dans le monde, et décide de privatisations massives dès 1981, avec le transfert progressif au privé de British Aerospace, BP, Rolls-Royce ou British Telecom.
- **Au cours des années 1980, les impôts baissent partout en Europe de l'Ouest**, tandis que la TVA augmente. Le contrôle de l'État sur les changes, le crédit, la monnaie et les prix est partout amoindri ou supprimé : la dérégulation des activités financières leur permet de prendre une ampleur inégalée.
- **Ainsi, l'extension décisive de ce processus de mondialisation accroît la concurrence entre les États,** encouragés à réduire leur fiscalité pour conserver leur attractivité au détriment des politiques d'aide sociale. L'État-providence n'est plus un modèle.

ZOOM SUR…

Deux acteurs majeurs d'un nouveau capitalisme

1 Ronald Reagan et les Reaganomics

→ **Ronald Reagan, ancien acteur californien** de série B, est élu président des États-Unis en 1980, sous les couleurs des républicains (conservateurs). Il entend rompre avec les principes de l'État-providence, largement hérités de Roosevelt, et adopte une politique qualifiée par la suite d'ultralibérale.

Doc. **Reagan présente son plan de réduction d'impôts en juillet 1981 (allocution télévisée)**

→ **Reagan considère que les acteurs privés doivent être au cœur du processus** de production économique et que l'État doit favoriser leur activité par une libéralisation générale des réglementations publiques. Ainsi les Reaganomics reposent sur 4 piliers : réduire les dépenses publiques (sauf pour la Défense), réduire la fiscalité, déréguler et réduire l'inflation.

→ **Dès 1980, le taux le plus élevé d'impôt sur le revenu est ramené de 70 à 28 %,** et l'impôt baisse globalement d'un quart. Le programme d'aide au retour à l'emploi est supprimé et plus de 11 000 contrôleurs aériens – fonctionnaires alors en grève pour leurs salaires – sont licenciés en même temps ! La forte hausse des taux d'intérêt renforce le dollar, ce qui accélère la crise dans la sidérurgie et l'automobile.

→ **La politique économique de Reagan est influencée par les travaux de Milton Friedman,** économiste « monétariste » qui estime nécessaire de stabiliser le pouvoir d'achat de la monnaie en luttant contre l'inflation, et donc en augmentant les taux d'intérêt. Après avoir participé à la campagne électorale de Reagan, il rejoint le comité économique de son administration.

→ **Son bilan est mitigé.** L'inflation est contenue, la croissance économique repart. Mais le chômage augmente chez les ouvriers, la dette fédérale double et le déficit du budget triple, passant de 988 à 2 602 milliards de dollars entre 1980 et 1988 !

2 Deng Xiaoping et l'ouverture de la Chine à l'économie mondiale

→ **La croissance remarquable de la Chine** s'amorce au cours des années 1970, avec la volonté du parti communiste chinois (PCC) d'insérer la Chine dans les échanges mondiaux, en même temps que son admission à l'ONU (1971). Le commerce extérieur triple entre 1972 et 1977, et les taux de croissance atteignent déjà 10 % en 1971 ou 1972.

→ **Toutefois, c'est la politique d'ouverture économique engagée par Deng Xiaoping** en 1979 qui provoque la mutation profonde de l'économie chinoise. Né en 1904, compagnon de Mao, n° 1 du régime chinois après 1978, il décide d'augmenter les capacités de la marine marchande chinoise et de moderniser l'appareil de production industrielle, en misant sur l'exportation de biens d'équipements (textile, chimie et pétrochimie, mécanique), confectionnés dans des entreprises ouvertes aux capitaux privés et au crédit.

→ **Les usines sont installées dans 5 zones économiques spéciales (ZES),** mises en place à partir de 1980, et 14 « villes ouvertes » situées sur les littoraux, où les structures administratives sont simplifiées et la fiscalité avantageuse. La production et le commerce des produits agricoles sont également ouverts au marché, tandis que le contrôle des prix est desserré. Le « socialisme aux couleurs de la Chine » s'apparente encore plus nettement au capitalisme avec la cession de terres et d'entreprises au secteur privé, décidée en 1987. Toutefois, le PCC contrôle encore largement l'économie nationale. En 1992, les entreprises publiques assurent 50 % de la production industrielle. Les autorités favorisent le principe de la *joint-venture*, ou partage des capitaux.

Doc. « Bienvenue aux étrangers », affiche publicitaire chinoise promouvant le tourisme

→ **Les effets de cette politique sont fulgurants.** En 1986, le revenu rural a triplé et le revenu urbain doublé. Le territoire chinois accueille ses premières usines à capitaux étrangers dans les régions du Guangdong et de Shanghai ; en 1992, 25 milliards de dollars sont investis dans le pays. Les deux principes de délocalisation et de sous-traitance se mettent en place : la Chine exporte des biens de grande consommation (télévisions, magnétoscopes, jouets), et le commerce extérieur triple en volume.

→ **Le soulèvement de mai 1989 ne ralentit pas la cadence :** avec une croissance de 10 % par an, la Chine est en train de devenir l'usine du monde. Le mouvement s'amplifie nettement après 1991 et la chute du communisme.

Le soulèvement étudiant de mai 89 en Chine

3. Des effets systémiques sur l'économie mondiale : l'amplification de la mondialisation

• **La transformation de l'économie chinoise consolide et amplifie les choix politiques ultralibéraux réalisés dans le monde occidental** : la Chine peut produire à bas coûts tout ce qui relevait de secteurs industriels anciens, dont le poids économique se réduit. Dans le même temps, l'essor des nouvelles technologies favorise la spécialisation des territoires productifs occidentaux vers les industries à forte valeur ajoutée.

• **Ainsi, en Europe, aux États-Unis et au Japon,** les secteurs du textile et de la sidérurgie perdent globalement des emplois, mais la pharmacie, l'aérospatiale, l'aéronautique et l'agro-alimentaire en gagnent. La part de la production française de textile dans les volumes vendus en France passe de 55 % en 1978 à 40 % en 1986.

Sachez que...
Internet devient véritablement un réseau mondial au début des années 1990.

• **L'ouverture aux investissements étrangers** s'observe également sur d'autres territoires : les grandes entreprises belges (Agfa, Petrofina, Solvay) investissent aux États-Unis, dans le secteur chimique et pétrochimique, tandis que les FTN états-uniennes s'implantent en France, comme IBM.

• **Enfin, le processus de délocalisation s'amorce,** lié à la volonté de réduire les coûts de production mais aussi à celle de pénétrer des marchés protégés. Dès les années 1970, le japonais NEC s'implante à Singapour et aux États-Unis. Un quart de la production de textile de la RFA est délocalisée en 1987.

L'ESSENTIEL

Les changements économiques et leurs conséquences

- Les deux chocs pétroliers de 1973 et 1979 précipitent et amplifient la crise économique dans les pays industrialisés du bloc occidental. La hausse brutale du coût de l'énergie provoque une envolée des prix, l'inflation, et accroît le chômage.
- Cette crise motive l'adoption de principes économiques ultralibéraux : réduction du rôle de l'État par des privatisations et la limitation de son action sociale ; activités dérégulées pour le secteur privé, notamment dans la finance.
- Les choix économiques du PCC en Chine amplifient les effets de cette nouvelle politique dès les années 1980. La mondialisation se met en place, comme le montre l'effet mondial du krach new-yorkais d'octobre 1987.

2 La modification des grands équilibres politiques

A La révolution islamique d'Iran et ses conséquences

1. Le soulèvement contre la dictature du shah d'Iran

• **À la fin des années 1970, le régime du shah** – empereur en perse – est une monarchie autoritaire, engagée dans un processus de modernisation socio-économique. Le régime s'appuie sur les pétrodollars et sollicite l'industrie de la défense des États-Unis pour constituer une armée performante et à ses ordres. Il dispose aussi d'une police politique, la Savak, qui emprisonne et torture des milliers d'opposants politiques. Le souverain vit dans le luxe, contrairement à la majorité des Iraniens.

• **Malgré la répression, le parti communiste iranien (parti Toudeh)** étend son influence dans les secteurs stratégiques (armée, radio, télévision, industrie pétrolière), tandis que les universités organisent la contestation. De son côté, le leader religieux chiite Rouhollah Khomeini multiplie les critiques depuis son exil irakien : le chiisme joue ainsi le rôle d'une idéologie mobilisatrice au service du changement politique.

• **Le soulèvement se cristallise au début de l'année 1978.** Dans tout le pays, des manifestations, violemment réprimées par l'armée, se succèdent tous les quarante jours – le temps du deuil chiite. En mai, le mouvement gagne la capitale, Téhéran. En août, après l'incendie d'un cinéma à Abadan, la Savak est convaincue d'avoir délibérément enfermé les spectateurs à l'intérieur et provoqué la mort de plus de 400 personnes, pour discréditer le mouvement d'opposition : cela le renforce.

• **Le 8 septembre 1978, « vendredi noir », un million de personnes manifestent à Téhéran**. Ordre est donné de tirer sur la foule : 58 personnes trouvent officiellement la mort. Puis le shah décrète la loi martiale et change de gouvernement, mais la colère du peuple s'amplifie encore.

• **Le 5 janvier 1979, les gouvernements des grandes puissances occidentales** (États-Unis, Royaume-Uni, RFA et France) renoncent à soutenir le shah, contraint à l'exil le 16 janvier.

COURS

2. Le basculement théocratique

• **Le 1er février 1979, l'ayatollah Khomeini** regagne triomphalement son pays ; une coalition associant chiisme politique et mouvements de gauche prend le contrôle de l'État. Mais le clergé chiite et son « guide » actionnent progressivement les leviers de la prise de pouvoir, mêlant rupture avec le capitalisme et message religieux. Les banques, les assurances et les secteurs industriels clés sont nationalisés. En avril, Khomeini proclame la République islamique d'Iran, et en mai, il crée les Gardiens de la révolution ou Pasdaran, un corps militarisé à ses ordres, puis les Bassidji, une milice populaire chargée de surveiller la population. Enfin, il utilise la lutte contre les « désordres sociétaux » provoqués par le shah pour souder l'identité nationale.

• **L'Iran se dote d'une nouvelle constitution,** inspirée de la Ve République française. Un parlement et un président de la République élus au suffrage universel se partagent l'exercice du pouvoir. Toutefois, les institutions civiles sont placées sous le contrôle du guide suprême : l'Iran devient une théocratie. En revanche, ce n'est pas un régime fondamentaliste car il ne cherche pas un retour aux origines mais produit un système ancré dans le présent.

• **Les religieux se retournent enfin contre les partis de gauche et la presse.** En 1981, le président Bani Sadr, qui refuse l'islamisation de l'Iran, est déposé. 5 000 membres et sympathisants du Toudeh sont arrêtés et exécutés, tout comme les partisans du shah demeurés en Iran. En 1982, le Toudeh est interdit.

3. La consolidation du régime

• **Le régime se renforce en affirmant son opposition aux États-Unis.** Entre le 4 novembre 1979 et le 20 janvier 1980, les Pasdaran prennent en otage l'ambassade états-unienne à Téhéran, ce qui rompt les relations diplomatiques entre les deux pays.

• **L'affirmation de la République Islamique** passe aussi par la guerre contre l'Irak : Khomeini appelle à renverser Saddam Hussein, laïc et rival territorial. Envahi en 1980, l'Iran parvient à riposter avec les Pasdaran, et refuse toute trêve jusqu'en 1988. Le conflit fait plus d'un million de morts, mais consolide le régime.

B Un élargissement démocratique en Europe ?

1. La transition démocratique au Portugal

- **Entre 1932 et 1968, le Portugal est dirigé par le dictateur Salazar,** austère professeur d'économie qui a instauré l'*estado novo*, un régime autoritaire, nationaliste et ultra-catholique. Une police politique à ses ordres surveille et opprime la population, et notamment les communistes, pourchassés et torturés dans tout le pays. Syndicats et presse sont interdits ou soumis à la censure.

- **À partir de 1961**, le coût matériel et humain des opérations de répression des mouvements d'indépendance dans les colonies portugaises (Angola, Mozambique et Guinée-Bissau) fissure le régime. Le Portugal est isolé à l'ONU et 900 000 Portugais émigrent, beaucoup fuyant les guerres coloniales.

> **Sachez que...**
> 10 000 soldats portugais et 100 000 Africains y perdent la vie. 20 000 Portugais reviennent handicapés et 140 000 traumatisés.

- **Salazar quitte le pouvoir en 1968,** mais son successeur Caetano peine à libéraliser le régime. Le 24 avril 1974, avec le soutien du général Spinola, de jeunes officiers enclenchent la « révolution des œillets » : sans violence, ils portent une fleur à leur boutonnière ou au bout de leur fusil et, en quelques heures, ils s'emparent des lieux stratégiques du pouvoir.

- **Le général Spinola s'engage à organiser des élections libres** permettant de rédiger une nouvelle constitution, abolir la censure, dissoudre la police politique et libérer les prisonniers d'opinion. En avril 1975, les Portugais portent le parti socialiste de Mário Soares au pouvoir. Malgré de graves tensions entre les courants nationalistes et communistes, la démocratie se consolide avec l'approbation d'une nouvelle constitution en avril 1976. Les droits sociaux des Portugais sont renforcés, et les femmes obtiennent enfin le droit de vote. En 1977, Soares demande l'adhésion du Portugal à la CEE.

2. La transition démocratique en Grèce

- **La seconde dictature à tomber est celle des colonels, en Grèce.** Les militaires ont pris le pouvoir en 1967, en pleine campagne électorale et dans un contexte de violence, se présentant comme « des remparts contre le communisme ». Le roi Constantin II, échouant à restaurer les libertés publiques en décembre 1967, s'exile. La junte traque les membres de l'opposition, torture, déporte, muselle la presse, l'édition, les arts vivants. Mais de nombreux Grecs résistent, individuellement et collectivement.

- **Les étudiants et une partie du peuple se soulèvent en février puis en novembre 1973** à Athènes. Après avoir destitué le roi, le colonel Papadopoulos se proclame chef de l'État, et envoie l'armée réprimer le mouvement étudiant, provoquant un massacre. Il est arrêté et remplacé par une junte encore plus violente, qui espère consolider son pouvoir en annexant Chypre. La tentative tourne court en juillet 1974 et la Grèce se retrouve au bord de la guerre, la Turquie envahissant la partie nord de l'île. Acculé, le régime fait alors appel à Karamanlis, un opposant, pour gouverner le pays.

- **Après avoir fait baisser la tension avec la Turquie,** Karamanlis lance le processus de démocratisation. Il restaure le pluralisme, organise des élections qui confortent son pouvoir, proclame l'instauration de la République et lance l'adhésion de la Grèce à la CEE. En 1975, les colonels sont jugés et condamnés à la prison à vie.

3. La démocratisation en Espagne

- **Le franquisme, dictature instaurée par le général Franco en 1939** après avoir écrasé les forces démocratiques lors de la guerre civile, disparaît avec le décès de son fondateur en 1975. Le roi d'Espagne Juan Carlos, désigné comme son successeur, enclenche le processus de démocratisation.

- **En jouant sur les rivalités internes à l'armée,** Juan Carlos obtient en juillet 1976 le départ du gouvernement d'Arias Navarro, le plus intransigeant des anciens collaborateurs de Franco. Suarez, le nouveau premier ministre, restaure progressivement l'État de droit : le parti communiste est à nouveau autorisé, les libertés fondamentales rétablies. Une nouvelle assemblée pluraliste rédige une constitution démocratique, adoptée par référendum en décembre 1978.

- **La jeune démocratie espagnole résiste enfin à la tentative de coup d'État** de Tejero le 23 février 1981 ; la prise d'otage des parlementaires échoue quand l'armée refuse de suivre ce colonel, le roi ayant affirmé aux Espagnols sa volonté de défendre les nouvelles institutions et de l'intégrer à la CEE.

4. L'affirmation d'un projet européen

- **Après les blocages des années 1960** entre le projet supranational, s'imposant par la règle de la majorité, et le projet de confédération, reposant sur l'unanimité des pays membres, la CEE entre dans une nouvelle phase au cours des années 1970.

- **Le Royaume-Uni et l'Irlande rejoignent le projet européen en adhérant en 1973,** le veto français s'éteignant avec le départ de De Gaulle. Après la disparition quasi simultanée des dictatures au Portugal, en Grèce et en Espagne, la CEE s'ouvre vers le sud : la Grèce devient membre en 1981, le Portugal et l'Espagne en 1986. La CEE compte alors 12 membres.

Sachez que...
On parle de la Communauté économique européenne (CEE) entre le traité de Rome en 1957 et le traité de Maastricht en 1992. Depuis, cette organisation régionale s'appelle l'Union européenne.

• **En 1979 se tiennent également les premières élections du Parlement européen** au suffrage universel direct : 410 députés sont élus par les peuples des 9 États membres. Les pouvoirs du parlement sont alors légèrement renforcés, même s'ils sont encore très loin de ceux d'un parlement de type national. Les élus européens contrôlent le budget, mais ne peuvent participer à l'élaboration des règles communes, qui restent définies par la Commission et les conseils des ministres des gouvernements de la CEE.

• **Ce pouvoir très limité explique sans doute la faible participation des électeurs ;** sans projet à l'échelle européenne à défendre, la campagne électorale n'a pas réussi à donner poids et sens au rôle des députés européens.

• **Le renforcement du projet européen** s'exprime aussi à travers des mises en commun, comme l'effacement des frontières. Les accords de Schengen, signés en 1985, prévoient une libre circulation des personnes à l'intérieur de l'espace des pays membres, alors au nombre de 5. Puis l'Acte unique européen, signé en 1986, prévoit la libre circulation des personnes, services, marchandises et capitaux entre les pays membres, et l'instauration d'une monnaie commune.

Doc. La naissance de l'espace Schengen

« Ce 14 juin 1985, donc, dans le petit village luxembourgeois de Schengen, choisi à dessein pour sa situation géographique au carrefour de la France, de l'Allemagne et du Luxembourg, Mme Catherine Lalumière, secrétaire d'État aux affaires européennes, signait au nom du gouvernement français un accord prévoyant que les ressortissants de France, d'Allemagne, de Belgique, des Pays-Bas et du Luxembourg pourraient bientôt traverser les territoires de chacun d'entre eux sans subir de contrôle de police. L'accord, qui se voulait le "laboratoire de l'Europe de 1993", date prévue pour l'abolition de toutes les frontières intérieures de l'Europe des Douze, devait entrer en vigueur le 1er janvier 1990. »

M. Georges, « La libre circulation dans la Communauté », *Le Monde*, 15 novembre 1989.

C L'effondrement du bloc soviétique et la difficile transition vers la démocratie

1. Les prémices de l'effondrement

• **Au cours des années 1980, les forces d'opposition** investissent l'Église, les syndicats et les cercles intellectuels, militent pour le respect des droits fondamentaux par les appareils d'États, et dénoncent la surveillance policière, la censure et les menaces. En Pologne, en 1981, le syndicat Solidarité (Solidarnosc) rédige un programme d'action.

- **En outre, l'immobilisme soviétique accentue la crise du système.** Dans toute l'Europe de l'est, l'économie entre en récession. Les queues s'allongent devant les magasins d'État quasiment vides, alors que sur le marché noir, les prix explosent.
- **Dans le même temps, l'escalade de la tension avec les États-Unis** accroît les dépenses militaires. En 1977, l'URSS déploie le long du rideau de fer des missiles à moyenne portée, les SS20, avant d'envahir l'Afghanistan. En réponse, en 1983, l'OTAN installe à son tour des euromissiles.

2. L'espoir déçu de Gorbatchev et l'effondrement des démocraties populaires

- **C'est dans ce contexte difficile qu'en 1985,** Mikhaïl Gorbatchev arrive à la tête de l'URSS. Il tente une politique audacieuse de modernisation politique, la glasnost (transparence), et économique, la perestroïka (reconstruction).
- **L'économie s'ouvre davantage aux initiatives privées.** Gorbatchev entend s'appuyer sur les individus pour améliorer l'approvisionnement et la production de biens de consommation. Il garantit et accroît la liberté d'expression, et ouvre l'URSS au reste du monde. Surtout, il s'engage enfin à ne pas réprimer militairement les éventuels mouvements de contestation qui prendraient naissance dans le bloc soviétique. Ce faisant, il élargit la marge de manœuvre des opposants.
- **Dans de nombreux États d'Europe de l'Est, des mouvements d'opposition** réussissent à s'imposer. Et en 1989, une vague révolutionnaire déferle.

Doc. Les manifestations de l'automne 1989 à Leipzig

Doc. La chute du mur de Berlin

9 novembre 1989 : la chute du mur

L'ESSENTIEL

La modification des grands équilibres politiques

- L'Iran change de régime politique en 1979. Sous la pression populaire, le shah est contraint de quitter le pouvoir, et le pays devient une théocratie, le clergé chiite contrôlant l'appareil d'État.
- Au début des années 1970, trois dictatures d'Europe du Sud, l'Espagne, le Portugal et la Grèce mènent une transition démocratique. Ils adhèrent à la CEE, qui tente de se rapprocher des citoyens européens en faisant élire le Parlement européen au suffrage universel en 1979. Toutefois, elle demeure une organisation lointaine et dotée de peu de pouvoirs.
- À partir de 1989, les démocraties populaires d'Europe de l'Est connaissent un processus de contestation politique croissante. Entre mai et décembre, les peuples parviennent à renverser les gouvernements communistes sans violence grave, sauf en Roumanie. L'onde atteint ensuite l'URSS elle-même, qui disparaît le 25 décembre 1991.

ZOOM SUR...

L'année 1989 dans le monde

1 La fin de la présence soviétique en Afghanistan

→ **Entre 1979 et 1989, l'occupation soviétique en Afghanistan,** mal préparée, coûteuse en hommes et en matériel, provoque l'organisation d'un mouvement de résistance, qui se structure majoritairement autour du projet politique islamiste et reçoit une importante aide matérielle des États-Unis.

→ **En février 1988, M. Gorbatchev annonce le retrait des troupes soviétiques,** concrétisant sa volonté de réforme. Le 14 avril, l'Afghanistan, le Pakistan, les États-Unis et l'URSS signent un accord à Genève, et 115 000 soldats rentrent progressivement en URSS ; l'évacuation est achevée en février 1989. Un million d'Afghans et 15 000 Soviétiques ont perdu la vie.

2 Les révolutions de 1989 à l'est de l'Europe

→ **Partout dans le bloc de l'Est, d'énormes manifestations** appellent à plus de liberté et plus de démocratie.

→ **En 1989, en Pologne,** des grèves gigantesques et des négociations entre opposants et parti communiste obligent le gouvernement à reconnaître le syndicat Solidarité, à accepter la fin de la censure, et à organiser des élections libres. Le 4 juin, elles portent au pouvoir un non-communiste, Tadeusz Mazowiecki.

→ **Le processus se répète en Hongrie au printemps,** et conduit à la disparition du contrôle des frontières entre l'Est et l'Ouest. Des dizaines de milliers d'Allemands de l'Est en profitent pour gagner la RFA à partir du mois de juin.

→ **Le soir du 9 novembre 1989, les autorités est-allemandes,** après des semaines de mobilisation populaire, autorisent les habitants de Berlin-Est à se rendre à Berlin-Ouest sans passeport. Aussitôt, ils entreprennent de détruire le mur qui isole Berlin-Ouest, enclave occidentale en RDA : le mur de Berlin est tombé.

→ **En Tchécoslovaquie, l'opposant historique Vaclav Havel** est élu président de la République en décembre 1989 après la « révolution de velours », qui a vu les dirigeants quitter le pouvoir sans résistance.

→ **Seule la Roumanie fait exception,** puisque le pouvoir, incarné par le chef de l'État Nicolae Ceaucescu, choisit de réprimer le mouvement populaire dans la violence. Alors qu'il tente de s'enfuir avec son épouse, il est arrêté et exécuté après un simulacre de procès le 25 décembre 1989.

3 Un mouvement de contestation en Chine

→ **En avril 1989, 100 000 étudiants se sont servis des funérailles de Hu Yaobang,** ancien secrétaire général du PCC favorable aux réformes, pour réclamer des libertés politiques. La jeunesse chinoise, encouragée par le discours de M. Gorbatchev et les changements en Europe, décide d'occuper la place Tian'anmen, à Pékin. Elle érige une statue de papier représentant la liberté, défi au régime chinois. De nombreux étudiants entament une grève de la faim. La population semble vouloir les rejoindre.

→ **C'en est trop pour le pouvoir qui décide de réprimer le mouvement.** Dans la nuit du 3 au 4 juin 1989 les chars entrent dans Pékin et vident la place, massacrant des milliers de jeunes chinois.

4 La disparition de l'URSS et les difficiles transitions démocratiques

→ **La disparition du bloc soviétique fragilise à son tour l'URSS,** État multinational. Les réformes de Gorbatchev suscitent un espoir parmi les peuples non russes de l'Union, qui, les uns après les autres, proclament unilatéralement leur indépendance, les Baltes ouvrant le processus. En août 1991, un putsch mené par les conservateurs échoue à renverser Gorbatchev. Les réformateurs profitent de cet échec pour le marginaliser et le contraindre à la démission de son poste de secrétaire général du PCUS. À l'initiative du président de la République de Russie, 11 des 15 États fédérés forment la Communauté des États indépendants (CEI), actant la dissolution de l'URSS. Gorbatchev est contraint à abandonner son poste de chef de l'État soviétique.

→ **La disparition du bloc soviétique s'accompagne du démantèlement des structures politiques et sociales.** Les biens d'État sont rapidement privatisés, ce qui profite d'abord aux anciens dirigeants ; une nouvelle classe privilégiée succède à l'ancienne, sans que les vœux d'égalité et de justice sociale des peuples soient satisfaits.

→ **Politiquement, les démocraties d'Europe de l'Est** ont rapidement été confrontées aux difficultés contemporaines : hypercommunication des responsables politiques et pression libérale.

3 Un tournant social, politique et culturel : la France de 1974 à 1988

A Valéry Giscard d'Estaing et les avancées libérales de la société

1. Un rajeunissement politique ?

• **L'élection de Valéry Giscard d'Estaing (VGE)** face à François Mitterrand, le 5 mai 1974, incarne l'espoir d'un changement. Il se présente comme l'incarnation d'une droite moderne et jeune : il n'a pas cinquante ans. Sa campagne électorale est axée sur le changement. Une fois élu, il instaure un nouveau style présidentiel en privilégiant le contact direct avec la population : dîner chez les gens, conférences de presse, discours réguliers à la télévision. Il se donne une allure décontractée.

• **Pour VGE, « la France doit devenir un immense chantier de réformes ».** C'est le domaine des mœurs qui est le premier touché avec la loi Veil qui autorise l'interruption volontaire de grossesse (IVG) en 1975 et qui est votée grâce au soutien de la gauche essentiellement car elle provoque des débats très vifs dans une droite restée traditionaliste. La même année, une loi simplifie la procédure de divorce en instaurant le consentement mutuel.

Doc. L'interruption volontaire de grossesse

Tract du Mlac (1975).

• **D'autres lois s'inscrivent dans cette logique libérale.** L'ORTF est supprimé et ouvre la voie à une concurrence entre les chaînes, dans les domaines de la télévision et de la radio. Le smic est augmenté et la sécurité sociale est étendue à tous les Français.

2. D'importantes mutations éducatives et culturelles

• **L'un des objectifs majeurs de son mandat est la démocratisation scolaire.** Comment donner les mêmes chances de réussite scolaire à tous les jeunes ? La question taraude les différents gouvernements depuis longtemps. En 1959, la réforme Berthoin avait allongé l'âge obligatoire de la scolarité à 16 ans. Mais les études secondaires longues vers le lycée restaient réservées aux élites car subsistaient d'autres types de collèges aux parcours différenciés. En 1975 est finalement créé le collège unique qui unifie tous les parcours. Pour tendre à ce même objectif, en 1985, est proclamée la volonté de mener « 80 % de d'une classe d'âge au bac ». Le bac professionnel est alors créé. Désormais, tous les jeunes pourront en théorie décrocher un baccalauréat.

• **L'augmentation du nombre d'élèves du secondaire est spectaculaire** depuis la fin des années 1950. À l'université, la massification est forte aussi depuis les années 1960 du fait de l'arrivée de la génération des *baby-boomers*. Tout cela ne se traduit pas par une véritable égalité des chances quelles que soient les origines sociales. En 1981, le ministre Savary met en place une politique d'éducation prioritaire qui attribue plus de moyens aux établissements des territoires les plus défavorisés. C'est une discrimination positive qui peine à donner des résultats probants.

Sachez que...

On parle de massification pour désigner l'augmentation en chiffres bruts du nombre d'élèves qui vont au-delà de l'enseignement primaire et de démocratisation pour définir l'objectif d'égalité de réussite de tous ces élèves.

• **L'émancipation des femmes est autre enjeu majeur de ce mandat.** Le mouvement féministe a permis la généralisation de la contraception médicalisée (loi Neuwirth, 1967) et la dépénalisation de l'avortement (loi Veil, 1975). Cette libération des femmes a favorisé la distinction entre la procréation et de la sexualité. D'autre part, la place des femmes dans le couple évolue au rythme de leur intégration au monde du travail. En 1970, 60 % des femmes mariées étaient professionnellement inactives ; à la fin des années 1980, elles ne sont plus que 30 %. Ces évolutions aboutissent à une reconnaissance progressive de l'égalité des droits. En 1970, la loi sur le partage de l'autorité parentale jusque-là réservée aux pères consacre l'égalité des parents dans l'éducation de leurs enfants. En 1987, une loi instaure l'égalité des parents dans l'exercice de l'autorité en cas de divorce (coparentalité).

3. Le temps des doutes et des crises

- **Faute d'indépendance énergétique,** la France est rapidement rattrapée par la crise économique. Elle se caractérise par une forte inflation et une augmentation du chômage qui double entre 1975 et 1981 pour atteindre 7 % de la population active. La balance commerciale devient déficitaire. Incapable d'enrayer la crise, le gouvernement doit affronter une opposition politique très offensive. La gauche s'unit pour contrer VGE et se prépare au pouvoir. Mais les contestations sont aussi sociales. La jeunesse se mobilise notamment contre la société de consommation mais aussi sur des enjeux écologiques. La lutte contre le nucléaire prend par exemple une dimension internationale avec des associations comme Greenpeace.

- **Dans le domaine de l'immigration,** l'année 1974 marque le début des politiques de reflux. En effet, en juillet, le gouvernement déclare une « suspension provisoire » de l'immigration de travail, justifiée par un contexte économique difficile. Des politiques d'incitation au retour sont aussi mises en place pour limiter la présence des étrangers sur le territoire. De nombreux débats ont lieu autour de la notion de regroupement familial.

- **Le Front national,** parti d'extrême droite, est fondé en 1972 par Jean-Marie Le Pen. Il n'hésite pas à instrumentaliser le thème de l'immigration à des fins électorales et la présente comme la cause des difficultés en France.

B Illusions et désillusions politiques (1981-1988)

1. Mitterrand, le tournant ?

- **François Mitterrand remporte les élections le 10 mai 1981** avec 52,2 % des voix contre VGE après une campagne fondée sur le slogan « La force tranquille ». C'est la première fois qu'un socialiste arrive au pouvoir sous la Ve République. L'onde de choc est énorme. À gauche, des scènes de liesse emplissent les rues. « La France va passer de l'ombre à la lumière » s'exalte Jack Lang, futur ministre de la Culture. Mais à droite, les propos sont plus défaitistes. Certains crient au péril rouge, surtout car des communistes entrent au gouvernement.

- **Au début de son mandat, des lois « marqueurs de la gauche » sont votées :** nationalisation des secteurs clés de l'économie, décentralisation, abolition de la peine de mort en 1981, libéralisation des radios (Radios libres), politique d'éducation prioritaire. Socialement, des mesures importantes sont aussi prises : hausse des prestations sociales, cinquième semaine de congés payés, baisse du temps de travail et de l'âge de la retraite, impôt sur la fortune, régularisation de 132 000 sans papiers.

- **Les résultats attendus n'arrivent pas.** Le marché impose déjà ses règles à l'échelle mondiale depuis longtemps et a plongé le pays dans une relation de dépendance. Résoudre la « crise », la « dette » et le chômage devient une obsession. Pour toutes ces raisons, le ministre de l'Économie, Pierre Mauroy, impose très vite une politique de rigueur qui devient officielle en 1983. C'est un tournant libéral qui rompt avec la tradition socialiste.

- **Progressivement, le fossé se creuse entre les électeurs de gauche et le gouvernement.** En mars 1986, la droite remporte les élections législatives. Le président nomme Jacques Chirac, homme de droite, comme Premier ministre. C'est la première fois dans l'histoire de la Ve République. Son slogan « Tout, tout de suite » illustre l'empressement du gouvernement. 26 lois sont présentées en cinq mois dont la privatisation des entreprises nationalisées pour réduire la dette. L'impôt sur la fortune est supprimé.

2. L'immigration devient un enjeu politique

- **L'immigration est omniprésente dans les médias au début des années 1980.** Le débat porte principalement sur la question de l'intégration ou de l'assimilation des étrangers dans la société française ou de leur exclusion au nom de la sauvegarde de « l'identité nationale ». La médiatisation des flambées de violence et des émeutes urbaines (comme les affrontements violents entre jeunes et police dans le quartier des Minguettes à Vénissieux près de Lyon en 1981), dans le contexte de l'augmentation des difficultés économiques et du chômage, fait de l'immigration un nouvel enjeu de société. Les immigrés, boucs émissaires, sont de plus en plus victimes d'agressions racistes et leur présence dans la société est parfois remise en cause. L'électorat du FN poursuit sa progression et, en 1983, la ville de Dreux est remportée par le Front national aux élections municipales.

- **Dans ce contexte, de nombreux jeunes d'origine immigrée entendent se faire respecter.** La Marche pour l'égalité et contre le racisme de 1983 est ainsi une réaction des populations socialement défavorisées aux inégalités ressenties et aux expressions publiques du racisme. Son succès est immense, plus de 100 000 personnes arrivent à Paris le 3 décembre 1983. François Mitterrand reçoit une délégation à l'Élysée et l'Assemblée nationale adopte le 17 juillet 1984 la carte de séjour de dix ans pour lutter contre la précarisation des séjours.

Doc. Affiche de la marche pour l'égalité et contre le racisme (1983)

3. Les transformations culturelles s'accélèrent

● **Les années 1970-1980 sont bouleversées par la métamorphose du paysage médiatique,** notamment audiovisuel avec la multiplication des radios libres et des chaînes de télévision. Le journal de 20 heures et le commentaire de l'actualité s'invitent dans tous les foyers. Radios et télévision sont aussi des circuits de diffusion d'une culture populaire. Émissions et séries nourrissent les conversations du quotidien. La musique occupe une grande part du paysage audiovisuel. Des émissions comme « les enfants du rock » (1982), « Hip-hop » (1984) ou encore le « top 50 » (1984) deviennent des références partagées entre adolescents.

● **La question de son avenir inquiète beaucoup une jeunesse** touchée de plein fouet par le risque du chômage, et qui n'hésite pas à se mobiliser. En 1986, le ministre Alain Devaquet porte un projet de loi qui vise à sélectionner les étudiants à l'entrée pour désengorger des universités. Lycéens et étudiants descendent dans la rue pour protester jusqu'au retrait de la loi.

COURS

• **Les luttes antiracistes fédèrent aussi la jeunesse,** notamment dans le contexte de la montée du Front national. « Touche pas à mon pote » devient le slogan d'une génération. La lutte contre l'homophobie s'organise également. Les jeunes se mobilisent aussi pour leur santé comme le montrent les engagements sur la question du Sida face à la lenteur des réponses politiques et aux barrières morales.

Sachez que...
Le Sida (syndrome d'immunodéficience acquise) est une maladie d'origine virale qui se caractérise par une disparition du système de défenses immunitaires. Le VIH (virus de l'immunodéficience humaine) est à l'origine de la maladie. Un séropositif est porteur du virus sans avoir déclaré la maladie.

L'ESSENTIEL

Un tournant social, politique et culturel

- Valéry Giscard d'Estaing (VGE) est élu le 5 mai 1974. Il engage une série de réformes. Après la généralisation de la contraception médicalisée (loi Neuwirth, 1967), l'avortement est dépénalisé (loi Veil, 1975). Une politique en faveur la démocratisation scolaire est aussi mise en place, avec notamment la création du collège unique en 1975. L'année 1974 marque aussi le début des politiques de reflux de l'immigration.
- François Mitterrand remporte les élections le 10 mai 1981 avec 52,2 % des voix. C'est un tournant car la gauche n'avait pas été au pouvoir depuis longtemps.
- Au début de son mandat, des lois « marqueurs de la gauche » sont votées, notamment l'abolition de la peine de mort en 1981. Les immigrés sont de plus en plus victimes d'agressions racistes et leur présence dans la société est parfois remise en cause. L'électorat du FN, créé en 1972, poursuit sa progression.
Les années 1970-1980 sont bouleversées par la métamorphose du paysage médiatique, notamment audiovisuel avec la multiplication des radios libres et des chaînes de télévision. Les jeunes se mobilisent, en particulier pour leur santé comme le montrent les engagements sur la question du Sida.

ZOOM SUR...

La légalisation de l'IVG, un tournant (1975)

1 Mouvement féministe et débat politique

→ **Les femmes se sont toujours fait avorter.** Au XIXe siècle on appelait les femmes qui pratiquaient l'avortement des « faiseuses d'anges ». Mais ces avortements clandestins posaient un enjeu sanitaire grave car les conditions d'hygiène n'étaient pas assurées. L'avortement était pénalement réprimé.

→ **Avec le développement du mouvement féministe dans les années 1970,** la maîtrise de la procréation devient un enjeu de société incontournable. Face au conservatisme social et religieux, les femmes se battent pour avoir le droit de disposer librement de leur propre corps. Dans ce contexte, le 5 avril 1971, une pétition est publiée dans laquelle 343 femmes avouent avoir avorté et réclament la dépénalisation et la légalisation de l'IVG. Le débat public est lancé.

→ **C'est ensuite une affaire judiciaire qui accélère le débat.** Suite à un viol, Marie-Claire Chevalier décide de se faire avorter et est dénoncée et inculpée pour avortement illégal. Elle est relaxée en novembre 1972 grâce au travail de son avocate Gisèle Halimi. Après le procès de Bobigny, le ministre de la Justice donne consigne au Parquet de ne plus poursuivre les avortements.

2 Le vote de la loi et ses effets

→ **En 1975, Simone Veil, ministre de la Santé,** porte au Parlement une proposition de loi pour légaliser l'avortement. Les débats parlementaires sont houleux et traduisent les clivages de la société sur ce sujet. Simone Veil doit convaincre une assemblée composée presque uniquement d'hommes, pour beaucoup très conservateurs. Pour y parvenir, elle insiste sur le fait que la pratique de l'IVG ne doit être que le dernier recours dans une situation de détresse. Pour obtenir les votes des députés de gauche, elle met en avant l'inégalité profonde qui existe entre les femmes issues de milieu aisé, qui peuvent avorter médicalement, et les autres.

→ **Le Parlement adopte définitivement le texte le 20 décembre** 1974, par 277 voix contre 192 à l'Assemblée nationale et 185 voix contre 88 au Sénat. La loi, promulguée le 17 janvier 1975 pour cinq ans est ainsi l'aboutissement d'années de luttes féministes. Elle est de nouveau adoptée en 1979, mais la prise en charge de l'IVG par la Sécurité sociale n'est adoptée qu'en 1982. Depuis, le recours à l'avortement est resté stable en France, comme le prouvent les statistiques.

ZOOM SUR...

L'abolition de la peine de mort (1981)

1 À l'origine de la loi

➜ **Au cours de sa campagne électorale** pour l'élection présidentielle, François Mitterrand déclare clairement qu'il est contre la peine de mort, alors que l'opinion publique lui est encore favorable. En effet, le 5 janvier 1981, un sondage paru dans le journal *Le Parisien* annonce que 63 % des Français sont opposés à l'abolition de la peine de mort.

➜ **L'abolition compte parmi les « 110 propositions pour la France »** du programme du candidat. En mai 1981, François Mitterrand, tout juste élu, gracie Philippe Maurice. C'est le dernier condamné à mort gracié.

➜ **Le nouveau président nomme Robert Badinter** garde des Sceaux. C'est un avocat engagé pleinement dans le combat contre la peine de mort depuis 1972. En 1977, à l'occasion du procès de Patrick Henry, il fait le procès de la peine de mort. La mission de proposer un texte de loi lui est naturellement confiée par le nouveau président.

2 Le vote de la loi

➜ **Le 18 septembre 1981,** l'Assemblée nationale adopte l'article 1er de la loi sur l'abolition de la peine de mort, avec 369 voix pour, 113 contre, et 5 abstentions. La loi, promulguée en octobre 1981, fait de la France le 35e pays dans le monde à abolir la peine de mort. C'est l'aboutissement d'un combat depuis plus de deux siècles.

Doc. Discours de Robert Badinter à l'Assemblée nationale, 17 septembre 1981

Aussi terribles, aussi odieux que soient leurs actes, il n'est point d'hommes en cette terre dont la culpabilité soit totale et dont il faille pour toujours désespérer totalement. Aussi prudente que soit la justice, aussi mesurés et angoissés que soient les femmes et les hommes qui jugent, la justice demeure humaine, donc faillible. Et je ne parle pas seulement de l'erreur judiciaire absolue, quand, après une exécution, il se révèle, comme cela peut encore arriver, que le condamné à mort était innocent et qu'une société entière – c'est-à-dire nous tous – au nom de laquelle le verdict a été rendu, devient ainsi collectivement coupable puisque sa justice rend possible l'injustice suprême. Je parle aussi de l'incertitude et de la contradiction des décisions rendues qui font que les mêmes accusés, condamnés à mort une première fois, dont la condamnation est cassée pour vice de forme, sont de nouveau jugés et, bien qu'il s'agisse des mêmes faits, échappent, cette fois-ci, à la mort, comme si, en justice, la vie d'un homme se jouait au hasard d'une erreur de plume d'un greffier. Ou bien tels condamnés, pour des crimes moindres, seront exécutés, alors que d'autres, plus coupables, sauveront leur tête à la faveur de la passion de l'audience, du climat ou de l'emportement de tel ou tel.

ZOOM SUR...

L'épidémie du Sida en France

1 D'un phénomène considéré comme marginal...

→ **C'est en 1981, aux États-Unis,** que les premiers cas isolés de Sida émergent. Une vingtaine de cas sont identifiés en France dès 1982.

→ **La maladie est d'abord considérée comme un phénomène isolé** qui ne touche que certaines catégories de populations. En effet, au début des années 1980, les homosexuels sont vus comme responsable de la propagation du Sida. On parle alors de maladie des 4H (homosexuels, héroïnomanes, hémophiles et Haïtiens). Mais, l'universalité de la maladie est découverte dès 1982, date à laquelle est choisie la dénomination Sida (AIDS en anglais). Elle progresse très vite, touchant alors rapidement l'ensemble de la population et devient un problème de santé publique.

2 ... à une épidémie qui fait naître un nouvel enjeu de société

→ **La maladie se propage,** les morts se multiplient, une politique de prévention et de prise en charge des malades s'impose. Les réponses politiques sont pourtant longues à venir.

→ **En 1984, AIDES, première association de lutte contre le VIH** est créée par Daniel Defert après la mort de son compagnon, le philosophe Michel Foucault. Act Up Paris est créé en 1989 sur le modèle américain. Leurs méthodes d'action sont très différentes, Act Up privilégiant des actions rendant la lutte visible.

→ **En janvier 1987,** Michèle Barzach, ministre de la Santé et de la Famille (entre 1986 et 1988) autorise la publicité sur le préservatif, seul moyen de prévention contre le sida et libéralise la vente des seringues en France pour éviter la diffusion de la maladie.

→ **La recherche sur le Sida,** véritable enjeu de société, se met en place dès les premiers cas et, en 2008, les professeurs Françoise Barré-Sinoussi et Luc Montagnier reçoivent le prix Nobel de médecine pour leurs travaux portant sur la découverte en 1983 du rétrovirus responsable de la maladie. L'AZT, premier traitement, développé en 1985, fait naître un espoir mais s'avère décevant. Il faut attendre les trithérapies, utilisées systématiquement à partir de 1996 pour observer un vrai tournant dans la prise en charge de la maladie.

Mots-clés

■ **Ayatollah** : titre élevé du clergé chiite, attribué aux spécialistes de la jurisprudence, de l'éthique ou de la philosophie dans l'islam.

■ **Convertibilité** : situation d'une monnaie dont le cours est fixé dans une autre unité de compte, comme l'or pour le dollar, jusqu'en 1971.

■ **Délocalisation** : déplacement d'une unité de production d'un pays à un autre.

■ **Démocratisation** : processus d'installation ou de renforcement d'institutions démocratiques, garantissant la souveraineté populaire et les libertés fondamentales.

■ **Dérégulation** : réduction, voire disparition, des lois et procédures qui encadrent l'activité économique, et notamment financière.

■ **Discrimination positive** : décision politique de donner plus à ceux qui ont moins, quitte à rompre le principe d'égalité.

■ **Éducation prioritaire** : principe de compensation des inégalités territoriales et scolaires en donnant davantage d'aides aux zones reléguées.

■ **Glasnost** : politique visant à rétablir la liberté d'expression et à laisser se développer une opinion publique libre.

■ **Immigration** : installation dans un pays d'une population d'origine étrangère.

■ **Inflation** : hausse des prix.

■ **Krach** : chute brutale et massive des cours des actions sur un marché boursier.

■ **Perestroïka** : politique de réforme économique reposant sur la reconnaissance de l'initiative privée.

■ **Radio libre** : radio qui émet clandestinement dans les années 1970 afin d'échapper au monopole de l'État.

■ **Regroupement familial** : c'est le fait de faire venir sa famille dans le pays d'immigration.

■ **Régularisation** : processus qui rend légale la présence d'un étranger sur le territoire français par l'attribution d'un titre de séjour.

■ **Théocratie** : système politique dans lequel les pouvoirs fondamentaux sont entre les mains d'une structure religieuse, d'un clergé.

Repères chronologiques

- **Octobre 1973 :** Premier choc pétrolier
- **24 avril 1974 :** Révolution des œillets (Portugal)
- **5 mai 1974 :** Valéry Giscard d'Estaing élu président de la République
- **1974 :** Suspension de l'immigration des travailleurs en France
- **Juillet 1974 :** La dictature des colonels est renversée en Grèce
- **17 janvier 1975 :** Loi Veil légalisant l'avortement
- **11 juillet 1975 :** Loi Haby instaurant le collège unique
- **Juillet 1976 :** Arias Navarro quitte le pouvoir en Espagne
- **1er février 1979 :** Khomeini regagne triomphalement l'Iran
- **Février-avril 1979 :** 2e choc pétrolier
- **1979 :** Mise en place des zones économiques spéciales en Chine
- **23 février 1981 :** Échec du coup d'État franquiste en Espagne
- **10 mai 1981 :** François Mitterrand élu président de la République
- **18 septembre 1981 :** Abolition de la peine de mort
- **1981 :** Mise en place des zones d'éducation prioritaire
- **1982 :** Identification des premiers cas de Sida en France
- **1983 :** Marche pour l'égalité et contre le racisme
- **1985 :** Création du bac professionnel
- **1980-1988 :** Guerre Iran-Irak
- **1980-1988 :** Mandats de Ronald Reagan
- **19 octobre 1987 :** Krach boursier parti de Wall Street
- **4 juin 1989 :** Répression violente du mouvement étudiant à Tian'anmen (Pékin)
- **9 novembre 1989 :** Chute du mur de Berlin
- **25 décembre 1991 :** Disparition de l'URSS

Le sommet soviético-américain de Malte en 1989

La révolution iranienne

Biographies

Valéry Giscard d'Estaing (1926-)

Haut fonctionnaire, inspecteur des Finances et homme d'État français, président de la République de 1974 à 1981. Son mandat contribue à la modernisation de la France, notamment sur le plan sociétal.

Mikhaïl Gorbatchev (1931-)

D'abord spécialiste de l'agriculture, il prend la tête du parti communiste de l'Union soviétique en 1985, et dirige de ce fait l'URSS. Il mène une politique d'ouverture et d'assouplissement destinée à sauvegarder le modèle soviétique, mais sa volonté de respecter les libertés fondamentales encourage les contestations dans tout le bloc soviétique. Après le vaste mouvement révolutionnaire de 1989, il est à son tour démis et contraint à la démission le 25 décembre 1991.

Ronald Reagan (1911-2004)

D'abord connu comme acteur de seconde zone, Reagan devient un homme politique majeur aux États-Unis au cours des années 1970. Républicain, il est investi par son parti aux élections présidentielles de 1980, qu'il emporte. Élu jusqu'en 1988, il applique une politique conservatrice et néolibérale : il réduit les dépenses, sauf pour le secteur militaire, et réduit l'inflation par la hausse des taux d'intérêt. Il se montre intraitable avec les syndicats. Le bilan de sa présidence est mitigé et discuté sur le plan économique.

Simone Veil (1927-2017)

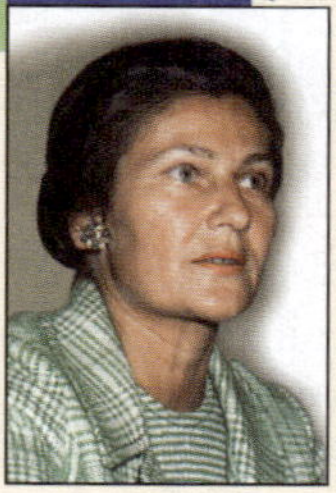

Rescapée d'Auschwitz où elle a été déportée à 16 ans, magistrate et haut fonctionnaire, elle est nommée ministre de la Santé en 1974 et elle fait adopter la loi sur l'IVG (1975) ; elle devient ensuite la première présidente du Parlement européen (1979-1982) et elle est considérée comme un pilier de la construction européenne. Ensuite elle redevient ministre, puis siège au Conseil constitutionnel de 1998 à 2007. Après sa mort, elle entre au Panthéon avec son mari le 1er juillet 2018.

Deng Xiaoping (1904-1997)

Issu d'une famille paysanne, il effectue ses études en France, puis à Moscou. Proche de Mao, dont il soutient la prise de pouvoir, il est ensuite marginalisé dans l'appareil d'État chinois. Il parvient à s'imposer à la mort de Mao, et dirige de fait la Chine en 1979. Il décide alors de transformer profondément le modèle chinois, en adoptant les stratégies et les outils du capitalisme. La Chine amorce ainsi sa mutation en atelier du monde.

Documents majeurs

Doc. Discours télévisé de Ronald Reagan (février 1981)

Il est temps de comprendre que nous sommes arrivés à un tournant. Nous sommes face à une calamité économique de proportions incroyables, et le vieux traitement habituel ne peut plus nous sauver [...] Nous devons accroître la productivité, et cela veut dire remettre les Américains au travail [...] Nous avons déjà décidé le non-remplacement des employés du gouvernement qui prennent leur retraite ou démissionnent. Nous avons ordonné une coupe dans les dépenses consacrées aux voyages du gouvernement, réduit le nombre de consultants travaillant pour le gouvernement, gelé l'achat d'équipements de bureau, entre autres [...].

Le 18 février, je présenterai un programme économique détaillé au Congrès, et ce programme donnera chair et consistance aux grandes lignes que je viens de tracer. J'y proposerai des coupes dans les budgets de presque tous les ministères du gouvernement [...] Dès que les chefs de cabinet prendront la charge de leurs ministères, ils traqueront les gaspillages, les extravagances et les frais généraux inutiles qui, une fois supprimés, pourront permettre les réductions ultérieures. Tout en faisant cela, nous devons avancer dans la direction d'une baisse générale des impôts. Je demanderai une réduction de 10 % de tous les impôts sur le revenu pour les trois prochaines années. Des propositions seront soumises visant à simplifier les formalités administratives des entreprises, et pour leur permettre aussi de disposer du capital pour créer des emplois [...].

Nos coupes dans les dépenses ne se feront pas au détriment des vrais nécessiteux. Nous chercherons, cela dit, à éliminer les avantages sociaux accordés à ceux qui ne sont pas vraiment dans le besoin. Comme je l'ai dit plus haut : le 18 février, je présenterai de façon détaillée cet ensemble économique de coupes budgétaires et de réformes fiscales à une session jointe du Congrès, ainsi qu'à vous. Notre système est fondamentalement bon. Nous pouvons, avec compassion, continuer à assumer nos responsabilités envers ceux qui, sans que ce soit leur faute, ont des difficultés et ont besoin de notre aide. Nous pouvons pleinement assumer les autres responsabilités légitimes du gouvernement. Nous ne pouvons continuer plus longtemps le gaspillage qui se fait aux dépens de ceux qui travaillent et de nos enfants.

Doc. Discours de Simone Veil, ministre de la Santé (26 novembre 1974)

Elles sont trois cent mille chaque année. Ce sont celles que nous côtoyons chaque jour et dont nous ignorons la plupart du temps la détresse et les drames. C'est à ce désordre qu'il faut mettre fin. C'est cette injustice qu'il convient de faire cesser. Mais comment y parvenir ? Je le dis avec toute ma conviction: l'avortement doit rester l'exception, l'ultime recours pour des situations sans issue. Mais comment le tolérer sans qu'il perde ce caractère d'exception, sans que la société paraisse l'encourager ? Je voudrais tout d'abord vous faire partager une conviction de femme - je m'excuse de le faire devant cette Assemblée presque exclusivement composée d'hommes : aucune femme ne recourt de gaieté de cœur à l'avortement. Il suffit d'écouter les femmes. C'est toujours un drame et cela restera toujours un drame.. C'est pourquoi, si le projet qui vous est présenté tient compte de la situation de fait existante, s'il admet la possibilité d'une interruption de grossesse, c'est pour la contrôler et, autant que possible, en dissuader la femme.

Question problématisée

En quoi les années 1970-1990 sont-elles le cadre de grands bouleversements économiques et politiques à l'échelle mondiale ?

CONSIGNE

Préparez un brouillon organisé répondant au sujet ci-dessus.

POINT MÉTHODE

Faire un brouillon efficace

La question problématisée vous demande de collecter, de classer, d'organiser et de présenter vos connaissances pour répondre à une question de manière argumentée. Pour cela, un travail préparatoire au brouillon est indispensable, même s'il doit être relativement rapide (20 à 25 minutes environ).

1 La compréhension du sujet

• Sur une première feuille, **recopiez** le sujet dans son intégralité, puis entourez et définissez les termes importants de l'énoncé : ce sont des notions-clés du programme.

> En quoi les années 1970-1990 sont-elles le cadre de grands bouleversements économiques et politiques à l'échelle mondiale ?

• **Dressez le contexte** par quelques mot-clé, c'est-à-dire les circonstances qui font du sujet un enjeu fort. Aidez-vous des limites chronologiques et spatiales. Ce travail préalable doit vous aider à comprendre l'enjeu de la question problématisée.

2 La collecte et le classement des connaissances dans un plan

• **Divisez** une seconde feuille de brouillon en 4 cases, correspondant à 4 rubriques : idées principales ; acteurs/personnages ; notions et vocabulaire ; connaissances principales (évènements, lieux, données chiffrées…).

• **Collectez** dans votre mémoire et triez toutes les informations nécessaires à la rédaction d'une réponse. Plus les cases sont remplies, plus votre réponse sera riche et pertinente.

• À partir de vos connaissances et de ce travail de collecte, **formez un plan** en deux ou trois grandes parties et classez les contenus du brouillon en utilisant un code couleur.

• Vous disposez désormais d'un outil de travail vous permettant de rédiger votre réponse dans un ordre logique, et en mobilisant toutes les formes de connaissances attendues. Votre copie sera également plus riche, et donc plus pertinente.

CORRIGÉ

PROPOSITION DE CORRIGÉ

[Compréhension du sujet]

1970-1990 : 20 ans. Crise pétrolière. Démocratisa° = modifica° des grands équilibres.
Échelle mondiale : monde entier. Mondialisa°
Cadre = moment, période, contexte.
Grands bouleversements = changements, transforma°, nouveautés.
Économiques = Economie. Produc° Marché. Monnaie.
Politiques = ex du pouvoir et des rapports socx. Gouvernement. Régime. Renversements. Révolu°. démocratie
⇒ enjeu = nature, variété, ampleur des chgts. Monde entier = ex sur ts continents.

[Collecte et classement des connaissances dans un plan]

I. Les conséquences économiques des deux chocs pétroliers
II. Le mouvement de démocratisation et ses limites

Idées principales	**Notions/vocabulaire**
Crises pétrolières Stés occidentales en crise = chômage Pre° spéculation c/monnaies = gouvts cèdent aux marchés = privatisations, dérégulation, réduction aides sociales Fin État providence Démocratisation europe du sud Fin dictatures Iran = dictature ⇒ théocratie Chute du bloc communiste. mvt parti des peuples = manifesta° Fin URSS. Crise en Chine/répre°	Choc pétrolier Infla° Dérégula° Libéralisme Délocalisat° État providence Dictature/démocratisation Révolu° Théocratie
Acteurs/personnages	**Évènements, lieux, données chiffrées**
OPEP Khomeini Reagan Deng Xiaoping CEE Gorbatchev Eltsine	1973. Prix x2 1979 Iran/révolution Krach 1987 Portugal 1974 Grèce 1974 Espagne 1975 CEE 12 en 1986 URSS 1991 Révolution de velours Tian'anmen

CHAPITRE 4

Le monde, l'Europe et la France depuis les années 1990, entre coopérations et conflits

DE QUOI S'AGIT-IL ?

La fin de la guerre froide recompose les relations internationales. La domination des États-Unis est toujours effective, mais amoindrie par l'émergence économique et politique de pays concurrents tels que la Chine et la Russie. Des conflits locaux d'une violence jamais vue depuis la Seconde Guerre mondiale secouent la conscience de la communauté internationale. La nécessité d'un développement durable capable de réduire les inégalités et de faire face aux imprévisibles conséquences du changement climatique apparaît plus manifeste.

L'Union européenne n'a pas échappé à ce mouvement, faisant apparaître des tensions et des divergences d'intérêt de plus en plus fortes.

Enfin, à l'échelle de la France, la Ve République a adapté ses institutions, modifiées en profondeur par les évolutions de la société française comme par les transformations européennes et mondiales.

1 Nouveaux rapports de puissance et enjeux mondiaux

A Un affrontement de puissances renouvelé dans un monde multipolaire

1. Les États-Unis, unique puissance mondiale

- **Avec la fin de la guerre froide en 1991, l'espoir d'un nouvel ordre mondial pacifié** repoussé depuis 1945 renaît. Les États-Unis en prennent logiquement la tête : ils demeurent la seule superpuissance. Pacifier le monde leur semble une tâche évidente, elle correspond à leur « destinée manifeste », popularisée depuis les pères fondateurs. Les États-Unis constituent un modèle universel et auraient donc une mission divine : répandre leurs valeurs libérales, la démocratie et le capitalisme, dans le monde entier. Alors que la guerre froide est terminée, la diffusion de ces valeurs mettra définitivement fin aux tensions et conflits qui ont jalonné l'Histoire. C'est la thèse défendue par un livre de Francis Fukuyama resté célèbre, *La Fin de l'Histoire* (1992).

- **Dans le même temps, l'ONU retrouve toute sa place dans les relations internationales.** Le Conseil de sécurité n'est plus le théâtre de l'affrontement entre les deux Grands qui usaient de leur veto pour contrer l'ennemi. Elle est un acteur majeur dès la guerre du Golfe (1991). En effet, ce conflit applique ce nouvel ordre mondial bâti sur le respect du droit international et le multilatéralisme. Sous mandat de l'ONU, la communauté internationale forme une coalition de 35 États dirigée par les États-Unis pour combattre l'Irak car celui-ci refuse de libérer le Koweït envahi un an plus tôt.

- **Une « pax americana » de courte durée s'installe.** Les États-Unis apparaissent alors comme une hyperpuissance, selon les termes d'Hubert Védrine, ministre français des Affaires étrangères : une puissance multiforme qui s'exerce sur le monde entier, situation inédite dans l'histoire. Ils sont désormais sans rivaux et assument leurs responsabilités de grande puissance en se faisant les « gendarmes du monde ». Leur intervention est ainsi nécessaire pour mettre fin au premier conflit en Europe depuis la fin de la Seconde Guerre mondiale, la guerre en ex-Yougoslavie. Les puissances européennes sont en effet divisées et incapables de mettre fin aux crimes de guerre perpétrés pendant plus de dix ans (1991-2001).

- **Mais les attentats du 11 septembre 2001,** les plus violents jamais organisés avec près de 3 000 morts, soulignent cependant la vulnérabilité de la puissance états-unienne et sa remise en cause.

Doc. Les conséquences de l'attentat du 11 septembre 2001

2. Une hiérarchie de puissances recomposée

- **Depuis les années 1980, l'économie mondiale reste dominée par les puissances traditionnelles réunies par l'économiste japonais Kenechi Ohmae sous le nom de Triade.** Celle-ci désignait les trois principaux pôles de l'économie mondiale jusqu'aux années 2000 : l'Amérique du Nord, l'Europe de l'Ouest et le Japon. Elle domine alors largement l'économie mondiale avec 60 % du PIB mondial pour seulement 20 % de la population, plus de 80 % des dépenses en R&D, les 5 plus grandes bourses mondiales, les plus grandes firmes transnationales.

- **Mais le début des années 2000 marque là aussi une rupture : de nouvelles puissances économiques émergent** qui entament la Triade. On a pu les appeler BRICS, acronyme créé par la banque américaine Goldman Sachs dans un but promotionnel où chaque aire continentale des pays du Sud était représentée : Brésil-Russie-Inde-Chine-Afrique du Sud.

- **Le cercle de ces nouvelles puissances s'est aujourd'hui élargi** et recomposé, on parle aujourd'hui de puissances émergentes. La Chine et l'Inde ont intégré le groupe des 10 premières puissances. La Chine est la 2e puissance depuis 2010. Son entrée à l'OMC en 2001 a facilité son intégration à la mondialisation et sa croissance économique fulgurante. Elle vise à moyen terme la 1re place, d'où les tensions fortes avec les États-Unis pour le leadership ; en 2018, l'Inde est devenue la 6e puissance mondiale devant la France. D'autres, comme l'Afrique du Sud, le Brésil, connaissent de graves difficultés qui interrogent sur leur devenir.

Doc. Le tournant des années 2000

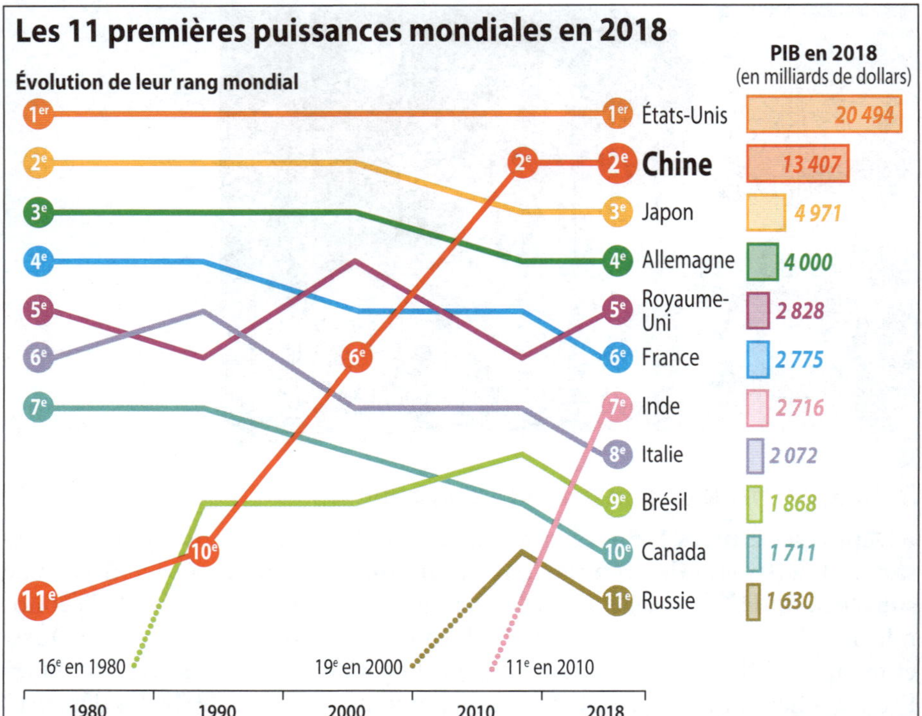

Source : FMI, 2019, Idé.

● **Les relations internationales sont désormais bien plus complexes et incertaines.** L'hégémonie américaine a pris fin. Les pays émergents usent de leur puissance économique pour imposer leurs intérêts géopolitiques. La Chine mobilise tous les ressorts de la puissance pour s'imposer : à la fois son *hard power* avec ses investissements dans sa puissance militaire mais aussi son *soft power* par la construction des nouvelles routes de la soie et le développement des nouvelles technologies (BATX – Baidu, Alibaba, Tencent, Xiaomi – Huawei…) en concurrence avec les États-Unis.

● **La Russie entend retrouver son statut de grande puissance géopolitique**. Elle renforce sa domination sur son « étranger proche », ce qui a causé plusieurs conflits en Géorgie (2008) et surtout en Ukraine qu'elle a amputée de la péninsule de la Crimée (2014). En représailles, les 7 autres plus grandes puissances réunies au sein du G8 l'en excluent. Aujourd'hui, la Russie est l'acteur majeur du conflit en Syrie. Elle est l'alliée du dictateur Bachar al-Assad. Elle conserve ainsi un accès à la Méditerranée.

ZOOM SUR...

Le 11 septembre 2001

1 L'attaque la plus meurtrière sur les États-Unis

→ **Les attentats au matin du 11 septembre 2001** ont causé la mort de 2 977 personnes dans quatre opérations suicides visant, à New York, les deux tours du World Trade Center, et à Washington, le Pentagone et la Maison Blanche, finalement épargnée par le sacrifice des passagers du vol 93. Jamais le *Main Land*, le territoire américain proprement dit (on exclut donc Pearl Harbor situé à Hawaï et moins meutrier), n'avait été victime d'une attaque d'un ennemi extérieur.

→ **Très rapidement, les auteurs de l'attentat sont identifiés :** les 19 terroristes appartiennent tous à al-Qaïda (la base en arabe), organisation terroriste dirigée par un ancien allié des États-Unis, Oussama Ben Laden secondé par Khalil Cheikh Mohamed, le logisticien.

→ **Sans revendication, cet attentat** peut-être considéré comme une déclaration de guerre contre les États-Unis. Le XXe siècle s'est sans doute achevé à ce moment-là.

2 L'attentat dans un monde globalisé :

→ **Le 11 septembre est un exemple de conflit asymétrique** dans lequel une puissance fait face à un ennemi apparemment plus faible.

→ **Al-Qaïda a utilisé tous les outils façonnés par les puissances occidentales** pour atteindre ses objectifs. Elle a usé de la mondialisation des flux financiers pour transférer et cacher l'argent – finalement assez réduit – nécessaire aux terroristes. Ceux-ci ont facilement gagné le territoire états-unien en profitant de la globalisation des flux humains. Enfin, le retentissement planétaire a été obtenu en s'appuyant sur la puissance des médias et la force dramatique des images des tours.

→ **Ces images sidérantes ont favorisé les théories du complot** très nombreuses pour remettre en cause l'existence même des attentats contre toute évidence.

3 La guerre contre le terrorisme

→ **Le terrorisme islamiste devient alors le nouvel ennemi.** La caricature de David Horsey (p. 133) montre bien combien cet événement géopolitique majeur était inattendu pour la puissance américaine – les moyens utilisés par les terroristes étaient en effet rudimentaires – et combien il a causé une rupture dans la politique étrangère américaine.

B De nouvelles conflictualités qui déstabilisent le monde

1. Le temps des guerres civiles

- **Avec la fin de la guerre froide et de la logique bipolaire qui structurait le monde, les facteurs d'instabilité sont décuplés** particulièrement dans les territoires périphériques, éloignés des grandes puissances. La thèse de *La Fin de l'Histoire* de F. Fukuyama s'avère peu pertinente. Des régions entières sont alors déstabilisées, les guerres civiles se multiplient : 28 000 km de frontières ont été créées depuis 1991 par la sécession et la création de nouveaux États. Rien qu'en Europe, entre 1990 et 2009, 15 nouveaux pays sont créés à l'Est.

Doc. Les effets du nationalisme, l'éclatement de l'ex-Yougoslavie

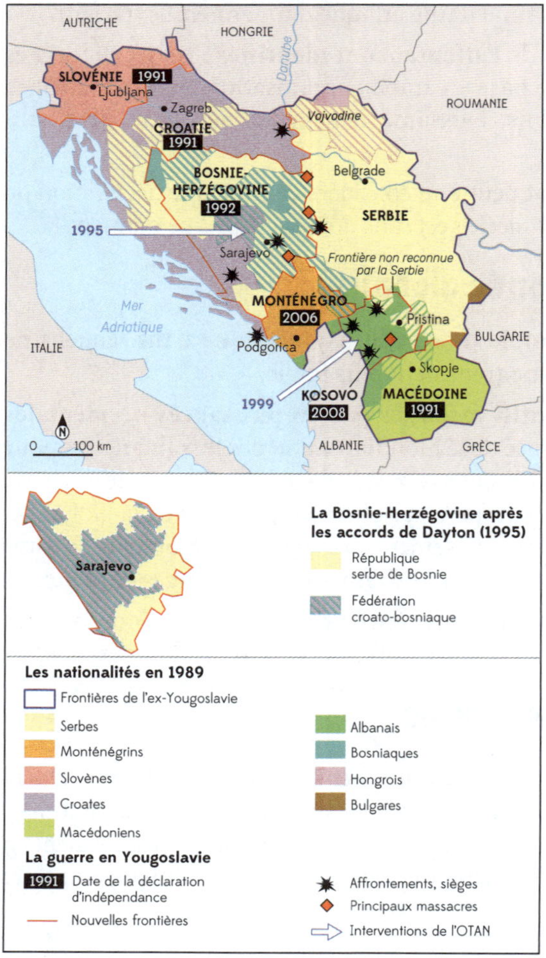

- **L'Europe, dans les Balkans (Sud-Est du continent), est particulièrement touchée** par les conséquences dramatiques d'un fort repli identitaire et du nationalisme. La Yougoslavie était un État du bloc de l'Est dans lequel cohabitaient différentes nationalités sous la domination de la Serbie. Elle connaît une longue décennie de guerres civiles successives de 1991 à 2001 pendant laquelle chaque nationalité a revendiqué son indépendance. Elle fut finalement morcelée en 7 petits États (Serbie, Croatie, Bosnie-Herzégovine...). Ces guerres ont particulièrement meurtri les consciences européennes par leur barbarie. Aujourd'hui, l'exemple de la Catalogne en Espagne montre combien ces logiques régionalistes de sécession restent encore très prégnantes en Europe.

- **Pareille déstabilisation est observée en Afrique désinvestie par les deux Grands** et qui sombre à la fois dans une grande misère et une terrible anarchie sur fond d'épidémie ravageuse du sida. On a parlé dans les années 1990 de « décennie du chaos » car, à ces problèmes économiques et sociaux, s'ajoutent des guerres civiles pour l'accaparement des formidables ressources du continent au Liberia, en Sierra Leone... Surtout, la République démocratique du Congo (RDC) est en guerre larvée depuis le milieu des années 1990. Le pays à l'époque nommé Zaïre est dirigé par Mobutu, un dictateur soutenu par les États-Unis et la France qui s'en sont détournés dès la guerre froide achevée. Une rébellion, née en 1996, dirigée par Laurent Désiré Kabila, prend finalement le pouvoir en 2001 sans parvenir à contrôler l'ensemble du territoire. La guerre à l'est entraîne sur les routes des centaines de milliers de réfugiés. Ces flux déstabilisent à leur tour des pays voisins souvent très pauvres et peu à même de les accueillir dignement.

Sachez que...
Le conflit en RDC est le plus meurtrier depuis la fin de la Seconde Guerre mondiale, l'ONU dans le rapport Mapping dénombre des millions de morts.

2. La multiplication des guerres asymétriques

- **Les guerres asymétriques désignent des conflits opposant un État, une entité disposant d'une puissance militaire à un ou des groupes armés nécessairement plus vulnérables.** Ce type de conflit n'est pas inédit mais le contexte de déstabilisation des relations internationales est propice à leur multiplication. Elles ont frappé plusieurs régions du monde, que ce soit en ex-Yougoslavie et sur le continent africain dans le cadre des guerres civiles ou encore au Moyen-Orient avec les interventions américaines consécutives aux attentats du 11 septembre.

- **La guerre des États-Unis contre le terrorisme** est d'abord déclenchée dès octobre 2001 en Afghanistan pour chasser les talibans au pouvoir et capturer Ben Laden. Les États-Unis doivent faire face à un ennemi insaisissable, une nébuleuse terroriste cachée dans les montagnes afghanes. Le déploiement de la puis-

ZOOM SUR...

La fin de l'Apartheid (1994)

1 Une politique d'État raciste

→ **L'Apartheid est une politique de ségrégation des individus** selon leur couleur de peau. Racisme ordinaire pratiqué depuis les débuts de la colonisation au XVIIe siècle – le droit de vote était par exemple réservé aux Blancs – elle est légale à partir de 1948.

→ **Cette politique visait non seulement les populations noires autochtones mais aussi les Indiens** (Gandhi, alors jeune avocat dans l'empire britannique, a découvert en Afrique du Sud le racisme et la ségrégation) et les métis. Un passeport intérieur leur est imposé pour mieux les contrôler et restreindre leur liberté de circulation.

→ **En 1912, dans un contexte de libération de la domination européenne** et sur le modèle du parti du Congrès de Gandhi, est fondée l'ANC (African National Congress) qui rassemble victimes et opposants à l'Apartheid qu'ils soient noirs, indiens, métis ou blancs.

2 Nelson Mandela, l'artisan de la fin de l'Apartheid

→ **Mandela, après des études de droit, adhère en 1943 à l'ANC.** D'abord partisan de la lutte non-violente, à l'image de Gandhi, il prend la tête de la branche militaire de l'ANC quand le parti devient désormais interdit par le pouvoir blanc (1960). Il brûle alors son passeport intérieur et organise des sabotages contre les institutions de l'Apartheid (les bureaux des passeports intérieurs par exemple) qui ne coûtent pas en vie humaine.

→ **En 1962, il est arrêté et condamné aux travaux forcés** lors du procès de Rivonia. Il restera prisonnier pendant vingt-sept ans. La communauté internationale s'implique alors de plus en plus dans la lutte contre l'Apartheid : si les États-Unis et la Grande-Bretagne considèrent l'ANC comme une organisation terroriste, l'ONU condamne le procès ainsi que l'Apartheid. Elle parvient à imposer un embargo sur les ventes d'armes à l'Afrique du Sud.

→ **À partir du milieu des années 1980, devant la violence des deux camps**, des négociations secrètes débutent entre le gouvernement et Mandela. Il est libéré en 1990.

La fin de l'Apartheid

3 La nation « arc-en-ciel »

→ **Sous la présidence de Frederik de Klerk**, les principales lois de l'Apartheid sont abolies entre 1989 et 1991 avec le soutien de la majorité de la population blanche. Les premières élections multiraciales ont lieu en 1994 et portent Nelson Mandela au pouvoir. Il appelle à la non-violence et permet une transition paisible.

→ **En 1993, les deux hommes ont été récompensés du prix Nobel**. Le qualificatif de nation « arc-en-ciel » désigne l'espoir de bâtir une société post-raciale.

→ **Pourtant, même si le pays est considéré comme un pays émergent**, les problèmes sociaux restent considérables : les noirs restent majoritairement pauvres malgré une politique de discrimination positive, les contacts entre noirs et blancs demeurent rares. La société est toujours très divisée. La violence est enfin endémique comme dans tous les pays très inégalitaires.

Doc. N. Mandela et F. De Klerk reçoivent le prix Nobel de la paix en 1993

sance militaire états-unienne est spectaculaire. Il permet de renverser les talibans mais échoue à capturer le chef d'al-Qaïda. Puis, dans une logique de guerre préventive très contestée par la communauté internationale, elle vise ensuite l'Irak envahi en mars 2003. La France, qui a refusé son soutien et opposé son veto au Conseil de sécurité de l'ONU, mécontente son allié historique.

Sachez que...
La guerre au Sahel dans laquelle les troupes françaises de Barkane sont engagées connaît le même schéma de guerre asymétrique et le même risque d'enlisement.

- « **La puissance impuissante** », cette expression du politologue Bertrand Badie, spécialiste des relations internationales, offre une analyse de l'échec à long terme des États-Unis dans leur guerre contre le terrorisme. Malgré les milliards de dollars dépensés, la première puissance mondiale s'est enlisée dans ces guerres asymétriques à l'extérieur sans être parvenue à installer durablement des régimes pro américains. Des attentats récurrents meurtrissent les populations civiles et déstabilisent les régimes installés par les États-Unis. En Irak par exemple, ils ont fait au total environ 25 000 morts. Depuis, les présidents Obama et Trump ont cherché à retirer progressivement les troupes américaines mais la peur du chaos et de Daech les en ont jusqu'ici empêchés.

3. Les civils, principales victimes des conflits

- **Les guerres civiles se multiplient et sombrent dans la barbarie**. Les groupes armés échappent au droit international. La liste des exactions est longue car l'ennemi doit être détruit. Le viol est systématiquement utilisé comme arme de guerre car il déchire les communautés : les femmes et leurs enfants nés de l'ennemi sont ostracisés. Les décennies 1990 et 2000 voient également la multiplication des enfants-soldats. Devenus le plus souvent orphelins à cause de la guerre, démunis et désespérés, ils sont la proie des groupes armés qui les enrôlent par la force et profitent de leur vulnérabilité pour leur faire commettre d'atroces crimes de guerre.

- **En Europe, les guerres en ex-Yougoslavie multiplient les opérations d'épuration ethnique** : à Srebrenica, en 1995, 8 000 hommes et garçons bosniaques sont froidement assassinés dans le pire massacre commis sur le continent depuis la fin de la Seconde Guerre mondiale. L'objectif des Serbes était de faire disparaître la communauté bosniaque de ce territoire pour se l'approprier.

- **En 1994, au Rwanda les tensions historiques entre Hutus et Tutsis mènent à un génocide.** Ce dernier fait suite à une guerre civile (1990-1993) entre les deux communautés pour la conquête du pouvoir. L'assassinat du président hutu Habyarimana est l'événement déclencheur. Les tueurs, armés le plus souvent d'armes rudimentaires, de machettes, assassinent en trois mois seulement 800 000 Tutsis et Hutus modérés qui les défendaient. Là aussi, le caractère périphérique de ce territoire explique une réaction internationale limitée.

C La mise en place d'une gouvernance mondiale

1. L'activisme de l'ONU

• **L'ONU connaît un renouveau.** Le Conseil de sécurité constitue son organe de décisions. Il est composé de 15 membres, 10 changent tous les ans alors que 5 ont, depuis la fin de la Seconde Guerre mondiale, un siège permanent et un droit de veto : les États-Unis, la Russie, la Chine (depuis 1972, le poste était auparavant dévolu à Taïwan), la France et la Grande-Bretagne. Ce veto était devenu une arme entre les deux Grands pour empêcher toute résolution défavorable à son bloc. À partir de 1991, l'ONU peut de nouveau agir. Aujourd'hui, un projet de réforme pour intégrer de nouveaux membres permanents peine à déboucher sur des changements.

• **L'ONU voit ses missions élargies.** Elle promeut le multilatéralisme et relance la gouvernance mondiale. Elle engage ses soldats, les casques bleus, dans de nombreuses opérations de maintien de la paix à travers le monde, la plus ancienne concerne le conflit israélo-palestinien et la plus nombreuse la RDC. L'ONU institue une justice internationale. En 1993 est créé pour un temps défini le Tribunal pour l'ex-Yougoslavie qui juge 161 mises en accusation – dont celle de l'ancien président serbe Slobodan Milosevic – pour génocide, crime contre l'humanité et crime de guerre. En 2002, est créée une Cour pénale internationale à La Haye (Pays-Bas) qui dispose d'une compétence universelle reconnue par environ 120 États sans les États-Unis, la Chine, la Russie, l'Inde.

Doc. **Les objectifs de développement durable d'ici à 2030**

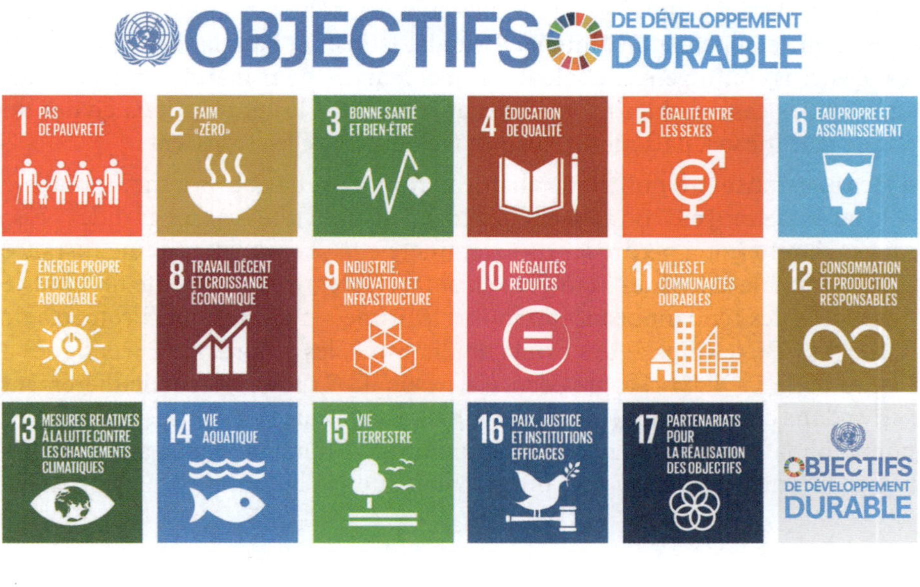

À travers ses agences à l'efficacité reconnue, l'ONU est également très active dans les domaines économiques et sociaux car la mission de l'institution est d'assurer la paix à long terme. À cette fin, elle lutte contre les inégalités grâce aux Objectifs du millénaire pour le développement (OMD) – devenus Objectifs de développement durable – qui ont permis l'augmentation très nette de la scolarisation primaire. Depuis le commencement, ses agences telles que l'Unicef pour l'enfance, la FAO pour la nourriture, l'OMS pour la santé, etc. ont un bilan très positif malgré les difficultés de financement.

Pour préserver le climat, l'ONU sonne la mobilisation. Elle finance le GIEC, groupe intergouvernemental de chercheurs sur les causes et les effets du changement climatique. Les climato-sceptiques le visent particulièrement afin de le discréditer car ses rapports alarmistes font autorité. Elle organise de grands sommets internationaux depuis les années 1990 pour pousser les États à mener des politiques de réduction des atteintes environnementales : le Sommet de la Terre à Rio (1992), les COP tous les ans depuis 1995 – dont la COP 21 qui eut lieu à Paris en décembre 2015 – et le Protocole de Kyoto pour la réduction des gaz à effet de serre (1997).

2. Une gouvernance mondiale à la peine

Le nouvel ordre mondial devient plus dangereux. Depuis 1991, les missions de maintien de la paix ont considérablement augmenté, signe de l'instabilité du monde. On en compte 18, principalement en Afrique. La plus ancienne, au Proche-Orient, date de 1948. On observe un partage des tâches très révélateur des inégalités : les pays riches financent les opérations tandis que les pays en développement (Éthiopie, Rwanda, Pakistan, Bangladesh…) envoient les plus gros contingents de soldats risquer leur vie pour maintenir la paix. De surcroît, les casques bleus sont souvent rejetés par les populations civiles du fait de leur incapacité à mettre fin aux violences qu'elles subissent.

Des résistances au multilatéralisme se font jour. La gouvernance mondiale et le multilatéralisme connaissent beaucoup de difficultés car les grandes puissances se refusent à perdre leur souveraineté et à se soumettre à une instance supranationale. Ainsi, les États-Unis n'ont pas intégré ou ont quitté nombre de dispositifs, les rendant beaucoup moins légitimes et efficaces : le Protocole de Kyoto, la CPI, le Conseil des droits de l'homme, les accords de Paris signés à l'issue de la COP 21. La présidence de Donald Trump est particulièrement active dans cette politique de retrait. Que ce soit pour l'environnement, l'économie ou la défense de la paix, la situation s'est donc dégradée alors que les besoins n'ont jamais paru si grands et vitaux pour l'humanité.

Doc. Les États impuissants face aux enjeux climatiques

L'ESSENTIEL

Nouveaux rapports de puissance et enjeux mondiaux

- La fin de la guerre froide laisse entrevoir un monde désormais pacifié sous la domination bienveillante et libérale des États-Unis, destinés à diffuser leur modèle.
- Cependant, le monde a été au contraire complexifié et déstabilisé. De nombreuses puissances se sont affirmées, on parle désormais d'un monde multipolaire. Les conflits, loin de se réduire avec la fin de la guerre froide, ont muté en guerres asymétriques très nombreuses et très violentes pour les populations civiles.
- Une gouvernance mondiale est redevenue possible sous l'égide de l'ONU avec la fin de la guerre froide, elle apparaît comme indispensable pour gérer des problèmes globaux tels que les inégalités et les dégradations environnementales. Pourtant, les logiques de souveraineté nationale et de puissance des États priment encore et peinent à permettre des avancées significatives dans ces grands enjeux contemporains.

COURS

2 La construction européenne entre élargissement, approfondissement et remises en question

A L'évolution du projet européen et les élargissements successifs

1. Le traité de Maastricht : l'ouverture d'une période d'approfondissement

• **La fin de la guerre froide en 1991 et l'effondrement du bloc communiste** obligent la CEE à se réinventer et la confrontent à de nouveaux défis auxquels répond le traité de Maastricht en 1992. Négocié par les 12 pays alors membres, il donne naissance à une véritable union politique : l'Union européenne remplace la CEE. Ce traité favorise la supranationalité en instaurant une citoyenneté européenne. Il permet aussi la libre circulation des citoyens avec les accords de Schengen entrés en vigueur en 1995 et développe la coopération financière puisqu'une monnaie unique est envisagée à l'horizon 1999. Il met en place une coopération judiciaire et policière en matière pénale. Enfin, il instaure une politique étrangère et de sécurité commune. L'objectif à terme est la définition d'une politique de défense commune, mais cette dernière suscite de nombreuses résistances.

• **L'adoption de ce traité s'est cependant faite dans la douleur,** notamment en France où le « oui » au référendum obtient une très courte majorité. Dès 1992 pointait un certain euroscepticisme et beaucoup d'observateurs critiquaient une perte de souveraineté. L'intégration se poursuit néanmoins car, au 1er janvier 2002, l'euro devient la monnaie des 12 pays de l'UE.

2. L'Europe poursuit ses élargissements

• **L'UE passe de 12 à 28 membres.** En 1995, la Suède, l'Autriche et la Finlande intègrent l'UE. Neuf ans plus tard, l'institution européenne connaît le plus grand élargissement de son histoire : dix nouveaux pays d'Europe centrale et orientale (les PECO), intègrent l'UE.

• **La dynamique d'élargissement se poursuit avec en 2007** l'entrée de la Bulgarie et de la Roumanie puis de la Croatie en 2013. Ces élargissements ont été largement critiqués à cause de l'écart de richesse entre les entrants et les anciens membres.

3. Les années post-Maastricht : les premiers problèmes

• **L'UE tente de concilier élargissement et approfondissement,** deux dynamiques contradictoires, et d'éviter les blocages. Les traités d'Amsterdam (1997) et de Nice (2001) valident le principe de la majorité qualifiée (environ 70 % de vote favorable suffisent pour adopter un projet). Ils renforcent également les pouvoirs du Parlement européen, seule institution élue démocratiquement par les citoyens.

• **Il est aussi prévu de donner une Constitution à l'UE,** mais les seuls référendums organisés en France et au Danemark en 2005 rejettent ce projet. Après la décennie faste des années 1990 le projet européen semble « en panne » et peine à convaincre les peuples qui font preuve d'un euroscepticisme de plus en plus fort.

B Le projet européen : un processus inachevé

1. Une crise de légitimité

• **L'UE semble se diriger vers une Europe à « géométrie variable », ou « Europe à la carte » :** nombre d'États membres n'adoptent que les politiques européennes qui conviennent à leurs intérêts nationaux. La Grande-Bretagne s'était ainsi exclue volontairement de la zone euro pour conserver sa propre monnaie, la livre, et des accords Schengen pour conserver son propre contrôle des frontières. Les intérêts nationaux priment sur le projet européen.

Sachez que...

On oppose généralement deux visions de l'Europe. Les souverainistes défendent l'Europe des nations où l'autonomie politique des États est préservée. Les fédéralistes défendent l'Europe des régions où le pouvoir supranational est renforcé.

2. L'UE désunie face à la crise migratoire

• **L'arrivée de migrants en provenance d'Afrique subsaharienne, du Maghreb et du Proche-Orient** remet en cause l'une des grandes réalisations du projet européen : la libre circulation des personnes garantie par les accords de Schengen. En effet, les frontières extérieures de l'UE font l'objet de contrôles renforcés, organisés notamment par l'agence Frontex qui mène des opérations de surveillance et de secours.

• **L'UE doit aussi faire face aux drames causés par la disparition en mer Méditerranée de bateaux chargés de migrants.** En 2015 a lieu le premier sommet européen consacré à la question migratoire pour lutter contre les réseaux criminels qui organisent les passages.

3. Le Brexit, et ensuite ?

- **En 2016 le Royaume-Uni vote majoritairement en faveur de sa sortie de l'UE.** C'est le début d'une procédure inédite : après plus d'un an de négociations, un accord est trouvé avec la mise en place d'une période transitoire. La sortie effective a lieu le 31 janvier 2020 mais avec une période de transition jusqu'à la fin de l'année : l'UE envisage pour le Royaume-Uni un partenariat proche de celui de la Norvège (accès au marché unique et libertés de circulation), mais cela reste encore flou.
- **Beaucoup voient dans cet événement un affaiblissement international durable de l'UE** et une perte de son pouvoir d'attraction, tandis que certains s'inquiètent d'un possible effet domino.

4. La crise sanitaire de 2019-2020 met à mal la solidarité européenne

- **Fin 2019, une épidémie de coronavirus (Covid19)** frappe la Chine. Peu à peu l'épidémie s'étend et, au printemps 2020, l'Europe en devient l'épicentre. Outre les problèmes sanitaires immenses liés à contagiosité de ce virus, la crise frappe les économies, faisant resurgir en Europe des divergences déjà anciennes. L'ancien président de la Commission européenne, Jacques Delors, lance le 28 mars 2020 un cri d'alarme : « Le climat qui semble régner entre les chefs d'État et de gouvernement et le manque de solidarité européenne font courir un danger mortel à l'Union européenne ». La crise fait ainsi figure de test pour les institutions européennes.

L'ESSENTIEL

La construction européenne entre élargissement, approfondissement et remises en question

- Les élargissements successifs depuis les années 1990 posent le problème de la cohésion d'un ensemble aussi vaste, dont les frontières se rapprochent de celles du continent européen. Malgré la sortie du Royaume-Uni, l'UE reste attractive avec de nombreux États candidats.
- À partir de 1992, le projet de l'euro a fait naître beaucoup d'espoirs. L'usage d'une monnaie commune concrétise l'appartenance à un espace économique commun. Toutefois, la gouvernance de cet outil économique commun est source de nombreuses tensions.

ZOOM SUR…

L'euro

1 Un projet commun pour assurer la croissance

→ **L'euro est aujourd'hui la monnaie de référence** des 19 pays membres de la zone euro ainsi que du Kosovo et du Monténégro. Elle est gérée par la Banque centrale européenne (BCE), elle-même composée des banques centrales des États membres.

→ **L'idée de monnaie unique trouve son origine dans la volonté d'assurer la croissance économique et des échanges commerciaux** efficaces par la stabilité monétaire à l'échelle européenne. Le Système monétaire européen, mis en place en 1979 et qui limitait les variations des taux de change entre les monnaies européennes, a montré sa fragilité. La stabilité entre les monnaies s'est effondrée dans les années 1990. En 1999, face à ce constat d'échec, regrouper les pays autour d'une monnaie unique devient une solution de stabilité sur le long terme.

→ **Le traité de Maastricht, signé en 1992, crée l'euro.** Le Royaume-Uni et le Danemark obtiennent des options de retrait pour ne pas participer à l'union monétaire. Le 1er janvier 2002, 304 millions d'Européens changent de monnaie.

2 Un bilan mitigé

→ **L'emploi d'une monnaie unique a encouragé les échanges commerciaux** à l'intérieur de la zone euro car les entreprises des pays membres peuvent conclure des contrats entre elles sans craindre des variations de change et des coûts supplémentaires. Les consommateurs, à l'intérieur de la zone euro, n'ont pas à changer de devises lorsqu'ils voyagent. L'euro est devenu la 2e monnaie mondiale, après le dollar américain.

→ **Mais le fonctionnement de la zone euro est encore imparfait.** En 2008-2009, l'effondrement de nombreuses économies lié à la crise économique mondiale et à celle des dettes souveraines, particulièrement de la Grèce, fait rentrer l'UE dans une période d'intenses turbulences qui témoignent du manque de solidarité entre les pays membres. Personne ne semblait vouloir aider les Grecs et une sortie forcée de la zone euro (le « Grexit ») avait même été envisagée. Pour accroître la coordination budgétaire, il faudrait par exemple que les ministres des Finances nationaux consultent leurs pairs européens lors de la préparation de leur budget.

COURS

3 Les évolutions de la République française

A La Ve République : un régime stable qui connaît de nombreuses réformes institutionnelles

1. Les institutions de la Ve République (1958-1981)

• **Le renforcement du pouvoir exécutif face au Parlement.** Adoptée par référendum en octobre 1958, la Constitution de la Ve République, inspirée par le général de Gaulle, instaure un régime hybride qui maintient un régime parlementaire mais confie au président de la République d'importantes prérogatives (on parle de régime semi-présidentiel). Élu pour sept ans par un collège de grands électeurs, le président nomme le Premier ministre ; il dispose d'un droit de dissolution plus souple et peut recourir au référendum pour les questions d'organisation des pouvoirs publics. Il est la clé de voûte des institutions. Garant de l'indépendance nationale, il dirige la politique étrangère et il est le chef des armées. Il décide seul de l'emploi de la force nucléaire. Par ailleurs, l'article 16 de la Constitution l'autorise à exercer tous les pouvoirs en cas de crise très grave.

• **Le gouvernement « détermine et conduit la politique de la nation » (art. 20) et partage avec le Parlement l'initiative des lois.** Responsable devant l'Assemblée nationale, il peut compter sur le soutien d'une majorité stable grâce au scrutin uninominal à deux tours qui favorise les alliances politiques.

• **L'Assemblée nationale, élue pour 5 ans, perd le droit d'investiture du gouvernement et la maîtrise de son ordre du jour.** C'est la fin du « régime d'assemblée » qui caractérisait la IVe République. L'Assemblée nationale partage le pouvoir législatif avec le Sénat, élu au scrutin indirect. Elle peut cependant renverser le gouvernement par le vote d'une motion de censure à la majorité absolue. Le travail législatif est encadré. En vertu de l'article 49-3, le gouvernement peut faire adopter un texte sans débat et sans vote, sauf motion de censure.

• **Avec la réforme constitutionnelle de 1962, approuvée par le référendum du 28 octobre, le président de la République est désormais élu au suffrage universel,** ce qui lui confère une légitimité considérable. La présidentialisation du régime est renforcée.

- **Le Conseil constitutionnel se prononce sur la conformité des lois à la Constitution et veille à la régularité des élections.** En 1974, une réforme permet à soixante députés ou sénateurs de saisir le Conseil constitutionnel afin de vérifier la constitutionnalité d'une loi votée.

2. Des institutions qui s'adaptent (1981-2019)

- **L'alternance (entre la droite et la gauche) et les cohabitations créent de nouvelles configurations politiques mais ne remettent pas en cause la Constitution.** En 1981, le socialiste François Mitterrand est élu président de la République. Cependant, en 1986, l'élection d'une majorité de droite à l'Assemblée nationale ouvre une période de cohabitation, configuration *a priori* contradictoire avec un régime où le président de la République est l'inspirateur de la vie politique. Le Premier ministre retrouve en effet son rôle dans la détermination des choix politiques, soutenu par l'Assemblée. La répétition des cohabitations entre 1993 et 1995, puis après la dissolution de l'Assemblée par Jacques Chirac en 1997, relance le débat sur les institutions.

- **La volonté d'éviter les cohabitations pour assurer la stabilité de l'État inspire l'adoption du quinquennat** en 2000. La durée des mandats présidentiels et législatifs est désormais la même et l'organisation des élections législatives après les élections présidentielles amplifie le fait majoritaire (l'UMP dispose de la majorité absolue à l'Assemblée en 2002 puis en 2007) et semble renforcer le pouvoir exécutif. L'ordre des élections rend désormais peu probable une nouvelle cohabitation.

- **La révision constitutionnelle du 1er mars 2005 fait entrer dans la Constitution le principe de précaution en matière d'environnement.** La Charte de l'environnement est désormais annexée à la Constitution.

- **Entre 2007 et 2012, la pratique du pouvoir de Nicolas Sarkozy tend à renforcer la présidentialisation du régime.** La révision constitutionnelle de 2008 autorise le chef de l'État à s'exprimer devant le Parlement réuni en Congrès à Versailles, au détriment du gouvernement jusque-là seul détenteur de cette prérogative. Néanmoins, cette réforme a aussi pour but de donner des droits nouveaux au Parlement, par exemple pour la discussion des lois en limitant le recours à l'article 49-3, ou pour le contrôle de l'action gouvernementale, notamment en cas d'engagement militaire de la France (si celui-ci dépasse quatre mois).

- **En septembre 2011, l'élection pour la première fois d'une majorité de gauche au Sénat** ne modifie pas sur le fond le fait majoritaire et l'équilibre des pouvoirs, mais montre une nouvelle fois l'adaptabilité des institutions de la Ve République. Nouvelle alternance, le socialiste François Hollande est élu président en 2012.

Doc. **Alternances et cohabitations (1958-2012)**

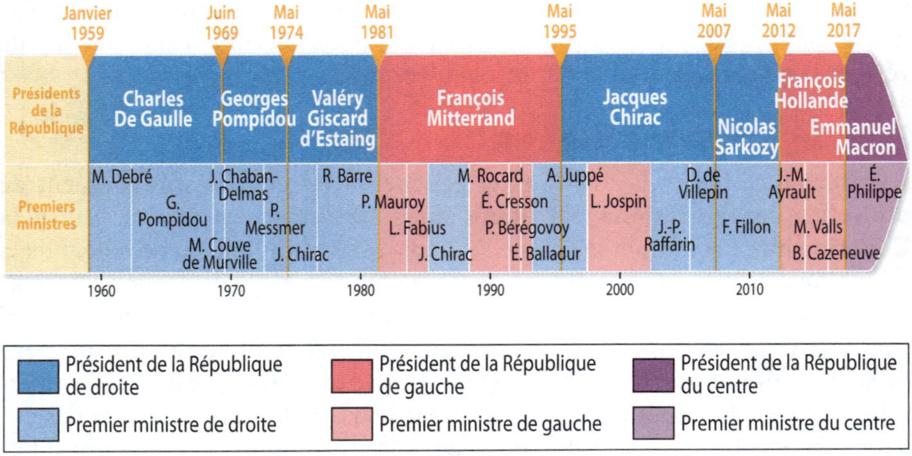

• **L'accélération des mandats présidentiels va de pair avec des évolutions sociétales qui modifient la pratique des institutions et la vie politique.** La révolution numérique (les débats qui agitent le monde politique sont désormais à la portée de tous à travers les réseaux sociaux) et les nouveaux enjeux liés à la mondialisation (globalisation des économies et des flux financiers, réchauffement climatique...) alimentent les aspirations à plus de participation citoyenne. Sous les quinquennats de François Hollande (2012-2017) et d'Emmanuel Macron (2017-), on assiste à un affaiblissement des partis traditionnels et à la remise en question de la démocratie représentative – revendications pour une démocratie directe ou participative (référendum d'initiative populaire, conventions citoyennes notamment en matière d'environnement...) – ainsi qu'au renforcement des critiques contre la présidentialisation du régime.

B La République face aux évolutions de la société française

1. La République et la laïcité

• **La Constitution stipule que la France est une « République indivisible, laïque, démocratique et sociale ».** Les rapports entre la République et les religions sont commandés par l'idée de laïcité, qui pose le principe de la neutralité de l'État à l'égard des religions, la séparation du temporel (le domaine du politique) et du sprirituel (le domaine du religieux). La laïcité, sous la IIIe République, s'est construite par opposition au poids de l'Église catholique dans la société, dans un contexte d'anticléricalisme virulent. La loi de 1905 sur la séparation des

Églises et de l'État, toujours en vigueur aujourd'hui, acte l'indépendance de l'État vis-à-vis des religions : l'art. 1 garantit la liberté de conscience et du libre exercice des cultes, mais l'État n'en subventionne aucun (art. 2).

- **L'école est au cœur des débats entre religions et République**. La question du financement de l'école privée apparaît comme un sujet sensible. La loi Debré de 1959 aide au financement des écoles privées : l'État rémunère les enseignants des établissements privés qui acceptent les programmes scolaires et le contrôle de l'État. Cette loi ne cesse, depuis, de provoquer des polémiques, notamment à gauche où l'on estime qu'elle porte atteinte à la laïcité. La plus importante a eu lieu en 1981 : le ministre de l'Éducation, Alain Savary, a tenté de lancer l'idée d'un Grand Service Public unifié et laïc de l'Éducation nationale. Il s'est heurté à l'opposition farouche des défenseurs de l'école privée qui manifestèrent en nombre à Paris en juin 1984. Le projet a été abandonné.

- **L'État doit faire face à de nouveaux défis pour assurer sa mission de garant de la liberté des cultes,** tout en veillant au respect des principes de la laïcité. La pratique religieuse s'est effondrée puisque seuls 8 % des catholiques et 17 % des musulmans français disent avoir une pratique régulière. Toutefois, les musulmans forment désormais la 2e religion de France. Ainsi, dans les années 1990, le débat sur le port du voile à l'école (dénoncé par des intellectuels ou politiques de droite comme de gauche) divise et est accentué par le rôle des médias.

- **Ce débat aboutit à la réaffirmation du principe de laïcité : la loi de 2004** interdit tout signe distinctif d'appartenance à toute religion dans les écoles, collèges et lycées publics : voile, kippa, grande croix, etc. Cependant certains y voient surtout une loi tournée vers la pratique musulmane du voile.

2. Les combats pour l'égalité

- **Avec la révision constitutionnelle de 2008, ce sont aussi les citoyens qui gagnent des droits.** Un référendum peut être organisé à l'initiative d'un cinquième des membres du Parlement si l'on recueille la signature d'un dixième des électeurs inscrits. Un citoyen peut désormais saisir le Conseil constitutionnel s'il estime que la loi que l'on veut lui appliquer porte atteinte aux droits fondamentaux : c'est le référendum d'initiative populaire, dont la procédure très complexe fait débat.

- **La Constitution et le Code civil ont aussi évolué en faveur de nouveaux droits pour les personnes de même sexe.** C'est à partir des années 1980, que la société française commence à prendre en compte la réalité des couples homosexuels. Pendant toute la décennie 1990, plusieurs parlementaires de gauche déposent sans succès des propositions de loi afin d'instaurer un nouveau contrat civil. En 1997 pourtant, la Cour de cassation rappelle encore que même « le concubinage ne peut résulter que d'une relation stable et continue ayant l'apparence du mariage, donc entre un homme et une femme ». C'est en 1999 qu'a lieu un pas décisif : sous le gouvernement Jospin, le Parlement adopte la loi mettant en place le Pacte civil de solidarité (PACS), ouvert aux couples hétérosexuels et homosexuels.

• **À la faveur de la loi sur le mariage pour tous de 2013, la France devient le 14e pays au monde à autoriser le mariage homosexuel.** C'est la garde des Sceaux, ministre de la Justice sous François Hollande, Christine Taubira, qui porte le projet de loi. Ce dernier, avant son adoption définitive, a fait l'objet de débats très vifs et de manifestations dans le cadre du mouvement de la « Manif pour Tous ». En 2014, les mariages de couples de même sexe ont représenté 4 % du total des unions.

C La montée en puissance des régions

1. La décentralisation : une nouvelle façon de gouverner la France

• **La France est un pays historiquement très centralisé.** Il faut attendre la fin de la Seconde Guerre mondiale et le contexte de reconstruction pour qu'une prise de conscience sur les inégalités territoriales apparaisse. En 1964 le général de Gaulle lance la régionalisation, constatant que départements et communes sont désormais des circonscriptions inadaptées. Les nouvelles entités sont encore toutefois placées sous la tutelle des préfets de région. En 1975, le président Valéry Giscard d'Estaing crée une commission chargée d'esquisser une réforme des institutions locales.

• **Le véritable tournant a lieu en 1982 :** ministre de l'Intérieur et de la Décentralisation de 1981 à 1984, Gaston Defferre organise la grande réforme de la décentralisation. C'est « l'Acte I de la décentralisation ». Il fait des régions des collectivités territoriales à part entière. Le pouvoir exécutif des préfets est transféré aux conseils généraux (départements) et régionaux, élus au suffrage universel direct.

2. L'approfondissement de la décentralisation

• À partir de 1992, le processus de décentralisation connaît une nouvelle évolution avec la possibilité de créer des établissements publics de coopération intercommunale (EPCI), ou « communauté de communes ». En 2003 Jean-Pierre Raffarin, Premier ministre de Jacques Chirac, lance « l'Acte II de la décentralisation » : la décentralisation devient un principe constitutionnel. L'État délègue de nouvelles compétences aux collectivités territoriales (gestion des lycées, des routes et des trains régionaux). Les collectivités peuvent désormais organiser des référendums locaux et sont financièrement autonomes.

- **En 2013 est adopté sous la présidence Hollande** « l'Acte III de la décentralisation ». Cette réforme oblige chaque commune à adhérer à une intercommunalité. Elle décide aussi l'élection au suffrage universel direct des délégués des communes au sein des conseils de communes, renforçant la démocratie locale. Enfin, elle a pour objectif de réduire le « mille-feuille » territorial (trop de niveaux d'administrations locales) et donc de réaliser des économies de gestion. En 2015, la France passe ainsi de 22 à 13 régions. La loi du 7 août 2015 porte une Nouvelle organisation territoriale de la République (loi NOTRe) : elle confie de nouvelles compétences aux régions surtout sur le plan économique et environnemental. Elle vise également à renforcer les intercommunalités.
- **La décentralisation est cependant souvent jugée incomplète et insuffisante** (manque d'autonomie réelle des collectivités territoriales, manque de moyens…) voire inégalitaire dans la pratique. Certains territoires se sentent abandonnés ou exclus. Le mouvement des gilets jaunes en 2018-2019 a mis en lumière les manques en ce domaine (disparition des services publics, villages désertés par les commerces…). Le Grand Débat qui a suivi le mouvement, en 2019, a amorcé le retour en grâce des maires, dont les droits et les responsabilités ont été renforcés par une loi de janvier 2020 (loi « Engagement et Proximité »).

Sachez que...

La décentralisation est un transfert du pouvoir et donc de compétences de l'État vers les collectivités territoriales. La déconcentration est un simple déplacement géographique du pouvoir.

L'ESSENTIEL

Les évolutions de la République française

- La Constitution de la Ve République renforce le pouvoir exécutif, notamment à travers le rôle du président de la République, clef de voûte des institutions. On parle désormais de régime semi-présidentiel. L'alternance entre droite/gauche et les cohabitations créent de nouvelles configurations politiques mais ne remettent pas en cause la stabilité des institutions. La réforme du quinquennat (2000) accélère la présidentialisation du régime.
- La Ve République est traversée par de nombreux débats et combats sociétaux, en particulier liés au respect du principe de laïcité, inscrit dans la Constitution, et à la lutte pour plus d'égalité entre citoyens (mariage pour tous ; lois sur la parité femmes-hommes…).
- Un profond mouvement de décentralisation, qui court de 1982 jusqu'à aujourd'hui, assure la montée en puissance des régions aussi bien sur le plan institutionnel qu'économique. Cependant, la décentralisation est parfois jugée insuffisante (manque d'autonomie et de moyens accordés aux collectivités territoriales).

ZOOM SUR...

La parité en politique

1 Une lente évolution

→ **La parité en politique est un processus long.** En 1944, les femmes obtiennent non seulement le droit de vote mais aussi celui de s'engager dans la compétition politique pour être élues (éligibilité). Mais ce n'est qu'en 1999 qu'est adoptée une réforme constitutionnelle qui permet l'établissement de quotas en faveur des femmes : la loi favorise ainsi la parité, c'est-à-dire « l'égal accès des femmes et des hommes aux mandats électoraux et fonctions électives ».

→ **Pour corriger certaines faiblesses de la loi de 1999, une nouvelle loi est promulguée en 2007.** Elle entend féminiser les exécutifs locaux en prévoyant l'application de la parité pour l'élection des adjoints au maire. Pour les élections législatives, la loi accentue le montant de la pénalité financière, sans la rendre dissuasive. En revanche, les propositions émises par la Délégation pour les droits des femmes du Sénat (limite du cumul des mandats, extension des règles de parité aux structures intercommunales) n'ont pas été retenues.

→ **Certains modes de scrutin défavorisent la parité.** Dans les scrutins uninominaux majoritaires, la loi est moins contraignante que pour les scrutins de liste où la stricte alternance hommes-femmes doit être respectée. En conséquence, la parité est presque atteinte dans les conseils régionaux avec 48,1 % de femmes élues et est parfaite dans les conseils départementaux grâce au mode de scrutin binominal. À l'inverse, l'Assemblée nationale ne compte que 38,8 % de femmes députées en 2017. Les femmes sont également sous-représentées à la présidence des assemblées.

→ **En 2020, le gouvernement d'Édouard Philippe veut durcir les sanctions envers les partis politiques ne respectant pas la parité femme-homme.** La secrétaire d'État à l'Égalité femmes-hommes, Marlène Schiappa, a ainsi annoncé vouloir multiplier par cinq les pénalités infligées aux partis politiques ne respectant pas la parité aux élections législatives dans le cadre d'un projet de loi pour l'émancipation économique des femmes prévu pour 2020.

2 Parité et stéréotypes de genre

→ **Selon certains stéréotypes, les femmes seraient dépourvues des qualités requises pour exercer une fonction politique.** Ces stéréotypes sont intériorisés par les femmes elles-mêmes qui vont s'estimer peu compétentes pour mener un combat politique. En outre, elles sont victimes d'une inégale répartition des tâches domestiques qui ne les incite pas à cumuler activités professionnelle et politique.

→ **Les partis politiques tendent à se conformer aux stéréotypes de genre.** Ils contournent parfois les lois sur la parité en plaçant les candidates femmes dans des circonscriptions perdues d'avance pour préserver le personnel politique masculin déjà en place. Certains partis préfèrent même être sanctionnés financièrement. De plus, les femmes qui réussissent à avoir un mandat électoral occupent le plus souvent des postes politiques moins « prestigieux ». Elles sont ainsi sous-représentées au Sénat et à la présidence d'assemblées politiques.

→ **Des obstacles de nature culturelle et politique** tendent à s'auto-entretenir, limitant ainsi la portée des lois sur la parité.

Doc. Part des femmes parmi les élus des principales assemblées politiques

En %	Avant les lois de parité[1]	Après les lois de parité
Assemblée nationale	18,5 % (2007)	26,9 % (2012)
Sénat	22,1 % (2011)	22,3 % (2014)
Conseils régionaux : **– présidence** **– conseiller(e)s**	7,7 % (2010) 48 % (2010)	17,6 % (2015) 47,8 % (2015)
Conseils départementaux **– présidence** **– conseiller(e)s**	5 % (2011) 13,8 % (2011)	9,9 % (2015) 50 % (2015)
Conseils municipaux **– maires** **– conseiller(e)s**	13,8 % (2008) 35 % (2008)	16 % (2014) 40,3 % (2014)

Ministère de l'Intérieur, 2015.

1. Lois instaurées afin de favoriser l'égale représentation politique des femmes et des hommes.

Note : les dates indiquées entre parenthèses correspondent à la dernière élection, avant ou après les lois de parité.

Mots-clés

■ **Anticléricalisme :** hostilité au clergé et à son ingérence dans la société.

■ **Apartheid :** régime de ségrégation raciale très dure mis en place en Afrique du Sud de 1948 à 1994.

■ **Banque centrale :** institution publique qui gère la monnaie d'un pays et contrôle la stabilité des prix.

■ **Cohabitation :** coexistence d'un chef de l'État et d'un chef de gouvernement (le Premier ministre) appartenant à une majorité parlementaire qui lui est politiquement opposée.

■ **Collectivité territoriale :** structure administrative, distincte de l'administration de l'État, qui a en charge les intérêts des habitants d'un territoire donné (communes, départements, régions, collectivités d'Outre-mer).

■ **Communauté économique européenne (CEE) :** organisation internationale issue du traité de Rome (1957) signé par les six pays fondateurs de la construction européenne (Allemagne, Belgique, France, Italie, Luxembourg et Pays-Bas).

■ **Concubinage :** union de fait entre deux personnes, du même sexe ou de sexe différent, qui ne sont ni mariées ni pacsées.

■ **Conseil constitutionnel :** organisme créé par la Constitution française de 1958 qui a pour but de contrôler la constitutionnalité des lois ainsi que la régularité des élections.

■ **COP :** Conférence des Parties, réunissant l'ensemble des parties membres de l'ONU (l'UE compte pour une seule partie) pour la défense de l'environnement.

■ **Dettes souveraines :** engagements financiers (emprunts) pris par un État ou une banque centrale.

■ **Devise :** monnaie étrangère par rapport à la monnaie d'un pays.

■ **EPCI ou communauté de communes :** structure administrative qui regroupe plusieurs communes dans le but de réaliser un projet commun de développement et d'aménagement de l'espace.

■ **Épuration ethnique :** tentative de création de régions ethniquement homogène par la déportation, les crimes de masse et les viols.

■ **Euroscepticisme :** attitude critique voire opposée au projet de construction européenne.

■ **Fait majoritaire :** situation où le gouvernement est soutenu par une majorité parlementaire nette et stable.

■ **Gaz à effet de serre :** gaz responsables du réchauffement climatique (CO_2, méthane, etc.).

■ **Génocide :** destruction organisée d'un groupe humain. Seuls trois génocides sont officiellement recensés par l'ONU (génocide des Arméniens, des Juifs et des Tutsis).

■ **Guerre asymétrique** : conflit opposant une armée régulière à des groupes armés.

■ **Guerre préventive** : guerre dont un pays prend l'initiative pour empêcher son supposé ennemi de lui infliger de graves dommages.

■ **Intercommunalité** : possibilité pour des communes d'exercer en commun certaines compétences lorsque les enjeux dépassent ceux d'une seule commune. Par exemple, la gestion de rivières, les transports urbains ou les équipements sportifs et culturels.

■ **Laïcité** : principe d'organisation de la société fondée sur la séparation des Églises et de l'État qui exclut les Églises de l'exercice de tout pouvoir politique ou administratif.

■ **Nationalisme** : doctrine politique accordant la primauté à une nation sur les autres.

■ **OMD** : objectifs du millénaire pour le développement, adoptés en 2000 pour un développement durable.

■ **PECO** : pays d'Europe centrale et orientale.

■ **Présidentialisation** : renforcement du pouvoir du président de la République qui devient le personnage clé de l'État.

■ **Quinquennat** : exercice d'un mandat dont la durée est de cinq ans.

■ **Régime semi-présidentiel** : régime mixte empruntant des caractéristiques au régime parlementaire et au régime présidentiel.

■ **Supranationalité** : qui est au-dessus des nations et de leurs gouvernements.

■ **Taux de change** : valeur d'une monnaie nationale par rapport à celle d'un autre pays.

Repères chronologiques

- **1991** : Éclatement de l'URSS et fin de la guerre froide
- **1991** : Guerre du Golfe
- **1992** : Traité de Maastricht
- **1994** : Génocide des Tutsis au Rwanda
- **1991-1999** : Guerres en ex-Yougoslavie
- **1994** : Fin de l'Apartheid
- **2001** : Entrée de la Chine à l'OMC
- **11 septembre 2001** : Attentats aux États-Unis
- **2002** : L'euro monnaie unique
- **2003** : Guerre d'Irak
- **2008** : Révision constitutionnelle
- **2013** : Loi sur le mariage pour tous
- **2016** : Brexit

Biographies

Charles de Gaulle (1890-1970)

Fondateur de la Ve République en 1958, il fait adopter une Constitution qui renforce le pouvoir présidentiel.

François Mitterrand (1916-1996)

Opposant du général de Gaulle, à la tête du parti socialiste, il est élu président de la République en 1981 puis en 1988. Il est le premier à utiliser le système de la cohabitation.

Nelson Mandela (1918-2013)

Principale figure de l'opposition à l'Apartheid en Afrique du Sud, il fut tour à tour militant pour les droits des Sud-Africains noirs, prisonnier politique puis premier président noir de la République d'Afrique du Sud. Il symbolise la fin de l'Apartheid.

Jacques Delors (né en 1925)

Ancien ministre de l'Économie, président de la Commission européenne à partir de 1985, il est l'un des grands instigateurs de l'approfondissement politique de l'Europe, avec l'adoption du traité de Maastricht en 1992.

Sadam Hussein (1937-2006)

Président de la République d'Irak, il exerça une véritable dictature sur le pays qu'il lança dans de nombreuses guerres avec l'Iran, le Koweït et les États-Unis. Fait prisonnier lors de la guerre d'Irak, il est exécuté en 2006.

George W. Bush (né en 1946)

Il est le 43e président des États-Unis de 2001 à 2009. Son mandat est marqué par les attentats du 11 septembre 2001 et les guerres menées ensuite en Afghanistan et en Irak au nom de la sécurité des États-Unis.

Christiane Taubira (née en 1952)

Garde des Sceaux, c'est-à-dire ministre de la Justice, sous François Hollande, elle a porté, au cœur de la polémique, le projet de loi sur le Mariage pour Tous.

Angela Merkel (née en 1954)

Chancelière allemande depuis 2005, elle a contribué à façonner l'Europe moderne.

Nicolas Sarkozy (né en 1955)

« Hyperprésident » de la République de 2007 à 2012, il a renforcé la présidentialisation du régime en affaiblissant le rôle des ministres et du Premier ministre, ainsi que la médiatisation de la vie politique.

Boris Johnson (né en 1964)

Premier ministre conservateur britannique depuis 2019, il doit négocier le Brexit avec ou sans accord commercial avec l'UE, à l'horizon 2021.

Documents majeurs

Doc. 1 Drapeau européen brûlé sur les grilles du Parlement grec, 1er mai 2013

Doc. 2 La justification du Brexit

Votre plus gros problème, et la raison principale expliquant le vote de la Grande-Bretagne pour la sortie de l'UE, c'est que vous avez furtivement, par tromperie et sans jamais dire la vérité aux gens, imposé aux Britanniques ainsi qu'aux autres peuples d'Europe [...] une union politique. Et lorsque les peuples, en 2005, aux Pays-Bas et en France, ont voté contre cette union politique, lorsqu'ils ont rejeté la Constitution, vous les avez tout simplement ignorés en adoptant le traité de Lisbonne via d'autres voies.

Ce jeudi dernier, nous avons connu un résultat remarquable. Un tremblement de terre pas uniquement pour la politique britannique, mais aussi pour la politique européenne, et peut-être même mondiale. Ce que les petites gens, les gens ordinaires ont fait, ce que les peuples oppressés durant ces dernières années et qui ont vu leur qualité de vie baisser ont fait ; c'est qu'ils ont rejeté les multinationales, ils ont rejeté les grands jeux politiques. Et en fait, ils ont dit : nous voulons récupérer notre pays, nous voulons récupérer nos frontières de pêche, nous voulons récupérer nos frontières, nous voulons être une fière nation indépendante qui se gouverne d'elle-même. [...]

Ce faisant, nous offrons désormais une lueur d'espoir aux démocrates du reste du continent européen. J'ai fait une prévision ce matin, le Royaume-Uni ne sera pas le dernier État membre à quitter l'Union européenne.

Nigel Farage, leader de l'UKIP (Parti pour l'indépendance du Royaume-Uni), député européen, discours devant le Parlement européen de Bruxelles, 28 juin 2016.

EXERCICE

Étude de document

Les difficultés auxquelles est confrontée l'UE au début du XXIe siècle

CONSIGNE

Montrez en quoi ce document révèle les difficultés auxquelles est confrontée l'UE au début du XXIe siècle.

Doc. Quel avenir pour l'Europe ?

L'élargissement rendra indispensable une réforme fondamentale des institutions européennes. Comment s'imaginer en effet un Conseil européen à trente chefs d'État et de gouvernement ? Trente présidences ? Combien de temps les réunions du Conseil dureront-elles dans ce cas ? Des jours, voire des semaines entières ?dUne réglementation précise de la répartition des compétences entre la Fédération et les États nations dans le cadre d'un traité constitutionnel devrait laisser à la Fédération les domaines de souveraineté essentiels et uniquement les questions demandant à être réglées impérativement au niveau européen, tandis que le reste demeurerait de la compétence des États nations. Il en ressortirait une Fédération européenne élaguée et capable d'agir, pleinement souveraine quoique composée d'États nations affirmés. En outre, une telle Fédération présenterait aussi l'avantage d'être palpable et compréhensible pour ses citoyens parce qu'elle aurait surmonté son déficit démocratique.

Tout cela ne sonnera pas pour autant le glas de l'État nation. Car pour le « sujet » de cette fédération finale, l'État nation avec ses traditions culturelles et démocratiques demeurera irremplaçable, pour légitimer une union des citoyens et des États qui soit pleinement acceptée par les populations.

Discours de Joschka Fischer, ministre allemand des Affaires étrangères, Berlin, 12 mai 2000.

POINT MÉTHODE

Mettre en relation document(s) et connaissances

L'étude de document repose sur la mise en relation entre le document et les connaissances, pour l'expliquer et le mettre à distance.

1 Extraire les informations essentielles du document

- Il faut tout d'abord extraire les informations, les ordonner puis les classer par thèmes.
- Utilisez ensuite des surligneurs de couleur différente pour visualiser les différents thèmes sur votre document.

2 Mettre en relation le(s) document(s) avec les connaissances du cours

- Pour cela il est utile de répondre au brouillon à plusieurs questions : quel est le sens du document ? Pourquoi me l'a-t-on donné à étudier ? Dans quel contexte historique le replacer ?
- Il s'agit ensuite de croiser ces deux étapes et donc de comparer ce qu'indiquent le(s) document(s) avec vos connaissances. Cela vous permettra de faire la critique des documents, d'en montrer les limites et ce qu'ils ne disent pas.
- Pour faire cette synthèse, vous pouvez produire au brouillon un tableau qui vous donnera une vision d'ensemble.

	Thème 1	Thème 2	Thème 3
Document	• Informations du document + citations • Connaissances du cours liées	• Informations du document + citations • Connaissances du cours liées	• Informations du document + citations • Connaissances du cours liées

- Cette méthode vous permettra d'éviter deux **erreurs** fréquentes :

  – exposer vos connaissances (étape 2) sans tenir compte des informations du document (étape 1) ;

  – paraphraser le document (étape 1) sans apporter de précisions et les commentaires nécessaires à sa compréhension (étape 2).

PROPOSITION DE CORRIGE

	Thème 1 : Les difficultés de l'élargissement	Thème 2 : L'euroscepticisme	Thème 3 : Entre fédéralisme et souverainisme
Citation	« Comment parvenir à 30 à concilier des intérêts différents »	« intérêt manifesté à l'égard de l'Union par ses citoyens [...] en dessous de zéro »	« entière parlementarisation dans une fédération européenne »
Analyse	Les élargissements ont été largement critiqués, notamment à cause de l'écart de richesse entre les entrants, comme les PECO à partir de 2004, et les anciens membres, parmi les pays les plus développés du monde.	Les taux d'abstention aux élections européennes sont élevés. Qui plus est, les seuls référendums organisés en France et au Danemark en 2005, ont rejeté le projet de constitution européenne.	Le ministre allemand est un fédéraliste. Il propose une solution supranationale aux problèmes que rencontre l'UE, c'est-à-dire renforcer l'approfondissement politique : une fédération.
Connaissances	Lors de la crise économique de 2008, l'Europe a fait face à un manque de solidarité entre les pays membres, qui ne poursuivent pas les mêmes objectifs en termes économiques. La gouvernance européenne reste complexe.	Ce désintérêt peut s'expliquer par un certain déficit démocratique au sein de l'UE. En effet, seul le Parlement européen est élu au suffrage universel direct, ce qui en fait la seule institution réellement démocratique de l'Union européenne.	Sa vision s'oppose aux souverainistes qui souhaitent conserver une Europe des États.

PARTIE 2

Géographie

CHAPITRE 5

Mers et océans au cœur de la mondialisation

DE QUOI S'AGIT-IL ?

Les mers et océans qui sont de vastes étendues d'eaux occupent une place prépondérante dans l'actuelle mondialisation : ils fournissent de nombreuses ressources halieutiques, biochimiques, énergétiques. Depuis quarante ans, la flotte mondiale a été multipliée par 4 et les volumes transportés par 3. On parle alors de maritimisation de l'économie. Les mers et océans qui permettent les échanges internationaux et qui fournissent de nombreuses ressources sont des vecteurs essentiels de la mondialisation. Ils sont parcourus par des réseaux de câbles sous-marins qui sont l'infrastructure essentielle pour la mondialisation de flux immatériels. Routes maritimes et itinéraires se structurent selon les échanges internationaux. Leur maîtrise permet une intégration inégale à la mondialisation, ce qui accroît les enjeux géostratégiques autour de certains points de passage majeurs, comme des canaux ou des détroits internationaux.

Dans ce contexte, la mise en valeur de ces mers et océans est soumise à différentes logiques d'appropriation et de protection qui sont parfois difficilement conciliables et génèrent des tensions entre les pays.

1 Mers et océans, vecteurs de la mondialisation

A Des ressources énormes

1. Les ressources halieutiques

● **Les mers et les océans, vastes étendues d'eau salée, couvrent 71 % de la surface du globe,** ce qui vaut à la Terre le surnom de « planète bleue ». Ils regorgent de ressources, dont les ressources halieutiques. Par ressources halieutiques, l'Insee entend « l'exploitation des ressources vivantes aquatiques. Elle regroupe les différents modes d'exploitation et de gestion (pêche, aquaculture) des espèces vivantes (végétales ou animales) exercés dans tous les milieux aquatiques (mer et eau douce) ».

● **En 2020, 178 millions de tonnes ont été pêchées.** L'aquaculture représente environ 49 % de ce chiffre et les productions aquacoles sont en nette augmentation depuis la fin des années 1980. Les principales variétés de poissons (85 % de la pêche) sont les anchois du Pérou, (destiné souvent à être transformé en farine), le lieu d'Alaska, le thon, le maquereau, le hareng, le poisson sabre ou la sardine européenne… Ces espèces sont principalement pêchées dans les eaux tempérées ou froides qui ont été les premières à être exploitées massivement et industriellement, mais qui aujourd'hui connaissent des situations de surpêche.

Ne pas confondre

L'océan est une vaste étendue d'eau salée qui sépare des continents ; il comporte des zones très profondes (les abysses).

Une mer désigne le plus souvent une fraction d'océan séparée de ce dernier par un seuil ou un détroit sous-marin ; une mer est moins profonde, liée au continent et a une plus grande diversité de salinité.

Doc. **Production halieutique et aquacole mondiale**

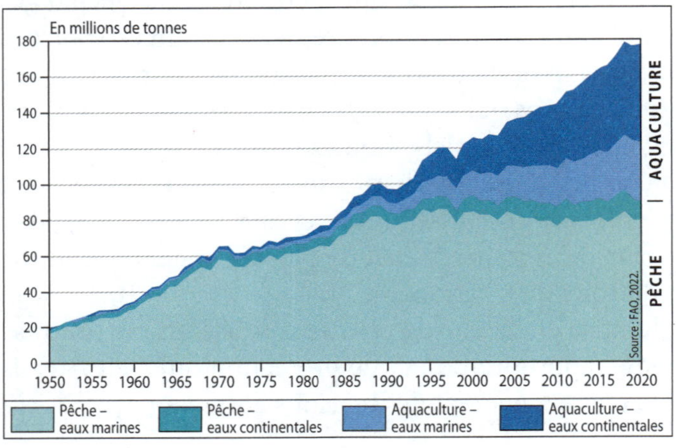

• **On observe cependant de fortes variations des chiffres des prises d'une année sur l'autre.** Mais ce sont surtout les quotas imposés et la surpêche qui expliquent ces variations. En effet, la consommation de poissons est passée en moyenne de 9 kg par personne et par an en 1961 à 20,5 kg par personne et par an en 2019. Même si les populations des pays en développement consomment beaucoup moins de poissons que dans les pays développés, cet apport est primordial.

• **La production aquacole est en pleine expansion.** La pêche fait vivre indirectement ou directement plus de 200 millions d'actifs dans le monde dont 83 % de pêcheurs asiatiques. Quasi nulle il y a quarante ans, elle représente aujourd'hui plus de 49 % des prises, et le chiffre est en croissance. L'aquaculture marine (la mariculture) ou l'aquaculture côtière se pratiquent en eau salée. Les principales espèces élevées sont des poissons (carpes, saumons), des crustacés (crevettes, écrevisses, crabes), des mollusques (huîtres, moules) mais aussi des plantes aquatiques (algues). La production aquacole est dominée par les pays asiatiques puisqu'ils produisent 89 % des productions (contre 4,7 % pour les Amériques, 3,7 pour l'Europe, et 2,5 pour l'Afrique). La pandémie a mis en lumière les interrelations entre les marchés et les chaînes d'approvisionnement, ainsi que la nécessité d'avoir en place des systèmes de protection sociale inclusifs, qui puissent être adaptés en cas de crise.

Sachez que...
On distingue deux types de pêche : la pêche artisanale (bateaux de moins de 26 m, méthodes traditionnelles et équipages peu nombreux) et la pêche industrielle (bateaux de plus de 40 m parfois équipés en usines de transformation des produits), aux mains des groupes agroalimentaires.

2. Les ressources énergétiques

• **Les mers et océans présentent de nombreuses richesses autres que les richesses halieutiques, notamment des sources d'énergie.** Elles sont importantes mais le coût des implantations des équipements et, plus globalement, la mise en valeur de ces ressources se heurte au financement et surtout à un problème de rentabilité. On distingue les EMR (énergies marines renouvelables) des énergies fossiles non renouvelables comme les hydrocarbures.

• **La force des marées** peut être utilisée pour générer de l'énergie dans des centrales marémotrices. Les contraintes des marées et de site étant particulièrement fortes, il n'existe encore qu'un petit nombre d'usines marémotrices dans le monde (au Canada, en Corée du Sud notamment).

Sachez que...
La France est dotée d'une seule usine marémotrice, mise en service en 1967 sur la Rance (entre Saint-Malo et Dinard), où l'amplitude de marée atteint 12 m.

• **La force des vagues** est aussi utilisée : on parle d'énergie houlomotrice mais là encore les installations sont très peu nombreuses et fournissent peu d'électricité.

● **L'énergie hydrolienne**, qui est en pleine expansion, utilise quant à elle la force des courants marins qui génère un courant électrique transmis à terre par un câble posé au fond de l'eau. La pandémie a fait chuter de 82% le nombre de passagers. En 2022, les chiffres d'avant pandémie semblent atteints de nouveau et les navires s'adaptent aux demandes de la clientèle (meilleur système de traitement des eaux usées par exemple). Cette énergie hydrolienne est à distinguer des éoliennes en mer, dont le potentiel est bien plus important que les éoliennes terrestres, et des champs d'éoliennes qui voient le jour au large des côtes d'Europe du Nord (Royaume-Uni, Danemark) et des côtes chinoises.

● **Toutes ces nouvelles infrastructures soulèvent cependant de nombreuses questions environnementales** (faune marine bouleversée, paysages défigurés) **et financières** (coût élevé des infrastructures)

● **Parmi les ressources énergétiques des mers et des océans,** les hydrocarbures off-shore voient leur exploitation augmenter sans cesse. Leur part est encore inférieure à l'exploitation on-shore mais elle progresse rapidement (30 % de la production mondiale aujourd'hui). En ce qui concerne les réserves, l'off-shore représente 28 % des réserves mondiales de pétrole et environ 30 % de celles de gaz. Cependant, s'il présente un potentiel majeur, il est néanmoins confronté à des contraintes importantes en matière de sécurité et de coûts (problématique centrale lorsque les cours des hydrocarbures chutent).

Doc. Les impacts environnementaux liés à l'exploitation des hydrocarbures off-shore

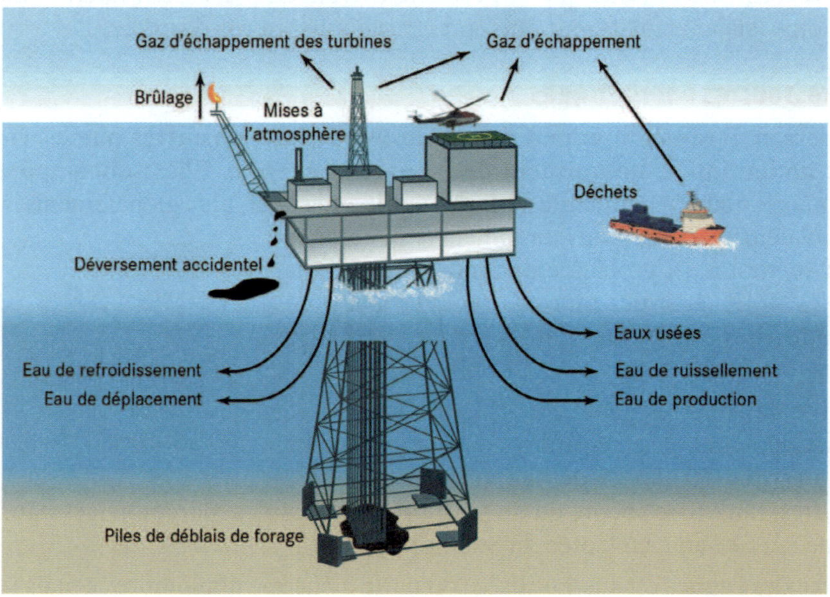

Source : Commission OSPAR (2010), Bilan de santé 2010.

● **Chronologiquement, les premiers gisements off-shore ont été effectués dans la mer Caspienne et au Venezuela.** Le premier choc pétrolier stimule la recherche de pétrole off-shore, notamment au Mexique mais aussi en Europe (au large de la Norvège et du Royaume-Uni). Plus récemment, ce sont les gisements africains du golfe de Guinée (Côte d'Ivoire, Ghana, Nigeria, Guinée équatoriale, São Tomé-et-Principe, Gabon, Congo, Angola...). En 2007, des gisements importants ont été découverts en Mauritanie et, en 2014, au large des côtes sénégalaises. Les techniques d'exploitation ont beaucoup progressé et les profondeurs records pour les gisements peuvent atteindre près de 3 000 mètres. Cependant, plus les gisements sont profonds, plus le coût d'exploitation est élevé mais les firmes transnationales spécialisées, privées (BP, Total, Exxon...) comme publiques (Petrobras, Petronas, Statoil), n'hésitent pas à investir.

3. Les ressources minières et biochimiques

Sachez que...
Les ressources sous-marines de charbon ou de fer sont exploitées dans des mines, comme pour les ressources sur terre.

● **Le fond des mers et océans apparaît comme un eldorado économique du XXIe siècle.** En effet, il contient aussi de nombreuses ressources minières comme du charbon, du fer. Il existe aussi des nodules polymétalliques de cobalt, cuivre, nickel ou manganèse, présents dans les fosses abyssales. Leur exploitation devient de plus en plus avantageuse puisque les besoins en « terres rares » sont très importants avec le développement des NTIC. Cependant, les conséquences de ces exploitations sur la faune et la flore marine restent encore inconnues.

● **Les molécules chimiques issues d'organismes marins constituent une richesse immense.** Elles sont brevetées dans l'industrie pharmaceutique, utilisées en médecine, dans les traitements anti-tumeurs et, surtout, dans l'industrie des cosmétiques en pleine expansion.

4. Les ressources « paysagères »

● **Les mers et océans constituent depuis longtemps un important potentiel touristique.** Qu'il s'agisse de la baignade ou des activités sportives comme le surf, la planche à voile, le kitesurf, etc., les littoraux des zones tempérées et chaudes attirent de plus en plus de touristes, sensibles à la beauté et à la richesse de la faune et de la flore sous-marines. Les activités comme la plongée sous-marine ou le *snorkelling* sont en pleine expansion.

● **La plaisance se développe également**, et les grandes courses emblématiques (tour du monde à la voile, route du Rhum, transat en double...) participent de cet engouement pour la navigation ou pour l'attraction des mers et océans.

● **Mais c'est le monde de la croisière qui a le plus été bouleversé ces dernières années.** En 2019, près de 30 millions de croisiéristes sont attendus sur des navires devenus de plus en plus grands. L'industrie des croisières alimente celle de la construction de paquebots géants. Ces « villes flottantes » peuvent accueillir jusqu'à 6 000 passagers et 2 000 membres d'équipage. Les principales compagnies sont américaines (Carnival Corporation) ou européennes (Aida Cruises ou Costa Cruises). Les super-paquebots sont pour la plupart construits en Europe.

● **La mer des Caraïbes et le golfe du Mexique sont la première région pour le tourisme de croisière**, et les archipels des grandes comme des petites Antilles constituent des escales paradisiaques. Viennent ensuite le bassin méditerranéen puis celui de l'Europe du Nord-Ouest. Aujourd'hui, des destinations comme les rivages du Nord-Ouest canadien ou le golfe d'Alaska connaissent un très grand succès (plus d'un million de croisiéristes en 2018). L'observation des grands mammifères marins attire l'essentiel des voyageurs. Cependant, cette nouvelle forme de tourisme est extrêmement prédatrice pour le milieu, tant pour la faune que pour la flore. Ces immenses paquebots polluent énormément.

Sachez que...
Pour les destinations extrêmes, comme la Terre de Feu ou les croisières en Antarctique, la liste d'attente est de plus d'une année tant la destination est prisée (au vu du petit nombre de croisières organisées dans ces zones).

Doc. Les pollutions issues d'un navire de croisière

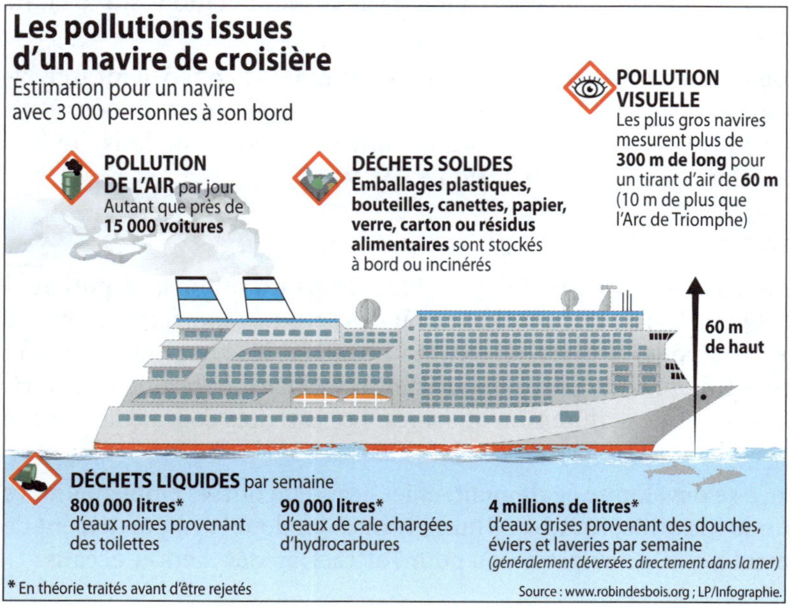

B Mers et océans jouent un rôle fondamental dans la mondialisation

1. La circulation des hommes

• **Les migrants constituent une part importante des circulations humaines sur les mers et océans.** Pour l'année 2016, sur les 390 000 migrants et réfugiés en Europe, 345 440 sont entrés par la Méditerranée ; 4 655 personnes ont trouvé la mort au cours de la traversée. En 2019, ce nombre de migrants vers l'Europe est tombé à 124 000 dont 100 500 par la Méditerranée. Les chiffres de 2022 confirment une reprise des migrations clandestines après la très forte baisse liée à la pandémie de Covid 19. Le chiffre était de 97000 migrants en 2020 et aujourd'hui il se situe autour de 150 000 environ. À ces chiffres s'ajoutent ceux des clandestins, par nature mal connus.

• **Outre les migrants, les passagers de ferry ou de rouliers** (navires pouvant transporter des véhicules individuels et des marchandises) fournissent un important contingent d'usagers des mers. Les trajets effectués par ces navires sont généralement courts et relient les territoires insulaires ou les terres isolées.

Sachez que...
Il n'existe que deux tunnels sous la mer dans le monde : le tunnel sous la Manche et le tunnel japonais entre l'île d'Hokkaido et celle de Honshu.

2. Les flux de biens matériels et les routes maritimes

• **Le commerce mondial est en pleine expansion et 90 % du volume des marchandises exportées l'est par voie maritime.** Selon le dernier rapport de l'UNCTAD (Conférence des Nations unies sur le commerce et le développement) daté de 2022, le commerce maritime international, après s'être rétracté pendant la pandémie, a une valeur estimée à 11 milliards de dollars pour les marchandises ce qui est inférieur aux chiffres d'avant COVID. Cependant, les incertitudes liées à la guerre en Ukraine, l'inflation, la politique zéro COVID menée en Chine et les perturbations des chaines d'approvisionnement occasionnées, expliquent ces résultats en grande partie.

• **Mers et océans sont ainsi les vecteurs essentiels de la mondialisation :** ils la rendent possible. Aujourd'hui, les échanges internationaux, les circulations de marchandises s'effectuent pour l'essentiel par bateaux : le coût vraiment modeste du transport maritime (1 à 2 % du prix des marchandises) explique cette domination. Le transport par conteneur réalise 52 % de la valeur des marchandises transportées en mer. Cela crée des routes maritimes, véritables couloirs de passage em-

Sachez que...
La route des Indes est la plus ancienne route maritime. De Lisbonne au XVIe siècle ou des Provinces-Unies au XVIIe siècle, des navires rejoignaient déjà les Indes en contournant l'Afrique par le cap de Bonne-Espérance.

pruntés par les navires. Ces routes doivent s'adapter aux points de passage contraignants comme les détroits. Elles relient ensuite les principales façades et les grands ports, permettant ainsi l'essentiel des échanges mondiaux. Grâce à cette révolution du conteneur, les compagnies maritimes deviennent des acteurs principaux du commerce mondial. Le Français CMA-CGM est aujourd'hui le 3e armateur de porte conteneurs du monde derrière MSC (Suisse), Maersk (Danemark) ; le Chinois COSCO vient en 4e position.

Doc. Les transports maritimes mondiaux

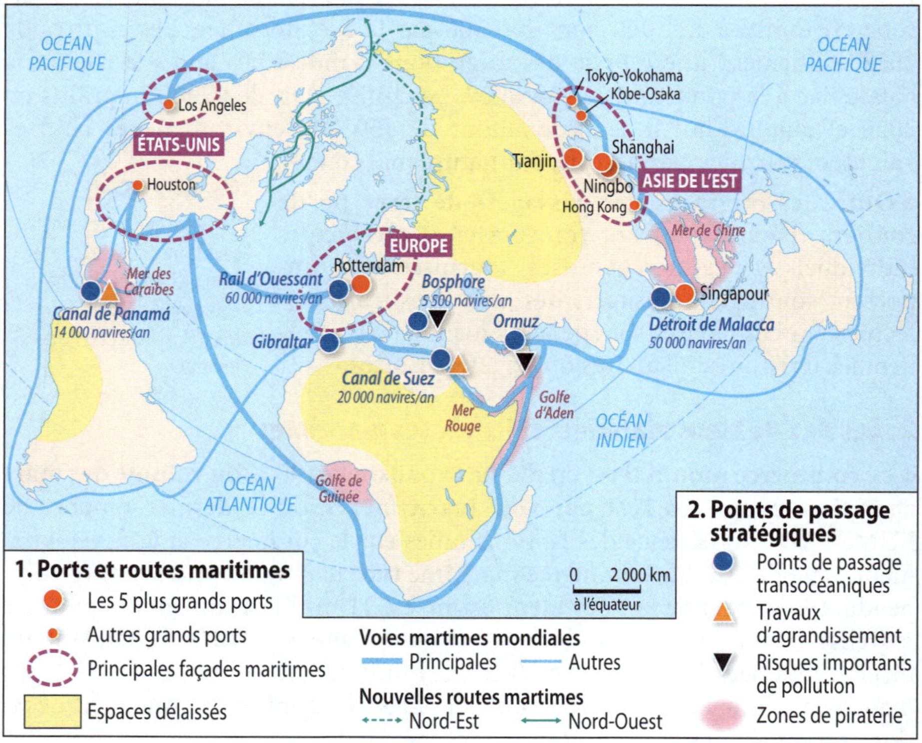

● **Les routes maritimes consistent en des couloirs de quelques kilomètres de largeur.** Elles se dessinent en fonction des points de passage obligatoires (qui sont également des espaces stratégiques), des contraintes physiques (côtes, vents, courants marins, profondeurs, récifs, glaces) et des frontières politiques.

● **Les principales routes maritimes traversent l'Atlantique et le Pacifique** et empruntent le canal de Suez, celui de Panama ainsi que les détroits (Gibraltar, Ormuz, Malacca). Il existe cependant deux autres voies maritimes, les voies circumpolaires du Nord-Ouest et du Nord-Est. Le récent réchauffement climatique, en faisant dégeler la banquise, permet d'exploiter ces voies maritimes beaucoup plus courtes que les voies traditionnelles.

• **À l'époque de l'Union soviétique, une route maritime du Nord-Est avait été ouverte**, au prix d'efforts importants (construction de brise-glace nucléaires), pour interconnecter les villes situées sur les fleuves sibériens. Le réchauffement climatique permet quant à lui des périodes de navigation plus longues. Le passage du Nord-Est permet de relier l'Europe à l'Asie en longeant les côtes russes, *via* les mers arctiques et le détroit de Béring. C'est le plus court chemin de l'Asie à l'Europe. Cet itinéraire raccourcit les liaisons maritimes entre les grands ports européens et asiatiques de 5 000 à 7 000 km et d'une à deux semaines, soit 30 % de distance en moins et 40 % de temps de gagné en moyenne.

• **Chacune de ces routes maritimes présente avantages et inconvénients.** Les routes traditionnelles (par Suez et Panama) sont les plus longues (21 000 et 23 500 km) mais praticables toute l'année. Cependant, la traversée des canaux impose un certain tirant d'eau et, surtout, la nécessité d'acquitter des droits de passage élevés (550 000 dollars pour un porte-conteneurs à Panama) et une attente longue. Les nouvelles routes, par le passage du Nord-Ouest ou celui du Nord-Est, sont beaucoup plus courtes (16 000 et 14 000 km) mais elles ne sont pas praticables toute l'année.

Sachez que...

Certaines routes maritimes sont concurrencées par les *land bridges*, des ponts continentaux permettant de contourner les continents. Les conteneurs y sont chargés sur des trains et traversent par rail le continent (ex. entre Los Angeles et New York).

3. Les flux de biens immatériels

• **À l'heure des NTIC, la mondialisation repose sur les flux immatériels de téléphonie et d'Internet** qui utilisent l'océan pour transmettre les données, car les câbles utilisés sont beaucoup plus fiables que les satellites.

• **Il existe aussi au fond des océans des réseaux de câbles de télécommunications rendus indispensables pour la transmission d'informations.** Il en existe plus de 400 actifs pour diffuser Internet ou pour effectuer des transactions financières, et leur nombre augmente. Ils s'étendent sur plus de 1,4 million de kilomètres en 2022. Ces câbles sont déposés au fond des océans par des navires spécialisés. Ils peuvent être déposés à une profondeur allant jusqu'à 8 000 m, et leur entretien est primordial pour assurer un flux continu et éviter des dysfonctionnements. La géographie de ces câbles suit les grandes routes maritimes et relie les grands pôles du commerce mondial : certaines zones maritimes concentrent les câbles tandis que d'autres en sont dépourvues. Aujourd'hui, les enjeux sont tels que les géants du numérique investissent dans leur propre réseau sous-marin. Une véritable guerre pour le primat de la toile se livre entre les GAFAM américains (Google, Amazon, Facebook, Apple, Microsoft) et les BATX chinois (Baidu, Alibaba, Tencent et Xiaomi).

Sachez que...

Les premiers câbles interocéaniques, en cuivre, datent de 1858. Liés au développement du télégraphe, ils ne permettaient qu'un nombre très limité de communications en même temps. La pose de nouveaux câbles sous-marins en fibres optiques permet de traiter plusieurs dizaines de millions de communications téléphoniques simultanément.

ZOOM SUR...

Le golfe Arabo-Persique, un espace au cœur des enjeux contemporains

1 Le premier bassin d'hydrocarbures du monde

→ **Le golfe Arabo-Persique, ou golfe Persique**, est en réalité une mer semi-fermée de l'océan Indien qui sépare la Perse (Iran) de la péninsule Arabique. Il s'étire sur 1 000 km de long sur 200 à 300 km de large. Sa profondeur moyenne est de 50 m.

→ **Couvrant une superficie d'environ 251 000 km²**, il est bordé sur la rive Nord par l'Iran (au Nord-Est) et sur la rive Sud, par l'Irak, le Koweït, l'Arabie saoudite, Bahreïn, le Qatar et Oman. C'est le débouché des exportations d'hydrocarbures des principaux producteurs mondiaux, avec plus de 20 millions de barils par jour en 2018. L'Arabie saoudite est de loin le premier exportateur de la région suivie par l'Iran, l'Irak, les Émirats arabes unis et le Koweït.

2 Une région sous hautes tensions

→ **Le golfe Arabo-Persique est un espace maritime**, mais aussi la principale zone d'échanges des ressources les plus convoitées de la planète, les hydrocarbures.

→ **Autour du golfe**, deux puissances régionales s'affrontent pour le leadership au Moyen-Orient : le royaume d'Arabie saoudite sunnite, leader du monde arabe dans la région et alliée des États-Unis d'une part, et la République islamique d'Iran qui défend la branche chiite de l'islam, d'autre part.

3 Le golfe Arabo-Persique, une zone ultra-sécurisée

→ **Le golfe Arabo-Persique communique avec la mer d'Arabie par le détroit d'Ormuz**. Dans ce dernier, large de 40 km à peine dans sa partie la plus resserrée, transitent chaque jour plus de 35 % du pétrole mondial et plus du quart du gaz naturel liquéfié mondial. Il est donc ultra-sécurisé pour garantir les approvisionnements et les puissances occidentales possèdent des bases militaires dans la région.

→ **La France dispose d'une base à Abou Dhabi**, la Royal Navy est installée à Oman et à Bahreïn, les États-Unis ont déployé leur Ve flotte (dont le quartier général est à Bahreïn) dans l'océan Indien. Le détroit d'Ormuz est l'unique entrée ou sortie du golfe Arabo-Persique pour les supertankers qui empruntent trois routes maritimes principales : l'une vers l'Asie (la plus importante) et les deux autres vers l'Europe et l'Amérique du Nord.

Doc. **Le Moyen-Orient, une superposition d'enjeux et de conflits**

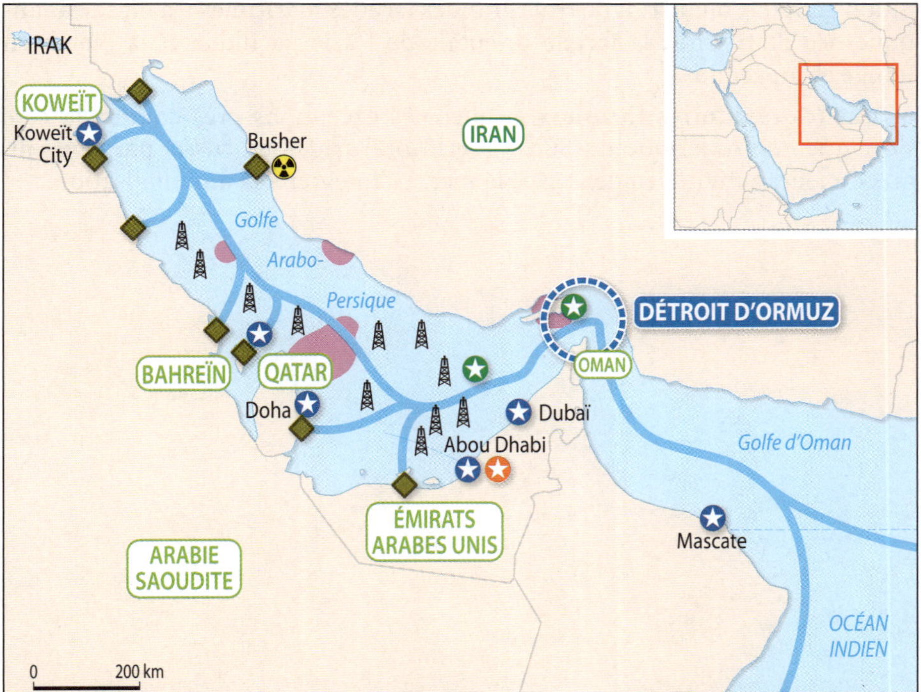

1. Des ressources immenses
- Gisements de pétrole (*offshore*)
- Gisements de gaz (*offshore*)
- Principaux terminaux pétroliers

2. Un espace sous haute tensions
- Voies de circulation internationale
- Détroit d'Ormuz principale zone sous tension
- OMAN Pays à dominante sunnite
- IRAN Pays à dominante chiite

3. Un espace sécurisé ?
Bases militaires et facilités
- Américaines
- Française
- Iranienne
- Installations nucléaires iraniennes

4. Des territoires maritimes inégalement intégrés à la mondialisation

- **En fonction de leur situation géographique, les littoraux sont inégalement intégrés à la mondialisation.** À l'échelle mondiale, les façades maritimes, qui concentrent les ports, les usines, les activités en lien avec les marchandises importées ou exportées, s'étirent sur plusieurs dizaines voire centaines de kilomètres sur le littoral. Territoires centraux des espaces maritimes, ils sont au cœur de la mondialisation et de la maritimisation de l'économie. Selon la définition adoptée, on distingue trois grandes façades maritimes : la façade atlantique des États-Unis, la façade orientale de l'Asie pacifique et la Northern Range européenne.
- **Tous les territoires littoraux**, à quelques exceptions près comme la côte Pacifique de l'Amérique du Sud ou le littoral pacifique russe, parviennent, grâce à leurs activités en liens avec la mer, à s'intégrer à la mondialisation.

L'ESSENTIEL

Mers et océans, vecteurs de la mondialisation

- Les mers et océans couvrent 71 % de la surface de la planète. Ils regorgent donc de ressources. La première d'entre elles est la ressource halieutique, qui nourrit une partie de l'humanité. Les ressources sont aussi énergétiques, biochimiques et paysagères.
- Les mers et océans jouent un rôle crucial dans l'économie mondiale : on parle de maritimisation de l'économie. Ils permettent les circulations de flux matériels, immatériels, humains et ils dessinent de grandes routes maritimes.

2 Mers et océans, entre appropriation, protection et liberté de circulation

A Les nouveaux enjeux géostratégiques

1. Mers et océans : des espaces aux enjeux géopolitiques

- **L'ère de la troisième mondialisation, que nous vivons aujourd'hui, est intrinsèquement liée à la maritimisation des économies.** Mers et océans sont vus comme les dernières frontières du monde contemporain, ce qui donne à la maritimisation un volet géopolitique et géostratégique. La mondialisation contemporaine est très largement responsable de la croissance des territoires littoraux puisque cette logique fait des ports des points-clés de l'échange.

- **La sécurité devient le maître mot** : celle des accès portuaires, des routes maritimes, de l'accès à la ressource, des passages par lesquels transitent les plus forts tonnages de marchandises, mais aussi des ressources stratégiques et que les États doivent protéger car leur développement en résulte.

2. Le contrôle des mers : des rivalités de puissances

- **Les espaces maritimes occupent une place croissante et les enjeux économiques qu'ils génèrent relancent la question du contrôle des mers et océans.** De nouvelles puissances maritimes s'affirment. La politique de sécurisation des mers concerne essentiellement les États-Unis, la Chine, la Russie et la France. Depuis le déclin de la flotte russe, la marine américaine, présente dans toutes les parties de l'océan mondial, est la seule grande flotte capable d'intervenir à tout moment partout dans le monde.

Sachez que...
Les États-Unis ont installé une de leurs bases navales dans l'archipel des Chagos, au beau milieu de l'océan Indien, à 1 200 milles au sud de la pointe de l'Inde. L'atoll de Diego Garcia, que le gouvernement américain loue aux Britanniques, est à distance égale des côtes indonésiennes, africaines et malgaches.

- **La République populaire de Chine possède 1 800 km de côtes et plus de 5 000 îles.** La marine chinoise, qui assurait un rôle de puissance à l'échelle régionale en 2010 (l'essentiel de la flotte était stationné dans le Pacifique), est aujourd'hui la 2e du monde et les ambitions militaires chinoises sont à la mesure de ses ambitions économiques. En quatre ans, la Chine a construit l'équivalent de la marine française. Désormais, la Chine cherche à sécuriser ses approvisionnements. C'est la stratégie du collier de perles, qui lui permet de protéger les intérêts économiques mais aussi politiques de la Chine.

- **La flotte russe, après l'effondrement du bloc soviétique, a dû se reconstituer.** Aujourd'hui, même si elle a beaucoup vieilli, elle assume une projection de puissance.

ZOOM SUR...

La mer de Chine méridionale

1 Une concurrence territoriale forte

→ **La mer de Chine méridionale couvre une surface de 3,5 millions de km²** (plus grande que la Méditerranée). Elle s'étend sur près de 3 000 km, du détroit de Singapour au détroit de Taïwan, et est bordée par dix États : Chine, Taïwan, Philippines, Indonésie, Brunei, Malaisie, Singapour, Thaïlande, Cambodge et Vietnam.

→ **Si de nombreuses délimitations ont déjà été tracées**, il règne encore dans une grande partie de la mer de Chine du Sud un enchevêtrement de lignes de revendications au cœur desquelles figurent des territoires insulaires dont la souveraineté est disputée par plusieurs États riverains. C'est notamment le cas des archipels Paracels et Spratleys.

2 Les enjeux économiques

→ **Les enjeux sont divers** : le premier est l'enjeu de sécurité alimentaire, puisque l'Asie pacifique est le premier foyer mondial de population et de ressources halieutiques : 70 % des pêcheurs de la planète s'activent en Asie du Sud-Est et en Chine. Le second enjeu est économique puisque la mer de Chine méridionale possède de nombreuses ressources en hydrocarbures off-shore, notamment au large des îles Spratleys et Paracels.

→ **L'enjeu principal est en réalité la circulation**, celle des hydrocarbures et du commerce mondial puisque la principale route maritime du monde traverse cette mer de Chine méridionale avec des navires qui empruntent le détroit de Malacca pour rejoindre l'océan Indien.

3 Les libertés de circulation

→ **Depuis le début des années 2000, la tenue de pourparlers relatifs à la mise en place d'un régime de coopération maritime**, dans un contexte de coopérations économiques et d'approfondissement des relations entre la Chine et l'ASEAN (Association of South East Asian Nations), témoigne incontestablement d'un apaisement.

→ **Toutefois, même si le risque de conflits dans la région s'est fortement réduit**, les pays riverains conservent une posture nationaliste sur la question de la souveraineté des îles, qui est à tout moment susceptible de dégénérer.

Doc. Les revendications en mer de Chine méridionale

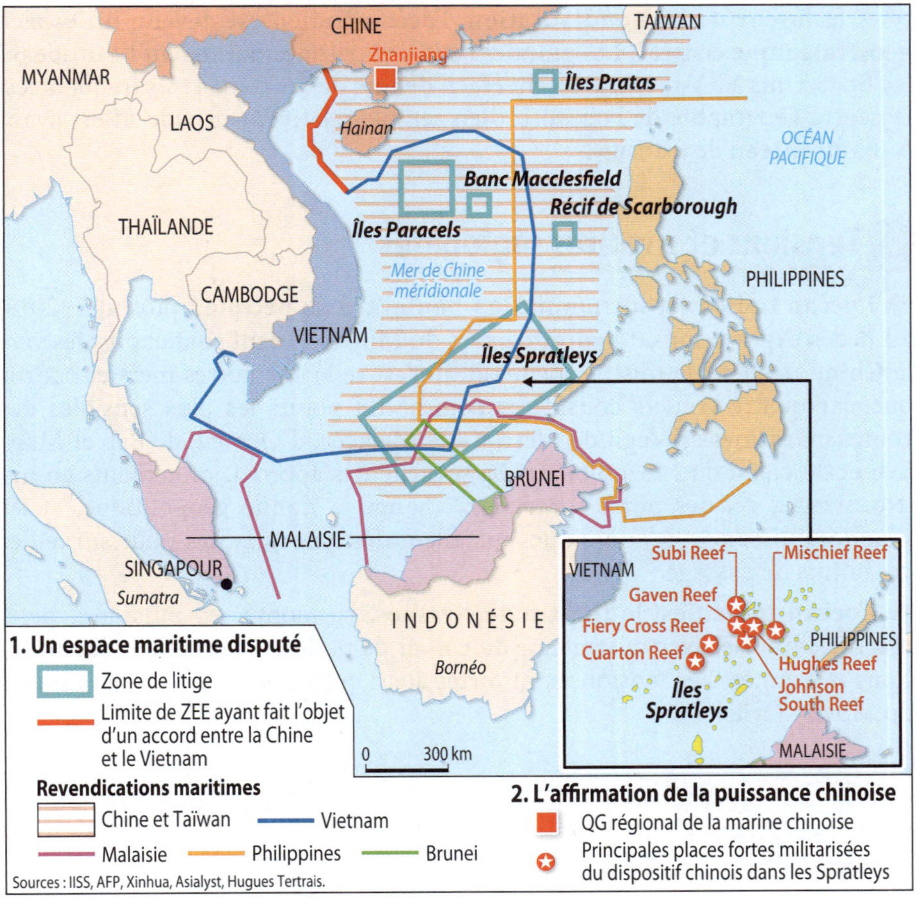

1. Un espace maritime disputé

- Zone de litige
- Limite de ZEE ayant fait l'objet d'un accord entre la Chine et le Vietnam

Revendications maritimes

- Chine et Taïwan
- Vietnam
- Malaisie
- Philippines
- Brunei

2. L'affirmation de la puissance chinoise

- QG régional de la marine chinoise
- Principales places fortes militarisées du dispositif chinois dans les Spratleys

Sources : IISS, AFP, Xinhua, Asialyst, Hugues Tertrais.

ZOOM SUR...

Rivalités et tensions dans l'océan Indien

1 Un océan « de transit »

→ **L'océan Indien est le 3e océan mondial.** Il couvre une étendue maximale de 75 millions de km² si on intègre sa partie australe, et 49 millions de km² si on le limite au 35° de latitude Sud. Sa configuration originale (fermé sur 3 côtés) conditionne les circulations qui sont périphériques.

→ **À la faveur de la mondialisation, l'océan Indien est devenu un espace géostratégique central.** Les grandes routes maritimes qui relient l'Europe ou les États-Unis à l'Asie le traversent et, en dehors de ces routes très fréquentées, le centre géographie de l'océan Indien semble relativement vide. Il est avant tout un « océan de transit ».

2 Tensions et rivalités régionales

→ **L'océan Indien est surnommé le « boulevard du pétrole »** puisqu'en 2018, 70 % des exportations d'hydrocarbures du Moyen-Orient sont exportées vers la Chine et l'Asie de l'Est. Cependant, il n'est relié aux autres mers et océans que par quatre goulets considérés comme les points les plus sensibles des routes maritimes : il s'agit des détroits de Malacca, d'Ormuz, de Bab el-Mandeb et du canal du Mozambique. La sécurité des approvisionnements en hydrocarbures ou des porte-conteneurs change la donne géopolitique, et les grandes puissances économiques installent des bases navales pour surveiller ces points de passage.

→ **L'océan Indien est le théâtre de rivalités.** La montée en puissance de la marine chinoise, avec sa stratégie du collier de perles, vient heurter les ambitions indiennes. Les tensions sont fortes aussi entre les États-Unis et les pays du Moyen-Orient.

3 Les tentatives de coopération

→ **Malgré la présence des flottes américaine, chinoise, indienne et française**, l'océan Indien, parce qu'activement parcouru, connaît une recrudescence des actes de piraterie autour du golfe d'Aden et du détroit de Malacca. Le principe d'une force internationale de coopération contre la piraterie est mis en application.

→ **Les tentatives de coopération régionales** sont surtout le fait de l'Inde, qui cherche à conquérir son océan et, ainsi, à contrer les velléités chinoises.

Doc. Les enjeux géostratégiques de l'océan Indien

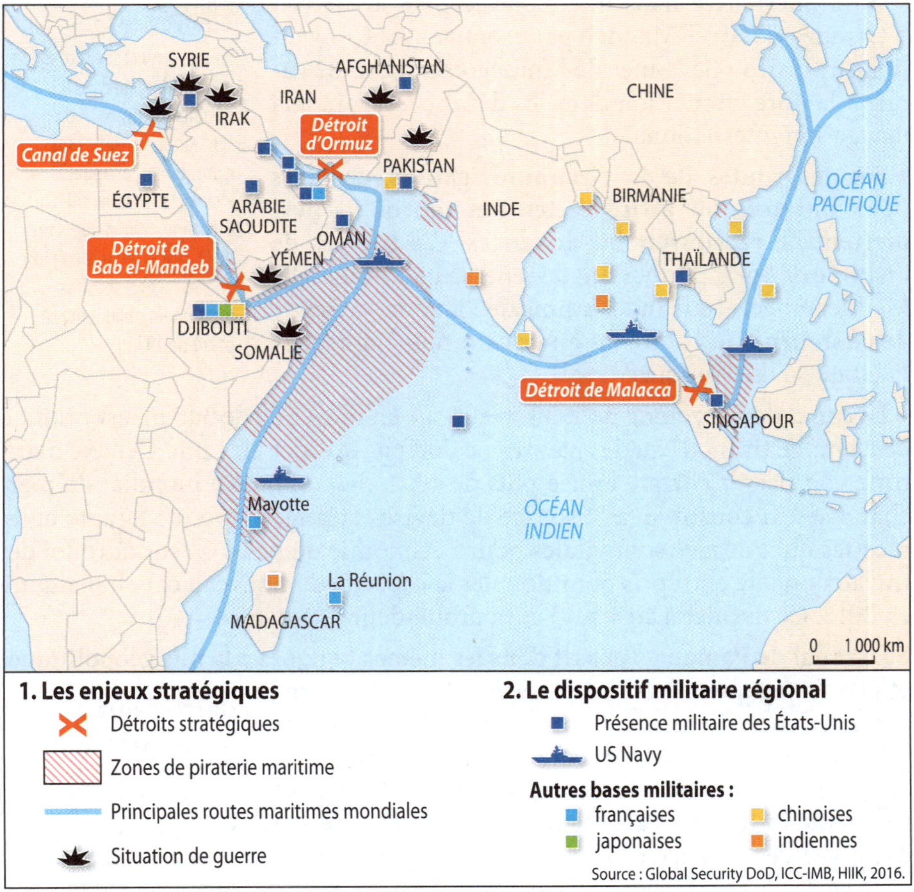

Source : Global Security DoD, ICC-IMB, HIIK, 2016.

COURS

B Des tensions de plus en plus nombreuses

1. Détroits et canaux : des points « névralgiques »

• **Le détroit est un bras de mer séparant deux terres rapprochées et qui fait communiquer deux mers entre elles.** Les détroits sont aussi des territoires géostratégiques, des lieux de passage que les États riverains s'appliquent d'autant plus à contrôler s'ils ont des intérêts stratégiques dans la région. Le contrôle des détroits par la flotte devient alors une nécessité.

• **Par définition, les détroits sont potentiellement des zones de tension**, d'autant plus lorsqu'ils sont les uniques voies de passage et qu'il n'y a pas d'autre alternative maritime (comme pour le détroit d'Ormuz ou Bab el-Mandeb par exemple). La Convention sur le droit de la mer de Montego Bay de 1982 garantit la libre circulation dans les détroits servant à la navigation internationale.

Sachez que...
Pour assurer la sécurité des navires, il existe dans les détroits un dispositif de séparation du trafic plus communément appelé « rail ». Le premier rail maritime, celui d'Ouessant en France, a été mis en place en 1967. Ces dispositifs deviennent obligatoires à partir de 1971.

• **Sur les routes de la circumnavigation, certains lieux ont très tôt attiré l'attention puisqu'ils permettent de raccourcir les distances.** C'est le cas de l'isthme de Suez, permettant de relier la mer Rouge à la Méditerranée, et surtout l'isthme de Panama, qui évite de contourner le continent américain pour joindre le Pacifique à l'Atlantique.

• **Le canal de Suez**, long de 193 km et large en moyenne de 345 m, est profond de 24 m. Le tirant d'eau des navires ne doit pas excéder 20,12 m. Cet axe maritime voit passer chaque année plus de 10 % du commerce mondial de marchandises. Il constitue la 3e source de devises étrangères pour l'Égypte et les recettes qu'il dégage sont vitales pour l'économie du pays. C'est pourquoi des travaux ont été entrepris pour doubler la capacité du nouveau canal, inauguré en 2015. Ce dernier a été élargi et sa profondeur augmentée.

• **Le canal de Panama s'inscrit dans les mêmes logiques à la fois géopolitiques et géostratégiques**. Il est un passage obligé pour la circumnavigation d'ouest en est. Il comporte trois systèmes d'écluses et passe par plusieurs lacs (artificiels). Cette configuration a limité le trafic aux navires de dimensions plus réduites (norme Panamax) et explique la nécessité d'engager des travaux pharaoniques pour permettre le passage de plus gros navires (norme Post Panamax).

Sachez que...
Les super-pétroliers dont le tirant d'eau, une fois chargés, dépasse les 20,12 m possibles dans le canal de Suez doivent s'alléger. Ils se délestent d'une partie de leur cargaison, qui emprunte un oléoduc, et la reprennent à la sortie du canal !

• **D'autres canaux sont en projet**, comme le canal sur l'isthme de Kra en Thaïlande qui permettrait de contourner le détroit de Malacca.

Doc. Le détroit de Malacca, un détroit aux enjeux mondialisés

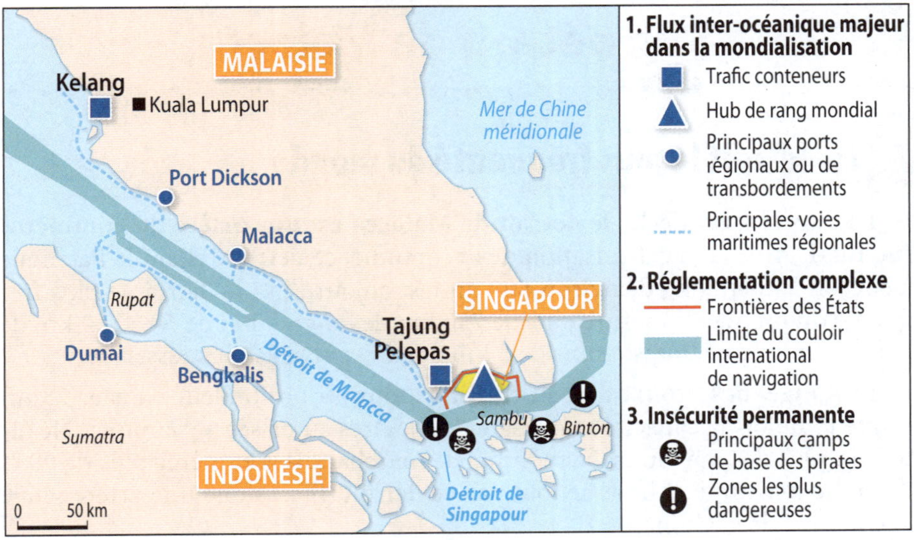

2. Antimonde et piraterie

- **La mondialisation des économies passe par une maritimisation, il en est de même pour l'antimonde.** Les flux illicites de marchandises, de drogues, de contrefaçons empruntent les routes maritimes.

- **Le terme de piraterie est réapparu il y a une quinzaine d'années**, quand les attaques contre les bateaux de commerce ont commencé à se multiplier dans le détroit de Malacca. Ces actes de violence se développent prioritairement dans des zones où la faiblesse des États est telle que les forces militaires et policières se trouvent dans l'incapacité de faire régner la loi. Aussi, ayant le sentiment justifié d'être abandonné des autorités légales, des groupes plus ou moins bien organisés s'adonnent au pillage et à la piraterie.

- **Les pirates d'aujourd'hui sévissent essentiellement dans les régions d'Asie du Sud et du Sud-Est** (en particulier dans la mer de Chine méridionale), le long des côtes de l'Afrique du Sud, du golfe d'Aden, de la Somalie, dans le golfe de Guinée et dans la mer des Caraïbes.

Sachez que…
L'antimonde est défini en 1982 par le géographe français R. Brunet comme le double indispensable mais négatif de la mondialisation. Cette notion apparaît en même temps que les géographes travaillent sur celle de la mondialisation.

ZOOM SUR...

Le détroit de Malacca

1 Le détroit le plus fréquenté du monde

→ **Depuis le XVIe siècle, le détroit de Malacca est une artère du commerce mondial.** Avec la maritimisation de l'économie, ce détroit reliant le Pacifique à l'océan Indien long d'environ 800 km est aujourd'hui le détroit le plus fréquenté du monde. Il mesure plus de 750 km de longueur et de 50 à 350 km de large en moyenne (mais moins de 3 km dans sa partie la plus resserrée).

→ **Prolongeant le court détroit de Singapour**, sa profondeur en eau (23 m) limite toutefois la capacité maximale des navires autorisés à y circuler. Néanmoins, plus de 30 % du trafic mondial de marchandises et même plus de 90 % du trafic maritime chinois se font par ce détroit. Il est donc une artère vitale l'économie de la Chine.

2 Un détroit sous tension

→ **Le détroit de Malacca est depuis toujours un des principaux lieux de piraterie dans le monde.** En effet, la configuration géographique et la pauvreté des populations indonésienne ou malaisienne favorisent le recours à la piraterie. Aujourd'hui, les pirates sont équipés de matériels modernes et s'attaquent aux navires essentiellement pour dérober les cargaisons et les revendre. Pour lutter contre ce fléau, les différents États de la région ont signé dès 2006 un accord de coopération régionale de lutte contre la piraterie et les vols à main armée (ReCAAP) .

→ **De plus la très forte fréquentation du détroit entraîne une saturation** et les pollutions y sont malheureusement nombreuses (pollution de l'air liée aux navires, risques de marée noire...).

→ **Le détroit de Malacca est un passage incontournable sur les grandes routes maritimes mondiales**, notamment celles qui relient l'Asie de l'Est à l'Europe. Pour le Japon et surtout pour la Chine, sa sécurité est primordiale pour assurer les approvisionnements en pétrole ou les exportations commerciales. Il est donc l'objet de toutes les attentions de la Chine qui cherche aujourd'hui des solutions alternatives pour assurer et sécuriser son trafic maritime.

Doc. **Les territoires de la piraterie dans le monde**

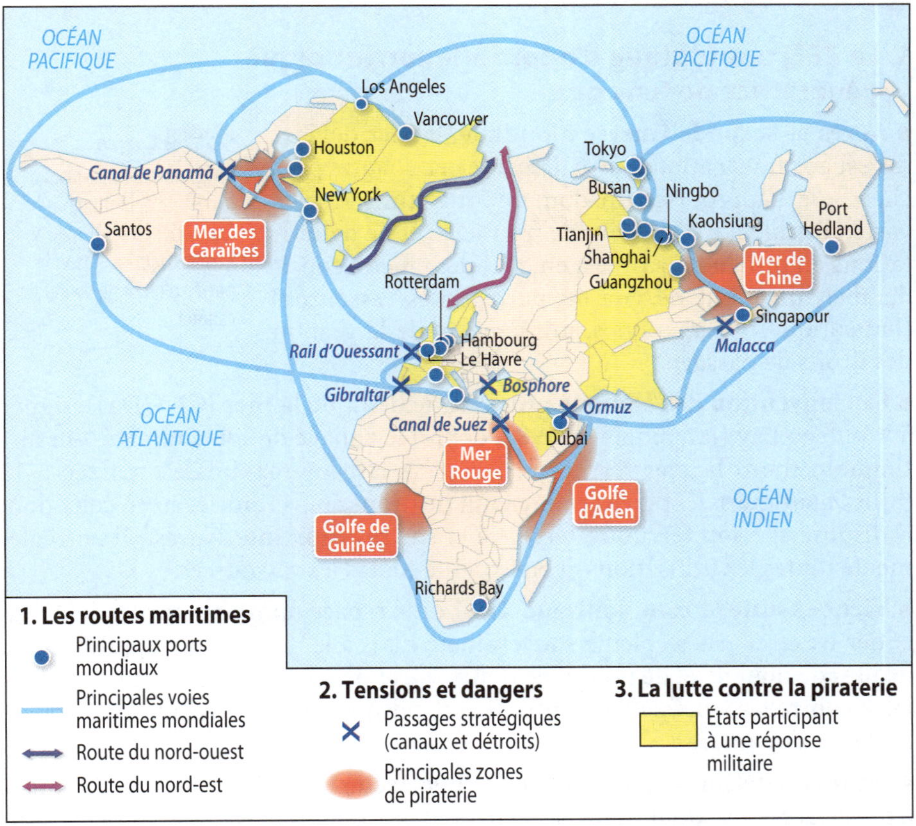

● **Pour lutter contre ce fléau, les efforts se sont portés en mer dans le détroit de Malacca et dans le golfe d'Aden** (les lieux des attaques les plus nombreuses), où de nombreuses actions ont été menées. À l'initiative de l'ONU depuis 2008, l'OTAN appuie les efforts internationaux de lutte contre la piraterie. Depuis la mise en œuvre du programme anti-piraterie, l'Office des Nations unies contre la drogue et le crime peut justifier de nombreuses réalisations.

● **L'Union européenne et la France** ont mené une opération militaire par le biais de sa force navale Atalanta dans le golfe d'Aden. Initiée en 2008, la mission a été prolongée jusqu'en 2018 du fait des actes de piraterie toujours nombreux.

● **En Asie, un système de coopération régional,** le ReCAAP, a été mis en place en 2006 afin de prévenir et réprimer la piraterie et le vol à main armé contre les navires. Son centre d'information est à Singapour. Son but est de promouvoir une coopération étroite entre les partenaires (21 pays actuellement et des organisations partenaires comme INTERPOL).

C Une logique ambivalente

1. La ZEE, une logique d'appropriation juridique génératrice de tensions

● **Après la Seconde Guerre mondiale**, la mer devient un espace international à réglementer et chaque pays cherche à s'approprier un domaine maritime le plus vaste possible. La définition de frontières et de délimitations en milieu maritime a en effet des enjeux considérables du point de vue du partage des ressources (halieutiques, énergétiques, minières) et de la gestion des droits de passage.

Sachez que...
La distance admise jusque-là comme délimitant un État côtier était estimée à 3 milles nautiques, soit la portée d'un tir de boulet de canon !

● **La Convention des Nations unies sur le droit de la mer** (CNUDM), signée à Montego Bay (Jamaïque) en 1982, définit le zonage de souveraineté. On distingue d'abord la mer territoriale, dont la largeur maximale est fixée à 12 milles nautiques. L'État riverain y jouit de droits souverains égaux à ceux dont il dispose sur son territoire terrestre et sur ses eaux intérieures ; il en réglemente toutes les utilisations et en exploite toutes les ressources.

● **Vient ensuite la zone contiguë**. C'est un « espace tampon » sur lequel l'État côtier n'exerce pas sa pleine souveraineté mais a le pouvoir d'y appliquer des droits : de douane et de police, de poursuite et d'arrestation dans le cadre de la lutte contre les stupéfiants, contre le trafic d'immigrants illégaux et la fraude fiscale et douanière.

● **Enfin, on délimite la zone économique exclusive** (ZEE), jusqu'à 200 milles à partir des côtes, dont l'État riverain peut exploiter toutes les ressources naturelles, biologiques ou non biologiques, des eaux surjacentes aux fonds marins, des fonds marins et de leur sous-sol à des fins économiques. On parle de « plateau continental étendu » lorsque les États côtiers souhaitent l'extension de leurs droits au-delà des 200 milles.

● **Au-delà des zones précédentes s'étendent les espaces maritimes internationaux** (eaux internationales et fonds des mers et océans correspondant). La haute mer commence au-delà de la limite extérieure de la ZEE et représente 64 % de la surface des océans. Le principe de la liberté y prévaut : liberté de navigation, de survol, de la pêche, de la recherche scientifique, de poser des câbles et des pipelines, de construire des îles artificielles.

● **Les conventions internationales se sont multipliées** pour réglementer la pêche en haute mer, pour la protection d'espèces spécifiques (baleine, thon).

• Cette question de l'exploitation des ressources en haute mer est en effet cruciale puisqu'aujourd'hui, en l'absence de législation, ce sont les entreprises privées qui exploitent voire pillent la haute mer. De 2018 à 2023, 5 cessions de la conférence intergouvernementale sur la biodiversité marine des zones ne relevant pas de la juridiction nationale (BBNJ en anglais) doivent se tenir et aboutir à légiférer pour protéger l'exploitation de la haute mer.

Sachez que...
En 2018, 168 États ont ratifié la convention de Montego Bay, mais les États-Unis sont une exception de taille.

3. Une volonté de valoriser mais aussi de protéger les mers et océans

• **Les mers et les océans font l'objet de toutes les attentions même si aujourd'hui seuls 3,5 % des océans sont protégés.** Les océans sont victimes de très nombreuses pollutions, notamment celles liées aux déchets plastiques aux conséquences catastrophiques sur la faune et la flore des mers.

• **Pour préserver les ressources halieutiques**, l'ONU mise sur des solutions de durabilité en promouvant des techniques artisanales de pêche ou en réduisant le nombre de bateaux.

• **L'autre danger qui menace les mers et les océans est la marée noire.** En effet, les supertankers ou les navires transportant des hydrocarbures ou des matières dangereuses sont de plus en plus nombreux. Malgré une législation plus rigoureuse et des contrôles sur les navires (double coque obligatoire notamment), les marées noires sont encore nombreuses surtout dans les zones très fréquentées comme les détroits.

Doc. La pollution marine

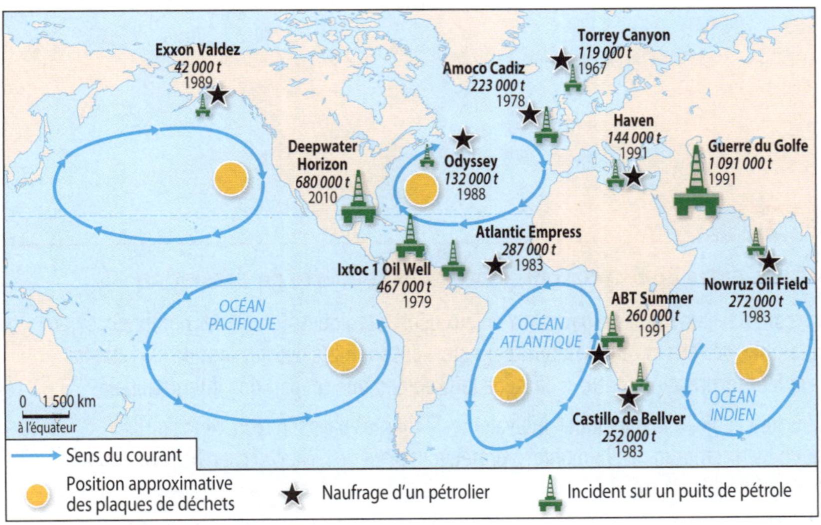

- **L'accumulation des pollutions (hydrocarbures, plastiques, produits chimiques) et la surpêche ont créé des zones mortes.** Dès 1972, la conférence des Nations unies sur l'environnement souligne expressément l'importance vitale pour l'humanité des mers et de tous les organismes vivant dans les océans. Le PNUE (Programme des Nations unies pour l'environnement) a lancé en 1974 une protection pour les mers régionales qui revêt aujourd'hui plusieurs formes, comme la préservation de certains sites suite à un classement au patrimoine mondial de l'Unesco (Grande barrière de corail australienne en 1981 par exemple). Certains États comme la France créent des parcs naturels nationaux en partie marins, comme celui de Port-Cros ou des Calanques. Cependant, à l'échelle internationale, toutes les AMP (aires marines protégées) ne bénéficient pas d'une telle protection puisque, dans de nombreux pays aux populations très pauvres, mers et océans fournissent l'essentiel des ressources.

Sachez que...
Le septième continent, ou continent plastique, est une zone dans laquelle les courants océaniques subtropicaux entraînent les déchets plastiques dans le Pacifique Nord. Cette zone s'étend sur plus de 3,4 millions de km^2 et elle peut atteindre 30 m d'épaisseur.

- **Mers et océans sont également très touchés par le changement climatique** et le nombre de réfugiés climatiques ne fait qu'augmenter d'année en année.

L'ESSENTIEL

Mers et océans, entre appropriation, protection et liberté de circulation

- Les mers et océans deviennent des espaces aux enjeux géostratégiques. Du fait des nombreux enjeux dont ils sont la cible, détroits et canaux interocéaniques sont soumis à des tensions de plus en plus nombreuses et leur sécurisation contre la piraterie fait l'objet d'une coopération internationale.
- Mers et océans font l'objet d'une logique ambivalente. Si tous les pays sont conscients qu'ils représentent un bien commun de l'humanité à protéger et préserver, chacun cherche à s'approprier du domaine maritime pour l'exploiter.

3 La France : une puissance maritime ?

A La France : un rapport original à la mer

La France peut-elle être 2e puissance maritime mondiale ?

COURS

1. La France et la mer

● **Même si la longueur du littoral français métropolitaine représente plus de 5 853 km**, la France a construit une relation spécifique avec la mer, entre fascination et crainte ou entre attirance et répulsion. La France métropolitaine a une tradition d'État terrien, agricole et rural, et sa dimension maritime a souvent été négligée. La mer a longtemps été perçue comme dangereuse, incontrôlable, nourricière certes mais mortifère.

● **Avec les possessions d'outre-mer, la longueur du trait de côtes français s'élève à près de 18 000 km.** Les populations ultra-marines sont quant à elles beaucoup plus tournées vers la mer puisqu'elles vivent de et avec elle.

2. La présence française dans les trois grands océans

● **Le domaine maritime français a une dimension mondiale** et la France est présente dans les trois grands océans. Dans l'océan Pacifique, la Nouvelle-Calédonie, Wallis-et-Futuna, la Polynésie française et l'île de Clipperton assurent à la France une ZEE de plus de 6,8 millions de km². Ces territoires sont très éloignés de la France mais, surtout, ils sont aussi à l'écart des grandes routes maritimes, ce qui rend l'exploitation de ces zones marines plus compliquée.

● **La ZEE française dans l'océan Indien couvre 2,7 millions de km².** Assurée au nord, dans le canal du Mozambique, par Mayotte et les îles Éparses, elle est complétée plus à l'est par Tromelin et la Réunion et, au sud, par les îles Saint-Paul et Nouvelle-Amsterdam, Crozet et Kerguelen. Il s'agit d'un espace mieux connu, d'autant plus qu'il est situé en partie sur un axe de transport maritime important, la route circumafricaine (autour de l'Afrique).

Sachez que...
Le morceau d'Antarctique que « possède » la France, la Terre Adélie, n'a qu'un statut de « zone de revendication française » car le traité de l'Antarctique de 1959 y interdit toute revendication territoriale terrestre ou maritime.

● **La ZEE de l'océan Atlantique est la moins étendue, même si elle est mieux connue et plus proche des côtes françaises métropolitaines.** Elle couvre 600 000 km² entre les côtes françaises, les Antilles (au large de la Martinique et de la Guadeloupe), la Guyane et, au nord, l'île de Saint-Pierre-et-Miquelon.

- **Ces territoires ont des statuts différents.** Certains sont des DROM (départements et régions d'outre-mer) : il s'agit de la Martinique, de la Guadeloupe, de la Guyane, de la Réunion et de Mayotte. Ces territoires disposent d'infrastructures en matière d'équipements publics (ports, aéroports internationaux, transports) et d'un arrière-pays relativement bien relié à la métropole. Il s'agit donc de bases arrières privilégiées pour explorer, exploiter et contrôler l'espace maritime afférent. À l'inverse, les COM (collectivités d'outre-mer) de Saint-Pierre-et-Miquelon, de Wallis-et-Futuna, de la Polynésie française et des îles antillaises de Saint-Barthélemy et Saint-Martin ont une plus grande autonomie législative et ne disposent pas vraiment d'infrastructures permettant une bonne exploitation de la ZEE (à l'exception de la Polynésie qui abritait le centre d'essais nucléaires de Mururoa).

Doc. **Les territoires de la souveraineté française dans le monde**

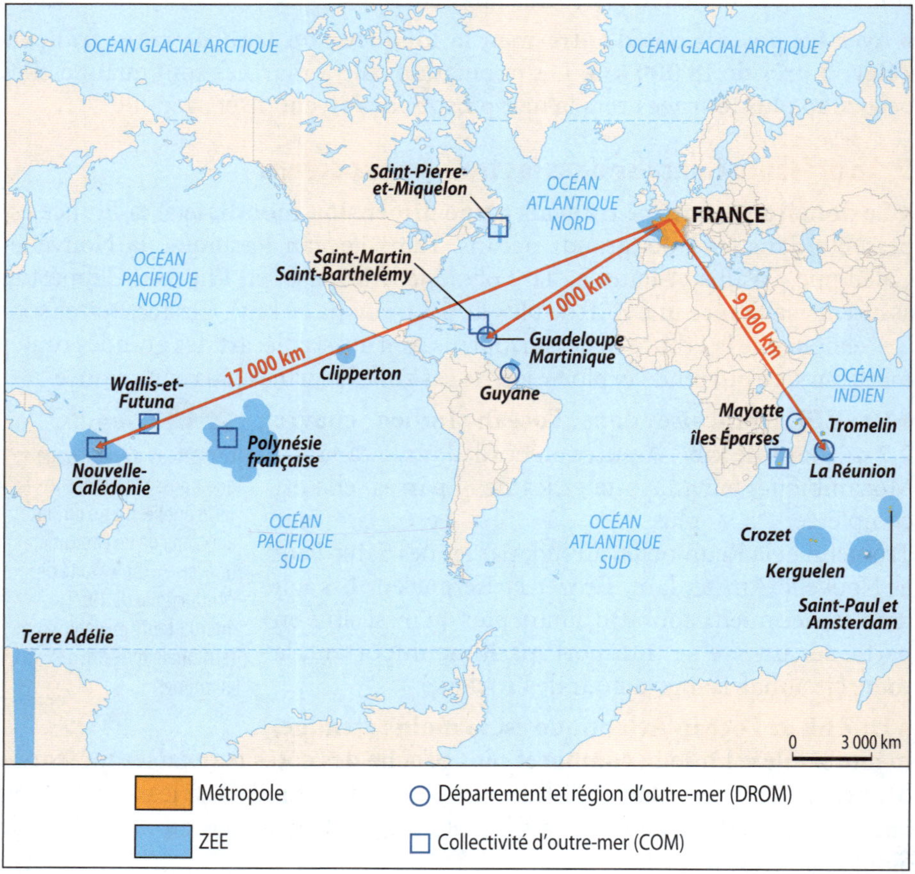

• **D'autres ont des statuts particuliers, comme la Nouvelle-Calédonie** (c'est une collectivité *sui generis*) qui a une plus grande autonomie. Lors du referendum de 2018, le non à l'indépendance l'a largement emporté dans un territoire qui détient 10 % des réserves mondiales de nickel.

• **Les territoires des TAAF (terres australes et antarctiques françaises) ou l'îlot de Clipperton sont quasiment vierges** et n'accueillent que des missions scientifiques. La ZEE qu'elle génère est très riche en potentialités halieutiques ou nodules polymétalliques.

• **La France a fait des demandes d'élargissement de la ZEE au « plateau continental élargi »** et attend les réponses relatives à Crozet, La Réunion, Saint-Paul et Nouvelle-Amsterdam, Wallis-et-Futuna, Saint-Pierre-et-Miquelon et la Polynésie française.

> **Sachez que...**
> Si toutes les demandes soumises par la France étaient validées, le domaine maritime sous juridiction française pourrait augmenter d'au moins 1 million de km^2, ce qui le placerait au premier rang mondial devant les États-Unis.

B Les enjeux français des mers et océans

1. Les enjeux économiques

• **La filière pêche – du navire au consommateur – est un secteur important tant au plan économique qu'en terme d'aménagement du territoire.** Avec près de 700 000 tonnes pêchées, la France effectue 12 % des prises de l'Union européenne à 28. Ces chiffres sont très loin des chiffres de prises chinoises (plus de 17 millions de tonnes), mais la pêche française rapporte en 2020 un peu moins de 2 milliards d'euros.

• **L'essentiel des prises proviennent de l'Atlantique, de l'Atlantique Nord et des eaux communautaires.** Les eaux ultramarines ne fournissent qu'une faible proportion des pêches françaises (20 % seulement). Ces derniers résultats s'expliquent par l'éloignement des marchés de consommation, le manque d'infrastructures (de stockage, de conditionnement…) et surtout par une pêche traditionnelle restée encore fortement artisanale. Cependant l'aquaculture (conchyliculture, aquaculture, algoculture) connaît une croissance forte, particulièrement dans les DROM de l'océan Indien (Mayotte et La Réunion).

• **Les autres ressources de la ZEE française attirent beaucoup les entreprises et notamment les sociétés pétrolières.** Des gisements importants d'hydrocarbures ont été découverts au large de Saint-Pierre-et-Miquelon, de la Guyane, de la Martinique et dans le canal du Mozambique. Les hydrocarbures off-shore représentent près du quart de l'économie maritime.

> **Sachez que...**
> Le mix-énergétique définit la répartition des différentes sources d'énergie primaire (nucléaire, charbon, pétrole, éolien, etc.) consommées dans une zone géographique donnée.

Cependant depuis 2017, selon l'Institut français du pétrole et des énergies nouvelles, les dépenses d'exploration ont diminué, même si les découvertes sont nombreuses. En effet, du fait des enjeux climatiques, la tendance est à une décarbonation du mix-énergétique.

● **L'économie maritime, ou économie bleue, représente 14 % du PIB français et 270 milliards d'euros en 2019 ce chiffre incluant le tourisme littoral, l'économie maritime et l'économie comme l'industrie des cosmétiques ou de la pharmaceutique liées aux produits de la mer).** Dans l'industrie de la plaisance, et notamment de la voile, la France se classe au premier rang mondial. Cette industrie s'appuie sur la publicité que représentent les grandes courses maritimes.

Doc. **L'économie bleue française**

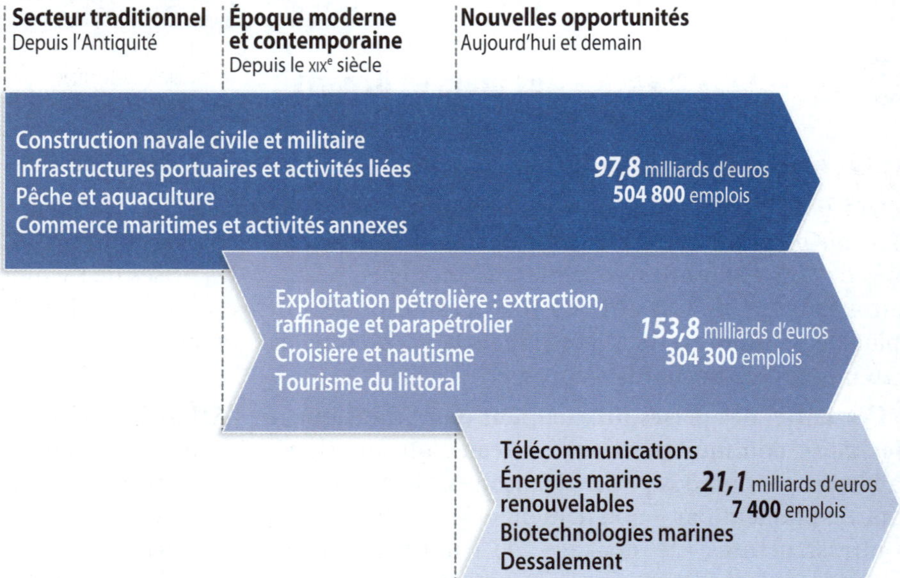

Source : Fondation de la mer, 2017.

● **La construction navale est le secteur industriel qui croit le plus** et qui recrute car elle est en position de niche avec un savoir-faire mondialement reconnu dans des secteurs comme la construction de paquebots de croisière, de frégates et bâtiments de projection de forces, méthaniers, sous-marins…

● **Avec une superficie de plus de 150 hectares, le site des chantiers navals de l'Atlantique à Saint-Nazaire est le plus grand chantier naval d'Europe** et l'un des plus grands du monde. En novembre 2019, l'école des chantiers de l'Atlantique a été inaugurée et elle forme aux métiers des chantiers navals.

● **Avec la maritimisation de l'économie et la mondialisation, le transport maritime est crucial.** La compagnie française CMA-CGM se hisse au 3e rang mondial du transport maritime. Armateur de porte-conteneurs, elle assure aussi bien le transport que la manutention portuaire et la logistique à quai. Aujourd'hui, les compagnies maritimes cherchent à moderniser leur flotte en travaillant à une plus grande autonomie des navires. Cependant, la moitié des conteneurs à destination de la France passent encore par un terminal étranger !

Sachez que...
L'OMI (Organisation maritime internationale) examine depuis 2017 l'exploitation sûre, sans danger et écologique des navires de surface autonomes, c'est-à-dire pouvant fonctionner de façon partielle ou totale sans intervention humaine.

● **Les ports français sont en retrait dans l'économie maritime** par rapport à leurs rivaux européens, comme Anvers ou Rotterdam. Ils manquent de compétitivité et les projets visent davantage à valoriser les infrastructures portuaires pour garantir la puissance maritime de la France.

● **En 1984, l'État crée l'Ifremer**, dont les missions vont de la simple évaluation à la mise en valeur des ressources en vue d'une exploitation durable. En 2006, à l'initiative de l'Institut français de la mer, le Cluster maritime français (CMF) rassemble tous les acteurs de l'écosystème maritime, de l'industrie aux services et activités maritimes de toute nature. Il est aujourd'hui composé d'entreprises de toutes tailles (CMA-CGM, les chantiers de l'Atlantique), de pôles de compétitivité, de fédérations et associations, de laboratoires et centres de recherche (Ifremer), d'écoles et organismes de formation, de collectivités et acteurs économiques locaux, ainsi que de la Marine nationale.

● **Les projets concernant les énergies renouvelables sont très dynamiques** essentiellement dans les DROM-COM comme la Polynésie, qui envisage de faire des énergies renouvelables 50 % de leur consommation.

2. Les enjeux environnementaux

● **La France a dans ses eaux 10 % des récifs coralliens et 20 % des atolls de la planète.** Près de 10 % de la diversité mondiale des espèces marines est présente en outre-mer. Pour préserver cette biodiversité, il existe aussi toute une législation : les aires marines protégées (reconnues par le Code de l'environnement) en sont l'exemple. Elles recouvrent les parcs naturels, des réserves naturelles, des sites Natura 2000.

● **La France a créé des parcs naturels nationaux en partie marins** comme celui de Port-Cros (1963), de la Guadeloupe (1989) ou des Calanques (2012), ainsi que des parcs naturels marins comme celui de la mer d'Iroise en 2007 ou encore celui des îles Glorieuses dans l'océan Indien ou à la Martinique (2017). En février 2022, 33% des eaux françaises sont couvertes par au moins une aire marine protégée. Il existe actuellement 565 aires marines protégées en métropole et outre mer. Cette politique est mise en place par l'Agence française pour la biodiversité (sous la tutelle du ministère de la Transition écologique et solidaire).

• **Il existe aussi toute une législation internationale**, que ce soit par le biais des réserves de la biosphère (Unesco), des zones humides d'importance internationale ou encore des aires spécialement protégées de l'Antarctique.

3. Une projection géostratégique

• **La France dispose d'une marine qui s'investit et intervient dans les eaux françaises mais aussi et surtout dans les eaux internationales.** La protection du domaine maritime dépend de l'Action de l'État en mer (AEM) dont les missions vont du secours en mer à la police de pêche en passant par la lutte contre l'immigration clandestine, les narcotrafics, les pollutions.

• **La Marine nationale française dispose en effet d'une capacité d'action à l'échelle mondiale**. Forte de près de 40 000 personnes, elle occupe le 7e rang mondial. Déployée sur toutes les mers du globe, elle intervient d'abord dans les zones de proximité avec la métropole puis dans les zones maritimes dont le commandement se trouve dans les territoires ultramarins : Pacifique (Polynésie française), Indien (Abou Dhabi aux Émirats arabes unis), Antilles-Guyane (Fort-de-France en Martinique).

• **Elle assure de nombreuses missions de surveillance et de protection car la sécurité des espaces maritimes français est un enjeu majeur.** Elle dispose d'une grande variété d'armes d'intervention : un porte-avions à propulsion nucléaire (le Charles-de-Gaulle), des forces sous-marines, l'aéronautique navale, des fusiliers marins... Elle lutte contre de nombreuses menaces (narcotrafiquants comme dans les Caraïbes ou surveillance des zones de pêche). Enfin, la Marine nationale est responsable de la lutte antipollution à travers les plans « Polmar Mer ».

• **La marine française lutte activement contre la piraterie** notamment, depuis 2008, dans le cadre de la mission européenne Atalanta dans l'océan Indien pour sécuriser le golfe d'Aden, au large des côtes somalienne.

L'ESSENTIEL

La France : une puissance maritime ?

- Grâce à ses territoires d'outre-mer, la France possède la 2e ZEE du monde et s'affirme donc comme une puissance maritime mondiale.
- Elle exploite les nombreuses ressources des mers et océans (ressources halieutiques, énergétiques). Ces derniers présentent des enjeux économiques très forts car l'économie bleue française représente plus de 10 % de son PIB.
- Cependant, tous ces espaces maritimes sont à protéger puisqu'ils sont les garants de la biodiversité marine. La puissance militaire de la marine française permet au pays d'affirmer une projection de puissance.

Mots-clés

■ **Circumnavigation :** voyage en bateau autour de la Terre.

■ **Conteneur :** caisson métallisé standardisé de forme parallélépipédique pouvant contenir toutes sortes de marchandise (vrac, céréales, minerai…). Il mesure un multiple de 20 pieds.

■ **Décarbonation ou décarbonisation :** fait d'opérer une transition énergétique consistant à passer des combustibles fossiles (pétrole, charbon) vers des énergies renouvelables.

■ **Façade maritime :** ensemble de ports qui assurent l'interface entre un avant-pays maritime (le fore land) et un arrière-pays terrestre.

■ **Ifremer :** l'Institut français de recherche pour l'exploitation de la mer est un établissement public à caractère industriel et commercial. Ses missions sont de connaître, évaluer et prévoir l'évolution des ressources des océans pour une exploitation durable, améliorer les méthodes de surveillance et de protection du milieu marin et côtier et, enfin, favoriser le développement socio-économique du monde maritime.

■ **Maritimisation :** désigne le processus d'augmentation des échanges par voie maritime ainsi que le mouvement politico-économique correspondant à la prise de conscience de l'importance maritime d'un pays pour s'inclure dans la dynamique de la mondialisation.

■ **NTIC :** Nouvelles techniques de l'information et de la communication.

■ **Off shore/on shore :** terme anglais désignant une activité se déroulant en haute mer (par opposition à une activité se déroulant sur terre).

■ **Ressources :** matières premières exploitées et transformées par les sociétés humaines. On distingue les ressources renouvelables, capables de se reconstituer à l'échelle du temps des hommes (eau, air, sol, productions agricoles), et les ressources non renouvelables, qui ne se reconstituent pas ou très lentement.

■ **Stratégie du collier de perles :** installation par la marine de guerre chinoise de points d'appui le long de ses principales voies d'approvisionnement maritime.

■ **Tirant d'eau :** hauteur de la partie immergée d'un bateau qui varie en fonction de la charge transportée.

■ **ZEE (Zone économique exclusive) :** espace large de 200 milles à partir du littoral, qui accorde à l'État bordier la souveraineté sur les ressources qui s'y trouvent.

Documents majeurs

Doc. 1 Ressources et enjeux des océans

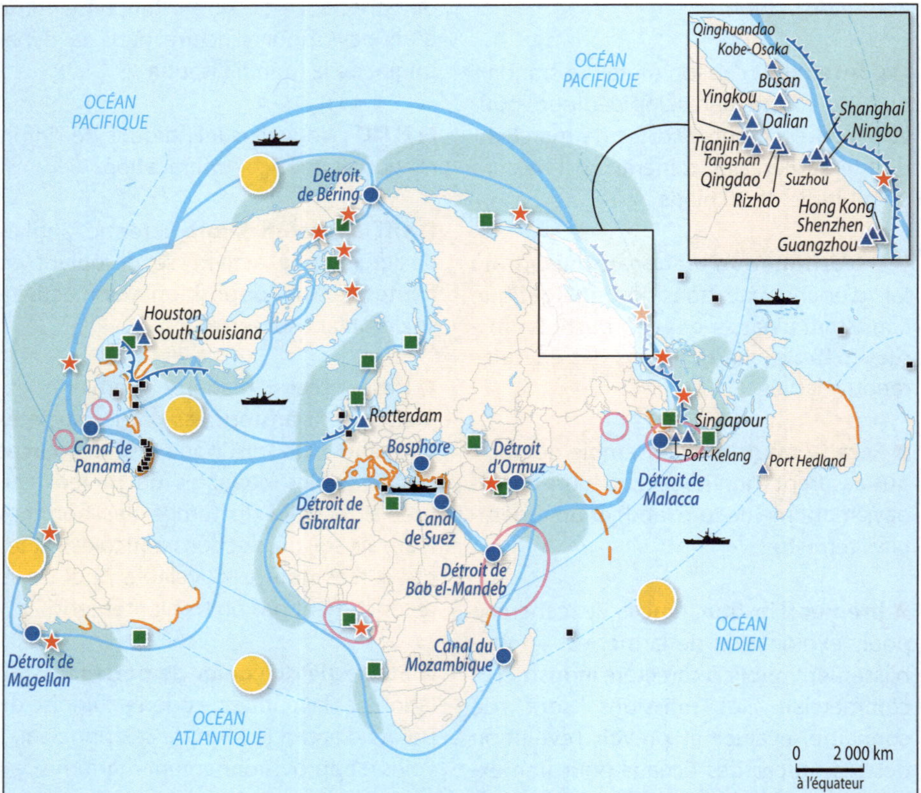

1. Des ressources importantes
- Principales zones de pêche
- Gisements majeurs d'hydrocarbures offshore
- Paradis fiscaux offshore
- Principaux littoraux touristiques

2. La maritimisation des économies

Principaux ports *(trafic en millions de tonnes de marchandises par an)*
- plus de 300
- entre 150 et 300
- Principales façades maritimes
- Routes maritimes
- Passages stratégiques

3. Enjeux géostratégiques
- Tensions liées aux frontières maritimes
- Zones de piraterie
- Pollution des mers et océans
- Flotte de guerre américaine

Doc. 2 La maritimisation de l'économie mondiale

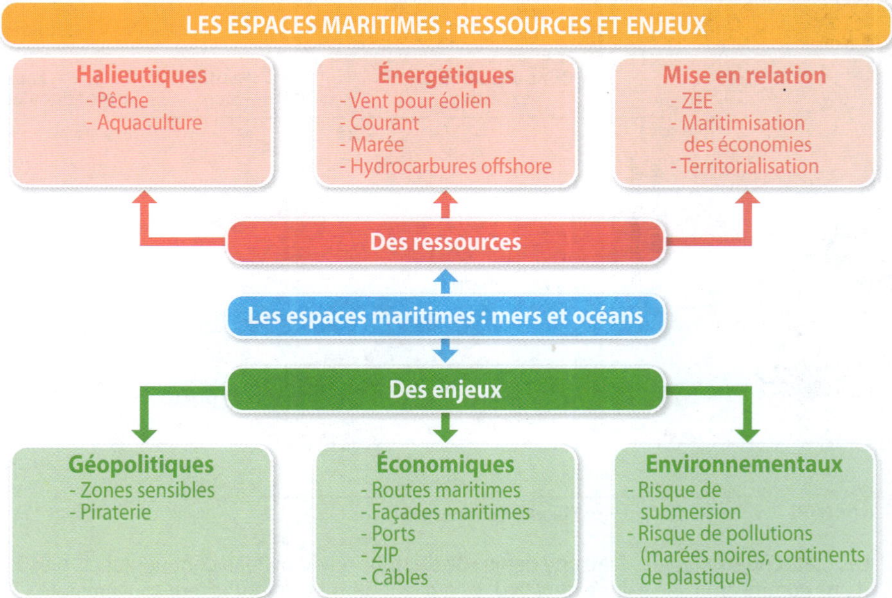

Doc. 3 L'espace maritime français

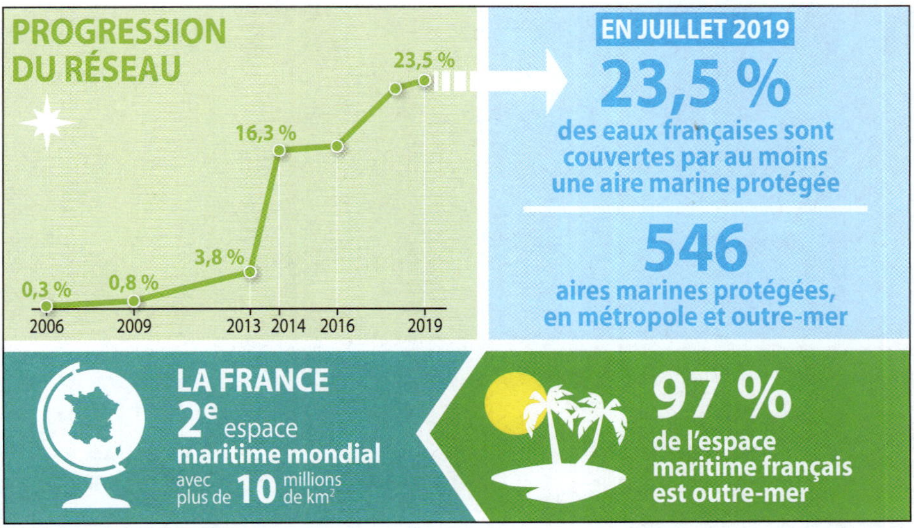

Doc. 4 Droits souverains de l'État côtier sur ses ressources naturelles

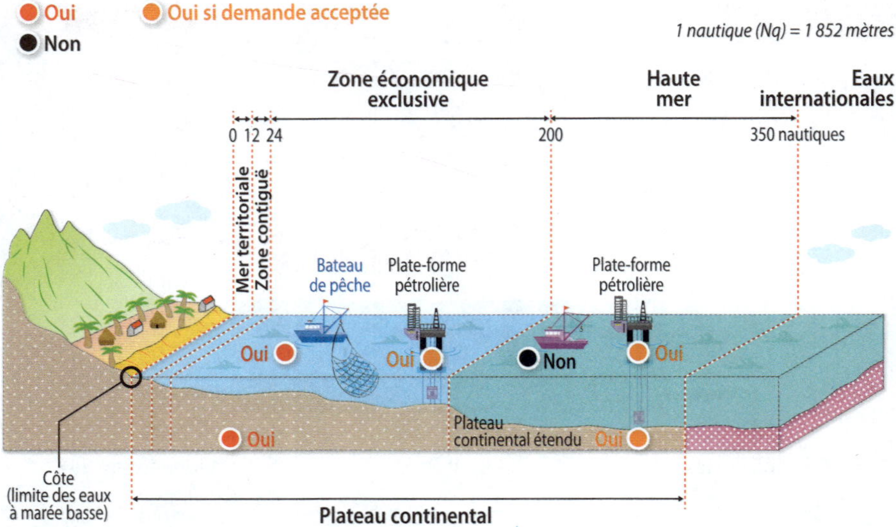

Les États côtiers peuvent faire une demande d'extension du plateau continental (auprès d'une commission spécialisée de l'ONU) ce qui leur permet d'étendre leur souveraineté sur les fonds et sous-sols marins jusqu'à 350 nautiques.

Chiffres clés

- **90 %** des transports de marchandises s'effectuent par bateaux.
- Le transport maritime est le moins cher de tous entre **1 à 2 %** du prix d'un produit manufacturé.
- La vitesse moyenne d'un porte-conteneurs est de **15 nœuds à l'heure** (environ 30 km/h).
- La mer pèse aujourd'hui **1 500 milliards de dollars** dans l'économie mondiale, mais ce chiffre est amené à doubler dans les dix ou quinze ans qui viennent pour atteindre les 3 000 milliards de dollars en 2030.
- La part des hydrocarbures off-shore est d'environ **30 %**.
- **32 %** des stocks mondiaux de poissons sont surexploités en 2020.
- La pêche industrielle exploite **55 %** de la surface des mers et océans (4 fois la surface dédiée à l'agriculture).
- Les actes de piraterie dans les détroits de Malacca et Singapour sont passés **de 8 à plus de 30 en 2022.**
- Le réchauffement climatique a entraîné une élévation moyenne de la mer entre 1993 et 2014 de **3,2 mm par an** ce qui contraint certaines populations à émigrer vers des terres non inondées.
- La France dispose de la **2e ZEE du monde** et si les requêtes pour agrandir cette ZEE aboutissent elle passera numéro un devant les États-Unis.

Question problématisée

Les enjeux géostratégiques des mers et océans

CONSIGNE

Rédigez l'introduction et la conclusion de la question problématisée suivante :
« En quoi mers et océans sont-ils au cœur d'enjeux géostratégiques ? »

POINT MÉTHODE

Commencer et conclure une réponse à une question problématisée

La rédaction de l'introduction et de la conclusion est **l'étape finale du brouillon**, à n'entreprendre que lorsque vous avez analysé le sujet et établi le plan détaillé. Il faut les rédiger entièrement au brouillon pour n'avoir qu'à les recopier directement.

L'introduction doit être particulièrement soignée puisqu'elle est le premier « contact » du correcteur avec votre travail. Même chose pour la conclusion qui ne doit pas être bâclée ou inachevée puisque celle-ci est la dernière impression que votre copie laissera au correcteur.

1 L'introduction

L'introduction présente le sujet abordé ; elle permet de le situer spatialement et de l'expliquer. Elle comporte trois étapes :

- **L'analyse du sujet** avec :
  - l'accroche, qui permet d'introduire le grand thème de la question. Elle peut utiliser un élément d'actualité en lien avec le sujet ou bien elle peut le situer dans un contexte plus général ;
  - la définition des termes du sujet ;
  - le cadre spatial ;
  - l'intérêt du sujet dans le cadre plus général de la question au programme de l'année.
- **L'exposition des enjeux du sujet par la problématique**

La problématique est une question dont les différents axes de réponse constituent les parties du plan de la question problématisée. Obligatoire, l'annonce de la problématique se présente généralement sous la forme d'une question.

- **L'annonce du plan choisi**

Le correcteur doit ainsi vérifier que vos connaissances sont organisées et que vous avez balayé l'étendue des enjeux soulevés par le sujet. Vous pouvez utiliser « Dans une première partie nous étudierons, etc. » ou bien utiliser des connecteurs logiques, « tout d'abord, ensuite, enfin ».

2 La conclusion

Elle termine le devoir et doit montrer que le sujet a bien été compris et traité. Elle doit être rédigée en même temps que l'introduction. Elle comporte deux étapes.

• La réponse à la question problématisée

La conclusion doit brièvement répondre à la problématique en reprenant les principaux arguments développés dans le devoir. Elle doit montrer au correcteur que vous avez compris et traité le sujet

• L'ouverture

Elle doit permettre de changer d'échelle ou d'aire géographique et de montrer que le sujet s'insère dans un cadre plus large.

CORRIGÉ

PROPOSITION DE CORRIGÉ

[Introduction]

Mers et océans occupent plus de 71 % de la surface du globe et sont les vecteurs essentiels de la mondialisation en raison de l'intensification de trafic maritime. Ils sont de ce fait l'objet de confrontations et de convoitises liées à leur appropriation et à celle des ressources qu'ils renferment. Ils sont au centre de la mondialisation qui dépend d'eux. Ainsi donc, pourquoi mers et océans sont-ils stratégiques ?

Pour traiter la question, nous verrons d'abord que mers et océans sont stratégiques du fait des ressources et des richesses qu'ils contiennent, puis nous montrerons que mers et océans sont au cœur de la mondialisation. Enfin, nous verrons qu'ils sont à l'origine de tensions importantes et de convoitises.

[Conclusion]

Les enjeux des mers et océans sont liés à la diversité et à l'abondance de leurs ressources qui en font des espaces clés de la mondialisation. Cependant, ils génèrent des tensions et des convoitises entre les États mais aussi la prise de conscience qu'il faut les préserver et les protéger.

CHAPITRE 6

Dynamiques territoriales, coopérations et tensions dans la mondialisation

DE QUOI S'AGIT-IL ?

La mondialisation, entendue comme un processus de mise en relation croissante des Hommes et des activités dans le contexte d'une économie de marché capitaliste, transforme profondément les territoires à toutes les échelles. Si l'échelle nationale demeure pertinente pour observer et comprendre ces mutations territoriales, la mondialisation s'exprime également par la construction de grands ensembles géo-économiques, comme l'Union européenne, mais aussi par le renforcement de pouvoirs locaux, notamment métropolitains.

Ainsi, en étendant la sphère marchande, la mondialisation recompose les relations entre les acteurs à toutes les échelles, des mécanismes de régulation et de rééquilibrage s'opposant à la mise en concurrence croissante des territoires.

1 Des territoires inégalement intégrés dans la mondialisation

A Un accès inégal à la mondialisation

1. Les territoires pleinement intégrés à l'espace mondial

- **Les territoires des puissances industrielles européenne, américaines (États-Unis, Canada) et asiatiques (Japon, quatre dragons, Australie et Nouvelle-Zélande)** commandent et organisent la mondialisation : avec seulement 10 % de la population mondiale, ils produisent 60 % du PIB, 80 % des nouvelles connaissances et 90 % des opérations financières mondiales. Ces États ont en effet exploité leurs atouts et aménagé leur territoire depuis longtemps.

> **Sachez que...**
> Le PIB mondial a été évalué par le FMI à 96 000 milliards de dollars en 2022.

- **Leur territoire est doté d'infrastructures de transport performantes :** aéroports, fleuves aménagés, voies ferrées et autoroutes relient entre elles les métropoles majeures. Les réseaux de communication, qui dépendent à la fois du câblage sous-marin et des satellites, y sont également développés. L'axe rhénan par exemple, qui va de la Suisse à la mer du Nord, est la voie fluviale la plus fréquentée du monde, et dispose en sus d'un réseau ferroviaire et autoroutier de grande capacité. Sur certains tronçons des autoroutes rhénanes peuvent circuler quotidiennement 25 000 camions, contre 3 000 en moyenne dans l'UE.

- **Les ressources de leurs territoires sont exploitées et alimentent le commerce mondial**, qu'il s'agisse de matières premières (charbon, minerais, pétrole) ou de produits agricoles (blé, riz, lait…). Les ressources hydrauliques sont optimisées, même si les quantités d'eau mobilisées peinent aujourd'hui à répondre aux besoins, comme en Californie ou en Australie.

- **Leurs ouvertures maritimes et océaniques sont étendues**, ce qui leur permet d'assurer des relations nourries avec le reste du monde : ce sont des interfaces actives. Ainsi, les États-Unis disposent à la fois d'une ouverture sur l'Atlantique et sur le Pacifique, ainsi que d'un accès à la mer des Caraïbes. Le Japon « de l'endroit » est en contact rapproché avec la Chine et l'Asie du Sud-Est.

- **Toutefois, cette domination s'érode.** Globalement, la population de ces États vieillit, ce qui réduit leur capacité d'innovation et de production. Leurs territoires sont également frappés par une forte dégradation environnementale. Enfin, leur modèle économique est remis en cause, sous la pression de la concurrence des pays émergents et du réchauffement climatique global.

2. Le cas de la puissance chinoise

- **La Chine a retrouvé à la fin du XXe siècle le statut de puissance qui était le sien jusqu'au XIXe.** Aujourd'hui, selon le FMI, elle produit à elle seule environ 1/6e du PIB mondial (environ 18 000 milliards de dollars par an sur 84 000). Elle fait désormais jeu égal avec les États-Unis.
- **Cette puissance repose sur un territoire parfaitement aménagé** pour répondre aux dynamiques de la mondialisation. Sa façade maritime mesure près de 15 000 km. Son réseau de transport et de communication s'est considérablement étendu, avec notamment 22 000 km de lignes ferroviaires à grande vitesse, soit 60 % du total mondial.
- **La Chine a également intensifié l'exploitation de ses ressources,** afin d'assurer les besoins de ses 1,4 milliard d'habitants (18,5 % du total mondial) et de jouer le rôle d'usine du monde. Elle dispose par exemple de nombreux gisements de terres rares, métaux indispensables à la fabrication des batteries, éoliennes, smartphones ou encore des aimants.
- **Toutefois, la production agricole chinoise repose encore sur de petites structures, et ses importations agricoles augmentent.** Surtout, l'exploitation intense des ressources carbonées et le développement très rapide du tissu industriel ont gravement endommagé l'environnement : le territoire chinois est pollué. Enfin, la richesse par habitant demeure 4 à 5 fois inférieure à celle des pays industriels. Elle est de 8 200 dollars par an, contre 35 000 en France par exemple.

Doc. Le district de Pudong à Shangaï, symbole de la puissance chinoise

3. De nouveaux territoires de la mondialisation : les pays émergents

● **La notion de pays émergent renvoie aux États dont le PIB connaît une forte croissance** et qui jouent désormais un rôle économique planétaire. Plutôt que les populaires BRICS (Brésil, Russie, Inde, Chine et Afrique du Sud), dont les situations se révèlent contrastées – l'Afrique du sud n'est pas encore véritablement un pays émergent et la Chine est une puissance – le Mexique, le Brésil, l'Inde, l'Indonésie, la Turquie ou le Maroc relèvent de cette catégorie. Ils dessinent un monde multipolaire.

Sachez que...

La notion d'émergence est issue du vocabulaire de la finance et des agences de notation, et désigne des marchés porteurs pour les investisseurs. Les critères sociaux et environnementaux ne sont pas pris en compte.

● **Ces pays ont connu des transformations structurelles profondes,** qui leur ont permis de jouer un rôle croissant dans l'économie mondialisée. La mondialisation est donc un facteur clé de leur émergence. Concrètement, cela s'est traduit par l'essor du secteur de l'industrie et des services. Le brésilien Embraer s'est hissé à la 3e place du classement mondial derrière Boeing et Airbus, grâce à une spécialisation sur les avions de moins de 120 places, tandis que le Maroc se spécialise dans la sous-traitance aéronautique.

● **Cependant, l'agriculture ou l'exploitation de matières premières jouent encore un rôle majeur** dans la vie des habitants comme dans l'économie nationale des pays émergents. 13 % des Mexicains sont encore de petits agriculteurs, comme 18 % des Turcs ou 30 % des Indonésiens. En outre, les inégalités sociales demeurent fortes. Au Brésil, une moitié de la population ne se partage que 10 % des richesses, tandis que l'autre moitié dispose des 90 % restants.

4. Le cas particulier des pays producteurs d'hydrocarbures

● **L'exploitation de la ressource pétrolière et gazière constitue une rente colossale aux effets variables.** À partir des années 1970, les monarchies pétrolières du Golfe placent leurs pétrodollars dans l'immobilier, et achètent des bons du trésor. La crise de 2008 encourage des investissements plus diversifiés, dans les médias, la location ou l'achat de terres agricoles, la pétrochimie... quoique situés encore aux trois quarts en Europe et en Amérique du Nord. De plus en plus, dans le Golfe, les gouvernements soutiennent le développement d'activités non délocalisables, comme les compagnies aériennes ou le tourisme (Dubaï).

● **Toutefois d'autres pays producteurs comme l'Angola ou le Venezuela** n'en tirent pas les mêmes bénéfices, en raison d'une grande instabilité politique et sociale. Leur rente pétrolière est ainsi qualifiée de « malédiction », tant elle entretient l'enrichissement de quelques-uns, placés au sommet de l'État, qui peuvent ensuite par la corruption et la force armée bloquer le partage des richesses.

5. Les pays en développement, des territoires largement dominés

- **La catégorie des pays en développement est difficile à définir.** Elle correspond en général aux pays dont l'économie dépend encore largement de l'exploitation d'une ou plusieurs matières premières, et dont la rentabilité est instable. Le Bostwana, 3e producteur mondial de diamant, a dû faire face à la baisse des prix du diamant brut en 2019, alors que cette ressource représente 1/3 de son PIB et 90 % de ses revenus d'exportations.

> **Sachez que...**
> La Banque mondiale adopte l'expression de « pays à revenus intermédiaires » lorsque le revenu par habitant est compris entre 4 000 et 12 000 dollars par an.

- **En outre, les pays en développement disposent d'outils de contrôle moins puissants,** ce qui les rend plus dépendants des autres acteurs économiques mondialisés. Ainsi, en Afrique, l'entreprise italiano-suisse MSC, par le biais de filiales, contrôle désormais ports et terminaux dans plus de 40 pays.

- **Enfin, la population de ces pays connaît des situations contrastées.** Une majorité vit encore aux marges de la pauvreté, tandis que quelques-uns tirent largement profit des ressources disponibles. Au Guatemala, plus de 80 % de la population est pauvre ou très pauvre.

6. Les PMA, des territoires exploités

- **Les pays les moins avancés (PMA) sont ceux où se concentrent les difficultés les plus importantes.** S'ils disposent de ressources et développent des secteurs dynamiques, comme l'agroalimentaire au Sénégal, la pauvreté y est marquée et les inégalités encore très fortes. Dans ce pays, 5 % des plus riches captent presque la moitié des revenus tandis que 80 % de la population n'en capte que 30 %, et le chômage atteindrait 40 %, en incluant l'ensemble de la population. Le secteur informel est très important.

- **Ces pays se caractérisent également par des situations sociales et politiques tendues,** avec des gouvernements instables, à la faible légitimité démocratique. En Haïti, depuis 2019 la population assiste, impuissante, à la déliquescence de l'État et de l'économie, minés par la corruption et la violence.

- **Enfin, les PMA souffrent d'un déficit d'infrastructures.** Hôpitaux, écoles, universités, réseau routier, autoroutier, électrique… manquent aux habitants et maintiennent en partie ces territoires à l'écart de la mondialisation, faute d'outils de communication et de transport.

B L'inégale intégration à la mondialisation s'exprime à d'autres échelles

1. Les grandes aires de puissance et centres d'impulsion

• **La typologie à l'échelle des États ne rend pas totalement compte des processus de hiérarchisation des territoires** que la mondialisation opère. En effet, les dynamiques mondialisées creusent aussi les écarts à l'échelle mondiale comme à l'intérieur des États, en favorisant les espaces de contact et les lieux de pouvoir.

• **Ainsi, trois aires de puissance dominent l'espace mondialisé.** Les États-Unis disposent d'outils assurant leur suprématie : des entreprises d'envergure mondiale, une population formée à haut niveau de vie, une monnaie mondiale – le dollar –, une armée nombreuse, équipée et entraînée, et un contrôle rapproché des mécanismes diplomatiques mondiaux. L'Europe occidentale fait reposer sa puissance sur sa dynamique d'intégration. Elle forme le premier pôle commercial mondial et la première zone touristique mondiale. Enfin l'Asie orientale, portée par le modèle japonais, s'est insérée dans l'économie mondiale grâce à ses activités de production dans la chaîne de valeur industrielle, et s'oriente désormais vers l'innovation et la recherche.

• **À l'intérieur des aires de puissance**, des centres d'impulsion et de décision concentrent les activités de commandement et de production, qu'il s'agisse des services à haute valeur ajoutée ou tertiaire supérieur, comme le conseil juridique et technique aux firmes transnationales (FTN), des centres financiers, des institutions culturelles ou politiques. Ces régions urbaines maîtrisent ainsi les flux financiers et le processus d'innovation ; elles forment de véritables mégalopoles : la mégalopolis ou BosWash (de Boston à Washington), la dorsale européenne de Londres à Milan, et la mégalopole asiatique, à la fois sur le littoral japonais et chinois.

2. Les régions enclavées mal intégrées à l'espace mondial

• **La distance et la vitesse de déplacement demeurent des facteurs importants d'intégration** ou au contraire de marginalisation dans l'espace mondial. Ainsi, dans tous les territoires, y compris au sein des mégalopoles, des lieux mal reliés aux réseaux de transport ou de communication sont relégués. Le plateau de Clichy-Montfermeil, situé à 12 km de Paris à vol d'oiseau, est marginalisé dans la métropole parisienne faute d'un mode de transport rapide. L'inauguration récente d'un tramway a réduit les temps de trajet mais n'a pas levé tous les obstacles aux déplacements des habitants.

• **De même, les régions au relief marqué et éloignées des littoraux** comme les Appalaches aux États-Unis ou l'Estremadure en Espagne, présentent les indicateurs sociaux et économiques les plus préoccupants du pays. Les régions rurales éloignées des centres, comme le plateau bolivien ou les régions rurales du Nord-Vietnam, connaissent les mêmes difficultés.

3. Les territoires « gris » de la mondialisation

• **Enfin, il existe des zones grises de la mondialisation,** qui échappent à tout contrôle effectif. Fonctionnant en réseau, ces zones grises associent des lieux peu étendus, comme les prisons ou les quartiers relégués des grandes villes, des espaces de guérillas (Colombie, Sahara) ou de piraterie (détroit de Malacca, golfe de Guinée). Elles exploitent les nœuds des réseaux de communication et de transport de la mondialisation (ports, aéroports, paradis fiscaux, zones franches), notamment les interfaces, comme la frontière entre le Mexique et les États-Unis, ou encore entre le Paraguay et le Brésil.

• **Seules quelques toutes petites portions de l'espace terrestre,** les îles Andaman et Nicobar, sont peuplées de personnes qui n'ont aucun contact avec le reste du monde. Partout, même en situation de guerre ou de mise au ban de la mondialisation, des contacts existent entre les hommes et les territoires, qui connaissent une forme d'intégration.

L'ESSENTIEL

Des territoires inégalement intégrés dans la mondialisation

- L'inégale intégration des territoires à la mondialisation se mesure d'abord à l'échelle des États. Des États intégrés et puissants dominent le processus. Des pays émergents bouleversent cependant cette organisation, accélérant la formation d'un monde multipolaire. Enfin, des pays en développement connaissent des situations contrastées. Si certains s'appuient sur des secteurs dynamiques, comme l'agroalimentaire ou les services de communication, leur économie est encore fragile, car largement dépendante de mécanismes extérieurs.
- L'inégale intégration s'observe aussi à d'autres échelles. Des aires de puissances dominent l'espace mondial, à l'intérieur desquelles les centres d'impulsion que sont les mégalopoles concentrent les fonctions de commandement. À l'inverse, les lieux éloignés ou mal reliés aux réseaux de transport souffrent de marginalisation. Les zones grises de la mondialisation échappent au contrôle des États à toutes les échelles, tout en s'appuyant sur les lieux et les acteurs mondialisés.

ZOOM SUR...

La Russie : inégale intégration des territoires, tensions et coopérations internationales

1 Des régions russes inégalement intégrées dans la mondialisation

→ **La Russie, plus grand pays du monde avec 17 millions de km², présente de grands contrastes régionaux.** La région capitale, autour de Moscou, connaît une métropolisation avancée depuis la disparition du système soviétique, ce qui se traduit par la construction d'un vaste CBD (Central Business District), Moskva-City, et le développement de territoires d'innovation, comme le *cluster* Skolkovo spécialisé dans les biotechnologies, mais aussi par la relégation des habitants plus modestes en périphérie. Avec ses deux aéroports internationaux, Moscou est également la principale porte d'entrée du territoire russe.

→ **Si la région de Saint-Pétersbourg, traditionnellement associée au monde universitaire et administratif,** peut compter sur le tourisme et la mise en valeur du patrimoine, les autres régions russes connaissent une marginalisation certaine, amplifiée par les effets de distance. Les anciens bassins industriels peinent à sortir des schémas productivistes et polluants, tandis que l'Asie centrale assure essentiellement l'extraction de matière première – 65 % du charbon et 20 % du pétrole raffiné en proviennent –, tout en étant peu peuplée.

2 Une puissance secondaire qui bouleverse l'ordre international pour reconstituer son influence

→ **La disparition du modèle soviétique en 1991 a conduit la Russie à redéfinir sa place comme puissance secondaire.** Profitant d'outils de puissance, comme un droit de veto au Conseil de sécurité, la Russie a renforcé son rôle militaire à partir des années 2000 et reconstitué une aire d'influence entre Asie centrale et Moyen-Orient, autour de l'Iran. Depuis 2007, elle a utilisé 6 fois ce droit de veto, dont 3 fois pour bloquer des interventions internationales en Syrie.

Depuis 2014, Moscou soutient un mouvement sécessionniste dans le Donbass ukrainien. En février 2022, la Russie envahit militairement l'Ukraine pour tenter d'y renverser le gouvernement, pro-européen et restaurer son influence perdue. Cela déclenche une guerre.

→ **8e PIB mondial en valeur, mais 77e en PIB/hab.,** la Russie est un pays rentier (pétrole, gaz, diamant...) qui utilise l'arme économique pour financer sa guerre en Ukraine. Elle a été suspendue des principales organisations économiques internationales, mais parvient à se maintenir sur les marchés mondiaux.

Dans ce contexte, la Russie peut compter sur la neutralité diplomatique de la Chine, qui appartient comme elle à l'Organisation de Coopération de Shanghai. Mais en se coupant de l'Europe, la Russie a accentué sa dépendance envers l'Asie, mieux insérée dans la mondialisation.

ZOOM SUR...

Caraïbes et Antilles, entre intégration régionale et ouverture mondiale

1 Des îles d'une grande diversité mais d'une relative uniformité économique

→ **L'archipel des Caraïbes est divisé** entre les grandes Antilles, ensemble de 4 îles et 5 États (Cuba, Haïti, la République dominicaine, la Jamaïque et Porto Rico) constituant 90 % de la surface de l'archipel et comptant 35 millions d'habitants, et les petites Antilles, chapelet d'îles habitées par 4 millions de personnes.

→ **La diversité est culturelle et politique.** Les usages linguistiques restent hérités de la colonisation : on parle anglais en Jamaïque, espagnol à Cuba ou à Porto Rico, et français en Haïti. Les sociétés antillaises demeurent structurées par de grandes disparités sociales, et le niveau de vie y est globalement plus faible que sur le continent américain, ce qui nourrit une importante violence urbaine.

→ **Les économies insulaires caribéennes sont en revanche assez similaires :** un secteur agricole largement tourné vers l'exportation (canne à sucre, banane) et une prépondérance du tourisme, balnéaire ou de croisière. Le bassin Caraïbe accueille 35 % des croisiéristes mondiaux.

2 Un « effet barrière » qui freine l'intégration régionale et mondiale

→ **Colonisées par les Européens, peuplées d'esclaves déportés d'Afrique,** puis transformées par la créolisation, les îles sont marquées par ces processus d'ancrage avec des territoires extérieurs à la région : c'est « l'effet barrière ». Ainsi, aux Antilles françaises, classées parmi les régions ultra-périphériques de l'UE, 90 % du trafic aérien s'effectue dans l'espace national, à 58 % avec la métropole. Le trafic international est très faible, et même en baisse en Martinique.

→ **Les tentatives d'intégration des territoires caribéens se sont multipliées mais demeurent inachevées.** Le Caricom (Communauté caribéenne), né en 1973, n'est pas parvenu à construire un marché commun, et l'AEC (Association des États de la Caraïbe) inclut des pays du continent ce qui réduit le poids des membres insulaires. La fragilité et la similitude des économies limitent les échanges intra régionaux. La dette des États, la violence et les aléas climatiques constituent également des freins à l'insertion dans la mondialisation.

2 Coopération, régulation et tensions aux échelles mondiale, régionale et locale

A Régulation mondiale et concurrence entre les États

1. Une législation encore entre les mains des États

• **Le processus de mondialisation repose encore largement sur les États,** qui disposent du contrôle législatif et de la capacité à investir suffisamment pour développer les infrastructures et la formation. Ils sont ainsi en mesure de décider d'éventuels avantages fiscaux, juridiques et législatifs sur une portion de leur territoire, afin d'attirer les acteurs économiques mondiaux. C'est le cas, par exemple lorsqu'ils constituent des zones franches ou zones économiques spéciales (ZES). Il en existe aujourd'hui 5 400, plus de 5000 dans de nombreux États, dont beaucoup sont en développement. 1 000 ont été créés depuis cinq ans au Maroc, en Pologne, en RDC ou au Gabon.

• **Les résultats économiques de ces ZES sont contrastés.** Si certaines attirent les investisseurs et jouent leur rôle de levier pour le développement, comme à Tanger, d'autres sont peu attractives et peu dynamiques. Les ZES sont également critiquées pour la complaisance dont elles bénéficient. En Pologne, les entreprises installées dans les ZES ont été accusées de ne pas respecter le droit du travail. Le développement des ZES met en lumière le processus de mise en concurrence des territoires induit par la mondialisation, et dans lequel les États sont entraînés sur la pente du moins-disant fiscal. Les barrières à la circulation des capitaux et des marchandises étant globalement abaissées avec l'ouverture des marchés, et les principes de l'ultra-libéralisme étant appliqués par des gouvernements démocratiques, les États sont entrés en concurrence les uns contre les autres, y compris au cœur de l'Union européenne.

2. Une lutte contre les paradis fiscaux ?

• **La crise de 2008 a mis en avant le rôle trouble joué par les paradis fiscaux** dans le développement d'une économie mondiale spéculative.

• **Les paradis fiscaux sont des États, souvent de petite taille, qui adoptent une législation et une fiscalité très favorables** aux capitaux pour assurer leur propre développement. Par des techniques comptables (création de société écrans), les entreprises et les particuliers y transfèrent artificiellement tout ou partie de leurs bénéfices, ce qui réduit considérablement leurs impôts dans les États dans lesquels ils réalisent pourtant leurs activités. Le procédé est rendu possible par une législation spécifique : les échanges d'information sont bloqués, et la création de sociétés écrans facilitée.

Doc. **Différentes définitions des paradis fiscaux**

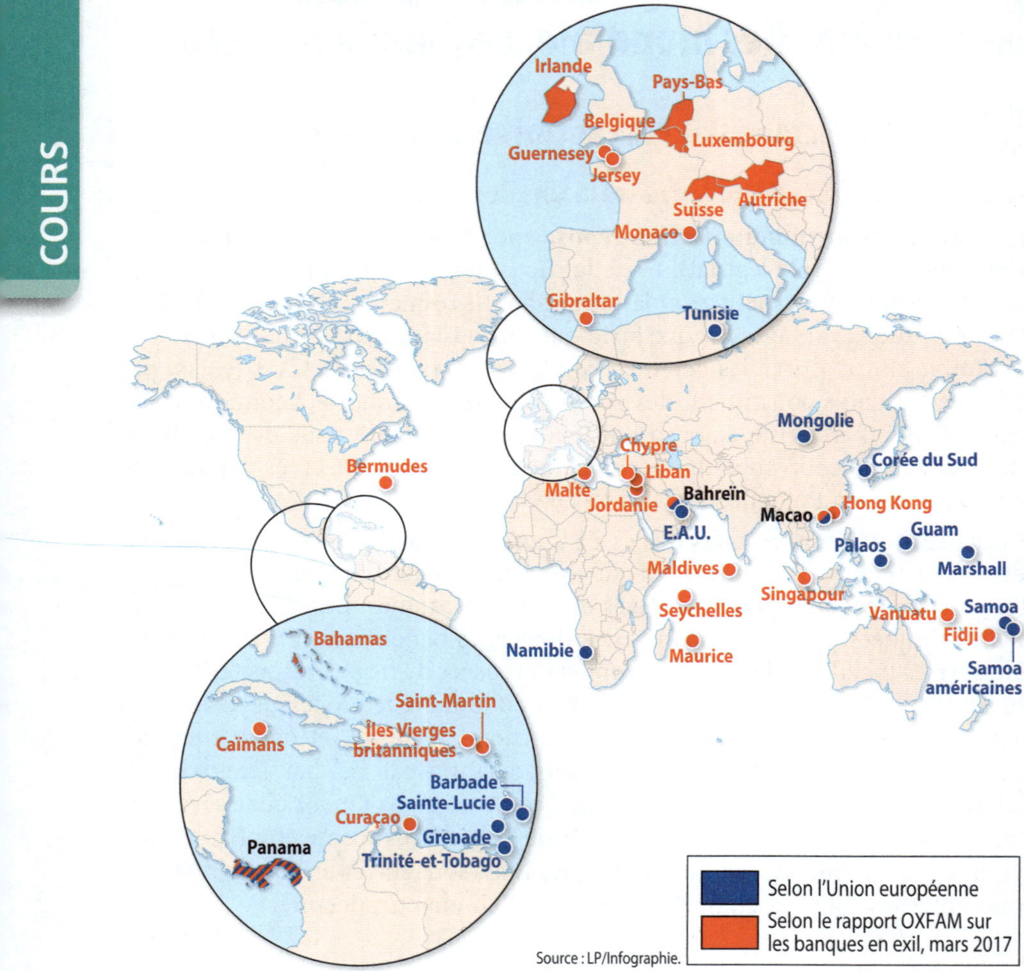

Source : LP/Infographie.

- **Ainsi, certaines ONG ont calculé que les grandes entreprises mondiales du numérique** et de la vente en ligne dissimulent les 2/3 de leurs bénéfices dans ce type de territoire.
- **La crise de 2008 a cependant obligé les paradis fiscaux à infléchir leur modèle de développement,** car les pays du G20 ont décidé de mieux lutter contre l'évasion fiscale, source d'un manque à gagner devenu insupportable pour leurs finances publiques.

Sachez que...

La lutte contre les paradis fiscaux a été encouragée et organisée par l'Organisation pour la coopération et le développement économiques (OCDE), créée en 1961. Cette organisation d'études économiques regroupe 36 pays développés.

- **Cette lutte a commencé à porter ses fruits** lorsque l'échange automatique d'information a été rendu obligatoire. Les pays du G20, qui représentent 80 % de la production de richesse mondiale, ont exercé une pression suffisante pour que, en cas de dépôts de capitaux sur des comptes bancaires domiciliés dans des paradis fiscaux, l'information soit mise à disposition de leurs services de contrôle. Le mécanisme est le même s'agissant de la création de sociétés écran : les registres sont désormais plus accessibles, ce qui permet une traçabilité des fonds. Selon l'OCDE, entre 2014 et 2022, les avoirs détenus dans les paradis fiscaux ont baissé de 22%.

- **L'OCDE a également mis en place un corps d'inspecteurs des impôts « sans frontière »** pour aider les pays les plus fragiles à lutter contre l'évasion fiscale dont ils sont victimes. Enfin, cette lutte a bénéficié du travail médiatique autour des « *leaks* », comme les Panama Papers ou les Swiss Leaks, fuite de données massives ayant permis de déclencher des enquêtes.

3. Un système qui pénalise les plus pauvres

- **Toutefois, l'engagement de l'OCDE se heurte aux désaccords internationaux sur le sujet.** Le processus de concurrence conduit certains gouvernements à préférer maintenir des avantages fiscaux car ils craignent que les entreprises ne quittent leur territoire s'ils étaient supprimés.

- Ainsi, le FMI a publié en 2021 un rapport établissant que 15 pays miniers d'Afrique perdent chaque année entre 450 et 730 millions de dollars de recettes fiscales en raison des pratiques d'optimisation fiscale des FTN de l'industrie minière, majoritairement suisses, qui exploitent et commercialisent ces ressources.

- Au Guatemala, l'entreprise Solway, immatriculée en Suisse et dotée de sociétés écrans, exploite depuis 2014 l'un des plus gros gisements de nickel d'Amérique centrale. Elle n'a versé que 1,5 million de dollars d'impôts entre 2014 et 2018, grâce à des artifices comptables, et tout en provoquant une série de pollution par son activité d'extraction. L'entreprise est également soupçonnée d'avoir corrompu le gouvernement du Guatemala.

B Coopérations et tension : l'Union européenne

1. L'Union européenne et la politique de cohésion territoriale

• À partir des années 1980, l'élargissement de l'Union européenne (UE) a progressivement inséré dans le même ensemble économique et politique des territoires très divers, tant par leurs activités économiques que par leur niveau de développement. En 1986, l'UE a donc mis en place une politique de cohésion territoriale, pour combler les disparités entre régions marginalisées et territoires riches.

• **Les indicateurs permettant de mesurer ces inégalités se combinent.** La mesure du PIB recoupe le type d'activité de chacune des régions de l'UE : les régions industrielles et rurales sont moins riches que les régions tertiaires, et, parmi elles, les régions métropolitaines dominent.

Doc. **PIB régional par habitant en euro en 2022 (en parité de pouvoir d'achat)**

Les plus élevés			Les plus faibles		
1	Luxembourg	87100	1	Yuzhen centralen (Bulgarie)	12300
2	Southern (Irlande)	84500	2	Severozapaden (Bulgarie)	12800
3	Eastern (Irlande)	77400	3	Severen tsentralen (Bulgarie)	12800
4	Bruxelles capitale (Belgique)	66200	4	Voreio Aigaio (Grèce)	13500
5	Prague (Tchéquie)	65800	5	Severoiztochen (Bulgarie)	14000
6	Hambourg (Allemagne)	61900	6	Guyane (France)	14300
7	Région capitale (Danemark)	57700	7	Panonska Hrvastska (Croatie)	14400
8	Ile de France (France)	56900	8	Yugoizotchen (Bulgarie)	14600
9	Bavière (Allemagne)	56900	9	Anatoliki Makédonia (Grèce)	14600
10	Stockholm (Suède)	55300	10	Ipeiros (Grèce)	14900

Source : Eurostat.

Note : La **région de Luxembourg** produit 2 fois et demi plus de richesse par habitant que la moyenne communautaire.
Les régions qui se trouvent au-dessus de la moyenne communautaire sont souvent des **régions capitales**, marquées d'un astérisque. Cela confirme la puissance des territoires métropolitains.
Les **régions les plus pauvres** produisent trois fois moins de richesse par habitant que la moyenne communautaire, et **6 à 8 fois moins** que les régions les plus riches. Elles correspondent aux régions rurales des anciennes démocraties populaires, mais aussi à une partie de la Grèce, frappée par une grave crise financière depuis 2008.

• **Les fractures suivent également le tracé de l'ancien rideau de fer.** C'est dans les territoires de l'ancien bloc de l'Est que se trouve une majorité des régions les plus éloignées de la moyenne communautaire, en Bulgarie, Roumanie. C'est à partir de ce constat que l'UE a décidé d'agir à l'échelle régionale.

2. Une politique de cohésion territoriale aux résultats inégaux

• Pour la période 2021-2027, l'UE prévoit de lui allouera 392 milliards d'euros, soit environ 30% de son budget total. Cette aide abonde trois fonds, finançant ensuite des projets qui approchent les difficultés de développement sous tous leurs aspects : le fonds européen de développement régional (FEDER) soutient les projets visant l'innovation, la transition énergétique et la compétitivité des entreprises ; le fonds de cohésion finance les projets améliorant les transports et les infrastructures de communication ; le fonds social européen (FSE) participe aux actions concernant l'emploi, l'éducation et la lutte contre la pauvreté.

• **L'UE cofinance les projets à hauteur de 85 % maximum.** Sa part dépend de la situation des régions aidées, les plus fragiles recevant davantage. La traduction concrète des projets relève ensuite des États et des régions elles-mêmes. Au total, c'est la Pologne qui a reçu le plus de fonds (22 %), suivie de l'Italie et de l'Espagne (9 % chacune).

• **Le bilan de cette politique d'aide régionale a été dressé par l'UE elle-même.** La politique de convergence de l'UE a permis de réduire les écarts entre les États, mais elle n'a pas empêché que s'accentuent les écarts entre les régions comme à l'intérieur des régions. En effet, doter les régions en retard d'infrastructures et d'outils équivalents à ceux des régions les plus riches revient à entretenir les effets de concentration des facteurs de production, encouragés par le processus de mondialisation : dans chaque pays, seules quelques régions tirent la croissance globale. Ainsi, les régions capitales de Prague, Bratislava et Varsovie produisent davantage de richesse que la moyenne européenne, mais les autres régions de la Tchéquie, de la Slovaquie et de la Pologne, marginalisées dans le cadre de la division internationale du travail, demeurent à un niveau de richesse inférieur à la moyenne communautaire.

3. Les disparités fiscales et la concurrence à l'intérieur de l'UE

• **L'insertion dans l'UE a également eu des effets sur les territoires à l'échelle nationale.** Ainsi l'adhésion de la Grèce en 1981 a plongé ce pays dans un contexte économique nouveau. La disparition des barrières douanières a provoqué la quasi-disparition de l'industrie grecque, concurrencée frontalement par des pays où la productivité et la compétitivité étaient supérieures. Le soutien de l'UE a permis d'équiper le territoire grec en hôpitaux ou université, mais sans forcément interroger la pertinence de ces dotations, parfois supérieures aux besoins. L'arrivée de migrants a favorisé le développement d'activités bénéficiant d'une main-d'œuvre peu chère, comme le tourisme sur les îles, et accru l'émergence d'une économie rentière. Enfin, l'adhésion à l'UE n'a pas permis à la Grèce d'améliorer son système fiscal, largement contourné par les Grecs.

- **À l'échelon communautaire**, l'UE a adopté en décembre 2022 le **taux unique de 15 %** sur les bénéfices des multinationales, déjà validé par 140 pays dans le monde, sous l'égide de l'OCDE. Cela devrait limiter la concurrence déloyale entre pays membres. Toutefois, son application n'est pas attendue avant 2024, et elle doit recevoir l'aval du Parlement européen comme des pays signataires.

C Des accords régionaux économiques peu porteurs de développement

1. Le Mercosur, ou la difficile construction des complémentarités

- **Depuis 1960, les Latino-Américains poursuivent l'objectif de rapprocher leurs économies.** Fondé par le traité d'Asunción (1991), le Mercosur (Marché commun d'Amérique du Sud) est entré en vigueur en 1995. Aujourd'hui, Brésil, Argentine, Uruguay et Paraguay comptent 260 millions d'habitants et produisent 2 200 milliards de dollars de richesses annuelles.

- **L'objectif initial du Mercosur était de réaliser une union douanière,** et de garantir la libre circulation des biens et des capitaux, celle des hommes étant prévue dans un second temps. Les échanges ont quadruplé entre les pays membres entre 1991 et 1999, mais le Mercosur a connu ensuite un processus d'intégration très lente. En effet, les États membres sont moins complémentaires que concurrents, comme grandes puissances agricoles et minières. En outre, le Brésil représente à lui seul 70 % du PIB total, ce qui réduit considérablement les possibilités de complémentarité ou la construction d'une structure politique équilibrée. Enfin, de nombreux pays du cône sud-américain (Chili, Pérou, Paraguay) ont renoncé au Mercosur pour se tourner vers d'autres alliances commerciales, notamment avec les États-Unis. Quant au projet de traité de commerce avec l'UE, qui ouvrirait aux agriculteurs sud-américains l'accès à un gigantesque marché de consommation, il suscite de vives craintes des éleveurs dans toute l'UE.

- **Le processus d'intégration passe plutôt par les FTN.** On assiste à l'émergence des « *multilatinas* », multinationales latino-américaines implantées dans plusieurs pays, comme la compagnie LATAM airlines, née de la fusion de la LAN (Chili) et de la TAM (Brésil).

2. L'accord États-Unis-Mexique-Canada (AEUMC) et l'intégration croissante en Amérique du Nord

- **L'accord États-Unis-Mexique-Canada**, ratifié en juillet 2020, a remplacé l'accord de libre-échange nord-américain (Alena), entré en vigueur en 1994 entre les États-Unis, le Canada et le Mexique ; ils comptent 440 millions d'habitants et un PIB de près de 23 000 milliards de dollars, dont les États-Unis assurent 87 %.

- **Le libre-échange a favorisé les délocalisations vers le Mexique,** au niveau de vie plus bas, provoqué la ruine d'un million de cultivateurs de maïs mexicain, mais aussi accéléré les échanges entre les trois pays et renforcé le rôle d'interface des frontières terrestres. Mexique et Canada sont les principaux marchés d'exportation des États-Unis.

- **Si la circulation des capitaux et des biens y est facilitée,** celle des personnes est contrôlée, et l'immigration illégale criminalisée, notamment entre Mexique et États-Unis.

Sachez que...
Un accord de libre-échange fait disparaître les droits de douane sur certains produits entre les pays signataires, tandis que l'union douanière y ajoute des tarifs communs aux frontières extérieures.

L'ESSENTIEL

Coopération, régulation et tensions aux échelles mondiale, régionale et locale

- Par des ZES, une législation de paradis fiscal ou la baisse des impôts sur les entreprises, les États exercent un rôle décisif sur la localisation des activités comme sur la répartition des bénéfices économiques. Cette situation favorise l'exacerbation de la concurrence entre les États, au détriment des plus pauvres et des plus fragiles. C'est pourquoi le G20 s'est engagé depuis 2008 à réguler la fiscalité mondiale, avec des résultats encore modestes.
- Les accords régionaux offrent aux territoires des conditions de développement spécifiques. L'UE, qui regroupe des régions aux fortes disparités économiques, y a répondu par une politique de cohésion économique. Les régions métropolitaines en ont davantage tiré profit que les régions rurales ou désindustrialisées : les écarts se creusent entre les territoires.
- Ailleurs dans le monde, le Mercosur et l'AEUMC régulent uniquement les flux de marchandises et de capitaux, soit sous la forme d'une union douanière (Mercosur) soit d'un accord de libre-échange (AEUMC). Ces accords ignorent les effets territoriaux et sociaux des ouvertures commerciales.

COURS

ZOOM SUR...

L'Asie du Sud-Est : inégalités d'intégration et enjeux de coopération

1 Le projet de l'Asean

→ **Le Sud-Est asiatique est structuré par l'Association des nations d'Asie du Sud Est (Asean)**, qui a vu le jour en 1967, en s'inspirant du modèle européen, et avec la volonté initiale d'empêcher l'expansion du communisme. Elle compte aujourd'hui 10 pays, liés par la volonté d'établir entre eux une connexion privilégiée. Cela se traduit concrètement par la volonté de pouvoir combiner l'usage de leurs infrastructures (ports, aéroports, autoroutes), et d'harmoniser leurs réglementations commerciales et douanières, et leurs usages numériques. En 2015, les pays de l'Asean ont annoncé l'instauration d'une communauté économique avec comme objectif un marché unique.

→ **Toutefois, l'Asean n'a pas grand-chose à voir avec l'UE.** Il n'existe aucune forme de gouvernance et les décisions sont prises par les gouvernements, sans administration *ad hoc*. Les populations ne sont pas non plus représentées par une institution équivalente au Parlement européen. Seul l'accord « Asean +3 », avec la Chine, le Japon et la Corée du Sud, permet de parler d'une seule voix à l'OMC.

2 L'enjeu des puissances japonaise et chinoise

→ **Au fond, l'intégration économique de la région ne doit pas grand-chose à l'Asean,** mais bien davantage au modèle de développement suivi de manière plus ou moins concertée entre les pays du continent ; il repose sur un État pilote, l'arrimage au dollar, et le rôle précurseur du Japon qui, en délocalisant et sous-traitant dans toute la région, a impulsé les mutations économiques.

→ **Aujourd'hui, c'est la Chine qui orchestre l'intégration asiatique.** Alors que les échanges intra-asiatiques représentent 60 % du commerce total, la Chine a décidé d'organiser la coopération régionale, créant la banque asiatique d'investissement pour les infrastructures, et lançant le projet des routes de la soie.

Doc. Le Sud-Est asiatique

Source : d'après Hugues Tertrais, *Atlas de l'Asie du Sud-Est*, Autrement, 2014.

ZOOM SUR...

Les corridors de développement en Amérique latine

1 Des corridors existants... et d'autres en projet

→ **On appelle corridor ou couloir un axe structurant,** qui concentre différentes voies de transport et de communication (fer, route, eau, air, oléoducs et gazoducs, câbles de communication), et relie plusieurs pôles par des échanges intenses. Lorsque cet axe crée et développe des points d'appui intermédiaires, il impulse le développement d'un territoire. Le développement des corridors s'est donc accéléré avec la mondialisation.

→ **Cette fonction de corridor joue un rôle structurant dans la région de l'isthme américain,** qui entend devenir une plateforme multimodale dans le réseau mondial des échanges. Le passage de l'Atlantique au Pacifique, pratiqué avant la colonisation, s'est intensifié à l'arrivée des Européens, notamment à Panama avec l'aménagement du *Camino Real*, puis du canal, avec le soutien actif des États-Unis qui obtiennent en retour le contrôle de la *Canal zone* jusqu'au 1er janvier 2000. Doublé d'un axe ferroviaire et routier, élargi en 2016 pour s'adapter au gabarit des porte-conteneurs géants, le canal n'en demeure pas moins une infrastructure fragile, dépendante des ressources en eau actionnant les écluses, et potentiellement menacée par l'ouverture des routes maritimes en Arctique.

→ **D'autres infrastructures sont encore à l'état de projet,** comme le percement d'un canal au Nicaragua, qui se heurte à la présence de populations autochtones sur la côte atlantique. Plus au sud, les *corredores bioceánicos* demeurent peu empruntés, en raison d'infrastructures vétustes et de la barrière que constitue la Cordillère des Andes.

→ **Ces projets se raccordent à l'axe Nord-Sud** qu'est la Transaméricaine, voie routière imaginée dans les années 1960 pour relier Nord et Sud du continent. S'y raccrochent enfin des axes spécialisés, reliant des bassins de production agricole ou industrielle aux grands ports de la région.

2 Des effets contrastés

→ **Les effets de ces corridors, lorsqu'ils sont en fonctionnement, sont variables.** Le canal a littéralement coupé le territoire panaméen en deux, tout en fixant les lieux du développement national. De part et d'autre du canal, les villes de Colon et Panama City servent respectivement d'immense zone franche pour la production industrielle mondiale, et de capitale du blanchiment et de l'évasion fiscale.

→ **D'une manière générale, seuls quelques ports bénéficient de cette stratégie de transfert Est-Ouest,** comme Valparaiso au Chili. Leur contrôle, souvent reversé au secteur privé, ne favorise pas un développement durable mais s'appuie sur des économies extractives prédatrices.

Doc. Le réseau des corridors en Amérique centrale

Source : Lucile Medina, « Les projets de corridors interocéaniques en Amérique centrale », *EchoGéo*, 2019.

3 La France : un rayonnement international différencié et une inégale attractivité dans la mondialisation

COURS

A La France est devenue la 7e puissance mondiale

1. Une puissance économique intégrée à la mondialisation

• **Avec plus de 2 700 milliards de dollars, le PIB français se classe, en 2019, 7e à l'échelle mondiale.** La France a été devancée par des puissances émergentes telles que la Chine et plus récemment l'Inde. Elle demeure une grande puissance : la France est ainsi membre du G8 et du G20, deux institutions internationales destinées à gouverner l'économie mondiale. Par ailleurs, la France a souvent nommé le directeur d'une autre institution économique mondiale : le FMI. C'est le signe de son poids diplomatique à l'échelle internationale.

• **Cette puissance économique s'appuie sur l'accumulation de richesse** permise par l'entrée précoce (XIXe siècle) dans le processus d'industrialisation. Aujourd'hui, l'économie est diversifiée et particulièrement dynamique dans le secteur des services qui assure 77 % du PIB (21 % pour l'industrie et 2 % pour l'agriculture). L'économie française compte un certain nombre de fleurons, des grandes entreprises (FTN) présentes à l'échelle mondiale et dans tous les secteurs : elle se place au 4e rang avec 31 des 500 plus grandes entreprises. Paris (particulièrement le quartier de La Défense) est le 3e pôle accueillant le plus de sièges sociaux au monde. On trouve des FTN françaises dans l'énergie telles que Total et Engie, dans l'automobile telles que Renault et Michelin, de grandes banques (BNP, Société Générale) et l'industrie du luxe avec LVMH, l'entreprise numéro 1 mondial du secteur.

• **Ouverte sur le monde, la France compte pour 3 % du commerce mondial,** elle est la 7e puissance exportatrice. Elle est devenue en 2019, le pays européen le plus attractif pour les investissements directs à l'étranger (IDE). L'activité touristique a retrouvé en 2022 son niveau d'avant COVID.

Sachez que...
Le Louvre est le musée le plus visité au monde avec plus de 7,8 millions de billets vendus en 2022, principalement à des touristes étrangers Américains Allemands et Italiens.

2. Une puissance militaire majeure en Europe

• **La France, petit pays à l'échelle mondiale, dispose d'une puissance militaire indéniable.** Elle lui permet de mobiliser son *hard power*, c'est-à-dire d'imposer sa volonté aux autres pays. Elle dispose à cet effet de la dissuasion nucléaire depuis 1960. Son immense ZEE (2e rang mondial) lui permet d'avoir une marine capable d'intervenir dans toutes les mers et océans.

• **Elle continue, malgré les restrictions budgétaires, à dépenser massivement pour ses forces armées :** le budget militaire de la France est de plus de 41 milliards d'euros en 2022 (gendarmerie exclue) soit plus de 2 % de son PIB quand l'Allemagne n'y consacre que 1,4 %. La guerre en Ukraine conduit les pouvoirs publics à renforcer rapidement les capacités de défense nationale, mais la production d'armes et de munitions est complexe.

• **La France projette cette puissance militaire hors de ses frontières.** Elle est présente dans de nombreuses opérations extérieures (OPEX) de son propre chef ou dans le cadre d'opérations de l'ONU ou de l'OTAN. Depuis février 2022, l'opération Aigle, en Roumanie, mobilise par exemple près de 1000 soldats français pour protéger les pays de l'OTAN. Les forces spéciales sont également présentes plus discrètement dans les guerres asymétriques contre Daech en Irak et en Syrie. La marine française s'était également illustrée dans l'opération Atalante destinée à sécuriser le trafic maritime dans l'océan Indien contre la piraterie.

B La France vise à diversifier ses facteurs de puissance

1. Affirmer le *soft power* par la francophonie

• **La France vise avec la francophonie à diffuser non seulement sa langue mais aussi son modèle.** Le français est la 5e langue la plus parlée au monde avec 300 millions de locuteurs. On les retrouve principalement en Europe, en Afrique centrale et de l'Ouest et en Amérique du Nord. La francophonie rassemble les locuteurs du français mais désigne également une institution internationale destinée à promouvoir la culture et les valeurs de la France. Les pays membres doivent porter et respecter les droits de l'homme et la démocratie sous peine d'exclusion (Madagascar de 2009 à 2015). C'est donc aussi un dispositif politique qui permet à la France de cultiver des alliances politiques et diplomatiques.

> **Sachez que...**
> Le français est la 2e langue la plus utilisée dans les rencontres internationales.

• **Cette francophonie est vivace grâce au réseau des centres culturels français à l'étranger** – souvent appelées Alliances françaises – secondé par son réseau mondial d'établissements scolaires à l'étranger. Ceux-ci sont rassemblés au sein d'une agence publique qui coordonne leur fonctionnement à l'échelle mondiale. Ils font rayonner la francophonie chez les populations des cadres mondialisés, quelle que soit leur nationalité : sur les 370 000 élèves, 60 % sont en effet étrangers.

ZOOM SUR...

Les opérations militaires françaises au Sahel

1 Un appel à la puissance militaire de la France

→ **Les interventions militaires françaises trouvent leur origine en 2013.** Elles sont sollicitées par l'État malien débordé par une campagne militaire sécessionniste. Les Touaregs arabophones du nord du pays revendiquent en effet depuis longtemps leur indépendance et veulent créer un nouvel État sahélien, l'Azawad. Ils sont soutenus par de mouvements terroristes islamiques. Le contexte de déstabilisation du nord du Sahara après la chute du dictateur libyen Khadafi leur est favorable.

→ **La survie territoriale du Mali est en jeu** si bien que le président François Hollande envoie 4 000 hommes dans le cadre de l'opération Serval. L'offensive des Touaregs est repoussée et Bamako épargné mais le nord du pays reste occupé par les sécessionnistes qui commettent de graves exactions, notamment à Tombouctou et Gao.

2 L'élargissement des opérations militaires françaises

→ **Devant l'impopularité de cette intervention en France, elle est remplacée par l'opération Barkhane**. La France y déploie plus de 5 000 soldats en 2020 auxquels s'ajoutent des troupes britanniques, estoniennes puis danoises dans le cadre de l'UE, et des soldats des pays du G5 Sahel (Tchad, Niger, Burkina Faso et Mauritanie) et d'autre part aux pays du G5 Sahel (Tchad, Niger, Mali, Burkina Faso et Mauritanie) qui mobilisent leurs armées. L'ONU a également installé au Mali une mission, la Minusma, forte de 13 000 soldats.

→ **Ces forces militaires combattent désormais les organisations terroristes islamiques,** principalement AQMI (Al-Qaïda au Maghreb islamique). Celles-ci ont totalement fusionné avec les groupes touaregs et contrôlent le Sahara qu'elles connaissent et maîtrisent bien mieux que les armées étrangères. Les armées locales mal formées et équipées sont peu efficaces.

→ **Le bilan de ces opérations militaire est assez sombre.** Le bilan humain est lourd. Les forces militaires ne parviennent pas à enrayer la progression des djihadistes qui déstabilisent désormais une zone très étendue et bien plus dense. Les populations refusent ce qu'elles considèrent comme de l'ingérence néo-coloniale. En août 2022, les derniers soldats français quittent le Mali. L'opération Barkhane s'achève le 9 novembre 2022 sans réussite notable.

- **La France s'est dotée de chaînes audiovisuelles de diffusion mondiale :** TV5 Monde, France 24 et RFI permettent à la France de faire entendre sa voix et sa spécificité dans les relations internationales. Récemment, de grandes institutions culturelles participent au renforcement de l'influence de la France à l'échelle mondiale avec l'installation de sites dans des pays étrangers : le Louvre et la Sorbonne ont ouvert des sites à Abu Dhabi, émirat pétrolier du golfe Persique.

2. Une grande puissance diplomatique

- **La France dispose du deuxième réseau diplomatique mondial derrière celui des États-Unis.** La France veille à compter parmi les puissances diplomatiques incontournables dans le monde. Son siège permanent au Conseil de sécurité de l'ONU lui offre un poids diplomatique considérable par les nombreux alliés qu'il lui procure.

- **Elle mène sa politique de grandeur dans le cadre de l'ONU.** En 2003, la France a ainsi refusé l'intervention de l'ONU aux côtés des États-Unis dans la guerre d'Irak. Elle a accueilli et activement soutenu la COP 21 débouchant sur les accords de Paris (2015).

- **En Europe, la France est l'un des pays accueillant le plus d'institutions internationales.** Logiquement, la francophonie a son siège à Paris. Y sont également installés l'Unesco, organisme de l'ONU chargé de la promotion de l'éducation ainsi que l'OCDE, une organisation économique qui rassemble tous les pays développés de l'ancien bloc de l'Ouest. À Lyon se trouve Interpol, un organisme international de coopération policière.

C Une puissance en déclin ?

1. Une puissance économique qui peine à soutenir la concurrence

- **Si la France affiche des ambitions mondiales élevées, elle est devenue en réalité une puissance moyenne.** Dans un contexte de mondialisation et d'émergence de nouvelles puissances économiques, la France rencontre des difficultés. Cette perte de puissance entraîne un sentiment de déclin dans la population et un rejet de la mondialisation.

> **Sachez que...**
> La France est un des pays les plus pessimistes au monde : 86 % de la population a peur de l'avenir.

- **L'industrie française pâtit d'un manque d'investissement ancien** et a cantonné sa production à des biens de moyenne gamme à faible valeur ajoutée par exemple dans le secteur automobile. Cette stratégie se révèle inopérante car l'industrie tricolore est largement concurrencée par des coûts de production bien plus faibles à l'est de l'Europe ou même au Maghreb. Aussi, l'industrie automobile nationale a supprimé beaucoup d'emplois en France.

- **Autre signe d'une production industrielle française peu performante : les exportations diminuent** de manière continue. La balance commerciale est largement déficitaire et le chômage massif (entre 8 et 10 % selon la conjoncture). L'ensemble du secteur productif a été touché de plein fouet par une forte inflation en 2022, alimentée par la guerre en Ukraine et les tensions internationales.

Sachez que...
Renault a investi dans une immense usine de 7 000 ouvriers proche du port de Tanger et donc du marché européen.

Doc. La balance commerciale de la France (2019)

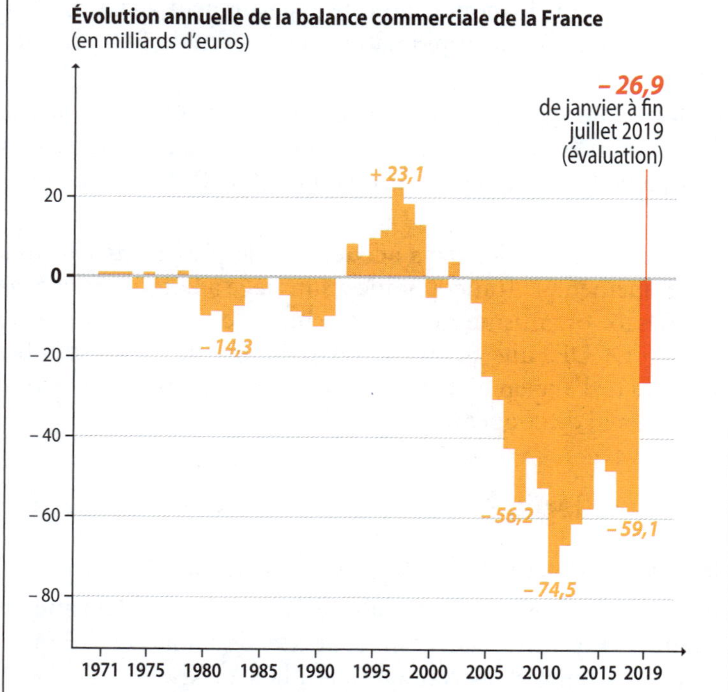

Source : *Le Monde*, 7 août 2019.

2. Une puissance politique qui peine à tenir son rang

- **La voix de la France compte de moins en moins à l'échelle internationale.** Devenue une puissance économique moyenne, son siège permanent à l'ONU lui est contesté. Dans le cadre d'une réforme souvent envisagée, l'Allemagne puissance économique majeure le revendique, au moins pour l'ensemble de l'UE. Dans les crises internationales récentes telles que la guerre en Syrie, l'accord sur le nucléaire iranien ou la guerre en Ukraine les tentatives françaises pour peser ont toutes échoué. Les grandes puissances que sont les États-Unis, la Russie et la Chine imposent leurs intérêts géostratégiques.
- **En Europe,** la guerre en Ukraine a modifié le rapport des pays membres de l'UE à la notion de puissance. l'Allemagne se range à la nécessité de développer des outils de défense communs, mais ses effets sont encore lointains.

L'ESSENTIEL

La France : un rayonnement international différencié et une inégale attractivité dans la mondialisation

- La France est historiquement une grande puissance à l'échelle d'abord européenne puis mondiale. Elle a construit au fil du temps des facteurs de puissance politiques, économiques et militaires qui l'ont placée au premier rang. La France est aujourd'hui considérée comme une grande puissance économique. Son économie s'est spécialisée dans les services qui assurent plus des trois quarts du PIB. Ses grandes entreprises multinationales sont nombreuses et font de la place de Paris un pôle de l'économie mondiale. Sa puissance militaire lui assure également un poids politique à l'échelle mondiale.
- Soucieuse de diversifier ses facteurs de puissance, la France cultive aujourd'hui son *soft power*. Sa langue, sa culture sont autant d'éléments mis en valeur dans le cadre de la francophonie, du réseau des établissements scolaires à l'étranger, de l'audiovisuel, des partenariats noués par les musées, les universités... pour porter avec succès la voix et les valeurs de la France.
- Cependant, la puissance de la France semble en déclin, concurrencée par les puissances émergentes. Le monde multipolaire marginalise la France. Les faibles performances de son économie l'empêchent de compter parmi les grandes puissances et de faire entendre sa voix.

Mots-clés

■ **Aire de puissance** : espace constitué d'États qui, en raison de leur importance, exercent une influence mondialisée.

■ **Balance commerciale** : différence entre la valeur des exportations et celle des importations.

■ **Centre d'impulsion** : région urbaine qui concentre des fonctions de commandement de rang mondial, qu'elles soient économiques, politiques, culturelles ou diplomatiques.

■ **Coopération régionale (organisation de)** : alliance entre plusieurs États pour peser davantage dans l'espace mondial et bénéficier des effets de complémentarités locales et de solidarité entre les pays membres.

■ **Dissuasion nucléaire** : stratégie de défense qui s'appuie sur l'arme nucléaire et la peur qu'elle suscite.

■ **Francophonie** : communauté des peuples pratiquant la langue française.

■ **G7/G8** : groupe des 7 pays les plus riches du monde fondé en 1975 par la France pour surmonter collectivement la crise du début des années 1970. La Russie, admise en 1997, en a été suspendue en 2014.

■ **G20** : groupe de 19 pays plus l'UE représentant 90 % du produit mondial brut se réunissant annuellement pour compléter le G7 et coordonner la gouvernance de l'économie mondiale.

■ **Mégalopole** : région urbaine concentrant des dizaines de millions d'habitants, et comprenant plusieurs métropoles reliées entre elles.

■ **Coopération régionale (organisation de)** : alliance entre plusieurs États pour peser davantage dans l'espace mondial et bénéficier des effets de complémentarités locales et de solidarité entre les pays membres.

■ **Paradis fiscal** : État, souvent de petite taille, qui adopte une législation et une fiscalité très favorables aux capitaux pour assurer son propre développement. Par la création de sociétés écran et le blocage d'informations, entreprises et particuliers peuvent y transférer artificiellement tout ou partie de leurs bénéfices, et ainsi réduire considérablement leurs impôts.

■ **Pays en développement** : pays dont l'économie dépend encore largement de l'exploitation d'une ou plusieurs matières premières, et dont la rentabilité est instable.

■ **Pays émergent** : pays dont l'économie, en forte croissance, se diversifie, mais où les inégalités sociospatiales demeurent importantes.

■ **Pays industrialisé** (synonyme de pays développé) : pays dont l'économie repose sur les secteurs de l'industrie et des services, et qui bénéficie d'un large accès aux réseaux de transport et de communication.

■ **Pays les moins avancés (PMA)** : pays cumulant les handicaps, ce qui empêche ou freine leur développement.

■ **Rente (économie de)** : économie reposant sur l'exploitation d'une ressource naturelle, le plus souvent en quantité finie.

■ **Réseau** : ensemble des liaisons reliant des lieux d'un territoire, de manière matérielle (réseau routier, ferroviaire) ou immatérielle (réseau internet).

■ **Secteur informel** : ensemble des activités qui ne sont pas déclarées à l'administration fiscale, et se traduisent par des statuts professionnels précaires.

Chiffres clés

En 2022 :

- PIB mondial : 96 000 milliards de dollars (FMI).
- PIB États-Unis : 21 000 milliards de dollars.
- PIB Chine : 19 000 milliards de dollars.
- PIB/hab. Chine : 10 000 euros/hab./an.
- Pays industrialisés : 10 % de la population, 60 % du PIB mondial, 80 % des nouvelles connaissances.
- Pays émergents

– 13 % des Mexicains 18 % des Turcs ou 30 % des Indonésiens sont de petits agriculteurs.

– 50 % des Brésiliens se partagent 10 % des richesses, l'autre moitié dispose des 90 % restants.

- Pays en développement et PMA

– 80 % de la population du Guatemala est pauvre.

– Le chômage officiel dépasse 40 % dans la plupart des PMA.

- France

– PIB France : 2 950 milliards de dollars.

– PIB/hab. France : 34 100 euros/hab./an.

– 3 % du commerce mondial.

– 2 % du PIB dépensé dans l'armée.

Le Luxembourg, paradis fiscal en Europe

Solway et l'exploitation du nickel au Guatemala

Le programme FEDER FSE

La France est-elle encore une grande puissance ?

La fin de l'opération Barkhane

Documents majeurs

Doc. 1 Qu'est-ce qu'un État émergent ?

L'émergence caractérise le processus par lequel un État s'intègre à l'économie mondiale grâce à une croissance économique forte pendant plusieurs années [...]

Parler d'émergence plutôt que de développement induit des différences majeures : l'émergence est plus économique que sociale, et elle peut ne pas se traduire par l'amélioration des conditions de vie des plus pauvres [...]

Les États émergents présentent des caractéristiques communes qui se retrouvent de façon plus ou moins prononcée et avec des écarts selon les situations : une population nombreuse mais qui a achevé sa transition démographique, un régime politique stable mais souvent autoritaire, la formation d'une classe moyenne capable de consommer et d'occuper les emplois intermédiaires dans les services et l'administration, une urbanisation rapide, et souvent un creusement de l'écart de richesse.

J.-B. Bouron, *Géoconfluences*, ENS/DGESCO, 10 juillet 2018.

Doc. 2 La francophonie, outil du *soft power* de la France

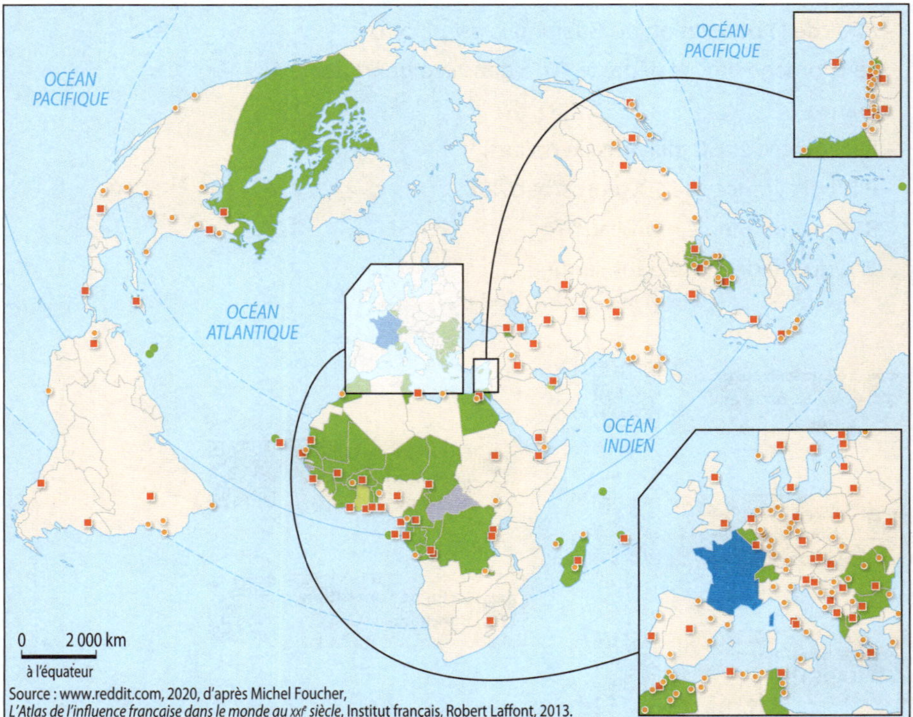

Source : www.reddit.com, 2020, d'après Michel Foucher, *L'Atlas de l'influence française dans le monde au XXIe siècle*, Institut français, Robert Laffont, 2013.

États membres de l'Organisation internationale de la francophonie — États associés — États suspendus — Institut français — Antenne

Doc. 3 Des territoires inégalement intégrés

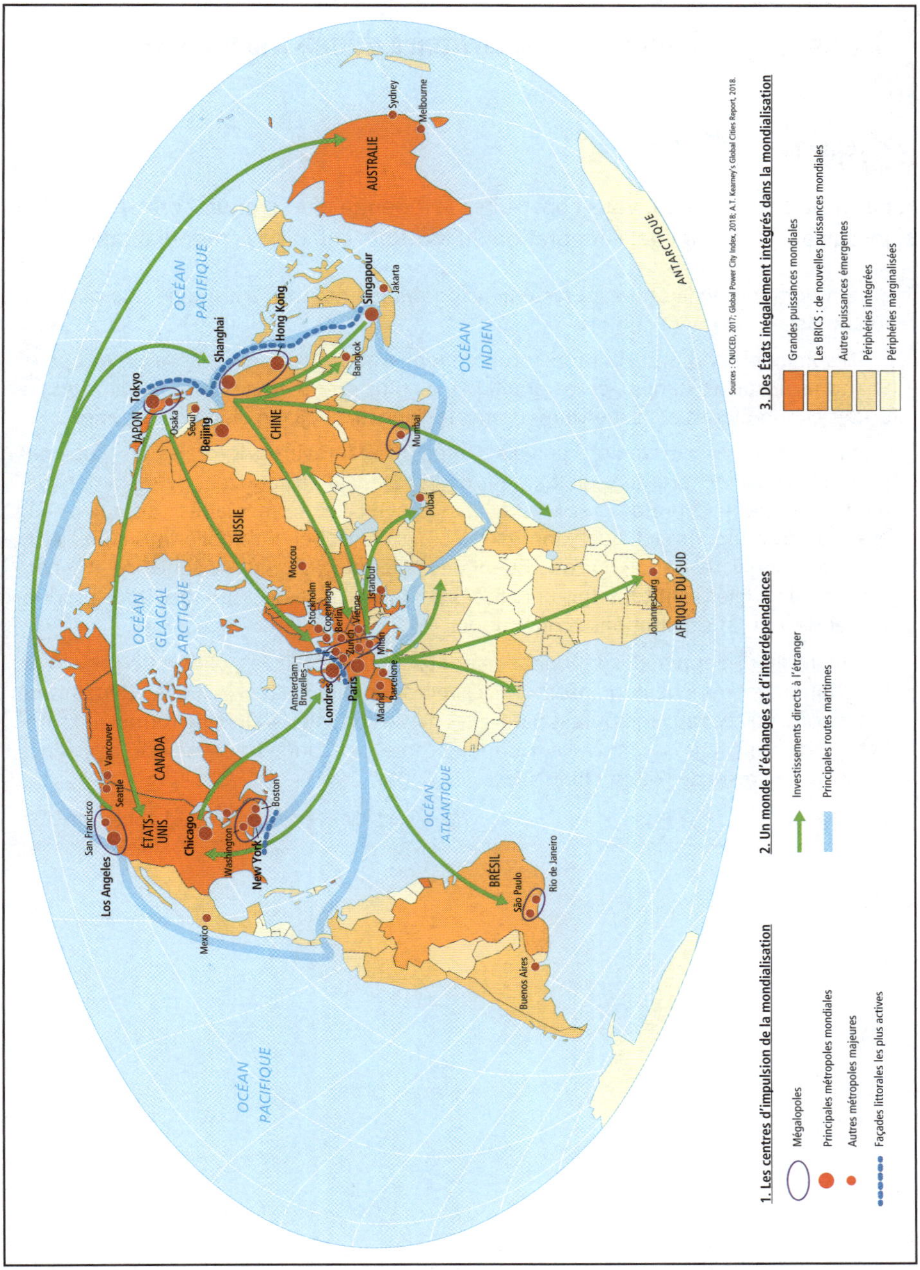

REPÈRES

EXERCICE

Réaliser un croquis

Une inégale intégration du territoire chinois à la mondialisation

CONSIGNE

À partir du texte suivant, vous construirez la légende d'un croquis correspondant au sujet suivant : « Une inégale intégration du territoire chinois à la mondialisation ».

L'intégration de la Chine au système économique mondial a entraîné une polarisation du développement chinois.

Les lieux de la mondialisation comprennent d'abord les trois grandes métropoles (Shanghai, Pékin et Tianjin), et les provinces les plus précocement lancées dans les réformes économiques et l'ouverture, comme le Jiangsu, Zhejiang et le Guangdong.

Viennent ensuite les régions en voie d'intégration (provinces littorales, ainsi que des territoires intérieurs profitant pleinement de l'axe fluvial du Yangzi et de ses aménagements, comme le Chongqing et l'Hubei). Les provinces intermédiaires s'articulent aux foyers de développement que sont Pékin et Tianjin (Hebei, Mongolie intérieure) et le bassin du Yangzi (tel Anhui) ou constituent des pôles de croissance secondaires (Hainan, Shaanxi, Jilin). Elles sont toutefois pénalisées par la vieillesse de leurs structures productives et de leurs spécialisations économiques.

Quant aux périphéries continentales et aux terres enclavées, elles enregistrent un développement franchement insuffisant, car elles sont encore mal reliées au dynamisme côtier. Voies d'accès aux ressources naturelles d'Asie centrale, le Xinjiang forme une sorte de front pionnier sur la « nouvelle route de la soie » et connaît des taux de croissance supérieurs au reste de l'ouest chinois.

Frank Tétart (dir.), *Grand Atlas 2018*, Éd. Autrement, 2017.

EXERCICE

POINT MÉTHODE

Construire une légende

1 À quoi sert une légende ?

• Produire une carte ou un schéma à partir d'un texte d'appui repose sur l'identification et la sélection d'informations, qui sont ensuite transformées en figurés et placés dans un fond de carte.

• Ces informations sont également classées dans une légende qui permet de comprendre le sens de la production graphique. Elle donne le sens de chaque figuré, sa signification. Elle est divisée en deux ou trois parties qui correspondent aux grandes idées du texte d'appui, dont elle expose donc le raisonnement.

2 Identifier les thèmes et les organiser

• Retrouver les thèmes de la légende

Si des axes d'analyse sont indiqués de manière explicite dans la consigne, n'ayez pas peur de les reprendre tels quels, vous aurez peu de temps pour en chercher d'autres ou les reformuler. Si la consigne est trop générale, partez du texte. Il sera le plus souvent divisé en deux ou trois paragraphes : appuyez-vous sur ces découpages pour trouver les parties de votre légende.

Mobilisez également vos connaissances pour vous remémorer les raisonnements de vos cours. Les textes d'appui ne traitent pas de sujets confidentiels mais de thématiques largement traitées dans le programme : les grandes idées n'y seront pas différentes.

• Organiser la légende en faisant un plan

L'ordre des parties reprendra l'ordre du raisonnement du texte ; c'est à la fois le plus facile et le plus logique.

Chaque partie est dotée d'un titre explicatif, qui en résume le sens. Ne vous contentez pas de numéroter les étapes sans les présenter en quelques mots.

Habituez-vous à faire des phrases titre pour vous obliger à exprimer des idées, et non à seulement définir des catégories.

À l'intérieur de chaque partie, l'ordre des figurés n'est pas imposé. Veillez cependant à les regrouper par nature, surtout si vous hiérarchisez une information par un dégradé de couleur ou de taille.

• **La consigne vous permet de repérer le thème et l'enjeu du sujet :** l'inégale intégration du territoire chinois. Vous pouvez d'ores et déjà associer le sujet à quelques mots clés sur votre brouillon : échelles/interfaces, littoraux, métropoles, régions de montagne, régions enclavées.

• **L'idée-force** est annoncée par le mot clé de la première phrase : « polarisation », c'est-à-dire focalisation, renforcement, convergence vers un lieu donné.

• **Le plan du texte** confirme ce raisonnement avec trois paragraphes qui reprennent chacun un degré d'intégration à la mondialisation, des territoires les plus intégrés à ceux qui sont le plus en marge.

CORRIGÉ

PROPOSITION DE CORRIGE

[Titre du croquis]

La Chine, première économie mondiale

[Proposition de légende organisée]

L'organisation de la légende peut être la suivante :

- les régions et métropoles littorales, les mieux intégrées à l'espace mondial ;
- le territoire chinois qui tire parti de cette ouverture, grâce à une liaison établie avec le littoral ou comme pôle de croissance secondaire ;
- les régions marginalisées car enclavées ou éloignées du littoral.

Sous une forme plus travaillée, cela pourrait donner :

1. Le littoral et les grandes métropoles chinoises sont pleinement insérés à l'espace mondial
2. Une partie du territoire chinois se raccroche à la mondialisation grâce à des connexions avec le littoral ou en tant que pôle économique secondaire
3. Le reste de la Chine demeure en marge de la mondialisation

CHAPITRE 7

L'Union européenne dans la mondialisation : des dynamiques complexes

DE QUOI S'AGIT-IL ?

L'Union européenne (UE) est un ensemble politique et économique qui compte 27 États membres. Forte de ses 447 millions d'habitants inégalement répartis sur un territoire de 4,3 millions de km², l'UE est l'organisation régionale au degré d'intégration le plus marqué au monde. Fondée sur la libre circulation des hommes et des biens, elle constitue le premier pôle commercial et financier de la planète et joue un rôle majeur dans la mondialisation.

L'UE se trouve actuellement dans une phase de mutation nécessaire de son histoire. Soumise à de multiples tensions internes et externes, il s'agit pour elle de réduire les inégalités socio-économiques qui la caractérisent à toutes les échelles et de valoriser ses territoires dans un contexte de concurrence mondiale renforcée.

1 Des politiques européennes entre compétitivité et cohésion des territoires

A La construction européenne entre diversité et solidarité

1. La diversité des territoires européens

• **Depuis 2020, le départ effectif du Royaume-Uni,** l'Union européenne compte 27 États membres qui restent marqués par leurs histoires singulières. Tous se caractérisent par des spécificités démographiques, culturelles, économiques et sociales plus ou moins fortes.

• **Le projet européen est né de la signature du traité de Rome en 1957.** Il repose sur le principe fondamental et intangible de cohésion, soit, en l'occurrence, une forme de solidarité entre les États membres ayant pour vocation de réduire les inégalités socio-économiques entre populations et territoires européens.

• **Ce principe est resté un levier essentiel du processus d'intégration européenne au fil des élargissements successifs** mais selon des modalités qui ont peu à peu évolué.

De l'Europe économique à l'Europe économique ?

Doc. Les étapes de la construction européenne

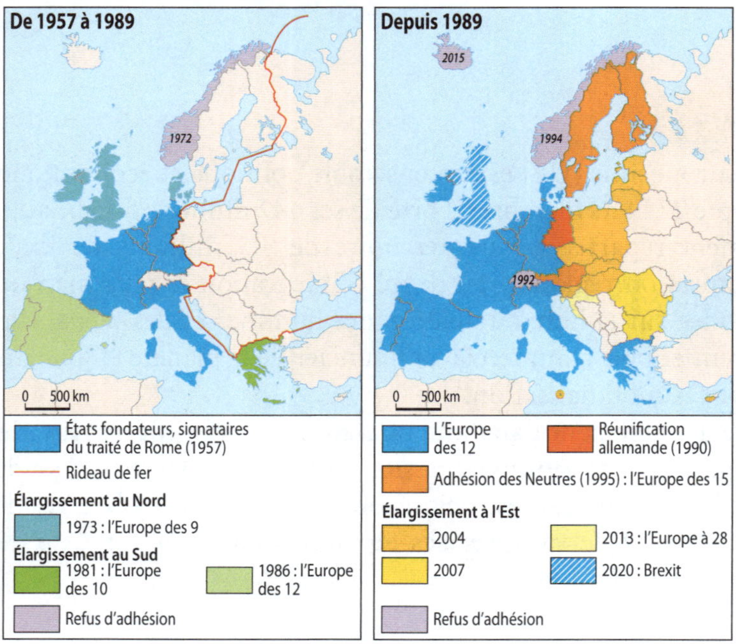

Source : P. Orcier, *Géoconfluences*, 2019.

• **En 2009, avec l'entrée en vigueur du traité de Lisbonne, la cohésion territoriale devient une compétence partagée entre l'UE et les États membres.** Les élargissements de 2004 et de 2007 imposent la mise en œuvre de politiques régionales spécifiques en faveur des pays d'Europe centrale et orientale.

• **Les nouveaux pays de l'UE concentrent alors plus de 60 % des régions dites en retard de développement.** Leur intégration se traduit progressivement par une nette amélioration du niveau de vie de la population. Ce rattrapage économique contribue aujourd'hui à la forte attractivité de l'UE à l'échelle continentale.

Sachez que...
Depuis 2004, le PIB/habitant de l'ensemble des nouveaux États membres de l'UE, à l'exception de Chypre, a augmenté sans pour autant atteindre la moyenne communautaire.

• **Le passage progressif de la notion de cohésion à celle de compétitivité des territoires est perceptible dans l'évolution des politiques régionales de l'UE.** Il est lié aux effets de plus en plus discriminants du processus de mondialisation à l'œuvre. Pour faire face aux groupes chinois ou américains et protéger les technologies stratégiques des rachats hostiles, l'UE fait désormais de sa souveraineté économique un axe de développement structurel.

• **La transition observée ces dernières années se manifeste par un ensemble de mesures destinées à stimuler la puissance européenne.** Elles privilégient l'essor de la recherche, de la formation et de l'innovation scientifique ou technologique à l'échelle de certains territoires considérés comme des pôles stratégiques à l'échelle globale.

2. Un principe de cohésion toujours en tension

• **Fondées à l'origine sur la création d'un marché intérieur, les ambitions de la construction européenne se sont considérablement enrichies depuis 1957.** Elles vont bien au-delà du seul domaine économique et s'affirment toujours davantage dans les champs de la culture, de la diplomatie et de l'environnement.

• **L'objectif géopolitique majeur des institutions européennes consiste à faire de l'UE une réelle entité territoriale prenant appui sur l'extrême diversité des réalités nationales.** L'articulation des logiques politiques, économiques et sociétales des différents États membres et celles, collectives et concertées, de l'Union est un défi permanent. C'est un enjeu majeur des négociations d'adhésion actuellement en cours.

• **L'exemple de la candidature déclarée des États des Balkans occidentaux (Monténégro, Serbie, Macédoine du Nord, Albanie)** met clairement en évidence la recherche d'un équilibre entre cohésion et compétitivité des territoires de l'UE. L'impact budgétaire de leur intégration est connu. Compte tenu des retards de développement qui les caractérisent, l'intégration de ces États à l'UE engendrerait d'importantes dépenses supplémentaires.

- **À l'inverse, tenir les Balkans hors du périmètre communautaire priverait l'UE de la possibilité d'améliorer les relations commerciales entre l'Europe de l'Ouest, la Grèce et la Turquie.** Cela risquerait également de livrer cette région à l'influence de la Russie ou de certains pays du Moyen-Orient, avec d'inévitables conséquences sur la sécurité du voisinage immédiat de l'UE.

Sachez que...

Les perspectives d'élargissements sont incertaines. La Bosnie-Herzégovine et le Kosovo devraient pouvoir adhérer à l'UE « quand ils seront reconnus prêts ». La Turquie a quant à elle déposé sa candidature dès 1999...

Doc. L'Union européenne en 2023

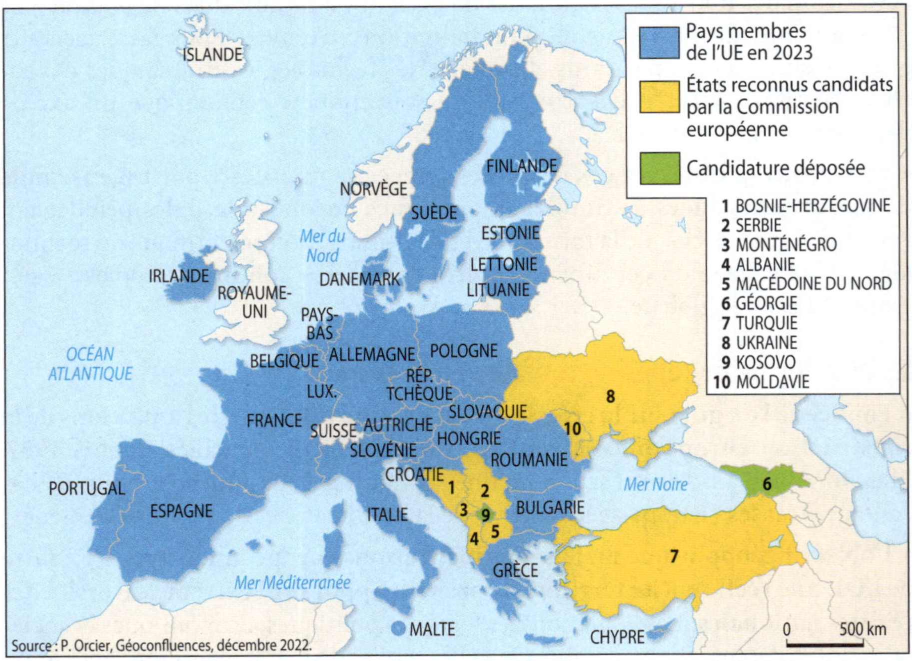

Source : P. Orcier, Géoconfluences, décembre 2022.

3. S'adapter à la mondialisation : une priorité parfois remise en cause

- **L'Union européenne est l'organisation régionale dont le degré d'intégration est le plus marqué au monde.** Avec 7 % de la population totale et un PIB qui représente 22 % des richesses mondiales, elle est la 2e économie de la planète derrière les États-Unis mais devant la Chine.

- **L'UE s'est hissée au niveau de puissance économique majeure par son pouvoir de contraindre**, en imposant des conditions sociales et environnementales d'accès des pays tiers à son marché, et par son pouvoir de convaincre, en démontrant l'efficacité de sa stratégie commerciale.
- **L'approche libérale de la stratégie de développement de l'UE n'est pas dénuée de critiques.** Des citoyens, certains mouvements politiques, de nombreuses ONG… considèrent qu'elle renforce l'influence des firmes transnationales et qu'elle induit la délocalisation des activités considérées comme les moins compétitives.
- **Ces dernières années ont donc été marquées par une progression de l'euroscepticisme.** Les élections de mai 2019 ont ainsi conduit 172 députés « anti-UE » au Parlement européen (23 % de l'ensemble des élus).
- **L'opposition à l'UE revêt autant de formes qu'il existe de sujets de désapprobation.** La progression des courants europhobes en Hongrie, en ex-Allemagne de l'Est, en Grèce, etc. repose sur des critiques récurrentes de l'UE (bureaucratie, corruption, inefficacité, etc.).

COURS

B De multiples tensions internes et externes

1. Des perspectives démographiques incertaines

- **En 2015, pour la première fois de son histoire, l'UE a enregistré un nombre de décès supérieur au nombre de naissances.** Pour autant, elle ne connaît pas de dépeuplement (situation d'un territoire dont le nombre d'habitants diminue) le solde migratoire se situant à un niveau suffisant pour compenser cet accroissement naturel négatif.
- **Une fécondité modeste (en moyenne 1,6 enfant par femme) et un vieillissement de la population lié à l'allongement de l'espérance de vie caractérisent l'UE dans son ensemble**. La Bulgarie, la Croatie, la Lettonie et la Lituanie sont dans une situation critique. Le départ des jeunes adultes en âge de procréer accentue l'ampleur de la dépopulation (situation d'un territoire qui enregistre une natalité inférieure à la mortalité), mais une majorité de l'opinion publique est résolument hostile à l'immigration.

2. Le Brexit : une « plongée dans l'inconnu »

- **En juin 2016, 52 % des Britanniques ont choisi par référendum de faire sortir leur pays de l'UE.** Plus de trois ans après, la sortie officielle du Royaume-Uni a eu lieu le 31 janvier 2020 ouvrant une période de transition durant laquelle les négociations commerciales entre l'UE et le Royaume-Uni se sont poursuivies.

Le Royaume-Uni et l'Europe

Les conséquences du Brexit

- Confrontée pour la première fois de son histoire à un spectaculaire coup d'arrêt, l'UE a renoncé à une part non négligeable de son territoire (5 %), de sa population (13 %) et de sa richesse (15 %). Avec le Brexit, la fluidité des échanges commerciaux entre les États membres de l'UE et le Royaume-Uni est affectée : rétablissement des contrôles à la frontière par exemple...
- **Les autorités de l'UE ont pris la mesure, à l'occasion de ce coup de tonnerre, de l'ampleur du fossé qui les sépare de certaines catégories de population**. Ce sont en effet les Britanniques de condition modeste qui ont majoritairement voté en faveur du Brexit.
- **Le référendum de 2016 est donc révélateur de la fragilité relative de la construction européenne.** Il démontre que le sentiment d'appartenance à l'UE ne dépend pas nécessairement du montant des aides financières octroyées par les institutions européennes, les régions les plus subventionnées du pays (Pays de Galles, Sud-Est de l'Angleterre, Midlands…) ayant le plus massivement voté contre le maintien dans l'UE.

Doc. Résultat du référendum sur le Brexit (23 juin 2016)

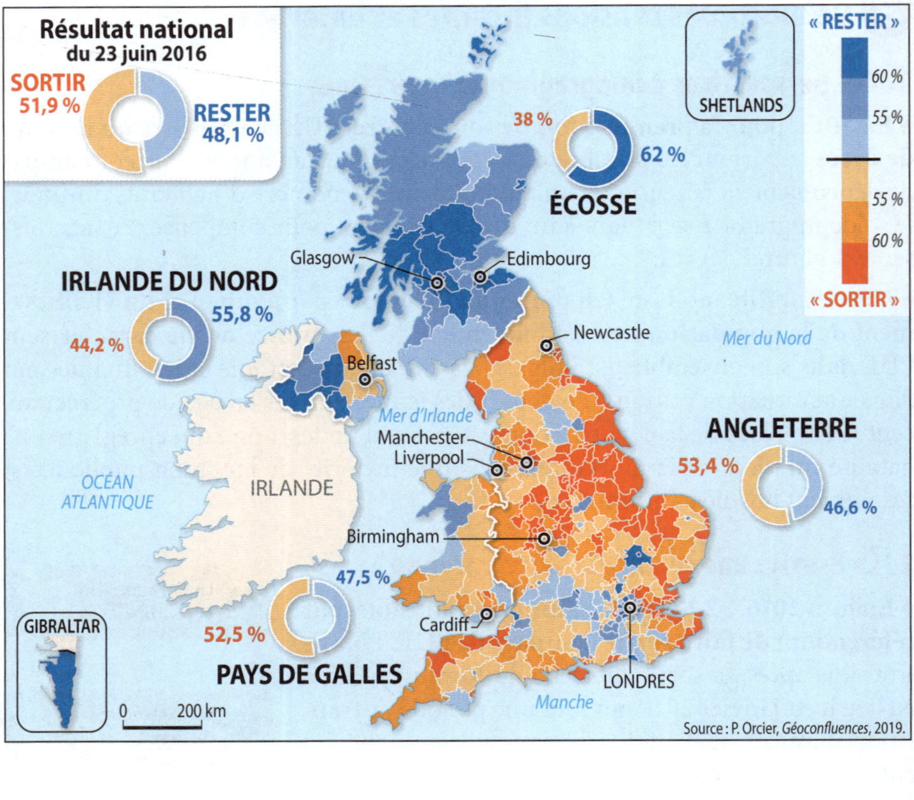

Source : P. Orcier, *Géoconfluences*, 2019.

3. Un rayonnement géopolitique encore limité

- **Le traité de Lisbonne (2009) a défini le cadre d'une véritable politique étrangère de l'UE.** C'est à cette date que l'Union s'est dotée de la personnalité juridique lui permettant d'être associée en tant que telle à la signature d'accords internationaux.
- **La politique étrangère et de sécurité commune (PESC) de l'UE poursuit cinq objectifs principaux :** la sauvegarde des valeurs communes (liberté, démocratie...), le renforcement de la sécurité, le maintien de la paix, la promotion de la coopération internationale et le respect des droits de l'homme. Elle s'exerce en particulier au sein des grandes institutions comme l'ONU ou l'OTAN.
- **L'UE dispose d'une expertise reconnue dans la gestion des crises humanitaires.** Pour autant, elle peine à faire entendre sa voix face, en particulier, aux États-Unis et à la Russie. Son rôle dans la gestion des conflits en Irak, en Syrie ou tout récemment en Ukraine témoigne des difficultés qu'elle rencontre pour trouver sa place dans le « jeu des empires ».

C L'UE face à de nouvelles fractures sociales et territoriales

1. Des inégalités qui évoluent selon des logiques contrastées

- **Les inégalités socio-économiques entre les États membres de l'UE se sont globalement atténuées mais n'ont pas disparu.** Si les écarts de richesse nationale diminuent, les inégalités ont en revanche progressé à l'échelle régionale.
- **La construction européenne est en partie responsable de cette tendance.** En facilitant les économies d'échelle et en instaurant le marché unique, l'intégration économique favorise la concentration des activités au sein des régions les plus densément peuplées.

> **Sachez que...**
> En France par exemple, le PIB/habitant varie de 158 % de la moyenne européenne en Île-de-France, à 30 % à Mayotte.

- **La dorsale européenne et les façades maritimes de la Manche, de la mer du Nord et de la Méditerranée** ont ainsi tiré un très grand profit de leurs avantages comparatifs. Elles ont bénéficié à plein des effets de la métropolisation et de la littoralisation.
- **La « Northern Range » par exemple, ouverture internationale du vaste arrière-pays rhénan,** est en mesure de faire face à l'explosion du trafic transocéanique. Cette interface a la capacité de répondre à la pression qu'exercent les grandes compagnies asiatiques et américaines pour dominer le marché mondial des transports maritimes.

ZOOM SUR…

L'Allemagne : une puissance européenne aux territoires inégalement intégrés dans la mondialisation

1 Une place internationale de choix

→ **L'Allemagne est la pemière puissance économique européenne.** Fort de ses 83 millions d'habitants, le pays dispose d'une main-d'œuvre hautement qualifiée et d'importants atouts technologiques. Ils assurent une réputation de qualité au « *made in Germany* » et se traduisent par des exportations records.

→ **Depuis la réunification en 1990, l'Allemagne exerce une influence croissante** au sein de l'Union européenne et à l'échelle mondiale. Elle a retrouvé sa souveraineté en 1995, l'armée étant autorisée à participer aux opérations militaires de l'ONU et de l'OTAN. Son rayonnement culturel s'affirme grâce au réseau du Goethe-Institut qui compte 158 fondations dans 93 pays.

2 Des écarts Est-Ouest persistants

→ **Trente ans après la chute du mur de Berlin, de multiples disparités économiques, sociales ou culturelles** distinguent encore l'Allemagne de l'Ouest de l'ex-RDA. Des écarts perdurent notamment en termes de productivité, de niveau de vie, de démographie, etc.

→ **En 1990, le PIB par habitant de l'Est de l'Allemagne représentait 43 % de celui de l'Ouest.** Il atteint aujourd'hui 80 % grâce à des transferts financiers massifs en faveur des nouveaux Länder. Pour autant la lenteur du processus de rattrapage irrite une part croissante des habitants de l'Est : nombreux sont ceux qui se considèrent encore comme des Allemands de seconde zone.

3 D'autres contrastes territoriaux

→ **Si le gradient Est-Ouest apparaît dominant, d'autres écarts économiques et sociaux** contribuent à la fragmentation du territoire allemand. Ainsi, c'est au cœur des régions anciennement industrialisées du Nord, là où les conséquences de la fermeture des mines et du déclin de la sidérurgie n'ont pas été surmontées, que vit la population la plus pauvre du pays.

→ **Des inégalités marquées** opposent également les métropoles à certains territoires ruraux. Elles se développent aussi au sein même des grandes agglomérations. L'Allemagne apparaît donc comme un territoire composite : l'unité politique retrouvée et l'apparente vitalité économique s'accompagnent de l'accentuation de multiples inégalités sociospatiales.

Doc. 1 Un indicateur des inégalités territoriales en Allemagne

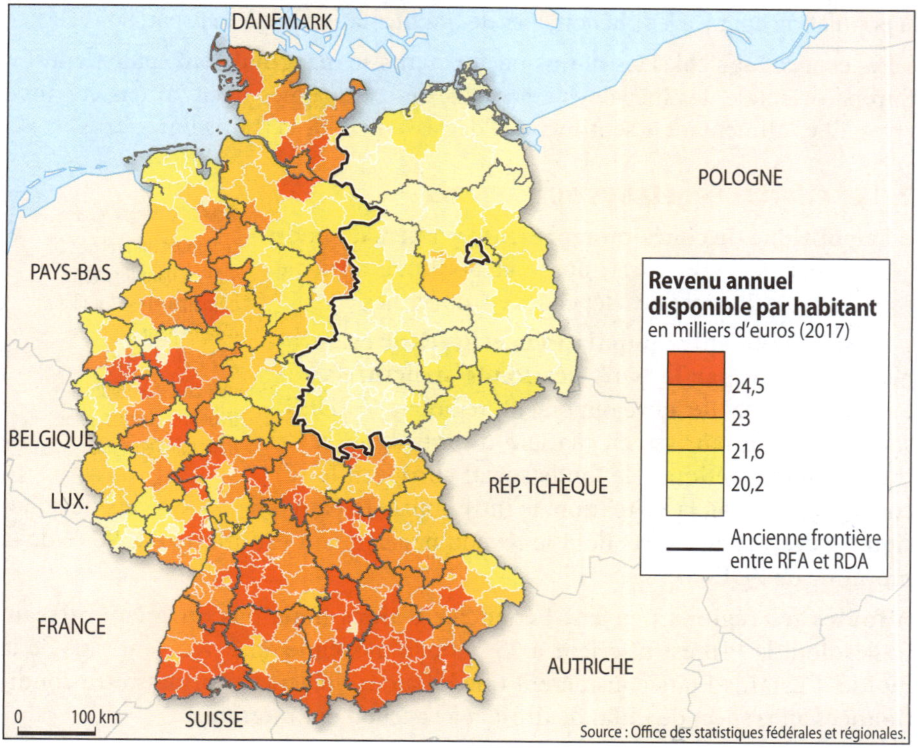

Doc. 2 Des angles morts de la mondialisation aussi à l'Ouest

C'est la ville de Gelsenkirchen, port fluvial du bassin de la Ruhr, qui est la lanterne rouge du pays en matière de pauvreté, bien qu'elle se situe en Rhénanie-du-Nord-Westphalie dont le PIB est le plus élevé d'Allemagne. Le revenu net moyen est de 16 203 euros par personne et par an, soit moins de la moitié de ce que touche un Bavarois vivant au sud de Munich qui peut compter sur presque 35 000 euros par an.

C. Boutelet, « Les Allemands les plus pauvres vivent maintenant à l'Ouest », *Le Monde*, 11 mai 2019.

- **De multiples indicateurs socio-économiques permettent de caractériser ces contrastes régionaux.** Le taux de chômage moyen de l'UE (5,3 % des actifs) a retrouvé son niveau d'avant la crise de 2008 mais le fossé s'accentue entre emplois très qualifiés et peu qualifiés sous l'effet conjugué de la mondialisation et de la robotisation.
- **Dans les régions industrielles en crise, les emplois créés dans les services ne sont pas adaptés au profil de la main-d'œuvre ouvrière.** La précarisation d'une partie de la population aggrave les phénomènes de fragmentation sociale et spatiale.
- **Les espaces agricoles les moins performants se marginalisent également.** En Europe orientale, les inégalités entre villes et campagnes n'ont jamais été aussi vives. Elles alimentent le sentiment de déclassement de certains Européens.

2. Des efforts budgétaires conséquents

- **La politique de cohésion représente** un tiers du budget annuel de l'UE. C'est, après la politique agricole commune, le 2e poste des dépenses européennes.
- **La solidarité entre populations et territoires européens s'exerce par le biais des fonds structurels :** le fonds européen de développement régional (FEDER) soutient les entreprises en matière d'innovation et de transition énergétique ; le fonds social européen (FSE) concerne l'emploi, la formation, la lutte contre la pauvreté… ; le fonds de cohésion est destiné aux États dont le revenu par habitant est inférieur à 90 % de la moyenne de l'UE.
- **Toutes les régions peuvent bénéficier d'aides mais pas au même niveau**. Celles dont le PIB est inférieur à 75 % de la moyenne en perçoivent plus de la moitié. Certains États considèrent que les aides doivent désormais être conditionnées au respect de l'État de droit et à l'accueil des migrants.

Sachez que…
Le budget annuel de l'UE s'inscrit dans un cadre pluriannuel (331 milliards d'euros pour la période 2021-2027). Il fixe le montant maximum à dépenser chaque année dans différents domaines.

L'ESSENTIEL

Des politiques européennes entre compétitivité et cohésion des territoires

- L'UE est un acteur majeur de la mondialisation qui réunit des États aux caractéristiques extrêmement variées et au niveau d'intégration très élevé.
- La perte de vitalité démographique, les risques liés au Brexit et l'influence diplomatique limitée sont autant de freins à l'affirmation de l'UE comme puissance complète.
- Les inégalités socio-spatiales s'atténuent entre les États membres, mais se développent à l'échelle régionale en dépit de l'importance des fonds structurels.

2 L'Union européenne, un espace plus ou moins ouvert sur le monde

A L'Union européenne, un espace « naturellement » ouvert sur le monde

1. L'UE, une entité singulière

- **Depuis 1993, l'UE garantit la libre circulation des biens, des services, des capitaux et des personnes au sein d'un marché intérieur unique.** Le traité de Maastricht a achevé de décloisonner les marchés nationaux. Il a contribué à la très forte croissance des échanges intracommunautaires, en ouvrant de nouveaux débouchés aux entreprises européennes.
- **La consolidation du marché intérieur a également contribué à l'essor du commerce extérieur de l'UE.** Tournée dès l'origine vers le développement des échanges mondiaux, la politique commerciale européenne s'appuie sur une réduction généralisée des barrières douanières.
- **La dimension libérale de cette politique s'est très nettement affirmée depuis la fin des années 1990** avec le soutien à la création de l'Organisation mondiale du commerce (OMC) et la signature de très nombreux accords commerciaux avec des pays tiers. Cette stratégie de libre-échange systématique suscite des critiques récurrentes. L'UE fait néanmoins valoir que si chaque pays négociait seul, il résisterait moins bien aux Chinois et aux Américains.

2. Un centre majeur du commerce mondial et de la finance

- **L'UE est la première puissance commerciale du monde devant la Chine et les États-Unis**. Elle représente à elle seule 15 % du commerce international de biens.
- **Avec l'union douanière et la concurrence, le commerce fait partie des compétences exclusives de l'UE**. Les décisions de la Commission dans ce domaine s'appliquent donc à tous les États membres de la même façon dans la mesure où ils forment un seul et même grand marché.

> **Sachez que...**
> L'UE n'est « que » la 2e puissance économique mondiale, derrière les États-Unis et devant la Chine, du point de vue de sa richesse globale.

- **Selon la vision des dirigeants européens, le commerce international favorise la croissance économique et l'emploi.** Il fait baisser le prix des produits manufacturés et constitue même un levier de développement pour les pays émergents.
- **L'UE est la première destination mondiale des flux d'investissements directs à l'étranger (IDE).** Ils contribuent à la croissance économique de l'Union en renforçant sa compétitivité, en créant des emplois et en attirant et de l'innovation.

- **L'UE a été contrainte d'adopter un mécanisme de contrôle des IDE à partir de 2019** pour faire face à la prise de contrôle des entreprises de secteurs industriels stratégiques (aéronautique, biotechnologie, intelligence artificielle...) et à la concurrence déloyale de certaines firmes transnationales.

> **Sachez que...**
> Les stocks d'IDE représentent 16 millions d'emplois directs au sein de l'UE. Ils sont surtout d'origine nord-américaine mais la part de la Chine et de l'Inde augmente.

- **L'euro est la 2e monnaie dans les réserves de change mondiales (21 %) derrière le dollar**. Plusieurs monnaies internationales, dont le franc CFA utilisé dans 14 États africains, le dirham marocain ou le franc comorien, lui sont rattachées par un taux de change fixe.

Doc. Les pays membres de la zone euro en 2023

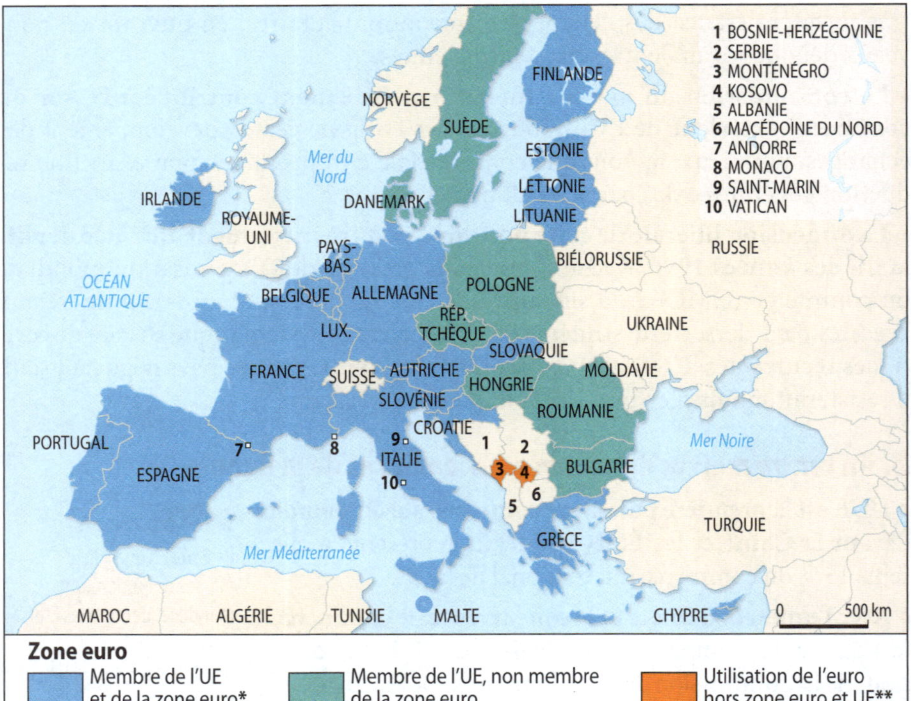

*** dont régions ultrapériphériques membres de l'UE et de la zone euro :**
France : La Réunion, Guyane, Martinique, Guadeloupe, Mayotte, Saint-Martin
Portugal : Açores, Madère
Espagne : Îles Canaries

**** dont Pays et territoires d'outre-mer :** France : Saint-Barthélemy, Saint-Pierre-et-Miquelon

**** et États hors zone euro et UE :** Andorre, Saint-Marin, Monaco, Vatican

Source : www.touteleurope.eu

3. Un carrefour humain de première importance

- **L'UE est de longue date une destination attractive pour de multiples catégories de population :** actifs, étudiants, demandeurs d'asile, etc.

- **Au total, 3,1 millions de personnes ont immigré dans l'un des États membres de l'UE en 2017**. Seuls 1,9 million d'entre eux sont des ressortissants de pays tiers (non-membres de l'UE).

- **L'Allemagne reçoit le plus grand nombre d'immigrants** (730 000 personnes en 2020). Elle est suivie par l'Espagne, la France et l'Italie. Rapportée au nombre d'habitants, c'est à Malte et au Luxembourg que l'immigration est la plus forte.

> **Sachez que...**
> Le poids relatif des étrangers vivant dans l'UE est souvent surestimé. Sur 441 millions d'habitants recensés en 2020, 23 millions (5,1 %) sont des ressortissants de pays tiers.

- **La moitié du tourisme international s'effectue au sein de l'Union.** Avec plus de 700 millions de visiteurs internationaux et 3,1 milliards de nuitées en 2017, c'est de loin la première destination touristique au monde. Ce secteur d'activité dégage un excédent commercial de l'ordre de 30 milliards d'euros par an.

- **L'UE est un foyer universitaire particulièrement attractif.** On estime qu'au moins 1,6 million d'étudiants extracommunautaires poursuivent actuellement des études de 3e cycle dans un pays de l'UE.

B L'UE et ses frontières : des évolutions contrastées

1. L'espace Schengen, de la « défrontiérisation » à la « refrontiérisation »

- **Les accords de Schengen, entrés en application en 1995, prévoient la libre circulation des personnes entre les États signataires**. Ils concernent États européens : 23 États membres de l'UE sur 27 et quatre (Suisse, Liechtenstein, Norvège et Islande) qui n'en font pas partie.

- **Un étranger qui entre légalement dans l'espace Schengen a le droit de circuler librement dans l'ensemble des États signataires**. Mais l'absence de contrôles systématiques est également mise à profit par les migrants clandestins une fois qu'ils ont pénétré au sein de cet espace.

- **Certaines frontières internes de l'UE se dotent donc de moyens de protection renforcée.** La construction de murs, l'installation de caméras thermiques, la multiplication des patrouilles militaires, etc. se développent malgré la réprobation de nombreuses organisations humanitaires.

Doc. Les États européens et l'espace Schengen en 2019

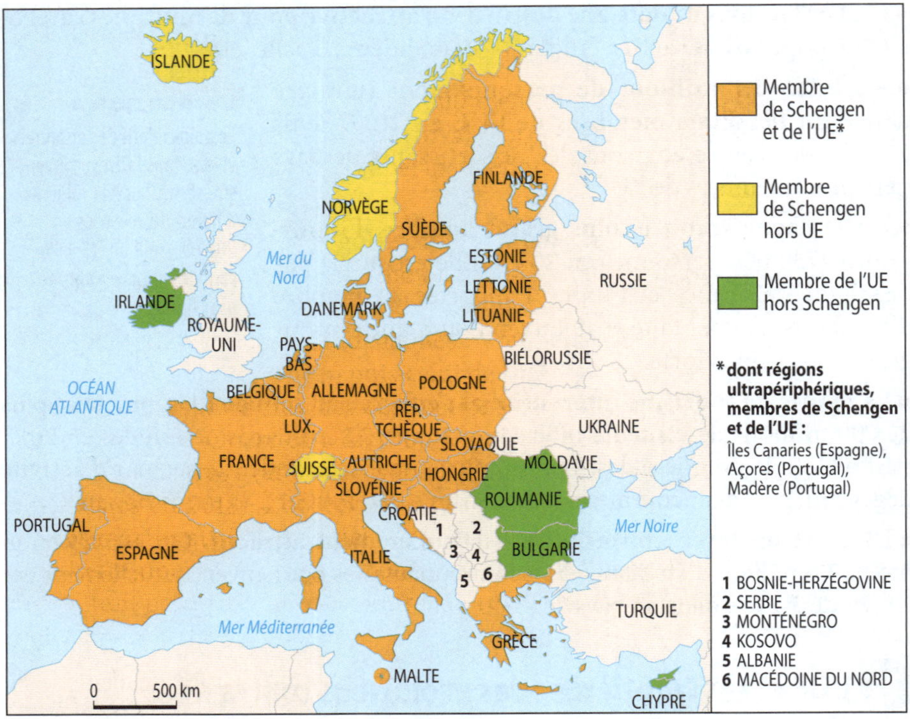

● **C'est le cas par exemple entre la Slovénie et la Croatie.** De ces deux États membres de l'UE, seul le premier appartient à l'espace Schengen. Dans la perspective de limiter les flux migratoires illégaux en provenance des Balkans *via* la Croatie, le gouvernement slovène a fait ériger 116 kilomètres de grillages le long de la frontière croate.

2. L'Union européenne face aux enjeux migratoires

● **L'UE est aujourd'hui la première destination migratoire au monde**. L'Union éprouve cependant de réelles difficultés à se considérer comme telle. Jusqu'à une période relativement récente, ce sont en effet les Européens qui émigraient pour des raisons variées.

● **En 2015, les conflits (Irak, Syrie, Libye…) et la stratégie géopolitique de la Turquie ont provoqué l'augmentation du nombre d'arrivées en Europe**, principalement en Allemagne. La plupart des pays d'Europe centrale et orientale ont refusé d'adopter les quotas de réfugiés fixés par la Commission européenne. Seuls 35 000 demandeurs d'asile ont été « relocalisés » alors que Bruxelles en prévoyait 160 000.

● **Plus qu'une « crise migratoire », c'est donc en fait une crise de la solidarité qu'a subie l'UE en 2015.** Faute d'être parvenue à imposer ses orientations et en l'absence de toute sanction à l'encontre des États réfractaires, la Commission a conforté aux yeux d'une partie de l'opinion publique son image d'institution aussi complexe qu'inefficace. Si la Pologne craignant les risques d'« *insécurité identitaire* » et de dumping social reste en principe réfractaire à l'accueil de réfugiés, elle a néanmoins accueilli plus de 55 000 Ukrainiens depuis le début du conflit avec la Russie en février 2022.

Doc. Un exemple de refrontiérisation au sein de l'UE : le déploiement de barbelés à la frontière entre la Slovénie et la Croatie

● **La question des flux migratoires reste loin d'être consensuelle en Europe**, bien qu'ils n'aient rien d'exceptionnel si on les rapporte à la population des pays d'arrivée. Elle est indissociable de la montée en puissance du populisme et de la xénophobie.

● **L'immigration est pourtant un atout pour l'UE.** Plusieurs études scientifiques montrent que les immigrés ont un impact économique positif. Occupant des emplois faiblement attractifs aux yeux des Européens, ils constituent une main-d'œuvre indispensable dans les secteurs de la restauration, du nettoyage et du bâtiment en particulier.

● **En outre, l'arrivée de migrants atténue les conséquences du vieillissement démographique.** Les étrangers qui s'installent dans les États membres de l'UE sont en moyenne beaucoup plus jeunes (28,3 ans d'âge médian) que l'ensemble de la population des pays de destination (43,1 ans).

Ukraine-Pologne : la frontière de la solidarité

Les réfugiers Ukrainiens en Pologne

● **L'immigration est même le seul rempart contre le dépeuplement de certains États membres.** L'Allemagne, l'Espagne, l'Estonie, la Finlande et la Slovénie ne parviennent à compenser leur déficit naturel que par le biais d'un solde migratoire suffisamment positif.

3. Vers une « Europe forteresse » ?

- **Le discours de certains responsables politiques sur l'immigration pèse lourdement sur l'orientation des politiques de l'UE dans ce domaine.** L'évocation d'une « Europe passoire », d'une « invasion », d'un « grand remplacement »... exacerbe les peurs et accentue les crispations d'une part non négligeable de l'opinion publique.

- **Depuis 2015, la Commission a pris une série de mesures ayant vocation à favoriser une migration légale et ordonnée à moyen ou long terme.** Elle développe des partenariats avec les pays d'origine et de transit des migrants ; en échange de leur aide au contrôle des flux migratoires, elle finance des projets locaux de développement.

Doc. Panneau d'information à destination des migrants au Niger

- **L'UE a aussi considérablement consolidé ses frontières extérieures.** L'agence Frontex est devenue un véritable organe de contrôle, qui compte désormais 10 000 agents contre 1 500 environ en 2016. Les systèmes de surveillance ont été massivement renforcés et interconnectés.

- **Ce processus de barriérisation est dénoncé par les Nations unies et les ONG.** Elles condamnent les entorses au principe du non-refoulement, la politique de retour forcé et les conditions de vie imposées aux migrants dans les hotspots en Grèce ou en Italie.

- **Cette stratégie expose les migrants à des risques de plus en plus importants**. Les modalités d'entrée sur le territoire de l'UE sont souvent très périlleuses (franchissement de la frontière dans des camions frigorifiques, dans le train d'atterrissage des avions, etc.), ce qui entraîne une augmentation sensible du nombre de décès.

- **La Méditerranée est la voie maritime la plus meurtrière au monde pour les migrants.** Plus de 20 000 personnes sont mortes en tentant de la traverser depuis 2014. Les organisations humanitaires dénoncent des entraves croissantes à leur action ; leurs navires sont de moins en moins nombreux à pouvoir accoster dans les ports de l'Europe du Sud.

Doc. **Migrants en Méditerranée : les arrivées et les décès**

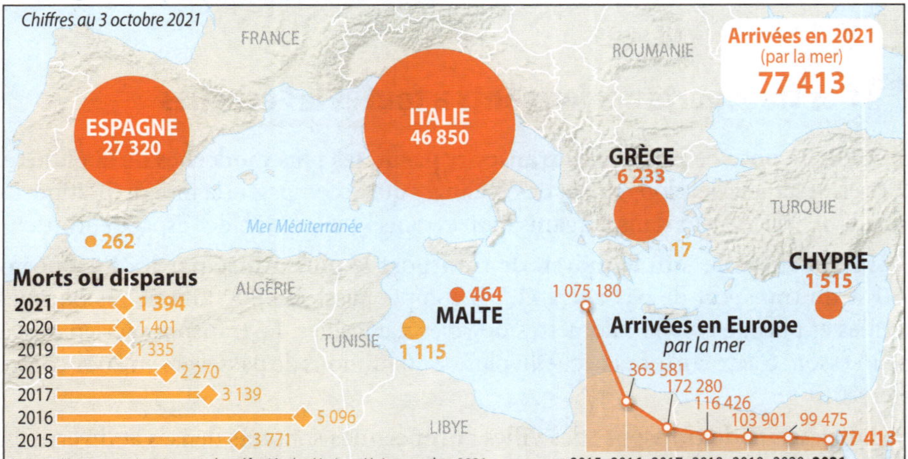

Source : Haut-commissariat pour les réfugiés des Nations Unies, octobre 2021.

Les flux migratoires en Méditerranée

L'ESSENTIEL

L'Union européenne, un espace plus ou moins ouvert sur le monde

- L'Union européenne est un espace de libre circulation largement ouvert sur le monde. Pôle commercial et financier de première importance à l'échelle de la planète, c'est aussi un espace migratoire particulièrement attractif.
- « Refrontiérisation » et « barriérisation » témoignent des défis auxquels l'UE est actuellement confrontée. La succession récente de crises internationales a exacerbé les faiblesses structurelles de l'UE et s'est accompagnée d'une progression du populisme et de l'euroscepticisme.

ZOOM SUR...

Les transports dans l'UE : un outil d'ouverture, de cohésion et de compétitivité

1 Des transports performants à toutes les échelles

→ **L'UE dispose de réseaux de transport parmi les plus modernes de la planète.** En permettant le développement des échanges qui accompagne la mondialisation, ils jouent un rôle majeur dans l'organisation et dans l'intégration de l'espace européen.

→ **La route est de loin le moyen de transport le plus utilisé par les Européens** (80 % du transport de passagers). L'UE compte aussi 210 000 kilomètres de voies ferrées et plus de 50 000 kilomètres de voies navigables. Le transport aérien est en plein essor : 6 aéroports ont accueilli plus de 50 millions de passagers en 2021 contre 3 en 2010.

→ **Les réseaux de transport des villes européennes** sont très denses et diversifiés. Une offre complémentaire de vélos et de voitures en libre-service permet de répondre en partie à l'augmentation du nombre de déplacements liés la métropolisation.

2 Transports et cohésion du territoire de l'UE

→ **Depuis la mise en œuvre du marché unique** en 1992, la Commission européenne encourage en particulier l'ouverture du marché des transports à la concurrence afin d'accroître leur compétitivité, d'améliorer la qualité du service aux usagers et de réduire les prix.

→ **Cette stratégie a renforcé la densité des réseaux** dans la mégalopole, entre les métropoles et le long de l'axe reliant Le Havre à Hambourg.

3 Des espaces inégalement valorisés par leurs réseaux

→ **De multiples facteurs sont à l'origine des difficultés d'accès** ou de desserte de certains territoires européens. De fortes contraintes naturelles, la faiblesse du peuplement, un tissu économique atone… en sont autant d'exemples.

→ **Depuis le début des années 2000, l'UE finance donc des opérations de désenclavement** parfois spectaculaires. La construction du pont au-dessus du détroit de l'Øresund, entre Copenhague et Malmö, a ainsi permis de mieux intégrer la Scandinavie au cœur de l'Europe.

→ **L'UE a mis en place une gestion collective des différents espaces aériens** européens afin de répondre à l'augmentation du trafic et de limiter son impact environnemental. Selon la Commission, le raccourcissement des temps de vol permettrait de réduire la consommation de carburant de 10 %.

ZOOM SUR...

Doc. 1 Les lignes à grande vitesse en Europe : un réseau qui s'étend mais se concentre sur le territoire de 4 États membre

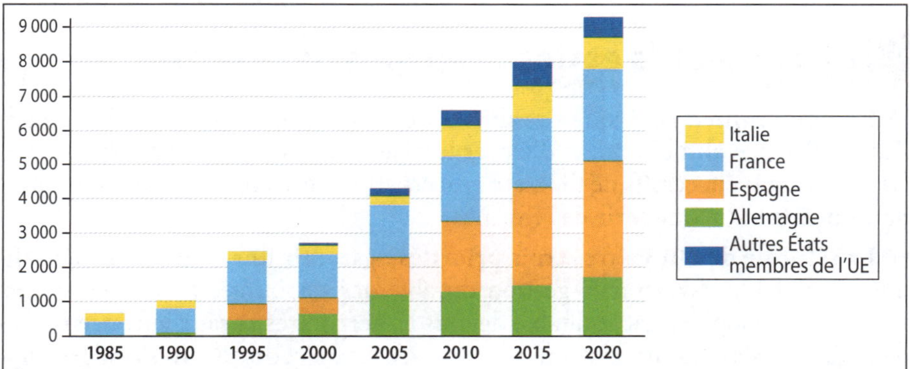

NB : Le présent graphique inclut seulement les lignes (ou les tronçons) sur lesquelles les trains peuvent dépasser 250 km/h à un moment donné de leur parcours.

Doc. 2 Le « ciel unique européen », un outil d'intégration économique et environnemental

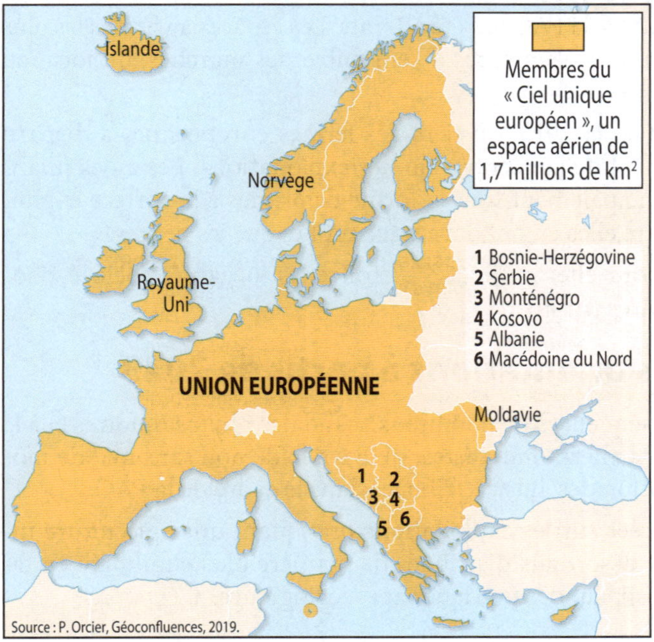

Source : P. Orcier, Géoconfluences, 2019.

ZOOM SUR...

La politique agricole commune (PAC) : les effets territoriaux d'une politique européenne

1 Des objectifs et des principes généraux

→ **La PAC, initiée en 1962,** a permis à l'Union européenne (UE) d'atteindre l'autosuffisance alimentaire et d'élever le niveau de vie de ses agriculteurs. Les élargissements successifs de l'UE et l'exacerbation de la concurrence internationale ont engendré une série de réformes.

→ **La réforme de 2013 a fixé trois priorités :** garantir une production agroalimentaire viable, favoriser la gestion durable des ressources naturelles et permettre le développement équitable de tous les territoires ruraux européens. Ces deux derniers axes sont peu compatibles avec les objectifs de croissance économique et de compétitivité internationale de l'UE.

2 Des effets nuancés

→ Les objectifs généraux de la PAC ont été atteints. Les espaces agricoles les plus performants sont parfaitement intégrés à l'ensemble des marchés, du local au mondial.

→ Cependant, entre 2003 et 2013, un tiers des fermes européennes a disparu dans un vaste mouvement de concentration des exploitations. Les aides financières étant versées principalement sous la forme de primes à la surface exploitée, les plus vastes d'entre elles en ont davantage profité que les petites.

→ La PAC a donc eu pour effet indirect d'accroitre les inégalités socio-économiques entre les territoires ruraux de l'UE.

3 De nouvelles orientations à partir de 2023

→ Confrontée aux conséquences de nombreux scandales phytosanitaires et à la pression de mouvements altermondialistes, l'UE a décidé non sans mal de modifier les clés de répartition des aides attribuées dans le cadre de la PAC.

→ Longtemps concentrées sur les exploitations pratiquant une agriculture intensive, les crédits sont désormais distribués de manière plus équilibrée en faveur de celles qui développent des pratiques agroécologiques.

→ Cette réorientation accorde plus de liberté aux États membres : la crainte d'une « renationalisation » de l'agriculture européenne suscite de nouvelles inquiétudes.

Doc.1 L'agriculture européenne dominée par 7 États membre

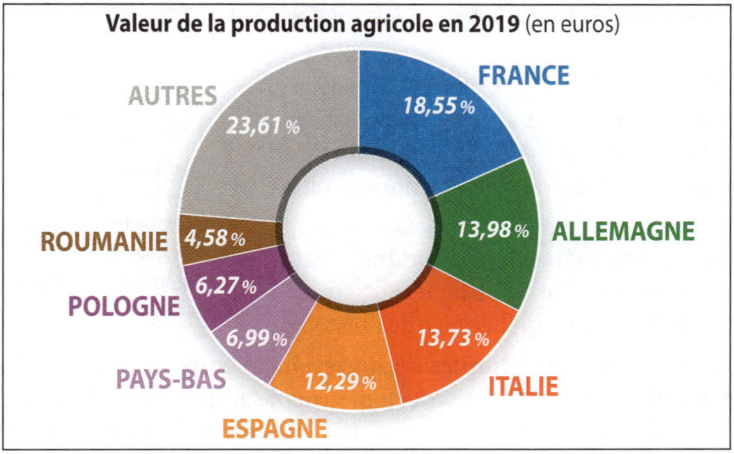

Doc. 2 Répartition des aides de la PAC en 2021 (en milliards d'euros)

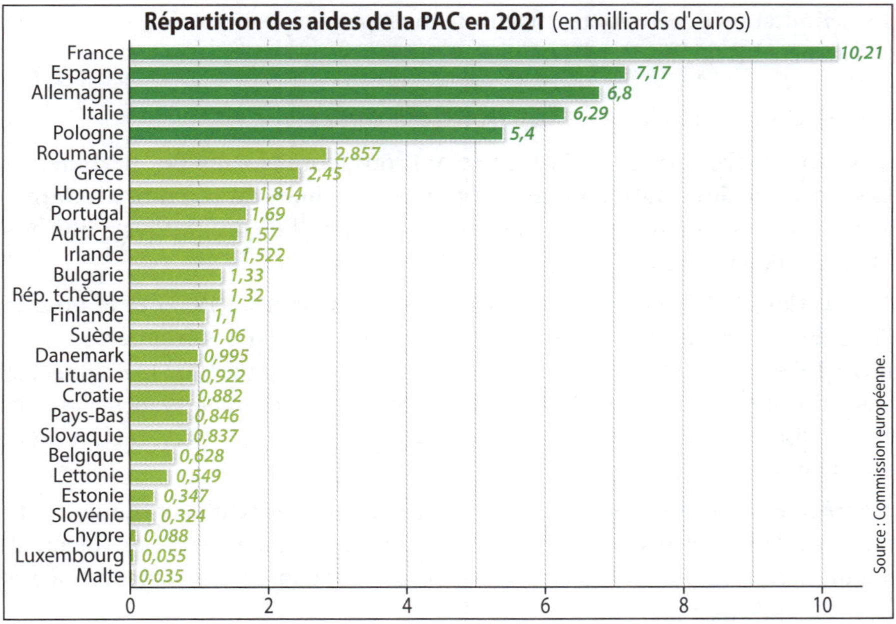

3 La France : les dynamiques différenciées des territoires transfrontaliers

A Les « frontières de la France » : des approches évolutives

1. La diversité des frontières nationales

● **La France possède des frontières avec 35 États distincts** du fait de la situation géographique de la métropole sur le continent européen et de l'étendue des territoires ultramarins.

● **Les frontières sont parfois considérées comme « naturelles »** quand elles correspondent à une ligne de crête ou à un fleuve, mais elles sont toujours un héritage de l'histoire.

Sachez que…
Pour Paul Valéry (1871-1945), « la ligne tracée sur la carte et sur le sol qui constitue une frontière résulte d'une suite d'accidents consacrés par des traités ».

● **Les frontières terrestres du pays, limites de souveraineté entre la France et les États voisins, s'étendent sur 2 913 kilomètres en métropole et sur 1 263 kilomètres outre-mer.** Elles sont désormais stabilisées à quelques rares exceptions près. La plus longue d'entre elles se situe en Guyane qui compte 730 kilomètres de frontière avec le Brésil.

● **La délimitation des frontières maritimes n'est pas aussi précise**. Elle varie en effet selon l'espace maritime considéré.

2. De la « frontière-ligne » à la « frontière-zone »

● **Les espaces frontaliers de la France ont longtemps formé des périphéries, des espaces de domination ou de relégation, à l'échelle du territoire national**. La frontière constituait en règle générale jusqu'au milieu du XXe siècle une barrière assez peu perméable.

● **La création de la Communauté économique européenne (1957) et la mise en œuvre de l'espace unique européen (1992) ont transformé les frontières en ressource**. Initialement perçues comme des lignes de démarcation entre la France et les États voisins, elles ont longtemps souffert d'un manque d'investissements publics. Leur localisation périphérique les mettait en situation de zone grise, d'angle mort ou de *no man's land* par rapport au reste du territoire national.

● **Ces régions sont peu à peu devenues des interfaces qui rassemblent et unissent les Français à leurs voisins européens,** l'UE réaffirmant régulièrement sa volonté de créer un territoire transnational cohérent grâce à des relations transfrontalières fortes.

• **Auparavant séparées de fait par une discontinuité politique, les régions frontalières ont vu se développer des échanges de nature variée.** La croissance durable et structurée de ces flux humains, financiers, de marchandises… d'une part et l'affirmation de certains traits communs d'autre part ont abouti à l'émergence de véritables territoires transfrontaliers.

3. L'UE et l'essor de la coopération transfrontalière

• **La Convention de Schengen,** signée en 1990, a été appliquée à partir de 1995. Accompagnant l'effacement des frontières intérieures des États membres, elle a favorisé la multiplication d'accords de coopération entre régions situées de part et d'autre des frontières internes de l'UE.

• **La coopération transfrontalière se fixe trois objectifs principaux** : permettre aux populations locales de mieux vivre dans un espace de vie transfrontalier commun, s'affranchir plus facilement des frontières dites « naturelles », stimuler le développement économique et social des territoires concernés.

Doc. Les programmes de coopération transfrontalière européens de 2021 à 2027

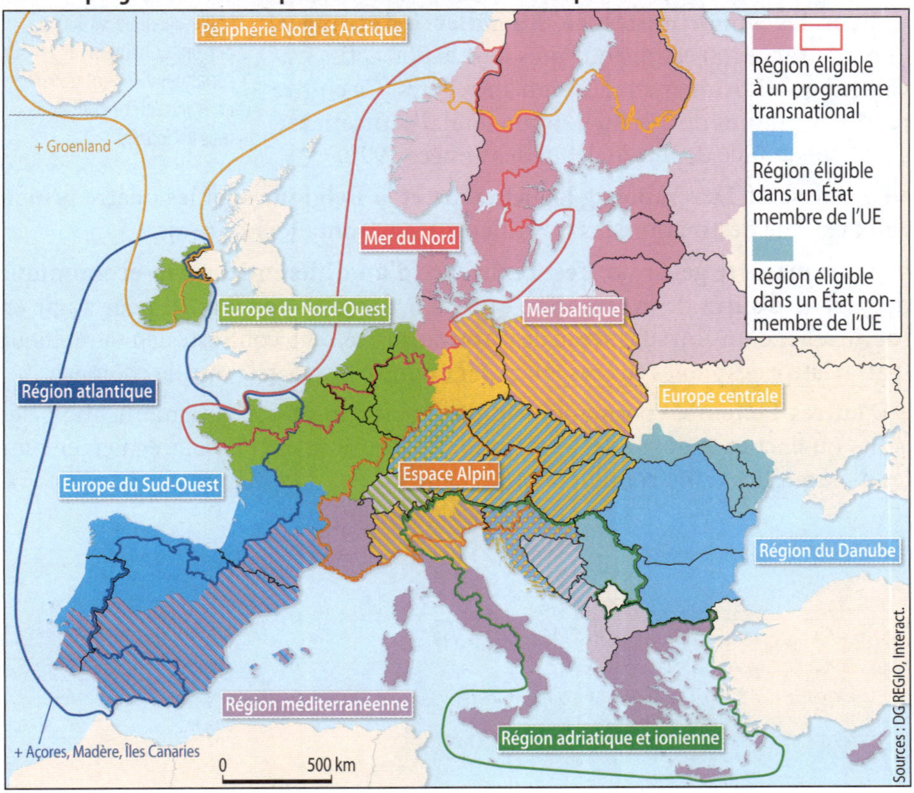

• **L'enjeu pour les espaces transfrontaliers consiste à rendre possible un avenir commun à long terme** en allant au-delà des intérêts respectifs des acteurs concernés. Dans la majorité des cas, ce sont des structures politiques locales ou régionales (Eurométropole, groupement européen de coopération transfrontalière –GECT –, etc.) qui portent cette dynamique.

• Entre 2014 et 2020, quatorze programmes de coopération transfrontalière ont été déployés aux frontières du pays, dont cinq en outre-mer. Pour la période 2021-2027, leur périmètre n'a pas fondamentalement évolué, le budget global dédié à la coopération territoriale européenne ayant légèrement décru.

Sachez que...
La coopération transfrontalière terrestre ou maritime représente plus des deux tiers du budget que l'UE consacrera à la coopération territoriale entre 2021 et 2027.

B Des échanges et des mobilités en forte croissance

1. De plus en plus de travailleurs transfrontaliers

• **L'intégration européenne et la mondialisation multiplient les opportunités de travailler à l'étranger.** Pour la France, on estime que près de 420 000 actifs travaillent quotidiennement dans un autre pays. Ce chiffre représente moins de 2 % du nombre total d'actifs mais il a presque doublé depuis le début des années 1990.

Sachez que...
Seules quelque 30 000 personnes habitant à l'étranger viennent travailler en France métropolitaine tous les jours.

• **La Suisse, le Luxembourg l'Allemagne et la Belgique** sont les quatre principaux pays de destination des travailleurs transfrontaliers français.

• **D'une manière générale, c'est l'existence d'un différentiel socio-économique de part et d'autre de la frontière qui est à l'origine des flux**. Il peut s'agir en l'occurrence d'un écart de niveau de vie ou de salaire, d'un contraste démographique (part relative des jeunes et des seniors par exemple) ou social (taux de chômage).

• **D'autres facteurs**, comme le prix du foncier, le niveau de qualification des actifs ou encore le degré de coopération institutionnelle, pèsent également sur les dynamiques transfrontalières à l'échelle locale.

Doc. Les flux de travailleurs frontaliers aux frontières françaises

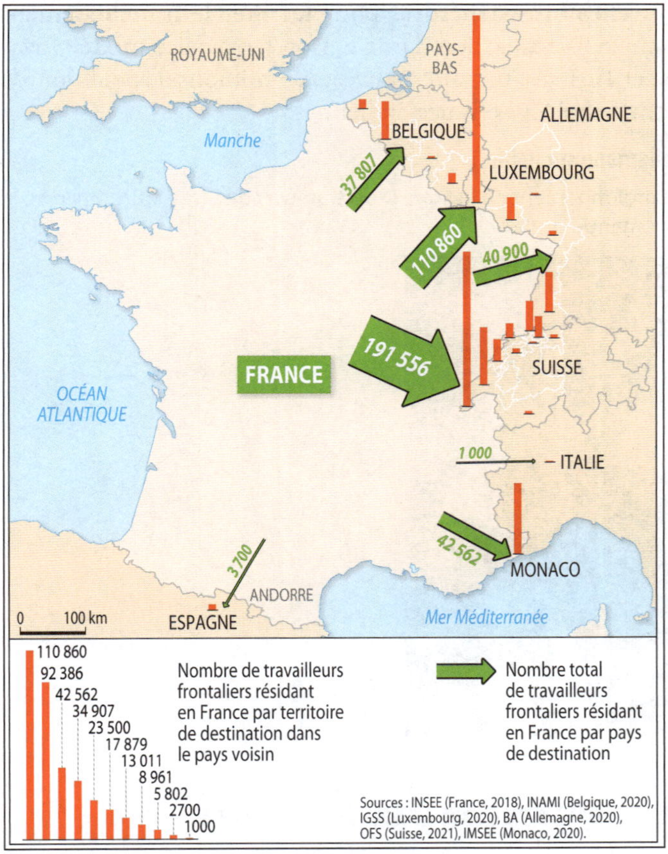

Sachez que...

Le salaire minimum brut en France est de l'ordre de 1 500 euros mensuels. Au Luxembourg, il atteint 2 150 euros en moyenne.

2. Une tendance de fond aux multiples conséquences

- **Les flux de travailleurs transfrontaliers sont de plus en plus soutenus.** Ils peuvent représenter localement jusqu'à 40 % des actifs ayant un emploi.
- **Le poids des actifs transfrontaliers dans l'économie locale est donc déterminant grâce aux salaires perçus de l'autre côté de la frontière**. Mais il a aussi un coût pour la société : ces actifs, formés par le système éducatif français, exercent leurs compétences hors de France tout en utilisant les services publics nationaux. De plus, ils sont nombreux à ne pas payer d'impôts sur leurs revenus en France.
- **Le travail transfrontalier a un impact important sur l'organisation et les dynamiques spatiales des territoires français concernés.** La croissance du nombre des déplacements pendulaires entraîne par exemple la saturation des réseaux routiers ou ferroviaires.

Sachez que...

Actuellement, les transports en commun assurent moins de 10 % de la mobilité transfrontalière quotidienne faute d'offre adaptée.

• Les pouvoirs publics (régions, État, UE) investissent donc régulièrement dans la construction de nouvelles infrastructures pour faciliter le franchissement des frontières. Par exemple, la réalisation d'une liaison ferroviaire mixte (voyageurs et fret) entre Lyon et Turin est une alternative aux 3 millions de poids lourds qui traversent chaque année les Alpes franco-italiennes.

Doc. Le tramway franco-allemand sur le Rhin

Inauguré en avril 2017, le prolongement de la ligne D du tramway de Strasbourg traverse la frontière jusqu'à la ville allemande de Kehl.

C Les limites de la coopération transfrontalière

1. Des inégalités sociospatiales qui s'aggravent

• Dans certains cas, la coopération transfrontalière fragilise les territoires dans lesquels elle s'inscrit. L'exemple du bassin de Longwy (qui compte près de 50 % d'actifs transfrontaliers) est à cet égard très révélateur.

• En effet, dans cette région où les délocalisations et la succession de crises industrielles majeures maintiennent le taux de chômage à un niveau élevé, ce sont surtout des personnes qualifiées qui vont travailler au Luxembourg. Leur installation dans les communes proches de la frontière luxembourgeoise fait monter le prix du foncier et s'oppose à une répartition homogène des logements sociaux.

• Pour les autres actifs, notamment certains ouvriers ou employés à niveau de qualification modeste, les phénomènes de marginalisation et de ségrégation sont de plus en plus nets. En outre, bon nombre d'élus craignent de voir leurs communes se transformer en « cités dortoirs ».

COURS

2. Des obstacles structurels plus ou moins persistants

- **La coexistence de plusieurs systèmes politiques, juridiques, culturels, linguistiques… demeure parfois un frein puissant à la coopération transfrontalière.** Celle-ci peut apparaître à l'échelle locale comme fragmentée, dispersée et finalement contre-productive.
- **L'accumulation d'initiatives qui se concurrencent plus qu'elles ne se complètent et la superposition de niveaux de décision intermédiaires peuvent exacerber les rivalités.** De manière paradoxale, elles semblent même créer dans certains cas de nouvelles frontières au sein des espaces transfrontaliers.
- **L'essor des relations transfrontalières est loin de faire de chaque territoire concerné un espace intégré.** Au-delà des grandes réalisations emblématiques comme l'Eurométropole Lille-Courtrai-Tournai et la « Grande région » située au carrefour des frontières avec la Belgique, l'Allemagne et le Luxembourg, les frontières françaises connaissent un niveau de coopération transfrontalière inégal et le plus souvent marqué par une forte complexité institutionnelle.

L'ESSENTIEL

La France : les dynamiques différenciées des territoires transfrontaliers

- La construction européenne a profondément modifié la nature et la fonction des espaces frontaliers de la France aux frontières de l'Union. Elle favorise l'intégration dans un même ensemble d'entités autrefois séparées par une discontinuité politique majeure.
- L'essor des échanges fait de certaines régions transfrontalières de véritables laboratoires de la cohésion territoriale européenne. Fondé sur la libre circulation des personnes et des biens, il contribue à satisfaire les objectifs de citoyenneté européenne poursuivis par l'UE.
- Cependant, l'aggravation de certains différentiels socio-économiques, la complexité des dispositifs et la superposition des niveaux de décision politique et administrative ne font pas de l'ensemble des régions frontalières françaises de véritables espaces transfrontaliers.

ZOOM SUR...

La cartographie d'une agglomération industrielle en France

1 Besançon, un exemple des mutations industrielles françaises

→ **L'industrie emploie 3,5 millions de personnes en France**, soit 13,3 % de la population active occupée. Après plusieurs décennies de fort déclin, ce secteur voit actuellement plus de sites se créer que disparaître.

→ **Ce rebond s'accompagne de mutations profondes du paysage industriel** français. Besançon en est l'illustration emblématique. En effet, la capitale de la Franche-Comté, première région industrielle du pays et fief historique de l'horlogerie, est devenue progressivement un pôle d'excellence industriel.

Sachez que...
La France concentre 8,2 % des emplois industriels de l'UE. Elle contribue à hauteur de 10,8 % à la valeur ajoutée de ce secteur en Europe (4e rang de l'UE).

2 L'industrie bisontine : « nouvelle donne »

→ **La mondialisation et l'intégration européenne** font de l'accessibilité et de l'innovation les deux principaux facteurs de recomposition du système productif industriel à toutes les échelles.

→ **Besançon dispose d'un réseau de transports performant** (TGV, autoroutes, etc.). La ville se trouve à proximité de la Suisse et de l'Allemagne ; cette situation d'interface est un facteur de compétitivité supplémentaire apprécié des entreprises.

→ **L'agglomération compte de nombreuses entreprises innovantes** dans les domaines des microtechniques, de la micromécanique et du génie biomédical. Les collectivités territoriales mettent à leur disposition des zones d'activités équipées ; elles déploient une politique culturelle et environnementale qui cherche à attirer des actifs à haut niveau de qualification dans l'agglomération.

ZOOM SUR...

3 Une logique de réseau

→ **L'organisation et les dynamiques spatiales de l'agglomération** de Besançon ont fortement évolué au cours de ces dernières années. Autour du cœur de la ville classé au patrimoine mondial de l'Unesco se sont développés plus de 1 300 hectares d'espaces d'activités.

→ **Parcs industriels ou technopôles,** ils associent des entreprises industrielles, des laboratoires de recherche (1 200 chercheurs) et des centres de formation universitaire (30 000 étudiants, soit 12 % de la population totale). En 2019, la ville a été classée au 1er rang des villes les plus attractives de France pour concilier emploi et logement.

Doc. L'agglomération de Besançon, un pôle industriel majeur en Bourgogne-Franche-Comté

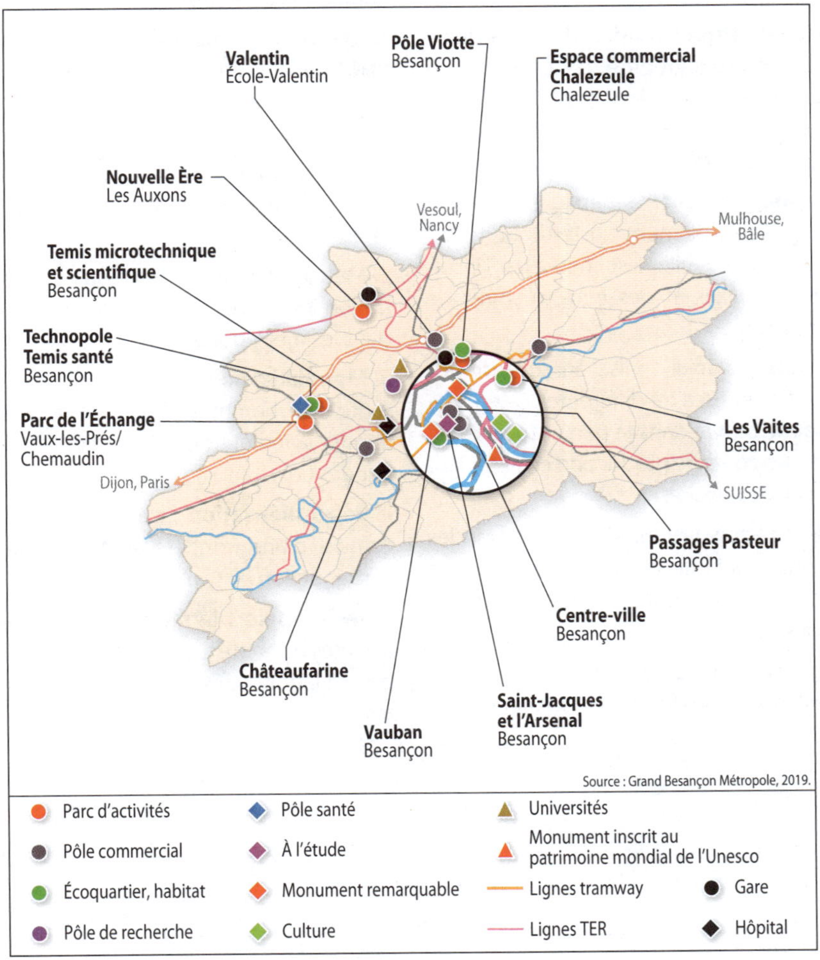

Source : Grand Besançon Métropole, 2019.

Mots-clés

- **Accessibilité** : degré de facilité avec lequel on atteint un lieu donné et qui dépend de la quantité et de la qualité des moyens de transport qu'il offre.
- **Avantages comparatifs** : atouts grâce auxquels un territoire attire une activité.
- **Barriérisation** : renforcement des frontières au moyen de dispositifs matériels ou techniques visant à limiter leur franchissement.
- **Délocalisation** : transfert d'une partie de l'activité d'une entreprise, généralement la production, pour bénéficier d'avantages comparatifs c'est-à-dire de conditions économiques plus favorables.
- **Désenclavement** : aménagement pour sortir de son isolement un territoire fermé (ou dont l'accessibilité est limitée par l'insuffisance des axes et des infrastructures de transport).
- **Dumping social** : mise en concurrence par les entreprises de différentes catégories de main-d'œuvre dans la perspective de diminuer les coûts de production en abaissant le niveau des salaires.
- **Firmes transnationales (FTN)** : grandes entreprises qui interviennent sur le marché mondial et utilisent les disparités entre les territoires à leur profit.
- **Frontex** : agence de l'UE chargée de la surveillance de ses frontières extérieures.
- **Flux** : mouvement d'hommes, de marchandises, d'informations ou de capitaux d'un point à un autre.
- **Hotspots** : dispositifs de filtrage et d'identification des migrants à leur arrivée dans l'espace Schengen considéré comme des plateformes de débarquement régional par l'UE et des centres de rétention par les ONG.
- **Interface** : zone de contact et d'échanges entre deux territoires.
- **Investissement direct à l'étranger (IDE)** : acquisition d'actifs financiers représentant au moins 10 % du capital d'une société étrangère.
- **Littoralisation** : processus de concentration des hommes et des activités sur les littoraux.
- **Métropolisation** : processus de concentration des fonctions de commandement dans les métropoles.
- **Mondialisation** : mise en relation croissante des hommes et des territoires, qui aboutit à des interdépendances et se traduit par des flux.
- **Refrontiérisation** : processus de renforcement d'une frontière après une période d'atténuation de son caractère filtrant.
- **Technopôle** : territoire concentrant des activités de haute technologie (industries de pointe, laboratoires de recherche et universités).

Chiffres clés

- L'UE compte **447 millions d'habitants**, la population des États variant de 0,5 million d'habitants (Malte) à 83 millions (Allemagne).
- Le PIB de l'UE est de **14,5 milliards d'euros** (2021).
- Avec plus de **60 milliards d'euros**, le budget annuel de la politique agricole commune représente plus du tiers du budget total de l'UE.
- Longueur des frontières terrestres internes de l'UE : **20 000 km**.
- Longueur des frontières terrestres externes de l'UE : **14 000 km**.
- **Près de 2 millions d'actifs** franchissent quotidiennement une frontière au sein de l'Union européenne.
- La plus longue frontière extérieure de l'UE est celle qui la sépare de la Norvège (**2 348 km**).
- La moitié des immigrés qui s'installent dans les pays de l'UE ont **moins de 30 ans**.

Documents majeurs

Doc. 1 L'UE, acteur majeur de la mondialisation

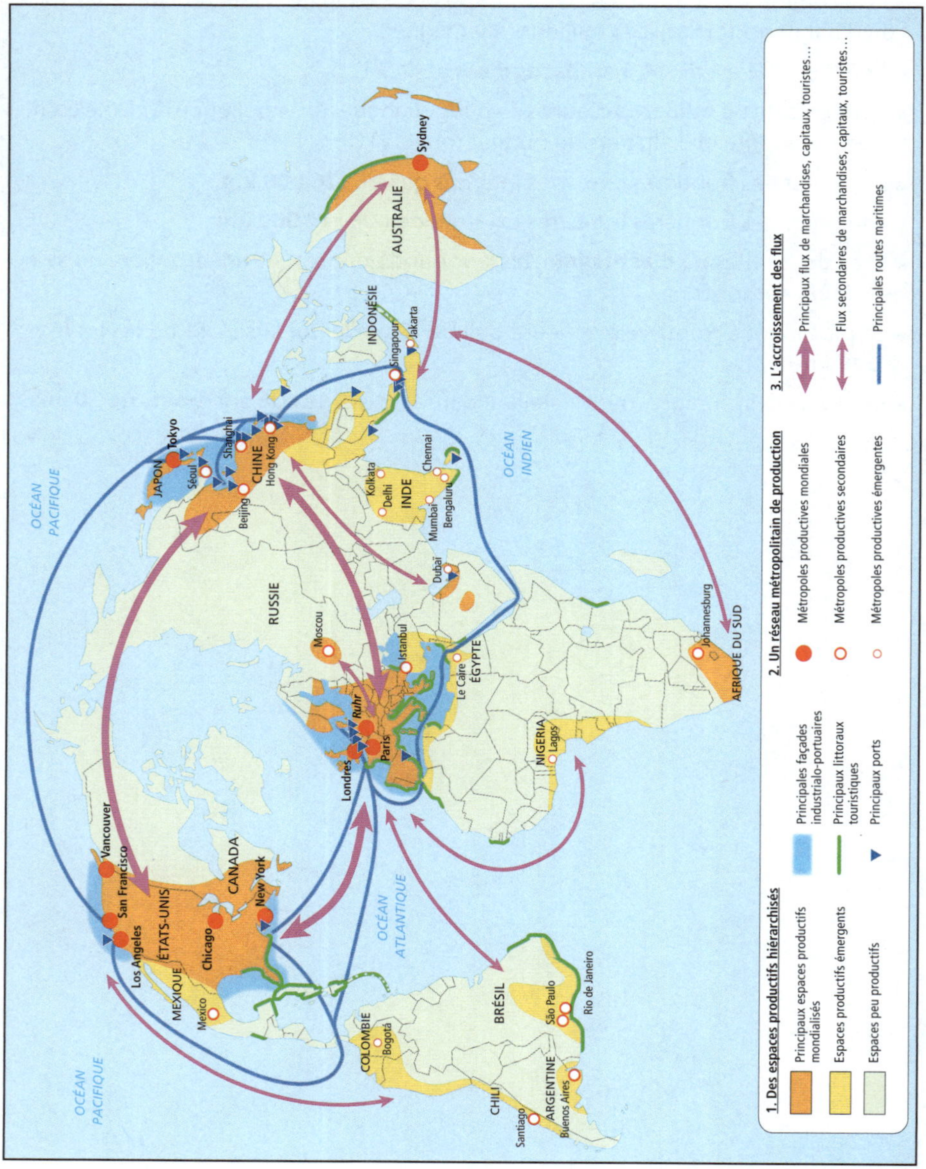

Doc. 2 Répartition des fonds structurels européens par habitant (2014-2020)

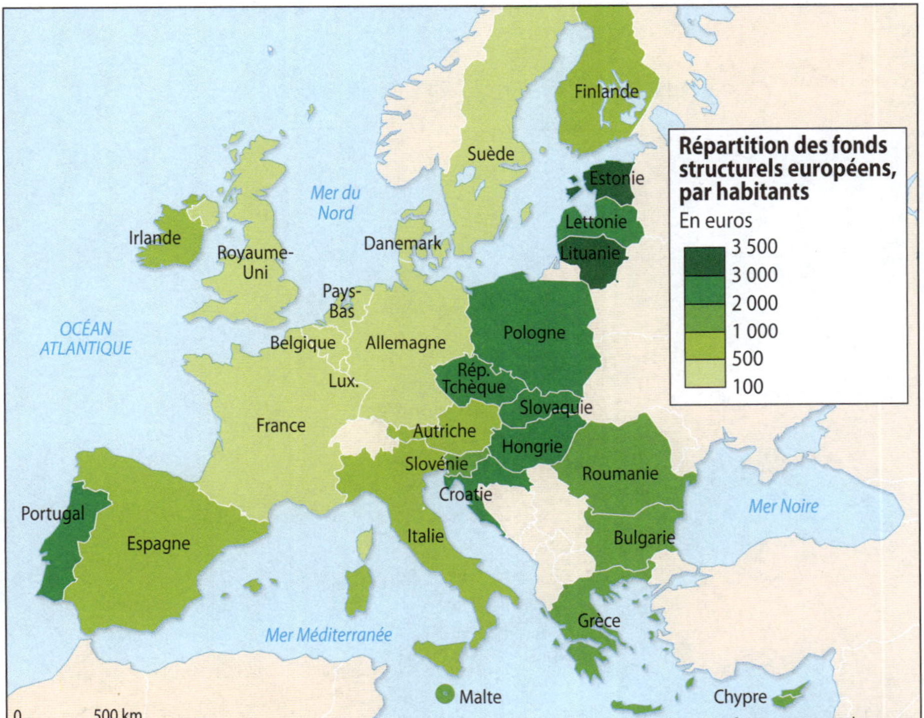

Source : www.touteleurope.eu

Doc. 3 Frontières et espaces frontaliers en Europe

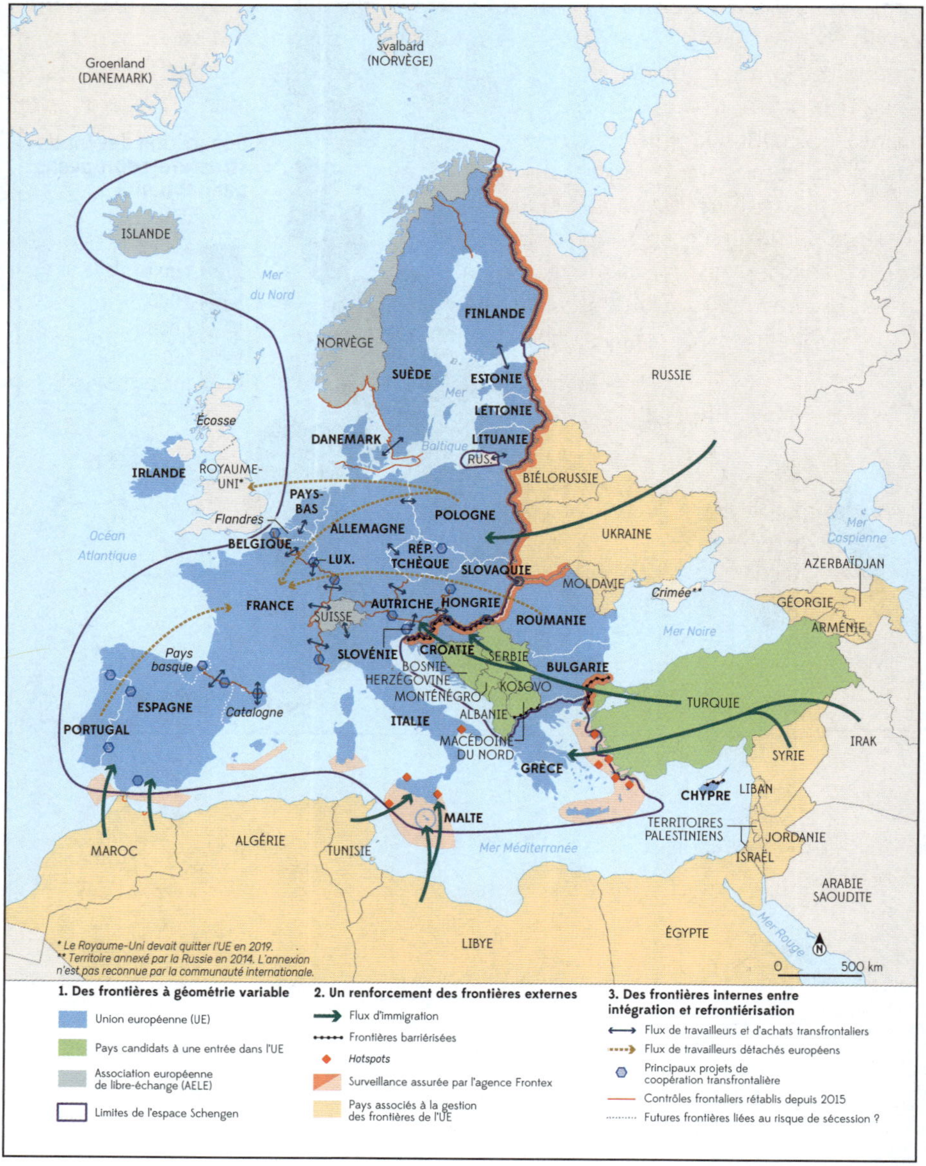

Étude de documents

L'industrie européenne dans la mondialisation : l'exemple du secteur aéronautique

CONSIGNE

En analysant ces documents, montrez à travers l'exemple de l'aéronautique comment l'industrie inscrit l'UE dans la mondialisation.

Doc. 1 La chaîne de production de l'Airbus A350

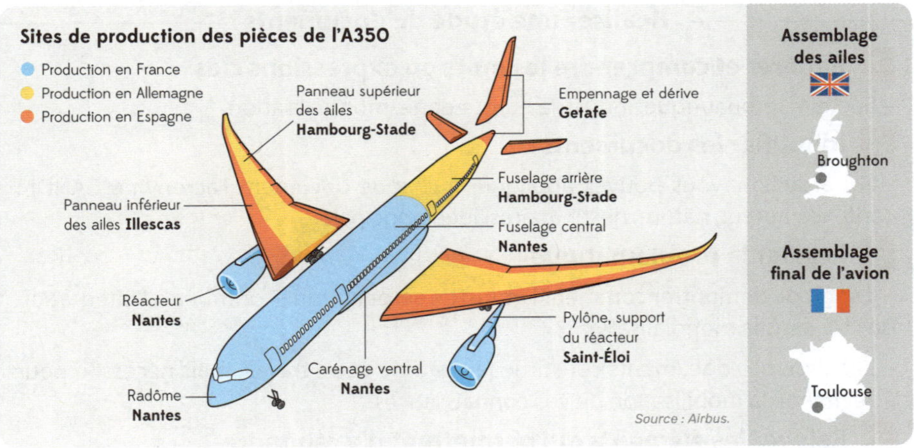

Doc. 2 Airbus, l'« icône industrielle » de l'UE

Depuis la création de la société en 2000, le nom d'Airbus est brandi par les politiciens et les industriels comme un étendard. [C']est un modèle inspirant pour créer d'autres champions européens, du naval de défense au ferroviaire en passant par les batteries… Airbus jouit, dans l'inconscient européen, d'une aura quasi magique. Il est l'icône d'une époque où l'Europe des peuples réconciliés a décidé d'unir ses forces. Bref, Airbus est un mythe vivant… Sans Airbus, l'Europe et ses compagnies aériennes auraient été dépendantes des avions américains pour développer leur activité, participer à la mondialisation des échanges et faire voyager ses citoyens.

V. Guillermard, « Airbus : de la difficulté de créer des champions industriels sur le Vieux Continent », *Le Figaro*, 29 mai 2019.

Doc. 3 **La sous-traitance aéronautique forcée de se délocaliser**

Les délocalisations s'accentuent dans l'aéronautique pour baisser les coûts ou apporter des compensations aux pays acheteurs d'avions. Sous la pression des avionneurs, sous-traitants et équipementiers renforcent leur implantation dans les pays à bas coût… Selon l'Insee, un tiers de la sous-traitance aéronautique d'Occitanie et de Nouvelle-Aquitaine est produit dans les pays à bas coût. Le mouvement se poursuit : l'équipementier Safran construira cette année une usine de pièces de moteurs en Inde, après l'achat d'avions Dassault par ce pays.

L. Marcaillou, « La sous-traitance aéronautique forcée de se délocaliser », *Les Échos*, 15 mars 2019.

POINT MÉTHODE

Réaliser une étude de documents

1 Repérer et comprendre les mots ou expressions clés

– Secteur aéronautique, industrie européenne, mondialisation.

2 Identifier les documents

– Au brouillon, vous pouvez appliquer à chaque document l'acronyme CANDI : contexte, auteur, nature, destinataires, idée principale.

3 Étudier la problématique

– Il s'agit de démontrer comment l'industrie aéronautique contribue à l'intégration de l'UE dans la mondialisation.

– L'analyse des documents constitue le cœur de votre travail, mais nécessite pour être menée la mobilisation de vos connaissances.

4 Relever les éléments qui permettent d'y répondre

– **Doc. 1 :** la production des Airbus A350 mobilise plusieurs États membres de l'UE ;

– **Doc. 2 :** la réussite d'Airbus, portée par l'UE, est incontestable ; elle contribue pleinement à son rayonnement mondial ;

– **Doc. 3 :** l'internationalisation de l'industrie aéronautique peut conduire les sous-traitants européens à délocaliser une partie de leur production dans les pays émergents.

5 Mobiliser vos connaissances

– Remémorez-vous votre cours sur « L'Union européenne dans la mondialisation : des dynamiques complexes ».

6 Construire un plan

– Ici, un plan thématique est judicieux : on peut l'élaborer à partir du libellé du sujet envisagé au prisme de chacun des documents proposés.

PROPOSITION DE CORRIGÉ

[L'industrie européenne dans la mondialisation : l'exemple du secteur aéronautique]

La mondialisation se définit comme la mise en relation croissante des hommes et des territoires. Elle aboutit à des interdépendances et se traduit par des flux. Ce postulat se vérifie en particulier en ce qui concerne le secteur de l'industrie aéronautique. Comment la réussite du consortium Airbus permet-elle d'illustrer la manière dont l'Union européenne participe de la mondialisation ? Trois documents de nature et de sources variées sont rassemblés ici dans la perspective d'apporter une réponse à cette problématique.

L'Union européenne est née de la volonté de six pays profondément éprouvés par la Seconde Guerre mondiale de construire une période de paix et de prospérité durables sur le « vieux continent ». Avec la signature du traité de Rome en 1957, la mise en œuvre de l'acte unique européen en 1986 puis le traité de Maastricht en 1992, la construction européenne s'est investie dans le développement d'une économie largement ouverte sur le monde. L'exemple du secteur aéronautique l'illustre : il s'agit pour les institutions européennes de favoriser toute forme de coopération entre les entreprises spécialisées et entre les États membres pour s'assurer une place de choix sur les marchés internationaux. C'est ainsi qu'est née en 2000 la société Airbus dont les productions sont conçues et fabriquées dans différents territoires de l'UE (doc. 1).

L'efficacité de ce partenariat transnational joue incontestablement un rôle majeur dans la réussite économique et technologique de l'entreprise. La mondialisation s'accompagne d'une véritable explosion du trafic aérien. Ainsi, par exemple, 38 millions de vols ont été enregistrés à travers le monde en 2018. Cela représente un total de 4,3 milliards de passagers, soit sept fois plus qu'en 1980. Dans un contexte de concurrence accrue avec le géant américain Boeing, Airbus fait face de manière tout à fait remarquable (doc. 2). Le groupe contribue donc pleinement à la compétitivité de l'économie européenne dans un secteur particulièrement lucratif.

Les régions européennes dans lesquelles sont implantées les unités de production d'Airbus bénéficient d'un marché de l'emploi dynamique, principalement pour les postes à haut niveau de qualification. Leur vitalité économique et sociale se manifeste par un niveau de vie généralement plus élevé que dans d'autres régions. Toulouse en est un exemple significatif. La métropole occitane accueille en effet le siège social de l'entreprise. Elle concentre les fonctions stratégiques (ressources humaines, marketing, ventes, communication, finance…) et de multiples activités de production. Mais la médaille a son revers. L'aéronautique est une activité stratégique hautement concurrentielle. La multiplication des transactions commerciales accentue l'interdépendance des acteurs économiques à l'échelle planétaire. Dans la mesure où les pays émergents offrent de réels avantages comparatifs (notamment le coût de la main-d'œuvre), ils attirent une part non négligeable de la production. La délocalisation d'environ un tiers des activités de sous-traitance en Nouvelle-Aquitaine et en Occitanie (doc. 3) est susceptible de fragiliser le tissu des PME-PMI de ces régions.

Au total, les documents proposés montrent que l'industrie aéronautique européenne, et la société Airbus en particulier, sont des fleurons économiques de l'UE. Elles lui permettent d'occuper une place centrale dans la mondialisation et contribuent à son rayonnement international, même si à l'échelle locale, la concurrence des pays tiers peut avoir un impact négatif.

CHAPITRE 8

La France et ses régions dans l'Union européenne et la mondialisation

DE QUOI S'AGIT-IL ?

Le territoire français s'intègre dans un espace plus large, à la fois européen et mondial. D'une part, la France est membre de l'Union européenne depuis sa création au lendemain de la Seconde Guerre mondiale et se trouve donc associée à toutes ses décisions politiques et économiques. D'autre part, elle est impliquée dans la mondialisation, processus d'intensification des échanges mondiaux.

Cette double intégration a des répercussions sur l'organisation du territoire français, structuré par des lignes de force majeures et mis en valeur par des acteurs publics et privés. La France et ses régions sont l'objet de recompositions, de l'échelle nationale à l'échelle locale. Les espaces de vie et de production sont réorganisés, entraînant des dynamiques différentes selon les territoires : de l'attractivité à la marginalisation, de la complémentarité à la concurrence, avec des inégalités croissantes.

Bien que l'intégration européenne et mondiale puisse complexifier le rapport aux territoires, l'échelle régionale n'en reste pas moins pertinente pour agir sur les espaces du quotidien, car elle est plus proche des attentes des citoyens.

1 Les lignes de force du territoire français

D'une superficie de 632 733 km^2 (dont 547 030 km^2 pour la métropole), le territoire français est structuré par des lignes de force majeures qui lui assurent une intégration européenne et mondiale.

A La France et ses régions, un territoire maîtrisé

1. La France : un territoire valorisé et aménagé

- **Le territoire français se caractérise par une grande diversité de milieux naturels.** En France métropolitaine, le climat est tempéré avec un climat océanique à l'ouest, semi-continental à l'est et méditerranéen au sud-est. Les territoires ultramarins ont des climats variés : tropical aux Antilles, équatorial en Guyane, et froid à Saint-Pierre-et-Miquelon. La France est constituée de reliefs différents répartis selon une ligne Bayonne/Metz : à l'ouest, les plaines et bas plateaux ; à l'est, les hauts plateaux et les montagnes traversés par des vallées.
- **Un territoire riche en ressources.** Grâce à ses littoraux, la France est à la tête de la deuxième ZEE mondiale (Zone Économique Exclusive), d'un total de 10,2 millions de km^2. Les massifs forestiers sont nombreux et répartis sur l'ensemble du territoire (Landes, Vosges, Sologne, Corse). Les espaces agricoles recouvrent 52 % du territoire français en 2019.
- **Les montagnes présentent des contraintes importantes** (pente, altitude) ce qui n'empêche pas leur mise en valeur par la création de stations de ski et l'exploitation de la ressource hydroélectrique. Elles sont aussi traversées par des tunnels, comme ceux du Fréjus et du Mont-Blanc pour franchir le massif alpin.
- **Les littoraux de l'Atlantique, de la Méditerranée et de la Manche sont aménagés** avec des stations balnéaires, parfois construites *ex nihilo*, comme sur le littoral languedocien par la mission Racine dans les années 1960 (La Grande-Motte, Port-Leucate, Le Cap d'Agde). Ils accueillent également des ports : Dunkerque, Le Havre, Nantes-Saint-Nazaire, La Rochelle, Bordeaux, Marseille.

Doc. La valorisation du territoire français

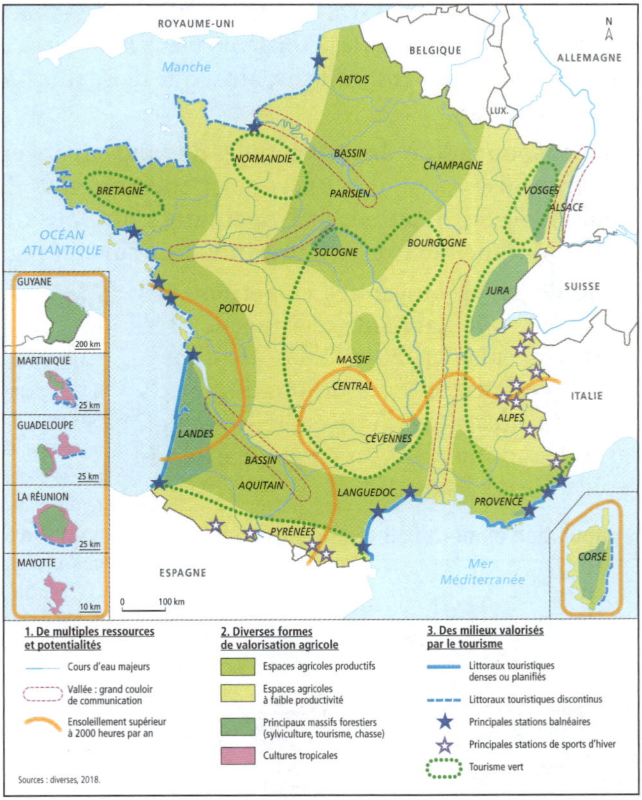

2. Un réseau urbain hiérarchisé

- **Un réseau urbain structuré par ses métropoles.** Les métropoles sont de grandes aires urbaines, très peuplées au cœur des flux, des réseaux et échanges. Elles concentrent des activités stratégiques pour les entreprises dans le tertiaire supérieur (sièges sociaux de très grandes entreprises), des infrastructures de transport (aéroports internationaux, plateformes multimodales) et des activités industrielles liées à la recherche-développement. Elles exercent une influence plus ou moins importante sur les territoires qui les entourent.

> **Sachez que...**
> En France, 90 % de la population vit dans une aire urbaine.

- **Le territoire français est marqué par la métropolisation**, c'est-à-dire un processus désignant la concentration des fonctions de commandement économique, politique et culturel dans les métropoles.

• **Paris domine le réseau urbain français.** L'aire urbaine parisienne est la plus peuplée et la plus riche de France (31% du PIB en 2021). C'est une ville globale à l'influence européenne et mondiale. Troisième place financière européenne. Paris est le siège du gouvernement français, ainsi que d'organisations internationales telles que l'Unesco.

• **Lille, Lyon et Strasbourg sont des métropoles de rang européen.** Les autres agglomérations françaises sont des métropoles incomplètes. Elles ne rassemblent pas l'ensemble des fonctions métropolitaines. Toulouse, Nancy, Marseille, Bordeaux et Montpellier exercent une influence surtout régionale.

• **Une multitude de villes moyennes et petites.** Les villes de moins de 200 000 habitants regroupent 23 % de la population française en 2018. Elles assurent à leurs habitants l'accès aux services de proximité tels que les services administratifs, l'université, l'hôpital, les commerces. Elles connaissent un regain d'attractivité depuis l'épidémie de Covid-19.

Sachez que…

En géographie, le terme « métropole » désigne une agglomération qui concentre des fonctions de commandement et exerce une influence sur le territoire qui l'entoure. D'un point de vue administratif, une métropole est un EPCI (établissement public de coopération intercommunale).

Doc. Densité de population et métropoles françaises

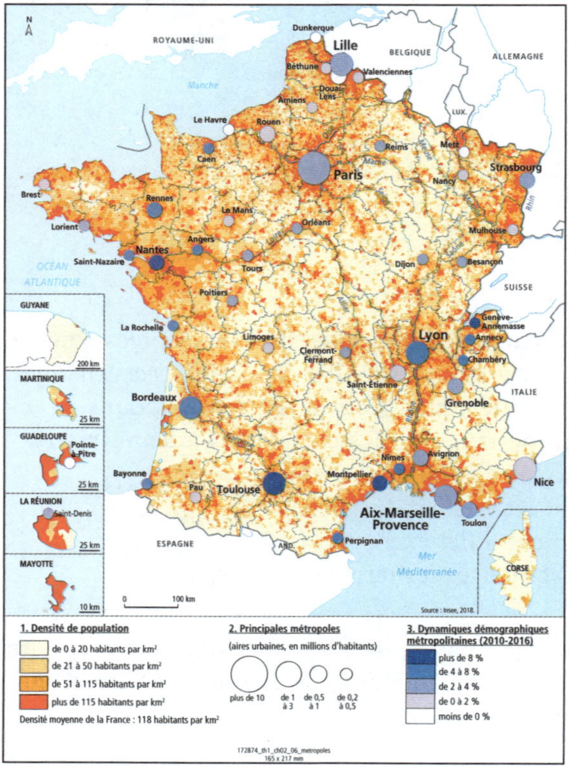

3. Un territoire français bien connecté

● **Le territoire français est en position de carrefour,** entre l'Europe septentrionale, méridionale, orientale et occidentale. Il est situé à proximité de la mégalopole européenne, vaste ensemble urbain densément peuplé et centre économique.

Sachez que...
La LGV Méditerranée relie Paris à Marseille en moins de 3 heures.

● **Des réseaux de transport modernes et performants.** Les réseaux de transport structurent le territoire français et favorisent son intégration européenne et mondiale. Ils sont organisés en étoile depuis Paris. Les autoroutes et les lignes à grande vitesse (LGV) convergent toutes vers Paris et desservent les grandes villes. Les LGV se prolongent vers certains pays européens : Royaume-Uni (Eurostar), Belgique et Pays-Bas (Thalys). Les métropoles sont également pourvues d'aéroports dont certains sont des pôles d'échanges multimodaux où se connectent différents modes de transport (train, bus, métro...) : Roissy-Charles-de-Gaulle à Paris, Saint-Exupéry à Lyon. Malgré l'épidémie de Covid-19 à l'origine d'un effondrement du trafic aéroportuaire, l'aéroport de Roissy reste en tête avec 41,9 millions de passagers en 2021. Mais les aéroports des métropoles régionales développent également des lignes vers des destinations européennes avec les compagnies *low cost*. Les littoraux sont équipés de ports maritimes (Dunkerque, Le Havre, Nantes-Saint-Nazaire, Bordeaux, Marseille) et de ZIP dynamiques. Le Havre et Dunkerque profitent de la proximité de la deuxième façade maritime mondiale (la Northern Range, au nord de l'Europe). Ces ports peinent cependant à concurrencer les grands ports européens et mondiaux.

Doc. **La plateforme multimodale de Roissy-CDG**

COURS

● **Trois axes concentrent l'essentiel des flux.** Deux axes Nord-Sud traversent la France via Paris : l'un relie Lille à l'Espagne en passant par Bordeaux, et l'autre relie Le Havre à Marseille en passant par Lyon. Un troisième axe parcourt le sud de la France (Nice, Marseille, Montpellier), connectant l'Espagne à l'Italie. Les territoires ultramarins sont reliés à la France métropolitaine grâce à des liaisons aériennes.

● **99 % du territoire français est couvert par le haut débit**, permettant d'accéder au réseau Internet. Néanmoins, il subsiste encore des zones blanches, c'est-à-dire des départements qui n'ont pas accès au très haut débit (Dordogne, Nièvre, Orne…). Le Plan France très haut débit a pour objectif de généraliser la fibre optique sur l'ensemble du territoire d'ici 2025. Il complète l'action de l'Union européenne et son programme WIFI4EU qui finance, depuis 2016, les équipements WiFi dans les lieux publics des communes européennes.

Doc. Les réseaux de transport français

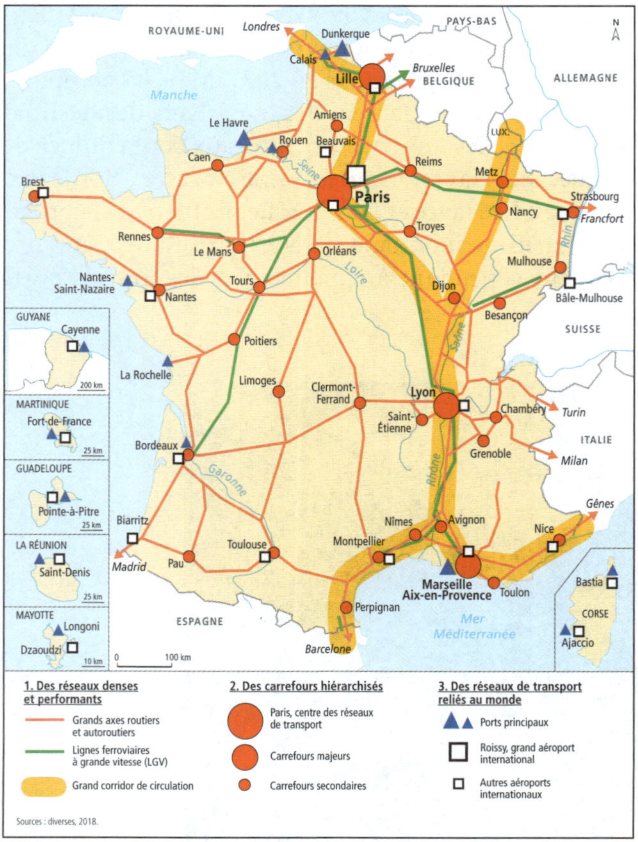

B La France est bien intégrée dans la mondialisation

1. Un territoire français très attractif

- **La France est la 7e puissance économique mondiale.** Elle occupe une place de premier plan dans la mondialisation grâce à ses nombreux atouts : infrastructures de transport bien intégrées aux réseaux européen et mondial, qualité de formation de la main-d'œuvre, modèle social protecteur et solidaire, position centrale dans l'Europe la plus développée.

- **En 2021, la France est l'un des pays du monde qui attire le plus d'IDE** malgré leur baisse généralisée. Les IDE proviennent majoritairement des pays européens (61 %), même si les États-Unis occupent toujours la première place (18 %).

Sachez que...
La France occupe la 11e place mondiale pour l'accueil d'IDE.

- **La France est la première destination touristique mondiale** (89 millions de touristes en 2018), grâce à la diversification de son patrimoine naturel et culturel (musées : Louvre, Versailles ; parcs de loisirs : Disneyland Paris, Parc Astérix…). Cinq régions françaises concentrent les flux touristiques : Île-de-France, Provence-Alpes-Côte-d'Azur, Nouvelle-Aquitaine, Pays de la Loire et Bretagne.

Sachez que...
En 2018, Disneyland Paris est la 1re destination touristique française avec 15 millions de visiteurs.

2. La mondialisation, à l'origine de la mutation des systèmes productifs français

- **La France est aujourd'hui une puissance agricole mondiale**, au 1er rang européen et au 5e mondial, malgré le nombre réduit d'exploitations agricoles (416 054 en 2020). De grandes productions sont mondialisées telles que les céréales, l'élevage intensif avicole et porcin, des produits symboles de la gastronomie françaises (vin, fromages…).

- **L'agriculture française s'est profondément transformée depuis la fin de la Seconde Guerre mondiale** pour augmenter ses rendements et sa productivité. Financée par l'Union européenne et la PAC (Politique agricole commune), elle s'est modernisée et s'est intégrée dans l'industrie agro-alimentaire organisée par les firmes multinationales (Danone, Lactalis, etc.). Les régions françaises ont spécialisé leurs productions. La grande culture céréalière s'est développée dans le Bassin parisien et le Sud-Ouest. L'élevage est intensif en Bretagne (porcs, volailles) mais extensif dans le Massif central. L'axe rhodanien et le Bassin aquitain privilégient la culture de la vigne.

ZOOM SUR...

L'entreprise Amazon

1 Une implantation récente en France

→ Le premier entrepôt d'Amazon a ouvert en 2007 à Saran dans le Loiret. Depuis, l'entreprise a maillé l'ensemble du territoire de 8 centres de distribution, complétés par des entrepôts spéciaux et des centres de tri plus modestes. Son objectif est de pouvoir livrer partout en France en moins de 24 heures.

→ Le chiffre d'affaires d'Amazon a augmenté de 23% depuis 2020 pour atteindre 9 milliards d'euros en 2021.

2 Une sélection rigoureuse des implantations

→ Amazon cible les territoires où elle installe ses infrastructures. Ce sont plutôt des régions paupérisées, laissées à l'écart de l'industrialisation et avec qui elle peut négocier des avantages fiscaux. De plus, son installation est conditionnée par l'obligation faite aux communes de financer des aménagements pour améliorer l'accès aux sites (rénovation des routes, construction de ronds-points).

→ Même si elle est source d'emplois (18 500 salariés en CDI en 2022), la présence d'Amazon sur le territoire français est critiquée, notamment pour ses conditions de travail (cadences, pénibilité) et le risque de destructions d'emplois pour les entreprises plus petites.

3 Des sites à la pointe de la modernisation

→ Le 23 septembre 2021, à Augny près de Metz, Amazon a inauguré son 8e centre de distribution de France, le plus grand. Avec ses 3 000 robots, la plateforme est capable de stocker plus de 30 millions de produits.

→ L'entreprise envisage de se développer encore et prévoit d'implanter de nouveaux sites de stockage près de Nantes, Marseille et Toulouse. Un nouvel entrepôt géant de plus de 100 000 m^2 devrait ouvrir à Beauvais en 2024.

• **Même si l'industrie française reste classée au 3e rang européen et au 8e rang mondial, la place de l'industrie dans l'économie française est réduite.** Elle ne représente en 2022 que 13,4% du PIB national. Depuis les années 1970, les secteurs de l'industrie lourde, du textile et de la sidérurgie sont en déclin. Parallèlement, les industries de haute technologie (micro-électronique, biotechnologies, nanotechnologies) connaissent un essor important. L'État favorise les territoires de l'innovation en créant des technopôles, des parcs d'activités qui regroupent des entreprises ainsi que des institutions publiques ou privées d'enseignement supérieur ou de recherche. Il soutient également les projets de relocalisation tels que l'entreprise Aigle qui a fait revenir une partie de sa production dans la Vienne.

• **Les activités de services dominent l'économie française** puisqu'elles occupent plus de 80 % de la population active française. Les services publics traditionnels (écoles, maternités, mairies) sont répartis sur l'ensemble du pays, même si leur présence a tendance à diminuer dans les territoires ruraux isolés. En revanche, les services du tertiaire supérieur (universités, CHU) sont concentrés dans les grandes agglomérations voire les métropoles.

Doc. Les systèmes productifs

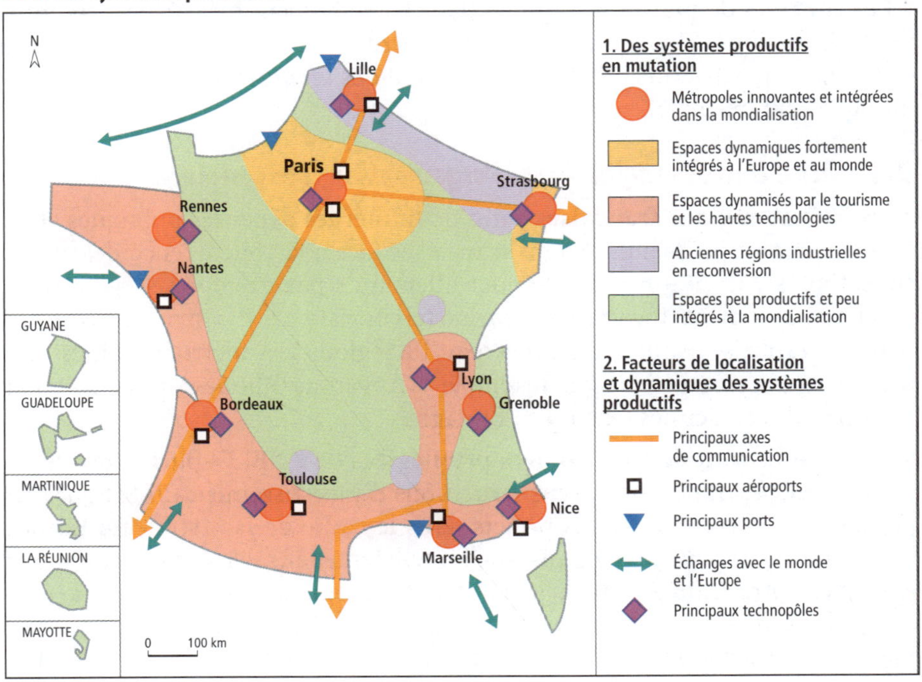

C Renforcer le rôle des régions pour une meilleure intégration européenne et mondiale

1. Une décentralisation progressive

- **Afin de rééquilibrer le territoire et contrebalancer la domination parisienne**, l'État a mis en place une politique de décentralisation avec les lois « Defferre » en 1982-1983 afin de transférer un certain nombre de ses compétences aux collectivités territoriales (communes, départements, régions) et ainsi renforcer leur rôle.

- **La loi NOTRe** (Nouvelle Organisation Territoriale de la République) de 2015 clarifie les domaines d'intervention de chaque collectivité territoriale. Les compétences des départements sont recentrées sur la solidarité sociale et territoriale alors que les régions se voient confier le développement économique et l'aménagement du territoire, confirmant ainsi leur rôle de stratège territorial.

Sachez que...
Entre 2015 et 2020, les CPER permettront l'investissement de 30 milliards d'euros dans l'économie régionale en faveur du développement des territoires et de l'emploi.

- **Les contrats de plan État/régions (CPER)** établissent un partenariat entre l'État, les régions et les autres collectivités territoriales afin de mettre en œuvre des projets structurants pour l'aménagement des territoires (équipements numériques par exemple).

2. L'affirmation des régions dans l'organisation territoriale

- **De 27 à 18 régions françaises.** Afin de limiter les dépenses publiques et de donner plus de poids aux régions françaises face à la concurrence des autres collectivités européennes (les Länder allemands par exemple), le gouvernement a mis en place une grande réforme territoriale. Le 1er janvier 2016, les 27 régions françaises sont remplacées par 18 régions (13 métropolitaines et 5 d'outre-mer), soit par fusion (exemple : Auvergne-Rhône-Alpes), soit par maintien des anciennes (exemple : Bretagne).

- **Les régions sont des partenaires privilégiées de l'UE.** Depuis 2014, les régions gèrent les fonds européens structurels d'investissement (FESI) qui leur permettent de cofinancer des projets dans le cadre de la « stratégie Europe 2020 » de l'UE, pour une « croissance intelligente, durable et inclusive ». Par exemple, entre 2014 et 2020, la région Bourgogne-Franche-Comté a reçu 1,4 milliard d'euros, notamment pour développer les technologies de l'information et de la communication, la recherche et l'innovation.

- **Le comité européen des régions** est un organe consultatif de l'Union européenne composé de représentants d'autorités locales et régionales provenant des 27 États membres. Ces personnes peuvent ainsi émettre leur avis sur la législation européenne concernant les villes et régions.

Sachez que...

Entre 2014 et 2020, 28 milliards d'euros ont été alloués par l'UE à la France pour la réalisation de projets locaux concrets tels que la recherche et développement, le numérique, la transition énergétique, l'environnement...

Doc. **Les différentes compétences des régions**

Compétences exclusives des régions	
Développement économique	– Présentation d'un schéma régional de développement économique, d'innovation et d'internationalisation (SRDEII) en faveur du développement économique – Animation des pôles de compétitivité
Gestion des programmes européens	Gestion des fonds européens (FEDER, FEADER et une partie des FSE)
Aménagement du territoire et environnement	– Gestion des déchets – Gestion des parcs naturels régionaux – Prise en charge du schéma régional d'aménagement, de développement durable et d'égalité des territoires (SRADDET)
Éducation	– Construction, entretien et fonctionnement des lycées – Stratégie pour l'enseignement supérieur, la recherche et l'innovation – Formation professionnelle, apprentissage et alternance
Transports	– Gestion des transports routiers scolaires et interurbains – Gestion des ports, de certains aéroports, des gares publiques routières et des TER

Compétences partagées avec les départements
– Tourisme – Culture – Sport – Promotion des langues régionales – Lutte contre la fracture numérique et aménagement numérique

COURS

3. Un redécoupage territorial critiqué

- **La réforme territoriale est contestée** car il lui est reproché le manque de concertation et la création d'ensembles régionaux peu cohérents (par exemple, l'ancienne région du Nord-Pas-de-Calais concentre 67 % de la population de la nouvelle région Hauts-de-France).
- **Le regroupement de certaines régions rencontre l'opposition des populations attachées à leur identité régionale.** Ainsi, la création de la région Grand Est s'est heurtée à la difficulté de fusionner trois régions (l'Alsace, la Lorraine et la Champagne-Ardenne) marquées par des traditions culturelles et linguistiques fortes. En 2021, la création de la CeA (Collectivité européenne d'Alsace) née de la fusion des départements du Bas-Rhin et du Haut-Rhin renforce la volonté de certains élus de sortir de la région Grand Est. Les régions Occitanie et Bourgogne-Franche-Comté sont confrontées aux mêmes difficultés.
- **La hiérarchie des régions n'est pas remise en cause et la région Île-de-France conserve sa primauté.** De plus, les régions disposent de ressources financières propres limitées et sont largement dépendantes des compensations de l'État, en baisse depuis 2014.

L'ESSENTIEL

Les lignes de force du territoire français

- Le territoire français dispose de nombreux atouts tant par la diversité de ses milieux que par ses nombreuses ressources. Bien aménagé, notamment par un réseau de transport complet et structuré par un ensemble de métropoles réparties sur le territoire, il est bien intégré à l'Europe et au monde. Ses systèmes productifs sont performants et assurent à la France la 7e place dans l'économie mondiale. Cependant, la mondialisation transforme la localisation des systèmes productifs.
- Afin d'améliorer l'intégration européenne et mondiale du territoire français et de ses régions, l'État a entrepris de vastes réformes de décentralisation permettant de renforcer le pouvoir des régions. Le redécoupage territorial de 2016 a fait passer de 27 à 18 le nombre de régions, dans le but de développer leur rayonnement européen. Cette réforme ne se fait pas sans un certain nombre de critiques.

2 Les recompositions territoriales à toutes les échelles

L'intégration européenne et mondiale entraîne des recompositions du territoire français et de ses régions aux échelles nationale et locale. Plusieurs régions sont privilégiées alors que certaines rencontrent des difficultés à s'affirmer et d'autres sont marginalisées.

A Des territoires attractifs

1. L'Île-de-France et les régions du sud et de l'ouest, bien intégrées à la mondialisation

- **Dotées d'un réseau dense d'infrastructures de transport,** les régions les mieux connectées sont au cœur de l'organisation des territoires français et européen. Les régions Auvergne-Rhône-Alpes, Centre-Val de Loire, Île-de-France, Nouvelle-Aquitaine et Occitanie s'appuient sur un réseau dense de routes, d'autoroutes et de LVG, et leurs métropoles accueillent des aéroports au rayonnement national voire européen.
- **La région Île-de-France est à la tête d'un système productif compétitif diversifié** qui lui permet de jouer un rôle économique de premier plan aux niveaux national, européen et mondial. À elle seule, elle représente un tiers du PIB français. C'est l'une des premières régions industrielles et touristiques du pays et elle concentre la majorité des emplois du tertiaire supérieur.
- **Cependant, les régions du sud et de l'ouest profitent de la recomposition des systèmes productifs.** Elles accueillent des systèmes productifs diversifiés et performants. Par exemple, l'Occitanie associe une agriculture productiviste (vigne, fruits et légumes), des industries de haute technologie (aéronautique, spatial) et un secteur tertiaire particulièrement développé (économie présentielle).

> **Sachez que...**
> L'économie présentielle regroupe les activités produisant des biens et services nécessaires aux personnes qui vivent dans une zone (touristes, résidents).

- **Même si les IDE se dirigent majoritairement vers la région Île-de-France** (un tiers des investissements étrangers), les régions Auvergne-Rhône-Alpes, Occitanie, Grand Est et Hauts-de-France en accueillent aussi une grande partie.
- **La population de l'Île-de-France continue d'augmenter** (+ 0,4 %/an en moyenne). Ce sont des étudiants et des jeunes actifs attirés par un marché du travail dynamique et par la présence de nombreuses universités et grandes écoles. Cependant, les régions du sud et de l'ouest voient également leur popu-

lation augmenter grâce essentiellement à un solde migratoire positif (+0,6 % par an entre 2011 et 2016 pour les régions Nouvelle-Aquitaine et Occitanie). Les retraités et les nouveaux actifs sont attirés à la fois par l'héliotropisme et un cadre de vie plus agréable.

2. À l'intérieur des régions, la mondialisation sélectionne les territoires

- **Les régions les plus attractives sont dynamisées par leurs métropoles.** Celles-ci sont des capitales régionales aux ambitions européennes : Lyon pour l'Auvergne-Rhône-Alpes, Nantes pour les Pays de la Loire, Bordeaux pour la Nouvelle-Aquitaine, Toulouse pour l'Occitanie. Elles accueillent des sièges sociaux d'entreprises (Décathlon à Lille), des quartiers d'affaires (La Part-Dieu à Lyon), des technopôles (Atalante à Rennes) ou des institutions internationales (Parlement européen à Strasbourg).

- **Seule Paris dans la région Île-de-France apparaît comme une ville mondiale.** Elle produit 5,4 % du PIB européen. Le poids de la métropole parisienne continue de se renforcer car elle souhaite conserver son statut de ville mondiale. À cette fin, elle multiplie les grands projets (Grand Paris Express : 4 nouvelles lignes de métro automatique, 68 gares ; CDG express devant relier la gare de l'Est à l'aéroport Roissy-Charles-de-Gaulle) et se positionne pour organiser les grandes manifestations au rayonnement mondial (les JO en 2024). Paris espère aussi profiter des effets positifs du Brexit (décision du Royaume-Uni de sortir de l'Union européenne en 2016) et devenir plus attractive que Londres, notamment en accueillant des institutions européennes anciennement implantées dans la capitale anglaise telles que l'Agence bancaire européenne réinstallée dans le quartier de la Défense.

Sachez que…
En géographie, la métropole parisienne est qualifiée de « centre », c'est-à-dire que, par son poids démographique et économique, elle a une capacité d'impulsion et de commandement sur le reste du territoire, appelé la périphérie.

- **Les espaces littoraux sont devenus attractifs et accueillent de plus en plus de personnes et d'activités : c'est la littoralisation.** L'intégration à la mondialisation favorise les littoraux avec le développement de zones industrialo-portuaires (ZIP) permettant aux ports de rester attractifs. Dans la région Pays de la Loire, l'estuaire de la Loire (de Saint-Nazaire à Nantes) est le cœur industriel de la région. Des industries de l'agro-alimentaire (usine Cargill), de l'aéronautique (Airbus), des raffineries et des chantiers navals y sont présents. Avec le développement du tourisme et la tertiarisation, des activités dans le commerce, le transport et l'enseignement sont en plein essor. L'économie présentielle y est de plus en plus importante. En Provence-Alpes-Côte d'Azur, 2e région la plus touristique de France, 60 % des emplois concernent des fonctions présentielles, plus particulièrement dans le tourisme.

● **Les espaces frontaliers sont dynamisés par l'intégration européenne.** Ils sont traversés par des flux transfrontaliers (environ 420 000 en 2018) vers la Belgique, la Suisse, l'Allemagne et le Luxembourg, stimulant l'économie résidentielle à l'origine d'un bassin d'emplois dynamique. Celui-ci attire de nouveaux habitants. Par exemple, le département de l'Ain dans la région Auvergne-Rhône-Alpes voit sa population augmenter. Les régions frontalières appartiennent également à des eurorégions (projet de coopération transfrontalière). La région Grand-Est est à l'origine de trente coopérations avec les États voisins, ce qui en fait la première région transfrontalière. Mais cette organisation crée également des déséquilibres : l'Alsace et la Lorraine ont davantage de contacts avec les pays frontaliers qu'avec les autres départements de leur région.

Sachez que...
Les littoraux et les espaces frontaliers sont des espaces périphériques, c'est-à-dire dépendants d'un centre. Par leur dynamisme, ils sont qualifiés de périphérie intégrée.

3. Les régions dynamiques sont aussi confrontées à des difficultés

● **Des difficultés démographiques touchent ces régions** en raison de soldes migratoires négatifs (Île-de-France) ou du vieillissement de leur population (Centre-Val de Loire, Nouvelle-Aquitaine). De plus, des disparités démographiques existent à l'intérieur des régions, comme en Nouvelle-Aquitaine où la Creuse est le département français qui perd le plus d'habitants (-0,5 % entre 2016 et 2021) alors que la Gironde voit sa population augmenter de plus de 1,2 % durant la même période. La région Auvergne-Rhône-Alpes est également touchée par ce phénomène.

● **Des inégalités socio-économiques entre les centres et les périphéries des régions.** Il existe de grandes disparités de richesses mais également d'accès aux services même dans les régions les plus attractives. L'Île-de-France est ainsi la région la plus riche de France (31 % du PIB national) alors que le département de la Seine-Saint-Denis est l'un des plus pauvres du pays (taux de pauvreté de 28,4% en 2021).

● **Les métropoles régionales sont concurrentes** et rivalisent d'efforts et d'investissements pour affirmer leur prééminence. L'agglomération de Nice renforce l'attractivité de son aéroport en créant de nouvelles lignes à l'international (En 2022, 67 destinations vers 30 pays) pour concurrencer celui de Marseille.

ZOOM SUR...

L'eurorégion Nouvelle-Aquitaine/Euskadi/Navarre

1 Présentation

→ **L'eurorégion Nouvelle-Aquitaine/Euskadi/Navarre est un groupement européen de coopération territoriale (GECT) créé en 2011** et rassemblant la communauté autonome du Pays basque, la communauté de Navarre et la Nouvelle-Aquitaine. Elle est dirigée par une assemblée de 18 membres désignés à parité entre les trois régions avec une présidence assurée alternativement tous les deux ans.

→ **L'objectif de ces régions transfrontalières** est d'acquérir une visibilité à l'échelle européenne. Le GECT perçoit et gère les fonds européens et peut également assurer la maîtrise d'ouvrage de projets complémentaires :

- mettre en avant une citoyenneté eurorégionale à travers la promotion du plurilinguisme et de la culture basque ;
- développer un espace transfrontalier de la connaissance et de l'innovation grâce au développement de partenariats universitaires tels que des « bourses Erasmus eurorégionales » et une meilleure coopération entre universités, laboratoires de recherche et entreprises ;
- améliorer la fluidité des déplacements à l'intérieur de l'eurorégion. Ainsi, le réseau SNCF est relié aux réseaux basque et espagnol à Hendaye et Irun. Le transport en car est également encouragé (ligne Bayonne-Irun en 2015) ;
- promouvoir un territoire durable par la préservation et la valorisation des espaces, ainsi qu'une agriculture durable.

2 Des réalisations concrètes

→ Les projets mis en œuvre concernent plus de 8,7 millions d'habitants soit environ 2 % de la population européenne.

→ « Transfermuga » : création d'un site Internet permettant de faciliter les déplacements frontaliers par des moyens de transport durables.

→ « Empleo » : mise en relation des salariés et des entreprises par-delà les frontières par l'organisation de salons de l'emploi et de la formation.

→ « Eskola-Futura » : élaboration d'un dispositif d'accompagnement pour les étudiants souhaitant enseigner dans les écoles bilingues.

• **L'attractivité nécessite des aménagements urbains à l'origine d'enjeux environnementaux importants.** L'urbanisation s'accompagne d'un étalement urbain, source de pollution et d'accentuation des risques (inondations). En Occitanie, le littoral languedocien s'est rapidement urbanisé au détriment d'espaces naturels de plus en plus pollués (étang de Thau). Les projets d'aménagements sont également source de tensions, à l'image du projet d'extension de l'aéroport de Nice auquel s'opposent les associations de défense de l'environnement.

B Des régions françaises en quête d'intégration européenne et mondiale

1. Des potentiels à valoriser

• **Des régions françaises de mieux en mieux connectées au territoire national et européen.** La politique d'aménagement du territoire a développé des infrastructures de transport qui sont à l'origine d'une hausse des vitesses moyennes et d'une contraction des distances/temps. Ainsi, les régions situées à la périphérie du territoire, telles que les régions Grand-Est, Hauts de France et Bretagne, sont bien reliées à l'Île-de-France et au territoire européen grâce aux LGV et aux autoroutes. Cependant, certains territoires ne sont pas irrigués par ces réseaux qui les traversent et subissent l'« effet tunnel » comme en Picardie, en Lorraine ou en Bourgogne : les gares construites sur les lignes TGV n'arrivent à attirer ni entreprises ni passagers.

Sachez que...
La gare TGV Haute-Picardie dans la Somme est surnommée la « gare des betteraves » car aucune zone d'activités ne s'est développée autour et elle reste entourée de champs.

• **Des régions françaises disposent d'espaces productifs performants** mais leur développement est trop limité pour pouvoir dynamiser l'ensemble de leur territoire. Par exemple, la région Bourgogne-Franche-Comté est une région agricole (viticulture et élevage) et très industrialisée (métallurgie, agro-alimentaire et matériel de transports) mais le secteur tertiaire est sous-représenté à cause de la faiblesse des pôles urbains. Elle représente donc, comme les régions Bretagne, Pays de la Loire, et Centre-Val de Loire, moins de 4,5 % des exportations françaises au niveau mondial (hors UE).

• **Une population qui augmente mais moins vite que la moyenne nationale.** À l'intérieur de certaines régions françaises existent des dynamiques démographiques contrastées. Dans les régions Normandie, Grand-Est, Bourgogne-Franche-Comté, les territoires les plus densément peuplés ont une population qui continue d'augmenter, alors que ceux qui le sont moins voient leur population diminuer du fait d'un solde migratoire négatif.

2. Des faiblesses à surmonter

• **Des régions en concurrence avec d'autres régions.** Les régions situées à proximité de grandes métropoles telles que Paris, Nantes ou Lyon sont soumises à leur influence car elles concentrent et attirent l'essentiel des activités. Ainsi, la Normandie, le Centre-Val de Loire et les Hauts-de-France souffrent de la domination parisienne dont ils apparaissent encore comme une périphérie industrielle. Les territoires de la région Bourgogne-Franche-Comté se développent dans l'ombre des pôles extérieurs (Lyon, Mulhouse, Clermont-Ferrand).

Sachez que...
60 % des actifs de la ville de Pontarlier (Bourgogne-Franche-Comté) sortent de leur région pour aller travailler.

• **Des régions structurées par un réseau urbain modeste et incomplet.** Plusieurs régions françaises s'organisent autour de métropoles de taille modeste dont l'influence reste régionale. En Bourgogne-Franche-Comté, ni Dijon ni Besançon ne peuvent à elles seules dynamiser la région par leur faible poids démographique et économique. Or, le projet d'une métropole Dijon-Besançon est difficile à mettre en œuvre en raison de leurs rivalités. Par contre, la Normandie a profité de la réforme territoriale pour faire le choix de deux capitales (Caen et Rouen) et a renforcé la coopération entre Caen, Rouen et Le Havre afin de soutenir la compétition internationale.

• **Au nord d'une ligne Cherbourg-Aurillac, de nombreuses villes moyennes et petites sont en déclin.** Elles perdent des habitants et leur centre-ville se dévitalise avec la fermeture des commerces (Nevers) et de nombreux services publics (hôpitaux, écoles, tribunal).

3. Des aménagements pour atténuer les déséquilibres

• **Depuis 2004, l'État met en place des pôles de compétitivité** qui concentrent des entreprises, des centres de recherche et des universités sur un territoire donné, autour d'un thème en lien avec l'innovation. Ainsi, 54 pôles de compétitivité ont été labellisés par l'État. Par exemple, BioValley, dans la région Grand-Est, est spécialisé dans la santé.

• **La réforme territoriale a pour objectif de favoriser les métropoles françaises** pour qu'elles deviennent attractives à l'échelle européenne et mondiale tout en concurrençant la trop grande influence de la métropole parisienne. En 2014, la loi MAPTAM (loi de la Modernisation de l'action publique territoriale et d'affirmation des métropoles) crée 22 métropoles. Ce nouveau statut pour les agglomérations de plus de 400 000 habitants leur permet d'intervenir en matière de développement économique, d'innovation et de transition énergétique et ainsi d'accroître leur rayonnement.

- **L'intercommunalité est imposée par l'État avec la Loi NOTRe en 2015.** Les communes sont obligées de se regrouper dans des EPCI (établissements publics de coopération intercommunale) dans le but de développer des projets communs de développement (voirie, équipements culturels…).

- **Le plan « Action cœur de ville », mis en place en 2017,** vise à aider 222 villes moyennes à améliorer les conditions de vie de leurs habitants et à rester des acteurs du développement territorial.

> **Sachez que…**
> Le plan « Action cœur de ville » doit mobiliser 5 milliards d'euros sur 5 ans.

- **Les collectivités territoriales développent le marketing territorial.** Elles mettent en avant leurs atouts à travers des campagnes publicitaires afin d'attirer de nouveaux habitants, des touristes et des entreprises. Certaines sont devenues de véritables marques, telles que la Bretagne avec le label « Produit en Bretagne ».
- **Les pactes métropolitains d'innovation** mettent en place des actions de coopération entre les métropoles d'une même région. Dans la région Bretagne, Rennes se spécialise dans les mobilités intelligentes alors que Brest développe un campus de la mer.

C Des régions françaises en marge de la mondialisation

1. Des territoires difficiles d'accès

- **Certains territoires français souffrent de l'éloignement et de la discontinuité physique terre/mer liée à l'insularité.** Ainsi, les territoires ultramarins sont éloignés de la métropole et se caractérisent majoritairement par leur insularité. Ils ne disposent pas toujours d'infrastructures de transport performantes. Par exemple, Mayotte n'a ni aéroport international, ni liaison directe avec la métropole.

> **Sachez que…**
> La Réunion est à 10 heures d'avion de Paris.

- **Les montagnes françaises sont constituées de massifs enclavés.** Dans certaines parties du Massif central (plateau des Causses), des Alpes (Le Queyras) des Pyrénées (vallée de l'Aure) et de la Corse, la pente et la massivité du relief représentent un obstacle aux mobilités et participent à leur isolement. Dans le Massif central, les populations les plus isolées ont un temps de trajet supérieur à 50 % par rapport aux populations qui vivent hors de la zone de montagne pour accéder aux équipements de la vie courante (hôpitaux, écoles…).

ZOOM SUR...

BioValley France, un pôle de compétitivité dans la région Grand-Est

1 Un pôle spécialisé dans la santé

→ Le pôle de compétitivité BioValley implanté dans le Bas-Rhin est consacré à la filière santé et s'organise autour de quatre thèmes majeurs : l'industrie pharmaceutique, la recherche et le développement scientifique, l'informatique et la fabrication de machines.

→ BioValley travaille en collaboration avec plus de 158 entreprises (startups, PME et grandes entreprises), des organismes de soins et des laboratoires de recherche répartis dans la région du Grand-Est mais aussi en Bourgogne-France-Comté et en Île-de-France.

→ Plus de 4 000 emplois ont été créés grâce à ce pôle de compétitivité qui a développé plus de 500 projets innovants, en lien avec d'autres technopoles françaises ou étrangères (recherche sur le cancer, création d'un campus des technologies médicales).

2 Une action à l'international

→ Le pôle de compétitivité travaille en partenariat avec 5 pays (Suisse, Allemagne, Belgique, Israël, Canada) et participe à de nombreux salons étrangers pour échanger avec des experts de la santé et des entreprises.

Doc. Une implantation nationale

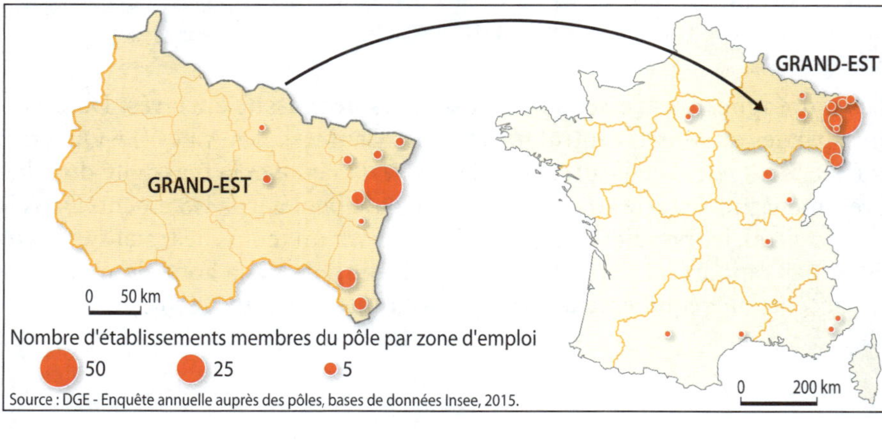

Source : DGE - Enquête annuelle auprès des pôles, bases de données Insee, 2015.

● **Des espaces ruraux qui souffrent de déprise.** Souvent isolés, ils sont marqués par le déclin des activités et de la population. Cela concerne souvent les régions de moyennes montagnes telles que les Vosges ou le Massif central. Les Ardennes et les cantons les plus ruraux de la Normandie sont également touchés par la désertification et la fermeture des services publics.

Sachez que…
Les géographes préfèrent utiliser l'expression « hyper-ruralité » plutôt que « rural profond » pour désigner les espaces ruraux les moins dynamiques.

2. Des régions confrontées à de multiples difficultés

● **Des régions dont les systèmes productifs sont en crise.** Les régions du Grand-Est, des Hauts-de-France, du Centre-Val de Loire, de Normandie et de Bourgogne-Franche-Comté voient une partie de leur territoire touchée par la désindustrialisation depuis une trentaine d'années : elles doivent faire face à des fermetures d'usines et au développement de friches industrielles. L'agriculture bretonne est aussi en crise, concurrencée par les produits européens et mondiaux (Brésil) et critiquée pour son manque de respect de l'environnement (excès de l'élevage hors-sol, pollution des nappes phréatiques, algues vertes). L'économie des territoires ultramarins se caractérise le plus souvent par une industrie déficiente et une agriculture spécialisée (banane en Martinique, canne à sucre à La Réunion) peu intégrée à l'industrie agro-alimentaire. Le tourisme représente un fort potentiel mais il est encore peu développé à Mayotte, en Guyane et contre-performant en Guadeloupe. Dans l'économie corse, la part de l'agriculture régresse (moins de 3,1 % de l'emploi en 2019 de l'emploi), l'industrie est peu représentée alors que le tourisme est prépondérant (un tiers du PIB régional).

● **Le chômage et la pauvreté sont très importants.** Dans les territoires ultramarins, la pauvreté est plus élevée qu'en métropole. Un cinquième de la population dispose de revenus insuffisants pour vivre. Les taux de chômage y sont également élevés (13,7 % en Martinique en 2022 contre 7,3 % en France métropolitaine). De ce fait, leurs économies sont dépendantes des aides de l'État et de l'Union européenne, avec une forte représentation des services publics. Les territoires métropolitains hyper-ruraux sont également confrontés à des taux de chômage élevés. Dans la région Grand-Est, le département de l'Aube a un taux de chômage de 9,7 % en 2022 contre 7,3 % au niveau national.

● **L'évolution démographique est contrastée.** En France métropolitaine, les espaces ruraux les plus en difficultés appartiennent le plus souvent à la « diagonale des faibles densités » qui s'étend de la Lorraine à l'Aquitaine. Ils continuent de voir leur population baisser (en raison d'un solde naturel négatif) et vieillir.

Sachez que…
Mayotte est la région la plus jeune de France : 60 % des Mahorais ont moins de 25 ans.

Dans la région Nouvelle-Aquitaine, le département de la Creuse continue de voir sa population diminuer (-0,6% entre 2013 et 2019). La population de la Corse fait en revanche exception, puisqu'elle augmente grâce à un solde migratoire positif. Dans les territoires ultramarins, la Guadeloupe et la Martinique perdent des habitants alors que la Guyane, Mayotte et La Réunion en gagnent.

Sachez que...
Les géographes utilisent le terme de « marge » pour désigner les territoires périphériques les plus fragiles qui ne bénéficient pas du rayonnement d'un centre.

- **L'intégration régionale est très faible.** Les territoires ultramarins échangent très peu au sein de leur zone géographique, avec une exception, Mayotte, qui draine d'importants flux migratoires clandestins.

3. De multiples actions pour favoriser le développement des régions en marge

- **La mise en valeur des atouts de ces territoires.** L'État cherche à protéger les espaces les plus fragiles tout en accompagnant le développement d'activités touristiques ou agricoles en créant des parcs nationaux, des parcs naturels régionaux (PNR) et des réserves naturelles. Sur les onze parcs nationaux français, trois sont situés dans les territoires ultramarins. La Guyane abrite le plus grand parc national de France afin de protéger la forêt primaire tout en intégrant les usagers et leurs pratiques. La création d'un parc naturel régional en Corse a pour objectif de développer les montagnes de l'intérieur, en renforçant la ville de Corte par des aménagements (création d'une université en 1981).

- **En se spécialisant, les campagnes les plus périphériques parviennent à rester dynamiques** : la Corse et le tourisme ; les pays de la Loire et les cosmétiques, etc. Elles mettent aussi à profit leur situation de dépendance vis-à-vis des villes pour développer des activités résidentielles et agricoles, comme les campagnes autour des villes de Grenoble, Annecy et Chambéry dans les Alpes.

- **Les zones de revitalisation rurale (ZRR)** mises en place par l'État ont pour objectif de favoriser le développement local et d'attirer des entreprises, notamment grâce à des exonérations fiscales. En septembre 2019, le gouvernement français a établi un Agenda rural pour redynamiser les campagnes situées à la marge. Il s'agit de soutenir les petits commerces et de maintenir la présence de services publics par le recrutement de personnel.

- **Les anciennes régions industrielles multiplient les projets de reconversion** en transformant les anciens sites industriels en logements ou en musées (Louvre-Lens construit sur un ancien site minier) ou en spécialisant leur activité, telle que la Normandie et la Glass Vallée (production de flacons de verre).

- **La Guadeloupe, la Guyane, la Martinique, Mayotte, La Réunion et Saint-Martin sont considérées par l'UE comme des régions ultrapériphériques (RUP)** et reçoivent à ce titre des aides spécifiques afin de compenser leur insularité et leur éloignement. Par exemple, l'Union européenne a participé à l'agrandissement de l'aéroport Pôle Caraïbe à Pointe-à-Pitre en Guadeloupe. Dans le cadre de la Stratégie 2020, La Réunion devrait recevoir 2 milliards d'euros via les FESI.

L'ESSENTIEL

Les recompositions territoriales à toutes les échelles : entre attractivité, concurrence et inégalités

- Au sein du territoire français, l'Île-de-France reste la région la plus dynamique avec un rayonnement européen et mondial. Cependant, les régions du sud et de l'ouest s'affirment progressivement, malgré leurs disparités économiques et démographiques.
- Les autres régions métropolitaines ont davantage de difficultés à s'intégrer et sont marquées par des dynamiques contrastées. Les territoires ultramarins et ultra-ruraux ainsi que les massifs montagneux les plus enclavés sont marginalisés et à l'écart de la mondialisation. L'aménagement des territoires tente d'atténuer ces déséquilibres.

ZOOM SUR...

L'île de La Réunion : un territoire ultramarin valorisé

1 « Une île-montagne » à l'organisation territoriale déséquilibrée

→ La Réunion est située à plus de 9 500 km de la métropole, ce qui en fait le territoire le plus éloigné. C'est une « île-montagne » au milieu de l'océan Indien, structuré par deux grands massifs montagneux volcaniques : le Piton des Neiges au nord-ouest et le Piton de la Fournaise au sud-est, ce qui représente un obstacle aux mobilités. Une seule route fait le tour de l'île. Son climat tropical abrite une biodiversité diversifiée (30 espèces végétales endémiques y sont recensées) et soumet fréquemment le territoire à des cyclones.

→ Le peuplement de La Réunion est déséquilibré car la population se concentre dans les villes du littoral, notamment Saint-Denis (un quart de la population de l'île) alors que le centre est très peu peuplé.

2 Un territoire ultramarin en difficultés, dépendant des aides nationales et européennes

→ La population réunionnaise est jeune (35,2 % de la population a moins de 25 ans) en 2022 mais vieillit plus vite que celle de la France métropolitaine. Elle est également marquée par un chômage élevé (18% en 2022) et un fort taux de pauvreté en lien avec un système productif local peu développé. L'agriculture est très spécialisée (canne à sucre, vanille, ananas) et elle s'appuie sur une industrie agro-alimentaire particulièrement développée. Le secteur des services domine l'économie locale (environ 78 % des emplois).

→ La Réunion est dépendante des transferts d'argent en provenance de la métropole et de l'Union européenne. La fonction publique est à l'origine d'un tiers des emplois. De plus, l'île bénéficie de politiques spécifiques comme la défiscalisation des investissements. Les aides européennes sont également nombreuses puisque La Réunion fait partie des RUP (région ultra-périphérique) et a reçu à ce titre plus de 2 milliards d'euros.

3 La mise en valeur des atouts de La Réunion

→ Les paysages et la richesse de la faune et de la flore ont permis le développement du tourisme mais de manière diffuse, sans grande station balnéaire. Le tourisme vert est privilégié. En 2010, une grande partie de l'île de La Réunion a été inscrite au patrimoine mondial de l'Unesco, notamment son parc national. Le Conservatoire du littoral travaille en collaboration avec l'ONF, les collectivités territoriales et les associations pour assurer la gestion des sites protégés. La réserve naturelle marine créée en 2007 est la plus grande de France. Le parc national autant que la réserve marine provoquent des tensions avec les habitants qui leur reprochent d'être des freins aux activités économiques.

→ Afin de surmonter la contrainte du relief entraînant une circulation difficile sur l'île, une autoroute littorale a été construite et ouverte partiellement. Elle relie les villes de La Possession et de Saint-Denis. Ce projet est l'objet de critiques notamment en raison de son coût financier évalué à 2 milliards d'euros.

→ La Réunion cherche à s'intégrer dans son environnement régional, l'océan Indien, notamment en développant son port. D'importants travaux d'aménagements lui permettent aujourd'hui d'accueillir des porte-conteneurs.

Doc. La nouvelle route du littoral, la route la plus chère

Mots-clés

■ **Acteur :** personne ou groupe de personnes, entreprises et institutions qui agissent sur le territoire pour l'aménager et le développer.

■ **Attractivité :** capacité d'un territoire à attirer des capitaux, des activités et des habitants.

■ **Collectivité territoriale (ou locale) :** structure administrative différente de l'État qui a la charge de la gestion d'un territoire (commune, département, région). Elle ne possède que des compétences administratives et non législatives. La gestion des collectivités territoriales est assurée par des conseils élus au suffrage universel direct.

■ **Décentralisation :** transfert de compétences de l'État aux collectivités territoriales (régions, départements, communes) dans les domaines des transports, de l'éducation et de l'aménagement des territoires. Les lois « Defferre » de 1982-1983 initient le processus, renforcé depuis par l'« Acte II » de la décentralisation en 2003 qui fait de la décentralisation un principe constitutionnel.

■ **Désertification :** départ de la population et des activités d'une région.

■ **EPCI (établissement public de coopération intercommunale) :** regroupement de plusieurs communes afin qu'elles exercent certaines compétences en commun (ramassage des ordures, transports urbains…). Il s'agit de la forme la plus aboutie de l'intercommunalité.

■ **IDE (investissements directs à l'étranger) :** ensemble des capitaux placés par des entreprises étrangères dans un pays tiers.

■ **Inégalité :** différence de revenus qui peut se traduire par des différences sociales, dans le domaine de l'éducation, de la culture, de l'accès à un logement.

■ **Intégration :** processus d'insertion des territoires et des pôles dans un ensemble géographique.

■ **Ligne de force :** ensemble des axes et réseaux qui structurent l'organisation du territoire.

■ **Littoralisation :** processus de concentration des activités et des hommes sur le littoral.

■ **Loi NOTRe (Nouvelle Organisation Territoriale de la République) :** votée en 2015 dans le cadre du renforcement de la décentralisation, elle clarifie le rôle respectif des départements et des régions, auxquels elle accorde davantage de compétences.

■ **Marketing territorial :** promotion d'un territoire grâce à des techniques de publicité et de communication (campagnes d'affichage, sites Internet, spots publicitaires).

■ **Métropole :** en géographie, désigne une agglomération qui concentre des fonctions de commandement et exerce une influence sur le territoire qui l'entoure. D'un point de vue administratif, une métropole est un EPCI (établissement public de coopération intercommunale).

■ **Métropolisation** : processus désignant la concentration de population, d'activités industrielles et de services du tertiaire supérieur, ainsi que des pouvoirs de commandement dans les grandes villes.

■ **Mondialisation** : processus d'intégration des territoires et des sociétés des différentes parties du monde. Se caractérise par une intensification des flux humains, matériels ou immatériels.

■ **Périphérie** : territoire qui subit la domination d'un autre territoire (centre).

■ **Recomposition territoriale** : réorganisation des espaces de vie et de production en raison de différents processus (migrations, mondialisation…).

■ **Région** : division administrative qui regroupe plusieurs départements. On parle également de région pour un territoire regroupant des caractéristiques communes (climat, relief, culture, langue…).

■ **Territoire** : espace géographique approprié par une société. Le territoire est à la fois l'objet d'une appropriation politique, avec des acteurs multiples qui y exercent leur pouvoir, et d'une appropriation symbolique par ses habitants qui développent un sentiment identitaire à son égard.

■ **Tertiarisation** : processus d'augmentation des services dans l'économie et la population active d'un pays.

Chiffres clés

- Une superficie de **632 733 km²**.
- **2e** ZEE mondiale avec 10,2 millions de km².
- **99 %** du territoire français est couvert par le haut débit.
- La France est la **7e** puissance économique mondiale.
- La France occupe la **11e place** mondiale pour l'accueil d'IDE.
- **18** régions françaises (13 métropolitaines et 5 ultramarines) depuis le 1er janvier 2016.
- L'Île-de-France est la **1re région** française et européenne :

– population : 12,3 millions d'habitants en 2022 soit 18,4 % de la population française ;

– région la plus densément peuplée : 1 021 hab./km² en 2022 ;

– PIB : 759 milliards d'euros en 2019 (soit 31 % du PIB national et 5,4 % du PIB de l'Union européenne) ;

– PIB/hab. : 61 744 euros en 2019

Document majeur

Doc. L'organisation du territoire français

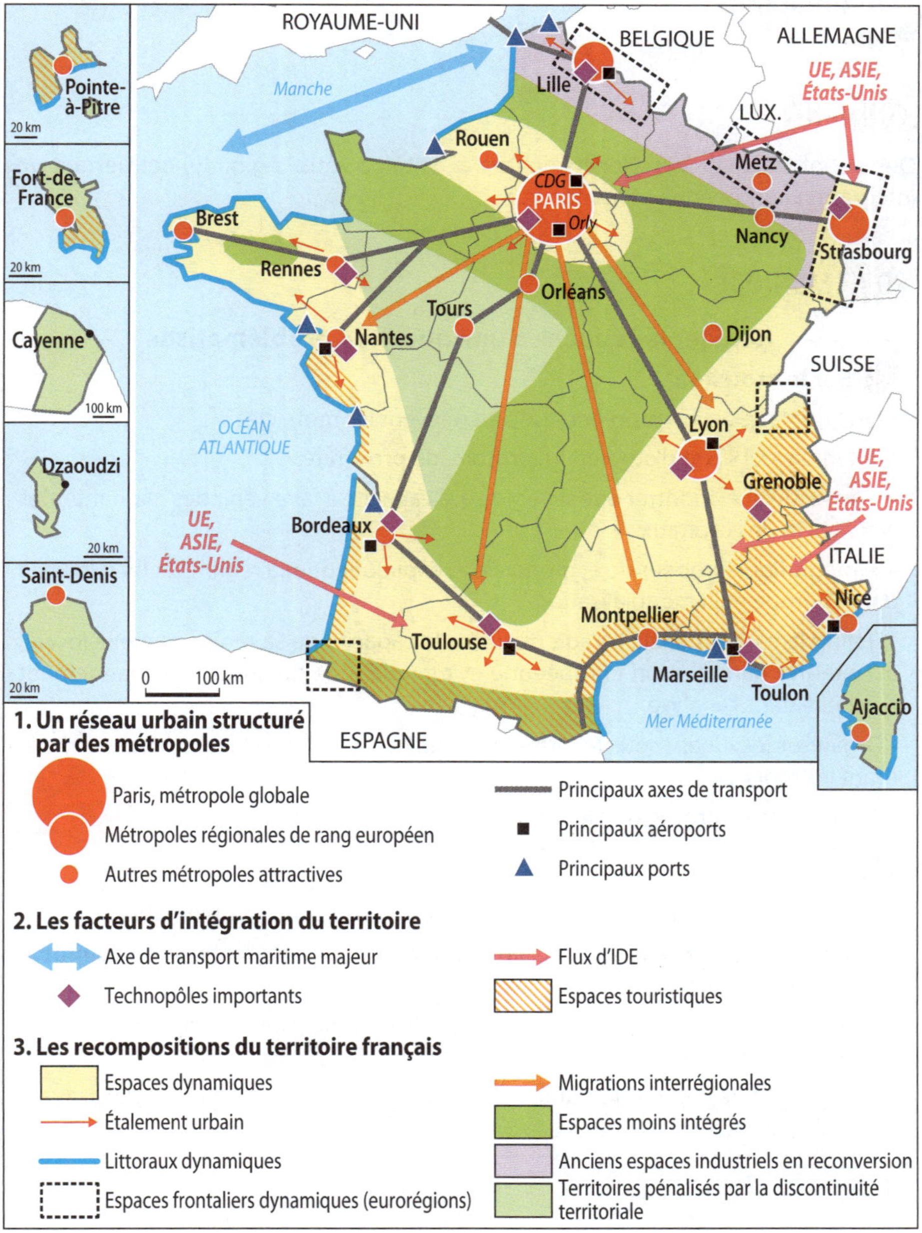

Question problématisée

L'attractivité d'une région et son intégration européenne et mondiale

CONSIGNE

Quels sont les différents aspects de l'attractivité de votre région lui permettant une intégration européenne et mondiale ?

POINT MÉTHODE

Rédiger la réponse à une question problématisée

1 Sur le brouillon

• Analyser la question problématisée en relevant les mots-clés :

– « Région » : il s'agit d'étudier un territoire de proximité.

– « Attractivité » : montrer que sa région a la capacité à faire venir des habitants, des activités et des capitaux.

– « Intégration européenne et mondiale » : expliquer que sa région est bien insérée dans l'Europe et la mondialisation.

• Définir le cadre spatial : il s'agit d'étudier la capacité de sa région (échelle locale) à s'intégrer dans l'Union européenne et mondiale, ce qui induit un changement d'échelle dans l'analyse.

• Organiser les idées : sous la forme d'un tableau ou d'une carte mentale en intégrant les mots-clés.

• Rédiger votre introduction et votre conclusion.

2 Sur la copie

• Rédiger directement la réponse argumentée à la question problématisée.

• Organiser le devoir en allant à la ligne pour chaque paragraphe et en commençant par un alinéa.

• Chaque argument doit être composé d'une idée principale accompagnée d'explications et d'un exemple.

• Se relire afin de corriger les fautes d'orthographe et les erreurs de syntaxe, avant de rendre sa copie.

PROPOSITION DE CORRIGÉ

[Exemple de la région Nouvelle-Aquitaine]

Située à l'ouest de la France et bordée par l'océan Atlantique, la région Nouvelle-Aquitaine rassemble, depuis la réforme territoriale de 2016, les anciennes régions Aquitaine, Poitou-Charentes et Limousin, ce qui en fait la région la plus vaste de France et aussi l'une des plus riches. La Nouvelle-Aquitaine joue un rôle moteur au sein du territoire national mais elle doit aussi trouver sa place à l'échelle européenne et mondiale dans un contexte de mondialisation. Quels sont les différents aspects de son attractivité favorisant son intégration européenne et mondiale ? Après avoir expliqué que la région Nouvelle-Aquitaine bénéficie d'un réseau urbain dynamique polarisé par Bordeaux, nous verrons que les systèmes productifs de la région sont variés et compétitifs et bien intégrés à la mondialisation, grâce notamment à un réseau de transport performant.

La région Nouvelle-Aquitaine est structurée par un ensemble de villes moyennes dominées par Bordeaux, seule agglomération de la région ayant le statut de métropole. Celle-ci concentre 20 % de la population régionale, regroupe des fonctions de commandement (préfecture de région), des activités dans le tertiaire supérieur (CHU, université), ainsi que de multiples entreprises dans le conseil, l'ingénierie, l'informatique. Ses quatre pôles de compétitivité lui permettent également d'être performante dans les secteurs de l'innovation, même si Bordeaux est surtout réputée pour son activité viticole qui lui confère un rayonnement mondial. Les autres agglomérations de la région ont une influence plus faible. Cependant, elles ont su développer leurs activités propres en se spécialisant. Ainsi, la création du parc de loisirs du Futuroscope sur le thème des nouvelles technologies à Poitiers est un succès et a été complétée par un technopôle. Limoges, traditionnellement associée à la porcelaine de réputation internationale (Bernardeau, Haviland), s'est dotée de deux pôles de compétitivité, l'un spécialisé dans la céramique et l'autre dans le numérique et l'électronique (Elopsys). Niort a développé des activités de services et abrite de très nombreuses mutuelles d'assurance et banques. 22 villes moyennes de la région ont été sélectionnées par le plan « Coeur de ville » mis en place par l'État en 2018 et vont bénéficier d'aides financières pour revitaliser leur centre-ville (réhabilitation de l'habitat, développement des moyens de transport…).

La région accueille également des systèmes productifs dynamiques. D'une part, la Nouvelle-Aquitaine est la première région agricole de France et d'Europe grâce à une agriculture diversifiée – céréales (maïs, blé), vin (Bordeaux, Cognac), élevage (bovin et volailles) – et bien intégrée à la filière agroalimentaire (entreprise américaine Mondelez présente à Pessac en Gironde). La sylviculture est également développée. D'autre part, l'industrie trouve sa place grâce aux secteurs militaires et aéronautiques. Par exemple, les entreprises Dassault et Safran ont installé des usines à Mérignac, Poitiers et Biarritz. La région encourage aussi le développement du numérique et de la robotique dans les PME avec la mise en place d'aides financières dans le cadre du dispositif « Usine du futur » depuis 2014. Enfin, le littoral a permis le développement d'activités touristiques et portuaires. Depuis les Charentes jusqu'au Pays basque, des sites attractifs ponctuent le littoral tels que la dune du Pyla ou le cap Ferret. Biarritz attire ainsi une clientèle internationale grâce à la qualité de ses équipements (golfs, hôtels, aéroport international). C'est d'ailleurs la ville qui a été choisie par le gouvernement français pour accueillir la réunion du G7 en septembre 2019. Tous ces éléments font de la Nouvelle-Aquitaine une région attractive qui draine une grande proportion d'IDE, notamment vers la Gironde et les Pyrénées-Atlantique. Les pays de l'Union européenne et les États-Unis sont les premiers investisseurs, tout comme la Chine qui s'est portée acquéreur de nombreux domaines viticoles. Les investisseurs étrangers profitent aussi de la bonne connexion de la région au reste du territoire français, européen et mondial.

En effet, de nombreuses infrastructures de transport structurent la région Nouvelle-Aquitaine. L'autoroute A10 est complétée depuis 2016 par la LGV Atlantique qui relie Bordeaux à Paris en 2 h 30. Grâce au développement des compagnies *low cost*, les aéroports de Bordeaux et de Biarritz offrent aujourd'hui des dizaines de liaisons aériennes avec les villes françaises et européennes. Par contre, les activités des ports de Bordeaux, Bayonne et La Rochelle sont à l'écart des grands flux maritimes mondiaux. Leurs activités sont limitées à l'importation d'hydrocarbures et à l'exportation de céréales, avec peu de trafic de conteneurs. La région a également bénéficié de fonds européens structurels et d'investissements pour financer des projets développant la connectivité WiFi dans les lieux publics.

En conclusion, l'intégration européenne et mondiale de la région Nouvelle-Aquitaine ne cesse de progresser. Ses atouts sont nombreux. En complément d'un cadre de vie agréable, la région développe des activités économiques compétitives avec des agglomérations dynamiques, bien intégrées aux réseaux de transport européen et mondial. Grâce à leurs politiques d'aménagement, l'État, les collectivités territoriales et l'Union européenne participent aux dynamiques territoriales. Cependant, cette attractivité est à nuancer car elle rencontre des obstacles tels que le vieillissement de sa population et d'importantes disparités sociospatiales entre le littoral et les zones de montagnes mais aussi entre les espaces urbanisés et les territoires ruraux, susceptibles de ralentir le processus d'intégration. La question se pose donc de savoir si les politiques d'aménagement doivent rééquilibrer les territoires ou renforcer l'attractivité de ceux qui sont les plus compétitifs.

Cahier

Spécial contrôle continu

1 Objectifs de l'évaluation

Les épreuves de contrôle continu d'histoire-géographie ont pour objectif d'évaluer l'aptitude du candidat à :

– mobiliser, au service d'une réflexion historique et géographique, des connaissances fondamentales pour la compréhension du monde et la formation civique et culturelle du citoyen ;

– rédiger des réponses construites et argumentées, montrant une maîtrise correcte de la langue ;

– exploiter, organiser et confronter des informations ;

– analyser un document de source et de nature diverses ;

– comprendre, interpréter et pratiquer différents langages graphiques.

2 Structure

Dans la voie générale, chaque épreuve de contrôle continu d'histoire-géographie se compose de deux parties. La première consiste en une question problématisée ; la seconde est soit une analyse de document(s), soit la réalisation d'une production graphique.

3 Classe de Terminale : troisième épreuve

→ **DURÉE :** 2 heures

Première partie : réponse à une question problématisée

• Il s'agit d'une réponse rédigée et construite. Le candidat doit montrer qu'il a acquis des capacités d'analyse, qu'il maîtrise des connaissances, sait les sélectionner et les organiser de manière à répondre à la problématique de la question.

Deuxième partie : analyse de document(s)

- L'analyse de document(s) est accompagnée d'une consigne suggérant une problématique. Le ou les document(s), en histoire comme en géographie, comporte(nt) un titre et, si nécessaire, un nombre limité de notes explicatives.
- Lorsque la production graphique est un croquis, ce croquis est réalisé à partir d'un texte élaboré pour l'exercice qui présente une situation géographique. Un fond de carte est fourni.
- Le candidat fait preuve d'une plus grande autonomie pour identifier, organiser et hiérarchiser les éléments à représenter et construire la légende.
- Dans le cas d'une autre production graphique, les consignes et les données servant à l'élaboration de cette production sont fournies avec l'exercice.

→ **REMARQUE GÉNÉRALE :**
Si la première partie du sujet porte sur l'histoire, la deuxième porte sur la géographie et (ou) inversement.

→ **NOTATION :**
Chaque partie est notée sur 10. La note finale est la somme des notes attribuées à chaque partie.

Aborder la question problématisée

1 Présentation de l'exercice

Une réponse à une question problématisée est un exercice argumentatif ; ce n'est pas une récitation de votre cours. À partir de l'énoncé du sujet, vous devez comprendre quel problème historique ou géographique est soulevé, avant de sélectionner les connaissances qui vous permettent d'y répondre. Votre production écrite doit être organisée de manière logique et structurée. Apportez enfin un soin particulier à la qualité de votre rédaction.

2 Comment se présente le sujet ?

- Le sujet reprend un point du programme ; ce peut être un chapitre ou une partie d'un chapitre. Il est formulé sous une forme interrogative.
- L'énoncé fournit explicitement les grandes lignes du plan.
- Pour répondre au sujet, vous produirez un texte organisé comportant une phrase introductive, plusieurs parties structurées et une phrase conclusive.

3 Méthode

À faire au brouillon (20 min)

Cadrer le sujet

- En histoire comme en géographie, vous devez identifier le thème puis le chapitre auquel le sujet se rapporte. Vous devrez **éventuellement réduire encore votre cadrage** à l'un des aspects d'un chapitre.
- Appuyez-vous sur les **limites chronologiques** du sujet en **histoire**, et sur ses **limites spatiales** en **géographie**. Vous pourrez ainsi identifier le **contexte** dans lequel s'inscrit le sujet.

> **MÉTHODE**
> Un sujet peut ne faire référence qu'à une partie de la période ou des espaces travaillés en cours.

Déterminer l'enjeu du sujet

- Le sujet commence par **une phrase interrogative**, qui correspond à l'enjeu du sujet, appelé aussi **problématique**.

Retrouver les parties du sujet et former un plan

● L'énoncé fournit ensuite **les différentes parties** de votre réponse, c'est-à-dire **votre plan**. Repérez-les en le décomposant : vous pouvez pour cela vous appuyer sur les connecteurs structurant le texte (d'abord, ensuite, puis, enfin…) ou sur les énumérations successives.

● Recopiez ensuite les thèmes des grandes parties sur votre brouillon pour faciliter le classement de vos connaissances.

> **L'ASTUCE DU PROF**
> Ne rédigez pas le contenu de votre brouillon, mais procédez par mots clés. Ce n'est pas un travail d'écriture.

Repérer les mots clés du sujet

● Pour chacune des parties, **soulignez les mots clés** et mettez-les en relation avec les **notions** principales de votre cours auxquelles ils renvoient.

Mobiliser et classer les connaissances indispensables

● Divisez une feuille de brouillon en 4 cases.

idées principales	Vocabulaire
Chiffres clés Lieux clés Personnages clé Dates clés	Exemples détaillés

● Au fil de votre mobilisation du cours, complétez le tableau, avec la plus grande précision possible.

● Dans un second temps, classez ces informations par un **code couleur, une couleur correspondant à une partie de votre plan**. Ainsi vous organisez clairement votre réponse écrite.

À rédiger sur sa copie (40 min)

Soigner son entrée en matière

● **Reprenez la question** constituant le sujet, puis **annoncez** successivement **les parties** qui organiseront votre réponse, c'est-à-dire **votre plan**.

Rédiger efficacement le développement

● Le développement doit **suivre votre plan**.

● **Faites apparaître chaque partie** en résumant son idée principale par une phrase, la phrase-titre.

> **MÉTHODE**
> Ne changez pas de plan au dernier moment ; vous devez suivre la démarche que vous avez fixée au brouillon.

● **Faites des paragraphes** pour faciliter la lecture de votre devoir : **passez des lignes** entre chaque partie, et **faites un alinéa** à chaque nouvelle idée.

- **Chaque idée** doit être **justifiée** par des **arguments**. **Exposez les informations qui soutiennent votre idée** en vous appuyant sur le vocabulaire que vous avez inscrit dans votre brouillon. Enfin, **justifiez votre idée grâce à vos connaissances** (chiffres clés, lieux clés, personnages clés, dates clés, exemples précis).

Conclure votre réponse

- **Répondez à la question** qui a introduit votre devoir en quelques phrases. **Appuyez-vous sur vos phrases-titres** pour résumer votre raisonnement.

Se relire

- Soignez la rédaction en accordant de l'importance à l'orthographe et à l'expression écrite. Construisez des **phrases simples et assez courtes**. Faites attention à la syntaxe, à la grammaire et à l'orthographe : évitez les phrases sans verbe conjugué ou sans sujet.

Aborder l'analyse de document(s)

1 Présentation de l'exercice

Une analyse de document met en relation le contenu d'une source avec des connaissances, de manière à expliquer et situer une trace du passé. À partir de plusieurs axes de lecture, donnés par la consigne, vous devez repérer, éclairer puis mettre à distance les informations contenues dans le ou les documents proposés. Ce sont donc la qualité de vos connaissances, votre travail argumentatif et votre capacité critique qui seront évalués.

2 Comment se présente le sujet ?

- Le sujet se présente sous la forme d'un ensemble d'un ou deux documents de toute nature, accompagnés d'une consigne.
- L'énoncé de la consigne fournit explicitement les grandes lignes du plan.
- Pour répondre au sujet, vous produirez une réponse comportant quelques phrases introductives, plusieurs parties structurées et comportant des références explicites au(x) document(s) et quelques phrases conclusives.

3 Méthode

À faire au brouillon (30 min)

Comprendre le sujet

- **Cadrer le sujet**

En histoire comme en géographie, vous devez **identifier le thème, puis le chapitre** auquel le ou les documents se rapportent, et en repérer les limites chronologiques et spatiales. Vous pourrez ainsi identifier le **contexte** dans lequel s'inscrivent le(s) document(s).

À SAVOIR

Le contexte est un élément essentiel pour comprendre l'enjeu d'un ou de deux documents.

• Identifier le document

Donnez **la source, la nature, l'auteur** et **la date** du ou des documents pour :

– les situer en contexte en faisant appel à vos connaissances. Sur votre brouillon, notez les grands enjeux de la période et/ou de l'espace considéré en quelques mots clés ;

– en évaluer la fiabilité et l'importance. Un acteur majeur n'a pas la même approche qu'un témoin, par exemple.

> **L'ASTUCE DU PROF**
> Appuyez-vous sur le paratexte pour identifier rapidement un document.

Organiser ses idées

• Retrouver les parties du sujet et former un plan

La consigne vous permet de retrouver l'enjeu du sujet, mais elle ne comporte pas toujours des axes explicites pour construire votre réponse. Dans ce cas, c'est la **décomposition des mots clés du sujet** qui vous aidera à trouver les thèmes de chaque partie.

Lorsque **deux documents** sont proposés, vous devez les **confronter,** c'est-à-dire identifier leurs points communs et leurs différences, par exemple deux analyses opposées d'un événement, ou au contraire deux regards complémentaires.

> **L'ASTUCE DU PROF**
> Si le sujet comporte deux documents, ne les traitez pas dans deux parties séparées mais confrontez-les dans chacune de vos parties.

• Prélever les informations des documents

Les axes, et donc les parties de votre réponse vous serviront à analyser le(s) document(s).

Attribuez à chaque partie une couleur, puis prélevez dans chaque document les informations en lien avec chaque partie. S'il s'agit d'une image ou d'une carte, surlignez des détails ou des figurés de la légende ou de la carte elle-même.

Ne surlignez pas un document à la première lecture mais à la deuxième, après avoir découvert le contenu. Sinon, vous risquez d'être gêné par des erreurs ou des contresens, fréquents en première lecture.

• Mettre en relation le document avec les connaissances indispensables

Reprenez les informations et passages que vous avez prélevés dans le(s) document(s) et faites des listes par partie, au brouillon.

> **L'ASTUCE DU PROF**
> Si vous manquez de temps, vous pouvez faire ce travail directement sur le sujet, en indiquant les connaissances dans les marges autour du document ou à proximité des contenus que vous avez surlignés.

Reliez les contenus à vos connaissances. Cela peut être la définition d'une notion, des informations sur un personnage cité dans un document, des détails sur un évènement ou une date, des enjeux généraux sur une période, des données chiffrées, etc. Tout ce qui peut vous permettre d'éclairer ce que dit le document, et vous aidera à le mettre à distance.

Cette étape est essentielle pour éviter la paraphrase, c'est-à-dire raconter ou résumer le document sans l'expliquer.

À rédiger sur sa copie (30 min)

Introduire sa copie

- **Soigner son entrée en matière**

Reprenez la formulation de la consigne, puis annoncez successivement les parties qui organiseront votre réponse, c'est-à-dire votre plan.

Rédiger efficacement le développement

- **Écrire un développement qui suit le plan**

Faites apparaître chaque partie en résumant son idée principale par une phrase, la phrase-titre.

- **Citer les documents**

Partez du ou des documents en commençant par des citations ou des relevés, s'il s'agit d'une image ou d'une carte. Vous pouvez aussi compter le nombre d'occurrence d'un mot ou d'une expression. Une bonne analyse de document vous conduit à prélever des extraits qui ne suivent pas l'ordre du document lui-même.

Expliquez ensuite l'intérêt de cette citation pour votre partie : exposez les connaissances qui vous permettent de la relier au thème général de votre partie.

L'ASTUCE DU PROF

Vous pouvez citer les textes avec de courts extraits entre guillemets, ou bien faire référence à une ligne du texte. Il est plus facile de suivre un raisonnement avec une citation explicite et courte.

À SAVOIR

Vous pouvez repérer que vous faites de la paraphrase si vous employez des formules telles que « le document dit que » ou « l'auteur raconte que ».

Conclure sa réponse

- **Répondre à la consigne**

Appuyez-vous sur vos phrases-titres pour résumer votre raisonnement.

- **Se relire**

Soignez la rédaction en accordant de l'importance à l'orthographe et à l'expression écrite. Préférez des phrases simples et assez courtes. Assurez vous que vous avez cité régulièrement le ou les documents et que vous n'en laissez pas une partie de côté.

Aborder la réalisation d'une production graphique

1 Présentation de l'exercice

La réalisation d'une production graphique demande de produire un croquis clair aux figurés expliqués dans une légende organisée selon un plan.

2 Comment se présente le sujet ?

- Une consigne donne les grands axes autours desquels organiser votre croquis.
- Un texte d'appui vous donne des indications à organiser afin de former votre légende.

3 Méthode

À faire au brouillon (35 min)

Analyser le sujet

- À partir de la lecture de la consigne, retrouvez **les grands axes du sujet :** ils formeront le **plan de votre légende**. Ces derniers sont indiqués de manière explicite : n'ayez pas peur de les reprendre tels quels, vous n'avez pas assez de temps pour en chercher d'autres ou les reformuler.

L'ASTUCE DU PROF

Sur votre brouillon, commencez par formuler l'enjeu du sujet, la question qui lui est liée.

- Isolez **les mots clés** du sujet, qui correspondent le plus souvent à des notions.
- Au brouillon, **définissez ces notions** et délimitez l'espace défini par le sujet. Vous pouvez vous appuyer sur le fond de carte fourni.

Rassembler et classer les connaissances du texte d'appui pour former la légende

- À partir des axes de la légende indiqués dans la consigne, **réalisez votre code couleur** : à chaque couleur correspond un axe, c'est-à-dire une partie.
- Relevez les contenus du texte en fonction de ce code couleur, et classez-les au brouillon en faisant une liste par partie.

L'ASTUCE DU PROF

Ne surlignez pas trop vite votre texte, vous risquez de ne plus pouvoir bien repérer les informations ou d'être gêné par des erreurs de première lecture. Lisez d'abord le texte « à blanc » pour en comprendre le sens et le thème.

Dans l'exemple ci-dessous tiré du sujet suivant : « Les espaces productifs en France : recomposition et métropolisation », les deux axes du sujet sont surlignés en mauve et en jaune.

> **Un décalage croissant entre les métropoles et le reste du pays**
>
> Depuis 1980, avec le déclin de l'emploi ouvrier et la tertiarisation de l'économie, les grandes villes concentrent l'essentiel des activités marchandes exportatrices, et deviennent les principaux moteurs de la croissance. Ainsi une France duale se dessine : d'une part les grands pôles urbains insérés dans la compétition mondiale, et d'autre part, à côté de ces territoires [...] les territoires qui vivent surtout de la redistribution, notamment au sud et à l'ouest. [...]

- **N'hésitez pas à ajouter rapidement quelques notes, chiffres et exemples** tirés de vos connaissances pour consolider votre raisonnement.

Choisir les figurés

- Affectez à chaque contenu un figuré, en **respectant les règles de la cartographie** :

– différenciez les informations en fonction de leur nature. Les phénomènes « en surface » apparaissent par des plages colorées, les flux, les échanges ou les interactions par des flèches, les axes et les limites par des traits, et enfin, les phénomènes localisés par des figurés ponctuels (point, carré...) ;

– l'usage des couleurs permet également de différencier deux contenus de même nature (un carré bleu/un carré rouge pour deux métropoles avec des fonctions de commandement différentes, par exemple) ;

– hiérarchisez les contenus en fonction des indications du texte d'appui. La taille des figurés et l'intensité de la couleur, sont proportionnelles à l'importance de l'information représentée. L'ordre visuel reflète l'ordre des données.

- Si un lieu ou un territoire conjugue plusieurs informations, **vous pouvez combiner les figurés, mais dans une certaine limite**. Il est possible de superposer une plage colorée avec une hachure, pas plus. De même, vous pouvez combiner les figurés ponctuels, ce qui sera visuellement plus efficace que de les aligner.

Dans l'exemple qui suit, les figurés ponctuels bleus et rouges se superposent, et une plage hachurée est représentée au-dessus des plages colorées.

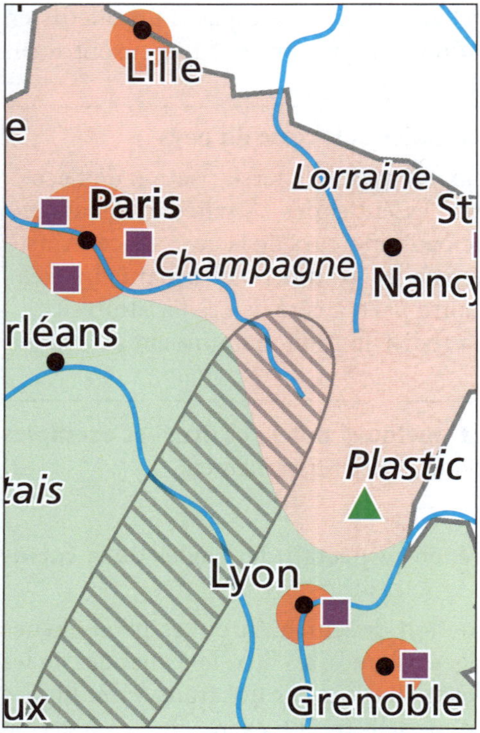

À rédiger sur sa copie (25 min)

Procéder à la réalisation graphique

- **Rédigez le titre** du croquis ou du schéma.
- **Commencez toujours par mettre votre légende au propre,** de manière à cadrer votre réalisation. La légende d'un croquis doit être organisée en parties, comme le plan d'une composition.
- **Réalisez votre production graphique avec soin.** Les figurés de surface doivent être remplis au crayon de couleur ou au feutre noir pour les hachures ; n'utilisez ni crayon à papier, ni surligneur, ni stylo-bille. Les figurés ponctuels ressortiront mieux s'ils sont réalisés au feutre plutôt qu'au crayon de couleur.
- Préférez les hachures verticales ou horizontales, que vous tracerez plus régulièrement en suivant les bords de la carte que les hachures obliques, souvent irrégulières et donc difficiles à lire.

L'ASTUCE DU PROF

Appliquez-vous : coloriez proprement, sans débords, en essayant de produire un effet uniforme et régulier, tant pour les couleurs que pour les hachures.

• Indiquez précisément une nomenclature correspondant au sujet (noms de villes, pays, lieux…) en écrivant droit, en noir (ou en bleu pour les fleuves, mers et océans).

• Vous pouvez utiliser la différence entre majuscules et minuscules pour renforcer la hiérarchisation des espaces produite dans votre carte. Les majuscules peuvent ainsi être utilisées pour les principaux pays, ou les grandes métropoles, comme dans l'exemple suivant.

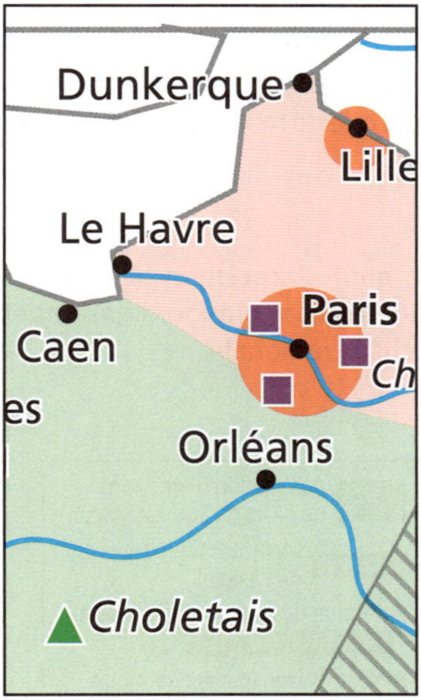

SUJET TYPE 1

Énoncé

PARTIE I : QUESTION PROBLÉMATISÉE

Les crises de la guerre froide illustrent-elles la logique de l'affrontement américano-soviétique ? À travers les exemples de quelques crises vues en cours, vous montrerez qu'on y voit à l'œuvre autant l'affrontement de puissances que de modèles idéologiques.

PARTIE II : ANALYSE DE DOCUMENTS

En confrontant ces documents, vous expliquerez en quoi l'Association des nations d'Asie du Sud-Est (ASEAN) est un exemple représentatif des coopérations, tensions et régulations qui accompagnent la mondialisation à l'échelle régionale.

Doc. 1 La construction progressive de l'ASEAN

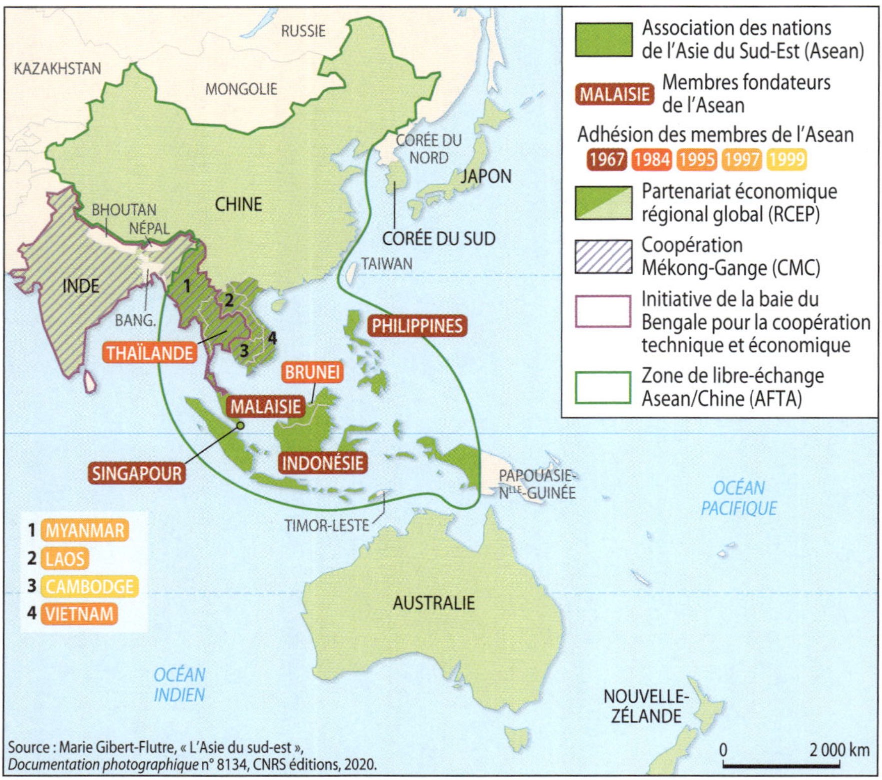

Source : Marie Gibert-Flutre, « L'Asie du sud-est », *Documentation photographique* n° 8134, CNRS éditions, 2020.

Doc. 2 Une organisation entre coopération et conflictualité

Qui connaît le nom du secrétaire général de l'ASEAN ? Il s'agit pourtant d'une organisation qui a fêté son cinquantenaire en 2017, composée de dix États, forte de 642 millions d'habitants et riche d'un PIB estimé à 2 766 milliards de dollars (contre 2 583 en France). C'est là un reflet du manque de poids généralement imputé à l'Association. Chaque crise rappelle davantage l'inefficacité de l'ASEAN, qu'il s'agisse des combats contre la piraterie, contre le terrorisme et face au Haze (le nuage dû aux feux de forêts incontrôlés en Indonésie). Plus grave, de sempiternelles querelles qui paraissent anecdotiques pour l'étranger parasitent les efforts de constructions régionales.

L'ASEAN continue tout de même de traverser les années et viendrait même à manquer en cas d'absence. Comment expliquer ce paradoxe ? Loin de n'être qu'une simple « nébuleuse », l'ASEAN répondrait aux exigences internationales du fait de sa plasticité en phase avec les nouvelles formes de conflictualité et de coopération…

Éric Frécon, « L'ASEAN face à la redéfinition de sa centralité », *Hérodote*, vol. 176, n° 1, 2020.

Corrigé

PARTIE I : QUESTION PROBLÉMATISÉE

À partir de 1947, l'alliance entre les deux grands vainqueurs de la guerre, États-Unis et URSS, fait place à un affrontement ouvert, chacun cherchant classiquement à imposer sa puissance mais aussi son modèle idéologique, communisme ou démocratie libérale. Mais la possession de l'arme nucléaire par les deux Grands pousse à un affrontement indirect qui se manifeste par des crises. En quoi ces crises reflètent-elles tout de même l'affrontement à la fois de puissances et de modèles ? Les crises de la guerre froide sous Staline comme celles sous ses successeurs peuvent être violentes et diviser des pays.

Le premier terrain d'affrontement se situe en Europe où Staline parvient à imposer le communisme dans les pays de l'est. L'Allemagne, occupée par les quatre vainqueurs, devient un enjeu géopolitique majeur. Cherchant à chasser les troupes occidentales de Berlin, Staline en ordonne le blocus en juin 1948, espérant prendre ensuite le contrôle de tout le pays. Refusant de céder, les États-Unis organisent un pont aérien qui dure jusqu'en mai 1949. L'Allemagne reste partagée entre les deux blocs, avec la création de deux États, RFA et RDA. La RFA adopte le modèle de la démocratie libérale, la RDA représente l'Allemagne communiste souhaitée par Staline.

En Asie, la Corée est divisée en deux zones d'occupation entre les deux Grands en 1945. Deux États y sont fondés, la Corée du Sud au régime autoritaire mais pro-américain et la Corée du Nord, stalinisée. Celle-ci attaque le sud en juin 1950 pour réunifier le pays. Les États-Unis obtiennent de l'ONU d'intervenir militairement avec leurs alliés occidentaux, déclenchant une riposte indirecte des Soviétiques qui s'appuient sur leur bloc, envoyant des « volontaires » chinois. L'affrontement entre les deux blocs a fait craindre une troisième guerre mondiale mais s'achève en juillet 1953 après la mort de Staline, maintenant deux États coréens aux modèles différents.

Dans les deux cas on voit bien que l'enjeu du contrôle des territoires se double de la volonté d'imposer ou d'empêcher d'imposer un modèle idéologique, communisme de Staline contre « endiguement » américain du communisme.

MÉTHODE

L'introduction permet de définir la guerre froide avant de préciser qu'on en examinera les aspects principaux par l'exemple des crises.

MÉTHODE

La consigne peut vous inciter à traiter la question des puissances d'un côté, des modèles de l'autre. Or chaque crise recèle les deux aspects de l'affrontement, il vaut mieux donc choisir un plan chronologique qui suit celui des phases de la guerre froide et y examine des exemples de crises.

PIÈGE À ÉVITER

Veillez bien à ne pas tomber dans une récitation des faits chronologiques qui consisteraient à « raconter » les différentes crises, il faut tirer des idées générales qui doivent être explicites dans votre propos (pourquoi le blocus de Berlin montre bien l'affrontement de puissances et de modèles ?, etc.).s

GAGNEZ DES POINTS !

Soignez vos transitions d'une partie à l'autre, en concluant une partie et/ou en introduisant la suivante, pour mieux les lier.

Le successeur de Staline, Khrouchtchev, prône un dégel de la relation avec les États-Unis. Cela n'empêche pas la rivalité de se poursuivre sur les terrains de la puissance comme des modèles et de se traduire par de nouvelles crises. Ainsi, en août 1961, les autorités de la RDA obtiennent l'autorisation de l'URSS de construire un mur à Berlin pour séparer l'est et l'ouest de la ville – qui se prolonge par une fortification de toute la frontière avec la RFA. La RDA veut arrêter les départs massifs de ses citoyens (près de 3 millions en 12 ans) fuyant le modèle stalinien. Les États-Unis ne peuvent empêcher ce cloisonnement territorial mais l'utilisent pour démontrer la supériorité de leur modèle. La crise de Cuba met en jeu plutôt le contrôle des territoires, cette île au large des États-Unis acceptant d'accueillir en 1962 des missiles soviétiques. Mais cela a été rendu possible parce que Cuba, avec la révolution de Fidel Castro en 1959, a basculé de l'alliance américaine vers le bloc soviétique, adoptant le modèle communiste et modifiant le tracé des blocs jusque-là favorable aux Américains.

Enfin, l'Asie est le théâtre d'une nouvelle guerre qui met en jeu les frontières et les modèles. Après l'indépendance de l'Indochine en 1954, le Vietnam a été partagé entre un Nord communiste dans le bloc soviétique et un Sud au régime autoritaire mais pro-américain. Quand le Nord soutient une rébellion communiste au sud pour réunifier le pays, les États-Unis viennent en soutien direct pour endiguer de nouveau le communisme et s'engagent puis s'enlisent ans une guerre dont ils se retirent en 1973, ouvrant la voie à une réunification du Vietnam par les communistes.

Toutes ces crises ont bien montré que l'enjeu pour les deux Grands était à la fois d'exercer leur influence partout dans le monde pour y diffuser le modèle communiste ou l'endiguer. Durant cette période toutes les crises ne sont pas nécessairement des crises de guerre froide même si les deux Grands peuvent s'y impliquer pour des raisons de puissance surtout (ex. : les guerres israélo-arabes).

MÉTHODE

La conclusion peut être un résumé qui confirme la problématique proposée, vous pouvez ouvrir sur le fait qu'en parallèle quelques crises et conflits échappaient aussi, partiellement, à la logique bipolaire.

PARTIE II : ANALYSE DE DOCUMENTS

L'Association des nations d'Asie du Sud-Est (« Association of Southeast Asian Nations », ASEAN) représente aujourd'hui la cinquième entité économique mondiale, derrière les États-Unis, la Chine, le Japon et l'Allemagne. Si la mondialisation contemporaine a favorisé l'émergence de cette organisation sur la scène internationale, celle-ci se heurte à des difficultés qui pèsent sur son fonctionnement et limitent son rayonnement. En prenant appui sur la carte représentant sa structure et son évolution (doc. 1) et sur un article extrait d'une publication scientifique récente (doc. 2), envisageons la manière dont l'ASEAN est une illustration des formes de coopération régionale qui accompagnent la mondialisation selon des modalités et avec des effets variables.

REMARQUE

Tout acronyme doit être développé au moins une fois dans son intégralité avant d'être utilisé comme tel dans le cadre de votre démonstration.

Créée en 1967 par cinq États (Indonésie, Singapour, Thaïlande, Philippines et Malaisie) pour faire barrage à la montée du communisme en Asie dans un contexte de guerre froide et sur fond de décolonisation, l'ASEAN compte désormais cinq membres supplémentaires (doc. 1) : le sultanat de Brunei (1984), le Vietnam (1995), le Laos et la Birmanie (1997) et le Cambodge (1999). En 2008, la « Charte de l'ASEAN » a renforcé le principe de l'association des nations par la création d'une véritable communauté fondée sur trois piliers complémentaires : la sécurité, l'économie, l'identité socioculturelle. Dès lors, son rôle n'a cessé de s'affirmer en tant qu'acteur supranational de premier rang dans une région du monde soumise à l'influence de ses puissants voisins (notamment la Chine, l'Union indienne et l'Australie). La communauté économique de l'ASEAN a favorisé l'intégration de ses membres en facilitant la circulation des flux de capitaux, de services, d'investissements et de main-d'œuvre qualifiée dans le sud-est asiatique. La coopération économique a également bénéficié des effets induits par la suppression des droits de douane sur les échanges de marchandises entre les États membres et de la signature de multiples accords bilatéraux de libre-échange avec le Japon, la Corée du Sud, la Nouvelle-Zélande, etc.

L'ASTUCE DU PROF

D'emblée, montrez au correcteur que vous êtes en mesure de croiser les informations issues de différents documents ; ici, les doc. 1 et 2 sont mobilisés dans la même phrase.

Si les dix pays qui forment l'ASEAN représentent actuellement la quatrième région exportatrice du monde, la part des exportations entre les États membres est inégale et parfois très modeste. Le revenu moyen par habitant varie de 1 100 dollars US au Cambodge à plus de 50 000 dollars à Singapour. Or, contrairement à l'UE, l'ASEAN ne déploie pas de fonds structurels permettant à ses membres d'être solidaires tout en restant compétitifs dans le cadre de la mondialisation. Faute de pouvoir prendre appui sur une véritable politique de cohésion territoriale, les pays les plus pauvres de la région sont confrontés à des difficultés économiques et sociales récurrentes. Certains responsables politiques et une partie de

REMARQUE

Attention à ne pas vous méprendre sur le sens du terme « région » : quand on l'utilise en lien avec la mondialisation, il désigne nécessairement une aire continentale ou subcontinentale.

l'opinion publique considèrent d'ailleurs que c'est l'absence de toute stratégie de régulation qui est à l'origine du maintien (voire de l'aggravation) de telles inégalités de développement entre États membres de l'ASEAN. Ils critiquent en particulier les modalités de fonctionnement de l'organisation. Plus encore que pour l'UE, celles-ci reposent en effet sur la recherche permanente du compromis. Dans cette véritable mosaïque ethnolinguistique qui se caractérise par l'éparpillement insulaire, les arbitrages sont souvent laborieux. La lenteur du processus de décision entretient le sentiment d'« inefficacité » de l'organisation (doc. 2). Mais pour certains observateurs, l'« ASEAN way », cette manière de dialoguer et de coopérer adoptée dès l'origine par les États membres et qui s'inscrit dans le cadre de pratiques spécifiques au sud-est asiatique, est au contraire un atout majeur de l'Association. Elle lui permet de faire preuve d'une certaine souplesse d'organisation et lui offre l'avantage de pouvoir s'adapter aux défis de la mondialisation et à leur évolution.

Aujourd'hui, l'influence de l'ASEAN à l'échelle planétaire n'est certes pas à la hauteur du poids économique et démographique de cette organisation. Elle se développe pourtant à un rythme soutenu depuis quelques années, en lien avec l'émergence de nouveaux enjeux géostratégiques majeurs (rivalités géopolitiques en mer de Chine du Sud, tensions liées à la maîtrise des gisements d'hydrocarbures offshore…) et en tirant profit de la concurrence accrue entre les autres acteurs de la mondialisation (notamment au titre de la guerre commerciale à laquelle se livrent la Chine et les États-Unis)…

REMARQUE

Une référence à un fait d'actualité est souvent appréciée dans le cadre de la conclusion. Elle permet d'ouvrir le sujet sur de nouvelles perspectives tout en soulignant votre aptitude à utiliser vos connaissances pour éclairer ce qu'il se passe dans le monde.

SUJET TYPE 2

Énoncé

PARTIE I : QUESTION PROBLÉMATISÉE

Comment les politiques d'aménagement du territoire français tentent-elles de réduire les inégalités en intégrant les territoires français en marge de la mondialisation ?

PARTIE II : ANALYSE DE DOCUMENTS

Vous expliquerez, à l'aide du document, le passage de la IVe à la Ve République en précisant le contexte de crise politique de l'année 1958.

Doc. **De Gaulle, une solution à la crise de la IVe République ?**

La IVe République périt de ses propres fautes. Ce régime disparaît parce qu'il n'a pas su résoudre les problèmes auxquels il était confronté. [...] Le « système » que le général de Gaule a si souvent critiqué et qui méritait, en effet, bien des critiques, a échoué. Mais ce n'est pas la République, ce n'est même pas le système parlementaire qui mérite d'être condamnés. Seul, le mauvais usage qui en a été fait nous a réduits à l'impuissance et nous a conduits à tant de déconvenues. [...]

Quoiqu'il en coûte aux sentiments que j'éprouve pour la personne et pour le passé du général de Gaulle, je ne voterai pas en faveur de son investiture ; et il n'en sera ni surpris, ni offensé. Tout d'abord, je ne puis admettre de donner un vote contraint par l'insurrection et la menace d'un coup de force militaire. [...] Car enfin, ce gouvernement, qui nous l'impose ? Hélas ! Ce sont les mêmes hommes qui, dans le passé, ont fait échouer toutes les tentatives de règlement raisonnable et humain en Afrique du Nord, qui ont rendu la guerre inévitable, l'ont orientée vers la répression sans issue politique, ont joué sur les nerfs d'une population européenne affolée, et exultent en ce moment parce qu'ils se flattent d'avoir porté le général de Gaulle au pouvoir. [...]

Puisse l'Histoire dire un jour que de Gaulle a éliminé le péril fasciste, qu'il a maintenu et restauré les libertés, qu'il a rétabli la discipline dans l'administration et dans l'armée, en un mot qu'il a consolidé et assaini la République. Alors, mais alors seulement, le général de Gaulle incarnera la légitimité.

Extraits du discours de Pierre Mendès-France prononcé lors du débat d'investiture du général de Gaulle, le 1er juin 1958.

Extraits du discours de Pierre Mendès-France prononcé lors du débat d'investiture du général de Gaulle, le 1er juin 1958.

Corrigé

PARTIE I : QUESTION PROBLÉMATISÉE

Inauguré en 2012, le musée Louvre-Lens est une illustration de la reconversion d'un ancien site industriel en un espace culturel. Il s'agit de redynamiser un territoire délaissé par la mondialisation. Celle-ci sélectionne les territoires : elle en favorise certains alors qu'elle en délaisse d'autres qui sont qualifiés de marge, terme qui désigne les territoires périphériques les plus fragiles ne bénéficiant pas du rayonnement d'un centre. Comment les politiques d'aménagement mises en œuvre par les pouvoirs publics tentent de corriger les inégalités territoriales ? Dans une première partie, nous présenterons les différents territoires français métropolitains et ultramarins laissés à l'écart de la mondialisation puis nous analyserons les différents moyens mis en œuvre par les pouvoirs publics afin de favoriser leur développement.

> **REMARQUE**
>
> N'oubliez pas de définir les termes du sujet dans l'introduction.

Plusieurs espaces du territoire français sont laissés à l'écart de la mondialisation. D'une part, en France métropolitaine, les territoires situés dans la « diagonale des faibles densités » souffrent d'enclavement. Cela concerne certains espaces ruraux qualifiés d'ultra-ruraux localisés par exemple dans les Ardennes ou en Normandie. Ces territoires sont mal irrigués par les réseaux de transport et subissent l'« effet tunnel ». Ils sont également souvent situés dans des « zones blanches », mal desservis par le réseau de téléphonie mobile et internet. De ce fait, ils subissent la désertification, c'est-à-dire le départ des activités et de leur population. Dans les régions montagneuses telles que le Massif central, les Pyrénées et les Alpes, la pente et la massivité du relief représentent un obstacle aux mobilités et participent à leur isolement. Quant aux territoires de tradition industrielle dans le Grand-Est, les Hauts-de-France ou en Bourgogne Franche-Comté, leurs systèmes productifs sont en crise et ils sont touchés par la désindustrialisation. Ils doivent faire face à la fermeture d'usines et aux friches industrielles. Par ailleurs, la mondialisation est à l'origine d'un phénomène de métropolisation : les métropoles françaises accueillent toujours plus de population et d'activités, pénalisant certaines villes moyennes (Nevers, Fécamp) qui se dévitalisent progressivement (chômage élevé, centre-ville déserté). D'autre part, les régions ultra-marines (Guadeloupe, Martinique, Guyane, Réunion et Mayotte), de par leur éloignement de la métropole et leur insularité, sont peu intégrées à la mondialisation. Difficiles d'accès, elles ne disposent pas d'infrastructures de transport performantes et leur économie se caractérise le plus souvent par une industrie déficiente et une agriculture spécialisée peu intégrée à l'industrie agro-alimentaire. L'intégration régionale est très faible car les territoires ultrama-

> **L'ASTUCE DU PROF**
>
> Pour illustrer votre argumentation, identifiez et nommez des espaces géographiques précis.

rins échangent très peu au sein de leur zone géographique. Toutefois, les politiques d'aménagement menées par différents acteurs publics ont pour objectif de résorber les inégalités territoriales en leur apportant des réponses spécifiques.

L'ASTUCE DU PROF

Utilisez des mots de liaison pour structurer votre devoir.

Ainsi, les campagnes françaises font l'objet de multiples initiatives afin de les dynamiser et d'accroître leur attractivité. L'État a mis en place depuis 1995 des zones de revitalisation rurale (ZRR) dans le but de favoriser le développement local en attirant des entreprises notamment grâce à des exonérations fiscales. Depuis 2005, les pôles d'excellence rurale (PER) complètent ce dispositif et permettent de financer des projets économiques situés sur un territoire rural. Par exemple, un PER intitulé « télémédecine, gérontologie, ruralité » a été créé dans le Limousin. De plus, le gouvernement a établi en septembre 2019 un Agenda rural dont l'objectif est de soutenir les petits commerces et de maintenir la présence des services publics par le recrutement de personnel. L'État et les collectivités territoriales telles que les régions protègent les espaces les plus fragiles tout en accompagnant le développement d'activités touristiques ou agricoles, en créant des parcs nationaux et des parcs naturels régionaux. En Corse, la création d'un parc naturel régional a pour objectif de développer les montagnes de l'intérieur tout en renforçant la ville de Corte par des aménagements (construction d'une université en 1981). Par ailleurs, les aménagements concernent également les anciennes régions industrielles grâce à des projets de reconversion commencés par l'État et les collectivités territoriales. D'anciens sites industriels sont transformés en logements ou musées. À Strasbourg, les bâtiments de l'ancienne manufacture des tabacs sont ainsi réhabilités afin d'accueillir un pôle universitaire. L'État est également à l'origine depuis 2017 du plan « Action cœur de ville » dont l'objectif est de redynamiser les centres-villes de 222 villes moyennes par la rénovation de l'habitat et le développement des transports. De plus, l'État favorise le développement des territoires ultramarins en participant au financement d'infrastructures de transport. Par exemple, il s'est associé à la région pour la construction d'une nouvelle voie rapide surnommée « La nouvelle route du Littoral » à La Réunion et a participé au financement de la construction du pont de l'Oyapock entre la Guyane et le Brésil. L'Union européenne intervient également pour aider les régions en difficulté, notamment la Guadeloupe, la Guyane, la Martinique, Mayotte et Saint-Martin, considérés comme des territoires ultrapériphériques et recevant à ce titre des aides spécifiques via les FESI (fonds européens structurels et d'investissements). L'Union européenne a ainsi participé à l'agrandissement de l'aéroport Pôle Caraïbes, à Pointe-à-Pitre en Guadeloupe).

En conclusion, les espaces ultra-ruraux, les massifs montagneux les plus enclavés, les anciens sites industriels, certaines villes moyennes et les territoires ultramarins sont à l'écart de la mondialisation et souffrent de cette marginalisation. L'État, les collectivités territoriales et l'Union européenne sont à l'origine de multiples aménagements et d'aides financières pour compenser ces déséquilibres territoriaux et éviter que l'écart ne se creuse trop avec les espaces les plus attractifs et dynamiques tels que les métropoles.

PARTIE II : ANALYSE DE DOCUMENTS

La guerre d'Algérie a commencé en 1954 et la succession des gouvernements qui caractérise le fonctionnement de la IVe République en complique la résolution, créant un blocage pour ne pas dire une crise politique qui conduit à un changement de régime en 1958. Dans son discours au moment de l'investiture du général de Gaulle en tant que président du Conseil le 1er juin 1958, Pierre Mendès-France, lui-même ancien chef du gouvernement revient sur ce double contexte de crise.

MÉTHODE

L'introduction doit expliquer le lien entre guerre d'Algérie et changement de République, montrant que le régime est en crise, incapable de résoudre la question algérienne.

REMARQUE

La consigne demande d'insister sur deux aspects de l'histoire de France en cette fin des années 1950 : le passage d'une République à l'autre et les débats que cela suscite ; le contexte qui renvoie à la guerre d'Algérie, créant une crise politique.

Il réfute les critiques du général de Gaulle qui parlait du « système » de la IVe République pour dénoncer l'emprise des partis politiques sur la formation des majorités à l'Assemblée Nationale, changeant régulièrement. Or, l'Assemblée a une place centrale dans les institutions, le pouvoir législatif contrôlant le pouvoir exécutif (par l'investiture par exemple). Les positions du général de Gaulle sont connues depuis longtemps (discours de Bayeux, 1946) qui souhaite un rééquilibrage des pouvoirs en renforçant le pouvoir exécutif. C'est ce qu'il envisage en acceptant de devenir chef du gouvernement à condition de pouvoir changer la Constitution et d'obtenir pour six mois les pleins pouvoirs. Hostile à ces conceptions, Mendès-France défend le « système parlementaire », estimant que ce sont les hommes politiques qui en ont fait « mauvais usage ». À la fin de son discours, il rappelle ses craintes quant aux libertés politiques, montrant sa défiance envers de Gaulle malgré le « passé » de celui-ci (son rôle dans la Résistance et le retour à la République en 1944). Il ne reconnaîtra sa « légitimité » que contre des garanties quant aux principes républicains (« qu'il a consolidé et assaini la République »).

GAGNEZ DES POINTS !

Montrez que vous êtes capable de lier points de passage et cours général.

Il faut dire que le retour du général de Gaulle au pouvoir se fait dans un contexte troublé. Mendès-France mentionne une « insurrection » et la menace d'un « coup de force militaire » parlant même plus loin de « péril fasciste ». Il fait ici référence à la journée du 13 mai 1958 où les pieds-noirs (« population européenne affolée ») se sont soulevés en Algérie, recevant le soutien de l'armée. Les émeutiers craignaient qu'un nouveau changement de gouvernement n'ouvre la voie à des négociations avec le FLN algérien indépendantiste. Celui-ci mène une lutte armée depuis octobre 1954 qui a conduit la France sur la voie de la « répression », Mendès-France n'hésitant pas à qualifier les opérations de maintien de l'ordre de « guerre ». Devant la crainte d'une guerre civile, la classe politique se résout à rappeler de Gaulle.

MÉTHODE

Réinvestissez du vocabulaire, des notions pour expliquer des passages (les pieds-noirs ne sont pas explicitement cités).

Malgré ces oppositions, de Gaulle obtint l'investiture et les pleins pouvoirs. La Constitution de la Ve République fut approuvée par référendum en septembre 1958, de Gaulle en devenant le premier président, avec des pouvoirs renforcés qui lui permirent notamment de résoudre la question algérienne, par l'indépendance.

MÉTHODE

La conclusion pourra ouvrir sur la période qui suit, de Gaulle obtenant l'investiture et de changer la Constitution.

Annexes

1. Crimée : région ukrainienne ayant proclamé son rattachement à la Russie par référendum au printemps 2014. Ce rattachement, validé par la Russie, n'est pas reconnu par les autorités ukrainiennes ni par la communauté internationale.

Alaska (É.-U).
AMÉRIQUE DU NORD
CANADA
ÉTATS-UNIS
MEXIQUE
BAHAMAS
CUBA
HAÏTI
RÉPUBLIQUE DOMINICAINE
PORTO-RICO
Guadeloupe et Martinique (F.)
JAMAÏQUE
BELIZE
GUATEMALA
HONDURAS
SALVADOR
NICARAGUA
COSTA RICA
PANAMA
TRINIDAD ET TOBAGO
VENEZUELA
GUYANA
SURINAM
Guyane (F.)
COLOMBIE
ÉQUATEUR
AMÉRIQUE DU SUD
BRÉSIL
PÉROU
BOLIVIE
PARAGUAY
CHILI
URUGUAY
ARGENTINE
OCÉAN PACIFIQUE
OCÉAN ATLANTIQUE
Groenland (Danemark)
Cercle polaire arctique
ISLANDE
NORVÈGE
SUÈDE
FINLANDE
EUROPE
RUSSIE
TUNISIE
MAROC
ALGÉRIE
LIBYE
ÉGYPTE
MAURITANIE
MALI
AFRIQUE
NIGER
TCHAD
SOUDAN
SÉNÉGAL
GAMBIE
G. BISSAU
SIERRA-LEONE
GUINÉE
BURKINA
BENIN
NIGERIA
LIBERIA
GHANA
TOGO
CÔTE D'IVOIRE
CAMEROUN
CENTRAFRIQUE
SOUDAN DU SUD
ÉRYTHRÉE
DJIBOUTI
ÉTHIOPIE
SOMALIE
OUGANDA
KENYA
GABON
CONGO
RÉP. DÉM. DU CONGO
RWANDA
BURUNDI
TANZANIE
ANGOLA
ZAMBIE
MALAWI
MOZAMBIQUE
ZIMBABWE
NAMIBIE
BOTSWANA
MADAGASCAR
ESWATINI
LESOTHO
AFRIQUE DU SUD
TURQUIE
CHYPRE
LIBAN
ISRAËL
SYRIE
JORDANIE
IRAK
KOWEÏT
GÉORGIE
ARMÉNIE
AZERBAÏDJAN
IRAN
ARABIE SAOUDITE
QATAR
É.A.U.
OMAN
YÉMEN
KAZAKHSTAN
OUZBÉKISTAN
TURKMÉNISTAN
KIRGHIZISTAN
TADJIKISTAN
AFGHANISTAN
PAKISTAN
MONGOLIE
ASIE
CHINE
CORÉE DU NORD
CORÉE DU SUD
JAPON
NÉPAL
BOUTHAN
BANGLADESH
INDE
MYANMAR
LAOS
VIETNAM
CAMBODGE
THAÏLANDE
SRI LANKA
TAÏWAN
PHILIPPINES
MALAISIE
INDONÉSIE
TIMOR LESTE
PAPOUASIE-NOUVELLE-GUINÉE
OCÉAN INDIEN
Tropique du Cancer
Équateur
Tropique du Capricorne
AUSTRALIE
OCÉANIE
NOUVELLE-ZÉLANDE
Cercle polaire antarctique

Crédits photographiques

Achevé d'imprimer en juin 2023 par Macrolibros à Valladolid en Espagne
Dépôt légal : juillet 2023 - N° de projet : 10278766